四部要籍選刊・經部

蔣鵬翔 主編

阮刻毛詩注疏

（典藏版）

三

〔清〕阮元 校刻

浙江大學出版社

本册目録

附釋音毛詩注疏卷第七（七之二）

檜羔裘詁訓傳第十三

○陸曰檜本又作鄶古外反檜者高辛氏之火正祝融之後妘姓之國也其封域在古豫州外方之北滎波之南居溱洧之間祝融之故墟是子男之國後爲鄭武所并焉王云周武王封之於濟洛河潁之間爲檜子

毛詩國風　鄭氏箋　孔穎達疏

檜譜

檜者古高辛氏火正祝融之墟○正義曰昭十七年左傳梓慎云鄭祝融之墟也鄭滅檜而處之故知檜是祝融之墟楚世家云高陽生稱稱生卷章卷章生重黎爲高辛氏之火正能光融天下帝嚳命曰祝融爲高辛氏火正也若然楚語稱顓頊命南正重司天以屬神命火正黎司地以屬民則黎爲火正高陽時也言高辛者以重黎是顓頊命之歷及高辛仍爲此職故二文不同也黎實祝融重爲南正而楚世家同以重黎爲祝融馬遷謬也尚書鄭志荅趙商云火當爲北則黎爲北正也韋昭亦以火當爲北北陰位以五行官有火正祝融則火官之號若天地之官據陰陽之位對

南正爲文則爲北正是黎一人居二官也鄭順外傳之文故云火正耳。檜國在禹貢豫州外方之北滎波之南居溱洧之間○正義曰禹貢云熊耳外方注云屬豫州檜即鄭地外方在鄭之南界故檜居其北也禹貢豫州云滎波既豬注云沇水溢出所爲澤也今塞爲平地滎陽民猶謂其處爲滎澤在汴。縣東滎澤滎波一澤名也滎澤近在河側檜國遠在河南杜預云檜城在滎陽密縣東北是在滎陽之南也鄭處檜地而國有溱洧是檜居溱洧之間○祝融氏名黎其後八姓唯妘姓檜者處其地焉○正義曰鄭語云祝融其後八姓已姓昆吾蘇顧溫莒。也董姓鬷夷豢龍也彭姓彭祖豕韋諸稽也禿姓舟人也妘姓鄔檜路偪陽也曹姓鄒莒也斟姓無後也通楚爲芈姓是八姓也姓雖同出祝融皆不處其墟唯妘姓檜者處其地焉以姓妘之中又有鄔路偪陽故指檜以別之楚世家云共工氏作亂帝嚳使重黎誅之而不盡帝乃以庚寅日誅重黎而以其弟吳回爲重黎後復居火正爲祝融吳回生陸終陸終生子六人四曰會人案世本會人即檜之祖也故韋昭服虔皆云檜是陸終第四子求言後然則八姓乃是黎弟吳回之後鄭語云以八姓爲黎後者以吳回繫黎之後復居黎職故本之黎也且黎有大功後世當與故伯據黎言耳楚世家言以吳回爲重黎似是官號而云名黎者昭二十九年左傳云少皞氏有子曰重顓頊氏有子曰黎重黎皆是其名而史記以重黎爲一人又言以吳回爲重黎皆是謬耳鄭以檜是祝融之後復居祝融之墟故具言出其後處其地之事○周夷王厲王之時檜公不務政事而好潔衣服大夫去之於是檜之變風始作○正義曰案鄭語史伯於幽王之世爲桓公謀滅虢檜至平王之初武公滅之則幽王以前檜國仍在史伯云檜仲恃險則仲是檜君之字檜之世家既絕作序者不言檜仲則羔裘之作在檜仲之前不知其幾世也幽王上有宣王宣王任賢使能周室中興不得有周道滅而令匪風思周道也故知檜風之作非宣王之時也宣王之前有夷厲二王是衰亂之王考其時事理得相當故爲周王夷厲之時檜無世家詩止四篇事顯相類或在一君時作故鄭於左方中不復分之襄二十九年左傳魯爲季札歌詩云自檜以下無譏焉言季札聞此二國之歌不復譏論以其國小故也季札不譏風俗無以言焉故鄭不言檜之風俗○其國比鄰於虢○正義曰地理志河南滎陽縣應劭云故虢國也然則虢在滎陽檜在密縣比是其國比鄰於虢也地理志河南有成皋縣故虎牢也一曰制隱元年左傳曰制岩邑也虢叔死焉然則虢國當在成皋而又以滎陽爲虢國者傳言虢叔恃制與滎陽相近在虢之境內故恃之耳不言其都在

制也譜於諸國皆不言比鄰此獨言比鄰於虢者以鄭滅虢檜而處之先譜檜而接說鄭故特著此句爲史伯之言張本也此與檜鄰者謂東虢耳猶自別於西虢杜預云西虢在弘農陝縣東南東虢今滎陽其東虢鄭武公滅之西虢則晉獻公滅之。

羔裘大夫以道去其君也國小而迫君不用道好絜其衣服逍遙遊燕而不能自強於政治故作是詩也。以道去其君者三諫不從待放於郊得玦乃去。好呼報反下注同治直吏反下注同玦古穴反。【疏】羔裘三章章四句至是詩。正義曰作羔裘詩者言大夫以道去其君也謂檜之大夫見君有不可之行乃盡忠以諫諫而不從卽待放於郊得玦乃去此是以道理去君也由檜既小而迫於大國君不能用人君之道以理其國家而徒好脩絜其衣服逍遙遊戲而燕樂而不能用心自強於政治之事大夫見其如是故諫之而不從故去之臣之將去待放於郊當待放之時思君之惡而作是羔裘之詩言已去君之意也序言以道去其君既已舍君而去經云豈不汝思其意猶尚思君明已棄君而去待放未絕之時作此詩也大夫去君必是諫而不從詩之所陳卽諫君之意首章二章上二句言君變易衣服以翺翔逍遙卒章上二句言其裘色之美是其好絜遊宴不強政治也三章下二句皆言思君失道爲之憂悼是以道去君之事也以詩爲去君而作故序先言以道去君也○箋以道至乃去○正義曰言以道去君則大夫正法有去君之道春秋莊二十四年戎侵曹曹羈出奔陳公羊傳曰曹無大夫何以書賢也何賢乎曹羈戎將侵曹曹羈諫曰戎衆而無義請君勿自敵也曹伯曰不可三諫不從遂去之故君子以爲得君臣之義也曲禮下云爲人臣之禮不顯諫三諫不聽於禮得去也喪服齊衰三月章曰爲舊君傳曰大夫以道去君而猶未絕春秋宣元年晉放其大夫胥甲父于衞公羊傳曰近正也其爲近正奈何古者大夫已去三年待放君放之非也大夫待放正也是三諫不從有待放之禮宣二年穀梁傳稱趙盾諫靈公公不聽出亡至於郊趙盾諫之出至郊而舍明大夫待放在於郊也得玦乃去者謂君與之決別任其去然後去也荀卿書云聘士以圭復士以璧召人以瑗絕人以玦反絕以環范甯穀梁注君賜之環則還賜之玦則往用荀卿之言以爲說則君與之決別之時或當賜之以玦也曲禮云大夫去國踰境爲壇位鄉國而

哭三月而後服此箋云待放於郊禮記言踰境公羊傳言待放三年禮記言三月者禮記所言謂既得玦之後行此禮二說後去非待放時也首章言狐裘以朝謂視路門外之朝也二章云狐裘在堂謂在路寢之堂也視朝之服即服之於路寢聽政服視朝之服是在朝服以日視朝於內朝退適路寢聽政不更易服玉藻云君朝服在堂同服羔裘今檜君變易衣服用狐裘在朝因用狐裘在堂故首章言在朝二章言在堂上二章雖言變易常禮未言好絜之事故卒章言羔裘之美如脂膏之色羔裘既美則狐裘亦美可知故不復說狐裘之美。

羔裘逍遥狐裘以朝羔裘以遊燕狐裘以適朝箋云諸侯之朝服緇衣羔裘大蜡而息民則有黃衣狐裘今以朝服燕祭服朝是其好絜衣服也先言燕後言朝見君之志不能自強於政治。朝直遥反注同下篇注亦同蜡仕詐反祭名也見賢遍反。**豈不爾思勞心忉忉**國無政令使我心勞箋云爾女也三諫不從待放而去思君如是心忉忉然。忉音刀。

[疏]羔裘至忉忉。正義曰言檜君好絜衣服不脩政事羔裘是適朝之常服今服之以逍遥狐裘是息民之祭服今服之以在朝言其志好鮮絜變易常服也好絜如是大夫諫而不聽待放於郊思君之惡言我豈不於

爾思乎我誠思之君之惡如是使我心忉忉然而憂也逍遙
遊燕之事輕視朝聽政之事重今先言燕後言朝者見君不
能自強於政治唯好逍遙忽於聽政故後言朝也○箋諸侯
至政治○正義曰玉藻云諸侯朝服以日視朝於內朝是諸
侯視朝之服名曰朝服也士冠禮云主人玄冠朝服緇帶素
韠注云玄冠委貌朝服者十五升布衣而素裳不言色者衣
與冠同色是朝服衣色玄玄卽緇色之小別論語說孔子之
服云緇衣羔裘玉藻亦云羔裘緇衣以裼之是羔裘裼用緇
衣明其上正服亦緇色也論語又曰羔裘玄冠不以弔是羔
裘所用配玄冠羔裘之上必用緇布衣爲裼裼衣之上正服
亦是緇色又與玄冠相配明是朝服可知故云諸侯之朝服
緇衣羔裘也人君以歲事成孰搜索羣神而報祭之謂之大
蜡又臘祭先祖五祀因令民得大飲農事休息謂之息民於
大蜡之後作息民之祭其時則有黃衣狐裘大蜡之祭與
息民異也息民用黃衣狐裘大蜡則皮弁素服二者不同矣
以其大蜡之後始作息民之祭息民大蜡同月其事相次故
連言之耳知者郊特牲云蜡也者索也歲十二月合聚萬物
而索饗之也皮弁素服而祭素服以送終也葛帶榛杖喪殺
也是大蜡之祭用素服也郊特牲旣說蜡祭其下又云黃衣
黃冠而祭息田夫也注云祭謂旣蜡臘先祖五祀也於是勞

農以休息之是息民之祭用黃衣也論語說孔子之服云黃衣狐裘玉藻云狐裘黃衣以裼之以此知大蜡息民則有黃衣狐裘也案玉藻云君衣狐白裘錦衣以裼之又曰錦衣狐裘諸侯之服然則諸侯有狐白裘矣又曰君子狐青裘豹褎玄綃衣以裼之則禮又有狐青裘矣此經直云狐裘何知非狐白狐青而必知是黃衣狐裘者以諸侯之服狐白裘唯在天子之朝耳在國視朝之服則素衣麑裘無狐白裘矣若檜君用狐白以朝則違禮僭上非徒好絜而已序不應直云好絜以此知非狐白也玉藻言君子狐青裘者注云君子大夫士也天官司裘云季秋獻功裘以待頒賜注云功裘人功微麤謂狐青麑裘之屬然則狐青乃是人功麤惡之裘檜君好絜必不服之矣孔子仕魯朝論語說孔子之服緇衣羔裘與黃衣狐裘其文相對明此羔裘狐裘亦是緇衣黃衣之裘故知羔裘是視朝之服狐裘是息民祭服也檜君志在遊燕祭服尊於朝服既用祭服以朝又用朝服以燕是其好絜衣服也逍遙翺翔是遊戲燕樂故言燕耳非謂行燕禮與羣臣燕也禮記云燕朝服於寢若依法設燕則服羔裘可矣今用以遊燕故大夫刺之遊燕之服於禮無文不過用玄端深衣而已必不得用朝服故刺其服羔裘也事有大小今朝事重燕事輕作者先言燕後言朝見君之志不能自強於政治故也

○箋爾女至忉忉然○正義曰序云以道去其君則此臣已棄君去若其已得玦之後則於君臣義絶不應復思故知此是三諫不從待放而去之時思君而心勞也○**羔裘翱翔狐裘在堂**堂公堂也箋云翱翔猶逍遙也**豈不爾思我心憂傷**〔疏〕傳堂公堂○正義曰七月云躋彼公堂謂飲酒於學故傳以公堂爲學校此云公堂與彼異也何則此刺不能自强於政治則在朝在堂皆是政治之事上言以朝謂日出視朝此云在堂謂正寢之堂人君日出視朝乃退適路寢以聽大夫所治之政二者於禮同服羔裘今儈君皆用狐裘故二章各舉其一○**羔裘如膏日出有曜**日出照曜然後見其如膏○膏古報反曜羊照反○**豈不爾思中心是悼**悼動也箋云悼猶哀傷也〔疏〕羔裘至是悼○正義曰上言變易衣裘此言裘色鮮美儈君所服羔裘衣色潤澤如脂膏然日出有光照曜之時觀其裘色如脂膏也君既好絜如是大夫諫而不用將欲去之乃言豈不於爾思乎我誠思之思君之惡如是中心於是悼傷之○傳悼動○正義曰哀悼者心神震動故爲動也與箋哀傷同

羔裘三章章四句

素冠刺不能三年也喪禮子爲父父卒爲母皆三年時人恩薄禮廢不能行也○爲于僞反下同○

疏素冠三章章三句○箋喪禮至能行○正義曰喪服子爲父斬衰三年父卒爲母齊衰三年此言不能三年不言齊斬之異故兩舉以充之喪禮諸侯爲天子父爲長子妻爲夫妾爲君皆三年此箋獨言父母者以詩人所責當責其尊親至極而不能從禮耳故知主爲父母父母尚不能三年其餘亦不能三年可知矣首章傳曰素冠練冠禮三年之喪十三月而練則此練冠是十三月而練服也二章傳曰素冠故素衣則素衣與冠同時亦既練之衣是上二章同思既練之人卒章庶見素韠案喪服斬衰有衰裳絰帶而已不言其韠檀弓說既練之服云練衣黃裏縓緣要絰繩屨角瑱鹿裘亦不言有韠則喪服始終皆無韠矣禮大祥祭服朝服縞冠朝服之制緇衣素裳禮韠從裳色素韠是大祥祭服之韠然則毛意亦以卒章思大祥之人也作者以時人皆不能行三年之喪故從初嚮末而思之有不到大祥者故上二章思既練之人皆不能三年故卒章思祥祭之人事之次也鄭以首章思見既祥之後素縞之冠下二章思見祥祭之

服素冠。於。譂以時人不能行三年之喪先思長遠之服故先思祥後卻思祥時也庶見素冠兮棘人欒欒兮庶幸也素冠練冠也棘急也欒欒瘠貌箋云喪禮既祥祭而縞冠素紕時人皆解緩無三年之恩於其父母而廢其喪禮故覬幸一見素冠急於哀慼之人形貌欒欒然臞瘠也○欒力端反瘠情昔反縞古老反紕婢移反解佳賣反覬音冀臞本亦作瘦所救反勞心慱慱兮慱慱憂勞也箋云勞心者憂不得見○慱徒端反

【疏】庶見至慱慱兮○毛以爲時人不能行三年之喪亦有練後即除服者故君子言已幸望得見服既練之素冠兮用情急於哀慼之人其形貌欒欒然臞瘠者兮今無此人可見使我勤勞其心慱慱然而憂之兮○鄭以素冠爲既祥素紕之冠思見既祥之人其文義則同○傳庶幸至瘠貌○正義曰庶幸釋言文傳以刺不行喪禮而思見素冠則素冠是喪服之冠也若練前已無此冠則是本不爲服不得云不能三年若在大祥之後則三年已終於禮自除非所當刺今作者思見素冠則知此素冠者是既練之後大祥之前冠也素白也此冠練在使熟其色益白是以謂之素焉實是祥前之冠而謂之練冠者以喪禮至朞而練至祥乃除練後常服此冠故爲練冠也棘急也釋言文

彼棘作悈音義同身服喪服情急哀慼者其人必腴故以欒欒爲腴瘠之貌定本毛無腴字○箋喪禮至腴瘠○正義曰鄭以練冠者練布爲之而經傳之言素者皆謂白絹未有以布爲素者則知素冠非練也且時人不行三年之喪當先思長遠之服何得先思其近乃思其遠又不能三年者當謂三年將終少月日耳若全不見練冠便是朞卽釋服三年之喪纔行其半違禮甚矣何止刺於不能行三年也故易傳以素冠爲既祥之冠玉藻曰縞冠素紕既祥之冠也注云紕緣邊也既祥祭而服之也是喪禮既祥而縞冠素紕也閒傳注云黑經白緯曰縞其冠用縞以素爲紕故謂之素冠也時人皆解情舒緩廢於喪禮故作者覬幸見此素冠哀慼之人形貌腴瘠王肅亦以素冠爲大祥之冠孫毓以箋說爲長○傳傳慱憂勞○正義曰釋訓文

庶見素衣兮素冠故素衣也箋云除成喪者其祭也朝服縞冠朝服緇衣素裳然則此言素衣者謂素裳也**我心傷悲兮聊與子同歸兮**願見有禮之人與之同歸箋云聊猶且也且與子同歸欲之其家觀其居處

【疏】庶見至歸兮○毛以爲作者言已幸得見既練之素衣兮今無可見使我心傷悲兮若得見之願與子同歸於家兮言欲與共歸已家○鄭以爲幸得見祥祭之素

衣兮令無可見使我心傷悲兮若得見之且欲與子同歸於子之家兮以其身既能得禮則居處亦應有法故欲與歸彼家而觀其居處○傳素冠故素衣○正義曰以冠衣當上下相稱冠既練則衣亦練故云素冠故素衣謂既練之後服此白布喪服○箋除成至素裳○正義曰箋亦以素非布故以易傳也除成喪者其祭也朝服縞冠喪服小記文彼注云成成人也縞冠未純吉是祥祭當服朝服士冠禮云主人玄冠朝服緇帶素韠韠從裳色故大祥之祭其服以素爲裳此言素衣者謂素裳也裳而言衣衣是大名曲禮云兩手摳衣謂摳裳緝也是裳得稱衣故取衣爲韻喪服小記唯據諸侯若天子除喪則無文亦當服皮弁服○傳願見至同歸○正義曰傳訓聊爲願同歸謂同歸己家然則下章言與子如一欲與之爲行如一亦與鄭異○箋聊猶至居處○正義曰箋以庶見其人則是欲觀彼行不宜共歸己家故易傳以爲同歸彼人之家觀其居處

庶見素韠兮箋云祥祭朝服素韠者韠從裳色○韠音畢**我心蘊結兮聊與子如一兮**子夏三年之喪畢見於夫子援琴而絃衎衎而樂作而曰先王制禮不敢不及夫子曰君子也閔子騫三年之喪畢見於夫子援琴而絃切切而哀作而曰先王制禮不敢過也夫

子曰君子也子路曰敢問何謂也夫子曰子夏哀已盡能引而致之於禮故曰君子也閔子騫哀未盡能自制以禮故曰君子也夫三年之喪賢者之所輕不肖者之所勉箋云聊與子如一且欲與之居處觀其行也○藴紆粉反夏戸雅反下同見賢遍反下同援音袁下同衎苦旦反樂音洛夫三音符其行下孟反

【疏】庶見至一兮○毛以爲作者言已幸有望見祥祭之素韠兮今無可見使我心憂愁如藴結兮若有此人我則願與子行如一兮愛其人欲同其行也○鄭唯下一句言且與子共處如一兮欲與之聚居而觀其所行餘同○傳子夏至所勉○正義曰傳以此篇既終揔三章之義舉此二人之行者言三年之喪是聖人中制使賢與不肖共爲此行時不能三年故刺之肖似也不有所似謂愚人也檀弓云子夏既除喪而見夫子予之琴和之而不和彈之而不成聲作而曰哀未忘也先王制禮而弗敢過彼說子夏之行與此正反一人不得並爲此行二者必有一誤或當父母異時鄭以毛公當有所憑據故不正其是非○箋聊與至其行○正義曰箋以作詩之人莫非賢者不須羨彼有禮願與如一故以爲且欲與之居處如一觀其行也

素冠三章章三句

隰有萇楚，疾恣也。國人疾其君之淫恣，而思無情欲者也。恣謂狡狹淫戲不以禮也。○萇楚，丈羊反。萇楚，銚弋也，本草云一名羊腸，一名羊桃。恣，姿利反。狡，古卯反。狹，古快反，本亦作獪，古外反。

疏　「隰有萇楚」三章，章四句，至「欲者」。○正義曰：作隰有萇楚詩者，主疾恣也。檜國之人疾其君之淫邪，恣極其情意，而不爲君人之度，故思樂見無情欲者。定本直云「疾其君之恣」，無「淫」字。經三章皆是思其無情欲之事。

隰有萇楚，猗儺其枝。興也。萇楚，銚弋也。猗儺，柔順也。箋云：銚弋之性，始生正直，及其長大，則其枝猗儺而柔順，不妄尋蔓草木。興者，喻人少而端慤，則長大無情欲。○猗，於可反。儺，乃可反。銚音遙。長，張丈反，下同。蔓音萬。少，詩照反，下同。

天之沃沃，樂子之無知。夭，少也。沃沃，壯佼也。箋云：知，匹也。疾君之恣，故於人年少沃沃之時，樂其無妃匹之意。○夭，於驕反。沃，烏毒反。樂音洛，注下皆同。妃音配。

疏　「隰有」至「無知」。○正義曰：此國人疾君淫恣情欲，思得無情欲之人，言隰中有萇楚之草，始生正直，及其長大，其猗儺然枝條柔弱，不妄尋蔓草木，以興人於少小之時能正直端慤，雖長大亦不妄淫恣情欲，故我今日於人夭夭然少壯。沃沃壯佼之時樂得今是子之無配匹之意若少小無配匹之意則長大不恣其情慾疾君淫恣故思此人。傳萇楚銚弋。正義曰釋草文舍人曰萇楚一名銚弋本草云銚弋名羊桃郭璞曰今羊桃也或曰鬼桃葉似桃華白子如小麥亦似桃陸機疏云今羊桃是也葉長而狹華紫赤色其枝莖弱過一尺引蔓于草上今人以爲汲灌重而善沒不如楊柳也近下根刀切其皮著熱灰中脫之可韜筆管。箋銚弋至情慾。正義曰妄者謂非理相加蔓在傍之草木是爲妄也不妄者謂不尋蔓之也言銚弋從小至長不妄尋蔓草木少而端慤則長大無情慾者此謂十五六之時也已有所知性頗可識無情慾者則猶端正謹慤則雖至長大亦無情慾知此少而端慤非初生時者幼小之時則凡人皆無情慾論語云人之生也直注云始生之性皆正直謂初生幼小之時悉皆正直人性皆同無可羨樂以此故知年少者謂十五六時也。傳夭少沃沃壯佼。正義曰桃之夭夭謂桃之少則知此夭謂人之少故云夭少也言其少壯而佼好也。箋知匹至之意。正義曰知匹釋詁文下云無家無室故知此宜爲匹也

隰有萇楚猗儺其華夭之沃沃樂子之無家箋云無家謂無夫婦室家之道

疏箋無

家至之道○正義曰桓十八年左傳曰男有室女有家謂男處妻之室女安夫之家夫婦二人共爲家室故謂夫婦家室之道爲室家也**隰有萇楚猗儺其實夭之沃沃樂子之無室**

隰有萇楚三章章四句

匪風思周道也國小政亂憂及禍難而思周道焉〔疏〕匪風三章章四句至道焉○正義曰作匪風詩者言思周道也以其檜國既小政教又亂君子之人憂其將及禍難而思周道焉若使周道明盛必無喪亡之憂故思之上二章言周道之滅念之而怛傷下章思得賢人輔周興道皆是思周道之事

匪風發兮匪車偈兮發發飄風非有道之風偈偈疾驅非有道之車○偈起竭反疾也驅上遇反又如字**顧瞻周道中心怛兮**怛傷也下國之亂周道滅也箋云周道周之政令也迴首曰顧○怛兮都達反慘怛也〔疏〕匪風至怛兮○正義曰此詩周道既滅風爲之變俗

爲之改言今日之風非有道之風發發兮大暴疾今日之車非有道之車偈偈然大輕嘌由周道廢滅故風車失常此周道在於前世既已往過今迴顧視此周道見其廢滅使我心中怛然而傷之兮此風車失常非獨檜國但檜人傷之而作此詩耳○傳發發至之車○正義曰蓼莪云飄風發發下云匪風飄兮知發發爲飄風偈偈輕舉之貌故爲疾驅傷周道之滅而云匪車匪風故知非有道之風非有道之車車者人所乘駕也時世無道人無節度可得隨時改易風乃天地之氣亦爲無道變者尚書洪範咎徵言政教之失能感動上天十月之交爗爗震電爲不善之徵是世無道則風雷變易○傳怛傷至道滅○正義曰怛者驚痛之言故爲傷也言顧瞻周道謂周道已過迴首顧之故知於時下國之亂而周道滅下國謂諸侯對天子爲下國周道周之政令棄而不行是廢滅也定本無怛傷之訓

匪風飄兮匪車嘌兮迴風爲飄嘌嘌無節度也○飄符遙反又必遙反嘌本又作票匹遙反**顧瞻周道中心弔兮**弔傷也

【疏】傳迴風至節度○正義曰迴風爲飄釋天文李巡曰迴風旋風也一曰飄風別二名此章言風名上章言發發謂飄風行疾是一風也上章言疾車此言無節度車之遲速當有鸞和之節由

疾故無節**誰能亨魚溉之釜鬵**溉滌也鬵釜屬亨魚煩則碎治民煩則散知亨魚則知治民矣箋云誰能者言人偶能割亨者○亨普耕反注同煑也溉本又作摡古愛反釜符甫反鬵音尋又音岑說文云大釜也一曰鼎大上小下若甑曰鬵音才今反滌徒歷反**誰將西歸懷之好音**亦與上同周道在乎西懷歸也箋云誰將者亦言人偶能輔周道治民者也檜在周之東故言西歸有能西仕於周者我則懷之以好音謂周之舊政令

【疏】誰能至好音○正義曰此見周道既滅思得有人輔之言誰能亨魚者乎有能亨魚者我則溉滌而與之釜鬵以興誰能西歸輔周治民者乎有能輔周治民者我則歸之以周舊政令之好音恨當時之人無輔周者亨魚煩則碎治民煩則散亨魚類於治民故以亨魚爲喻溉者滌器之名溉之釜鬵欲歸與亨者之意歸之好音欲備具好音之意釜鬵言溉亦歸與之而好音言歸亦備具之而互相曉○傳溉滌至治民○正義曰大宗伯云祀大神則視滌濯少牢禮祭之日雍人溉鼎廩人溉甑是溉滌皆洗器之名故云溉滌也釋器云䰝謂之鬵鬵鉹也孫炎曰關東謂甑爲鬵涼州謂甑爲鉹郭璞引詩云溉之釜鬵然則鬵是甑非釜類亨魚用釜不用甑雙舉者以其俱是食器故連言耳

亨魚治民俱不欲煩知亨魚之道則知治民之道○言治民貴安靜○箋誰能至亨者○正義曰人偶者謂以人思尊偶之也論語注人偶同位人偶之辭禮注云人偶相與爲禮儀皆同也亨魚小伎誰或不能而云誰能者人偶此能割亨者尊貴之若言人皆不能故云誰能也○傳周道至懷歸○正義曰此詩謂思周道欲得有人西歸則是將歸於周解其言西之意於時檜在滎陽周都豐鎬周在於西故言西也釋言云懷來也來亦歸之義故得爲歸也○箋誰將至政令○正義曰上以亨魚爲喻故知西歸者欲令人之輔周治民也若能仕周則當自知政令詩人欲歸之以好音者愛其人欲贈之耳非謂彼不知也

匪風三章章四句

檜國四篇十二章四十五句

附釋音毛詩注疏卷第七（七之二）

皇清嘉慶二十年重栞宋本十三經注疏用文選樓藏本校

翰林院編修南昌黄中模栞

毛詩注疏校勘記七之二　　阮元撰盧宣旬摘錄

檜譜

檜國在禹貢豫州閩本明監本毛本同案此不誤浦鏜云檜衍字非也嫌國是祝融國故復舉檜而言之○補案檜上當有○

在沭縣東閩本明監本毛本同案浦鏜云其誤沭是也

昆吾蘇顧溫莒也閩本明監本毛本同案依國語莒作董

妘姓鄢閩本明監本毛本同案此不誤浦鏜云鄢國語作鄔非也今國語誤耳潛夫論亦作鄢可證

地理志毛本理誤里閩本明監本不誤下同

皆不言北鄰閩本明監本毛本同案北當作其形近之譌

○羔裘

三諫不聽於禮得去也閩本明監本毛本同案不聽下浦鏜云當有則去之是三諫不聽是也此不聽復出而脫耳

復士以璧閩本明監本毛本同案此不誤浦鏜云問誤復見荀子大略篇非也此不與楊倞注本同

在國視朝之服則素衣麑裘閩本明監本毛本同案朝當作朔

○素冠

素冠於韠閩本明監本毛本同案浦鏜云冠於疑裳與誤是也

形貌欒欒然膄瘠也相臺本同閩本明監本毛本同小字本膄瘠作瘠瘦案小字本誤倒也釋文膄本亦作瘦正義作膄

此冠練在使熟閩本明監本毛本同案浦鏜云布誤在是也

我心蘊結兮　小字本相臺本同唐石經初刻薀後改蘊案說文薀積也从艸溫聲正義釋文作蘊者卽薀之俗字耳

○隰有萇楚

國人疾其君之淫恣　唐石經缺小字本相臺本同案此正義本也定本無淫字唐石經計其字亦當有

於人夭夭然少壯沃沃壯佼之時　閩本明監本毛本同案上壯字衍沃沃下脫然字此讀於少字略逗

隰有萇楚三章　小字本相臺本同唐石經無隰有二字案有者是也序可證

○匪風

怛傷也　小字本相臺本同案此正義本也正義云定本無怛傷之訓考釋文怛兮下云慘怛也是釋文本亦

無此傳

偈偈然大輕嘌 閩本明監本毛本同案然當作兮上文發發兮大暴疾與此對文皆經中兮字也

亦歸與之而 閩本明監本毛本同案此不誤下亦備具之而同浦鏜云兩而字當衍文非也讀以而字斷句而詞也浦誤於之字斷句耳

謂以人思尊偶之也 閩本明監本毛本同案思當作意聘禮疏以人意相存偶也尊偶存偶與中庸正義之相親偶表記正義之相愛偶碩人正義之荅偶皆一也下文云尊貴之

附釋音毛詩注疏卷第七（七之三）

曹蜉蝣詁訓傳第十四

○陸曰曹者武王之弟叔振鐸所封之國也爵爲伯其封域在兖州陶丘之北菏澤之野今濟陰定陶是也

毛詩國風　鄭氏箋　孔穎達疏

曹譜

曹者禹貢兖州陶丘之北地名。○正義曰禹貢云濟河惟兖州王肅云東南據濟西北距河不言距濟而云據者則州境東南踰濟水也禹貢又云導沇水東流爲濟入于河溢爲滎東出于陶丘北漢書地理志云濟陰定陶縣故曹國周武王弟叔振鐸所封禹貢陶丘在西南陶丘亭是也言丘在曹之西南則曹在丘之東北止言北者舉其大望所在耳雖在濟南猶屬兖州故言兖州地名也○周武王既定天下封弟叔振鐸於曹今曰濟陰定陶是也○正義曰曹世家云曹叔振鐸者周武王母弟也武王克殷封叔振鐸於曹地理志云濟陰定陶詩風曹國是鄭所引之文也曹都雖在濟陰其地則踰濟北春秋僖三十一年取濟西田左傳曰濟西田分曹地也案禹貢濟自陶丘之北又東至于菏又東北會于汶曹在汶南濟東據魯而言是濟西是曹地在濟北也。其封域在雷夏菏澤之野。正義曰禹貢兖州云雷夏既澤又云導菏澤被孟豬案地理志雷夏澤在濟陰成陽縣西北菏澤在濟陰定陶縣東二澤同屬濟陰濟陰曹都所在是曹之封域在二澤。昔堯嘗遊成陽死而葬焉舜漁於雷澤民俗始化其遺風重厚多君子務稼穡薄衣食以致畜積。正義曰此皆地理志文志又云濟陰成陽縣有堯冢既有堯冢是死而葬焉由堯舜二帝嘗經遊處故民俗化而效之其遺風多君子也將言後世驕侈故先云其民俗畜積也。夾於魯衞之間又寡於患難末時富而無教乃更驕侈。正義曰魯在其東南衞在其西北魯衞雖大於曹非如齊秦晉楚自專征伐畏懼霸主不敢侵曹由此所以寡於患難又言其改變堯舜之化而驕侈無復重厚之風也蜉蝣序云刺奢也昭公無法以自守好奢而任小人是富而無教驕侈之事也言末時者正謂周王惠襄之間作詩之時鄰國非獨魯衞而已舉魯衞以協句略餘國而不言也。曹之後世雖爲宋所滅宋亦不數伐曹故得寡於患難。十一世當周惠王時政衰昭公好奢而任小人曹之變風始作。正義曰曹世家云叔振鐸卒子太伯脾立卒子仲君平立卒子宫伯侯立卒子孝伯雲立卒子夷伯喜立卒弟幽伯強立九年弟蘇殺幽伯代立是爲戴伯三十年卒子惠伯兕立三十六年卒子頑甫立共弟武攻之代立是爲繆公三年卒子桓公終生立五十五年卒子莊公射姑立三十一年卒子釐公夷立九年卒子昭公班立九年卒子共公襄立此其君次也自叔振鐸至昭公凡十五君以頑甫不成爲君幽伯戴伯二人。又不數叔振鐸始封之君故十一世昭公以魯閔公元年卽位僖七年卒周惠王以莊十八年卽位僖八年崩是當周惠王時也其詩蜉蝣序云昭公昭公詩也候人下泉序云共公鳲鳩在其間亦共公詩也鄭於左方中皆以此而知

蜉蝣刺奢也昭公國小而迫無法以自守好奢而任小人將無所依焉。蜉蝣上音浮下音由渠畧也國小一本作昭公國小而迫案鄭譜云昭公好奢而任小人曹之變風始作此詩箋云喻昭公之朝是蜉蝣爲昭公詩也譜又云蜉蝣至下泉四篇共公時作今諸本此序多無昭公字崔集注本有未詳其正也【疏】蜉蝣三章章四句至依焉。正義曰作蜉蝣詩者刺奢也昭公之國既小而迫脅於大國之間又無治國之法以自保守好爲奢侈而任用小人國家危亡無日君將無

所依焉故君子憂而刺之也好奢而任小人者三章上二句是也將無所依下二句是也三章皆刺好奢又互相見首章言衣裳楚楚見其鮮明二章言采采見其衆多卒章言麻衣見其衣體卒章麻衣是諸侯夕時所服則首章是朝時所服及其餘衣服也二章言衆多見其上下之服皆衆多也首章言蜉蝣之羽二章言之翼言有羽翼而已不言其美卒章乃言其色美亦互以爲興也

蜉蝣之羽衣裳楚楚

興也蜉蝣渠略也朝生夕死猶有羽翼以自脩飾楚楚鮮明貌箋云興者喻昭公之朝其羣臣皆小人也徒整飾其衣裳不知國之將迫脅君臣死亡無日如渠略然○楚楚如字說文作䵰䵰云會五綵鮮色也渠本或作蟝音同其居反略本或作蛒音同沈云二字並不施虫是也朝直遙反下皆同一

心之憂矣於我歸處

箋云歸依歸君讀下朝夕字張遙反○當於何依歸乎言有危亡之難將無所就往○難乃旦反

【疏】蜉蝣至歸處○正義曰言蜉蝣之蟲有此羽翼以興昭公君臣有此衣裳楚楚也蜉蝣之小蟲朝生夕死不知己之性命死亡在近有此羽翼以自脩飾以興昭公之朝廷皆小人不知國將迫脅死亡無日猶整飾此衣裳以自修絜君任小人又奢如是故將滅亡詩人之言我心緒爲之憂矣此

國若亡於我君之身當何所歸處乎○傳蜉蝣至明貌○正義曰釋蟲云蜉蝣渠略舍人曰蜉蝣一名渠略南陽以東曰蜉蝣梁宋之間曰渠略孫炎曰夏小正云蜉蝣渠略也朝生而暮死郭璞曰似蛣蜣身狹而長有角黃黑色藂生糞土中朝生暮死猪好啖之陸機疏云蜉蝣方土語也通謂之渠略似甲蟲有角大如指長三四寸甲下有翅能飛夏月陰雨時地中出今人燒炙啖之美如蟬也樊光謂之糞中蝎蟲隨陰雨時為之朝生而夕死定本亦云渠畧俗本作渠螻者誤也○箋興者至渠略○正義曰以序云任小人故云其羣臣皆小人耳其實此言衣裳楚楚亦刺昭公之身非獨刺小人也何則卒章麻衣謂諸侯之身夕服深衣則知此章衣裳亦有君之衣裳以蜉蝣朝生夕死故知喻國將迫脅死亡無日○

蜉蝣之翼采采衣服采采衆多也○疏傳采采衆多○正義曰以卷耳芣苢言采采者衆多非一之辭知此采采亦為衆多楚楚於衣裳之下是為衣裳之貌今采采在衣服之上故知言多有衣服非衣裳之貌也

心之憂矣於我歸息息止也○**蜉蝣掘閱麻衣如雪**掘閱容閱也如雪言鮮絜箋云掘閱掘地解。謂其始生時也以解閱喻君臣朝夕變易衣服也麻衣深衣諸侯

之朝朝服朝夕則深衣也。掘求勿反閱音悅解音蟹下同

心之憂矣於我歸說

箋云說猶舍息也。○說音稅協韻如字。

【疏】蜉蝣至歸說。○正義曰蜉蝣之蟲初掘地而出皆鮮閱以興昭公羣臣皆麻衣鮮絜如雪也蜉蝣之蟲朝生夕死掘地而出甚鮮閱後又生其羽翼爲此脩飾以興昭公君臣不知死亡無日亦朝夕變易衣服而爲脩飾也君既任小人又好奢如是故君子憂之言我心爲之憂矣此國若亡於我君之身當何所歸依而說舍乎言小人不足依恃也。○傳掘閱至鮮絜。○正義曰此蟲土裏化生閱者悅懌之意掘閱者言其掘地而出形容鮮閱也麻衣者白布衣如雪言甚鮮絜也。○箋掘地至深衣○正義曰定本云掘地解閱謂開解而容閱義亦通也上言羽翼謂其成蟲之後此掘閱舉其始生之時蟲以朝夕容貌不同故知喻君臣朝夕變易衣服也言麻衣則此衣純用布也衣裳卽布而色白如雪者謂深衣爲然故知麻衣是深衣也鄭又自明已意所以知麻是布深衣者以諸侯之朝夕則深衣故也玉藻說諸侯之禮云夕深衣祭牢肉是諸侯之服夕深衣也深衣布衣升數無文也雜記云朝服十五升然則深衣之布亦十五升矣故間傳云大祥素縞麻衣注云麻衣十五升布深衣也純用布無采飾是鄭以深衣之布爲十五

升也彼是大祥之服故云無采飾耳而禮記深衣之篇說深衣之制云孤子衣純以素非孤子者皆不用素純此諸侯夕服當用十五升布深衣而純以采也以其衣用布故稱麻耳案喪服記公子爲其母麻衣縓緣注云麻衣者小功布深衣引詩云麻衣如雪若深衣用十五升布爲而彼注以麻衣爲小功布者以大功章云公之庶昆弟爲其母言公之昆弟則父卒矣父卒爲母大功父在之時雖不在五服之例其縷麤細宜降大功一等用小功布深衣引此者證麻衣是布深衣耳不謂此言麻衣其縷亦如小功布也

蜉蝣三章章四句

候人刺近小人也共公遠君子而好近小人焉〇候人官名近附近之近下同共音恭下篇同遠于万反下注同好呼報反〇【疏】候人四章章四句至人焉〇正義曰首章上二句言其遠君子以下皆近小人也此詩主刺君近小人以君子宜用而被遠小人應疏而御近故經先言遠君子也

彼候人兮何戈與祋候人道路送賓客者何揭祋殳也言賢者之官不過候人箋云是謂遠君子也〇何何可反又音何祋都外反又都律反揭音竭又其謁反殳市朱反〇**彼其之子**

三百赤芾

彼彼曹朝也芾韠也一命縕芾黝珩再命赤芾黝珩三命赤芾葱珩大夫以上赤芾乘軒箋云之子是子也佩赤芾者三百人○其音記下皆同芾音弗祭服謂之芾沈又甫味反朝直遙反下在朝同縕音溫何烏本反赤黃之色黝於糾反黑色珩音衡以上時掌反○疏彼候至赤芾○正義曰言共公疏遠君子曹之君子正爲彼候迎賓客之人兮荷揭戈與祋在於道路之上言賢者之官不過候人是遠君子也又親近小人彼曹朝上之子三百人皆服赤芾是其近小人也諸侯之制大夫五人今有三百赤芾愛小人過度也○傳候人至候人○正義曰夏官序云候人上士六人下士十有二人史六人徒百有二十人注云候人迎賓客之來者彼天子之官候人是上士下士則諸侯之候人亦應是士此說賢者爲候人乃身荷戈祋謂作候人之徒屬非候人之官長也天子候人之徒百二十人諸侯候人之徒數必少於天子賢者之身充此徒中之一員耳其職云候人各掌其方之道治與其禁令以設候人注云禁令備姦寇也以設候人者選士卒以爲之引此詩云彼候人兮何戈與祋言以設候人是其徒亦名爲候人也鄭言選士卒爲之卽引此詩明知此此詩所陳是彼候人之士卒者若居候人之職則是官爲上士不宜身荷戈祋不得刺遠君子以此知

賢者所爲非候人之官長也其職又云若有方治則帥而致于朝及歸送之于境注云方治其方來治國事者也春秋傳曰晉欒盈過周王使候人出諸轘轅是其送之也官以候迎爲名有四方來者則致之於朝歸則送之於境以是知候人是道路送迎賓客者案秋官環人掌送逆邦國之賓客以路節達諸四方又掌訝掌待賓客有賓客至逆於境爲前驅而入及歸送亦如之若候人主送迎賓客而環人掌訝又掌送迎賓客者環人掌執節導引使門關無禁掌訝以禮送迎詔贊進止候人則荷戈兵防衛奸寇雖復同是送迎而職掌不同故異官也戈祋須人擔揭故以荷爲揭也考工記廬人云戈柲六尺有六寸殳長尋有四尺戈殳俱是短兵相類故也且祋字從殳故知祋爲殳也說文云祋殳也○刺遠君子而舉候人是作者之意言賢者之官不過候人也賢者所作候人乃是候人之士卒言官者以賢人宜爲大官今在官任使雅爲候人故以官言之○傳彼彼至乘軒○正義曰桓二年左傳云袞冕黻珽則芾是配冕之服易困卦九五困于赤芾知用享祀則芾服祭祀所用也士冠禮陳服皮弁素韠玄端爵韠則韠之所用不施於祭服矣玉藻說韠之制云下廣二尺上廣一尺長三尺其頸五寸肩革帶博二寸書傳更不見芾之別制明芾之形制亦同於韠但尊祭服異其名耳言芾

韠者以其形制大同故舉類以曉人其祇別言之則祭服謂之芾他服謂之韠二者不同也一命緼芾黝珩再命赤芾黝珩三命赤芾蔥珩皆玉藻文彼注云玄冕爵弁服之韠尊祭服異其名耳韍之言蔽也緼赤黄之間色所謂韎也珩珮玉之珩也黑謂之黝青謂之蔥周禮公侯伯之卿三命下大夫再命上士一命然則曹爲伯爵大夫再命是大夫以上皆服赤芾於法又得乘軒故連言之定十三年左傳云齊侯斂諸大夫之軒哀十五年傳稱衛太子謂渾良夫曰苟使我入國服冕乘軒是大夫乘軒也閔二年傳稱齊桓公遣衛夫人以魚軒以夫人乘軒則諸侯亦乘軒故云大夫以上也傳因赤芾遂言乘軒者僖廿八年左傳稱晉文公入曹數之以其不用僖負羈而乘軒者三百人也且曰獻狀杜預云軒大夫之車也言其無德而居位者多故責其功狀彼正當共公之時與此三百文同故傳因言乘軒以爲共公近小人之狀

維鵜在梁不濡其翼鵜洿澤鳥也梁水中之梁鵜在梁可謂不濡其翼乎箋云鵜在梁當濡其翼而不濡者非其常也以喻小人在朝亦非其常。鵜徒低反洿音烏一音火故反**彼其之子不稱其服**箋云不稱者言德薄而服尊。稱尺證反注同

【疏】維鵜至其服。毛以爲維鵜鳥在梁可謂

不濡其翼乎言必濡其翼以與小人之在朝可謂不亂其政乎言必亂其政彼其曹朝之子謂卿大夫等其人無德不能稱其尊服言其終必亂國也鄭上二句别義具箋○傳鵜洿至翼乎○正義曰鵜洿澤釋鳥文舍人曰鵜一名洿澤郭朴曰今之鵜鶘也好羣飛入水食魚故名洿澤俗呼之爲淘河陸機疏云鵜水鳥形如鶚而極大喙長尺餘直而廣口中正赤頷下胡大如數升囊若小澤中有魚便羣共杼水滿其胡而棄之令水竭盡魚陸地乃共食之故曰淘河以鵜是食魚之鳥故知梁是水中之梁謂魚梁也○箋鵜在至其常○正義曰箋以經言不濡其翼是怪其不濡故知言非其常以喻小人在朝亦非其常

維鵜在梁不濡其咮咮喙也○咮陟救反徐又都豆反喙虛穢反又尺稅反又陟角反鳥口也**彼其之子不遂其媾**媾厚也箋云遂猶久也不久其厚言終將薄於君也○媾古豆反○【疏】傳媾厚○正義曰重昏媾者以情必深厚故媾爲厚也○**薈兮蔚兮南山朝隮**薈蔚雲興貌南山曹南山也隮升雲也箋云薈蔚之小雲朝升於南山不能爲大雨以喻小人雖見任於君終不能成其德教**婉兮孌兮季女斯飢**婉少貌孌好貌季人之少子也女民

之弱者○箋云天無大雨則歲不熟而幼弱者飢猶國之無政令則下民困病矣○

疏 ○薈兮至斯飢○正義曰薈兮蔚兮之小雲在南山而朝升不能興爲大雨以興小人在上位而見任不能成其德教此接勢爲喻天者無大雨則歲穀不熟婉兮而少孌兮而好季子少女幼弱者斯必飢矣以喻德教不成國無政令則其民將困病矣刺君近小人而病下民也○傳薈蔚至升雲○正義曰言南山朝隮則有物從山上升也必是雲矣故知薈兮蔚兮皆是雲興之貌詩人之作自歌土風故云南山曹南山也隮升釋詁文定本及集注皆云隮升雲也○箋薈蔚至德教○正義曰以經唯言雲興不言雨降故知薈蔚雲興若是小雲之興也○傳婉少至弱者○正義曰以季女謂少女幼子故以婉爲少貌孌爲好貌齊甫田亦云婉兮孌兮而下句云總角丱兮丱是幼稚故傳以婉孌並爲少好貌野有蔓草云清揚婉兮思以爲妻則非復幼稚故以婉爲美貌采蘋云有齊季女謂大夫之妻車舝云思孌季女逝兮欲取以配王皆不得有男在其間故以季女爲少女此言斯飢當謂幼者並飢非獨少女而已故以季女爲人之少子女子皆觀經爲訓故不同也伯仲叔季則季處其少女比於男則男強女弱不堪久飢故詩言少女耳定本云季人之少子女民之弱者○箋天無至困病○正義曰

箋以此經輒言斯飢文無致飢之狀而上句取不雨爲喻是因不雨爲興故知此言歲穀不熟則幼弱者飢國無政令則民困病今定本直云歲不熟無穀字

候人四章章四句

鳲鳩刺不壹也在位無君子用心之不壹也。鳲音尸本亦作尸

〔疏〕鳲鳩四章章六句至不壹。正義曰經云正是四國正是國人皆謂諸侯之身能爲人長則知此云在位無君子者正謂在人君之位無君子之人也在位之人既用心不壹故經四章皆美用心均壹之人舉善以駮時惡首章其子七兮言生子之數下章云在梅在棘言其所在之樹見鳲鳩均壹養之得長大而處他木也鳲鳩常言在桑其子每章異木言子自飛去母常不移也。

鳲鳩在桑其子七兮興也鳲鳩秸鞠也鳲鳩之養其子朝從上下莫從下上平均如一箋云興者喻人君之德當均一於下也以刺今在位之人不如鳲鳩。秸居八反又音吉鞠居六反莫音暮下上時掌反。

淑人君子其儀一兮箋云淑善儀義也善

人君子其執義當如一也其儀一兮心如結兮言執義一則用心固〔疏〕鳲鳩至結兮。正義曰言有鳲鳩之鳥在於桑木之上爲巢而其子有七兮鳲鳩養之能平均用心如壹以興人君之德養其國人亦當平均如壹彼善人君子在民上其執義均平用心如壹既如壹兮其心堅固不變如裹結之兮言善人君子能如此均壹刺曹君用心不均也。傳鳲鳩至如一。正義曰鳲鳩秸鞠釋鳥文鳲鳩之養七子也旦從上而下莫從下而上其於子也平均如壹蓋相傳爲然無正文。箋淑善至如一。正義曰淑善釋詁文此美其用心均壹均壹在心不在威儀以儀義理通故轉儀爲義言善人君子執公義之心均平如壹。傳言執義一則用心固。正義曰如結者謂如不以散如物之裹結故言執義壹則用心固也素冠云我心蘊結又爲憂愁不散如裹結與此同。

鳲鳩在桑其子在梅飛在梅也淑人君子其帶伊絲其帶伊絲其弁伊騏騏騏文也弁皮弁也箋云其帶伊絲謂大帶也大帶用素絲有雜色飾焉騏當作璂以玉爲之言此帶弁者刺不稱其服。弁皮彥反騏音其綦文也說文作璂云弁飾也往往置玉也或亦作璂音其稱尺證反〔疏〕

鳲鳩至伊騏○毛以爲言鳲鳩之鳥在桑其子飛去在梅以其平均養之故得長大而飛去以興人君之德亦能均壹養民養民得成就而安樂彼善人君子執義如壹者其帶維是絲爲之其弁維作騏之文也舉其帶弁言德稱其服故民愛之刺曹君不稱其服使民惡之○鄭唯其弁伊騏言皮爲之璂以玉爲之餘同○傳騏騏文弁皮弁○正義曰馬之靑黑色者謂之騏此字從馬則謂弁色如騏馬之文也春官司服凡兵事韋弁服視朝皮弁服凡甸冠弁服凡弔事弁經服則弁類多矣知此是皮弁者以其韋弁以即戎冠弁以從禽弁經又是弔凶之事非諸侯常服也且不得與絲帶相配惟皮弁是諸侯視朝之常服又朝天子亦服之作者美其德能養民舉其常服知是皮弁○箋其帶至其服○正義曰玉藻說大帶之制云天子素帶朱裏終辟諸侯素帶終辟大夫素帶辟垂士練帶率下辟是大夫以上大帶用素故知其帶伊絲謂大帶用素絲故言絲也玉藻又云雜帶君朱綠大夫玄華士緇辟是其有雜色飾焉夏官弁師云王之皮弁會五采玉璂注云會逢中也璂結也皮弁之逢中每貫結五采玉以爲飾謂之綦引此詩云其弁伊綦又云諸侯及孤卿大夫之皮弁各以其等爲之注云皮弁侯伯綦飾七子男綦飾五玉用采如彼周禮之文諸侯皮弁有綦玉之飾此云其弁伊騏知

騏當作璂以玉爲之以此故易傳也孫毓云皮弁之飾有玉璂而無綦綦文綦文非所以飾弁箋義爲長若然顧命云四人騏弁執戈注云青黑曰騏不破騏字爲玉綦者以顧命之文於四人騏弁之下每云一人冕身服冕則是大夫也於四人騏弁之上云二人爵弁執惠身服爵弁則是士也於爵弁之下文云騏弁明亦是士弁師之文上云孤卿大夫之皮弁各以其等爲之不言士之皮弁則士之皮弁無璂飾矣故弁師注云士之皮弁之會無結飾以士之皮弁無玉綦飾故知顧命士之騏弁正是弁作青黑色非綦玉之皮弁矣祇無騏色之弁而顧命有之者以新王即位特設此服使士服此騏弁執兵衛王綦常服也此言諸侯常服故知騏當作綦說善人君子而言此帶弁者以善人能稱其服刺今不稱其服也○

鳲鳩在桑其子在棘淑人君子其儀不忒忒疑也○忒他得反〔疏〕傳忒疑○正義曰釋言文執義如一無疑貳之心○**其儀不忒正是四國**正是也箋云執義不疑則可爲四國之長言任爲侯伯○長張丈反下同任音壬○〔疏〕箋執義至侯伯○正義曰傳言正長釋詁文非爲州牧不得爲四國之長故任爲侯伯也僖元年左傳曰凡侯伯救患分災其非禮也是

諸侯之長侯伯也。鳲鳩在桑其子在榛淑人君子正是國人正是國人胡不萬年箋云正長也能長人則人欲其壽考○榛側巾反木名也又仕巾反字林云木叢生也字林榛木之字從辛木云似梓實如小栗音壯巾反○

鳲鳩四章章六句

下泉思治也曹人疾共公侵刻下民不得其所憂而思明王賢伯也○思治直吏反刻音克○疏下泉四章章四句至賢伯○正義曰此謂思上世明王賢伯治平之時若有明王賢伯則能督察諸侯共公不敢暴虐故思之也上三章皆上二句疾共公侵刻下民下二句言思古明王卒章思古賢伯上三章說共公侵刻而思古明王能紀理諸侯使之不得侵刻卒章言賢伯勞來諸侯則明王亦能勞來諸侯互相見○洌彼下泉浸彼苞稂興也洌寒也下泉泉下流也苞本也稂童梁非溉草得水而病也箋云興者喻其公之施政教徒困病其民稂當作涼涼草蕭蓍之屬○洌音

列寢本作浸子鴆反稂音郎徐又音良溉古愛反蓍音尸

愾我寤嘆念彼周京

箋云愾嘆息之意寤覺也念周京者思其先王之明者。愾苦愛反嘆息也說文云大息也音火既反覺音教

［疏］洌彼至周京。正義曰洌然而寒者彼下流之泉浸彼苞稂之草稂非灌溉之草得水則病以喻共公之政教甚酷虐於民下民不堪侵刻遭之亦困病民既困病思古明王愾然我寢寐之中覺而嘆息念彼周室京師之明王言時有明王則無此困病也。鄭唯稂草有異其文義則同。傳洌寒至而病。正義曰七月云二之日栗洌字從水是遇寒之意故爲寒也釋水云沃泉縣出縣出下出也李巡曰水泉從上溜下出此言下泉謂泉下流是爾雅之沃泉也易稱繫於苞桑謂桑本也泉之所浸必浸其根本故以苞爲本稂童梁釋草文舍人曰稂一名童梁郭朴曰莠類也陸機疏云禾秀爲穗而不成崱嶷然謂之童梁今人謂之宿田翁或謂宿田也甫田云不稂不莠外傳曰馬不過稂莠皆是也此稂是禾之秀而不實者故非灌溉之草得水而病。箋興者至之屬。正義曰以序云侵刻下民故喻困病下民也箋以苞稂則是童梁爲禾中別物作者當言浸禾不應獨舉浸稂且下章蕭蓍皆是野草此不宜獨爲禾中之草故易傳以爲稂當作涼涼草蕭蓍

之屬釋草不見苐名涼者未知鄭何所據○箋愾嘆至明者○正義曰祭義說祭之事云周旋出戶愾然而聞乎嘆息之聲是愾爲嘆息之意也序云思明王故知念周京是思先王之明者周京與京師一也因異章而變文耳周京者周室所居之京師也京周者京師所治之周室也桓九年公羊傳云京師者何天子之居也京者何大也師者何衆也天子之居必以大衆言之是說天子之都名爲京師也○

冽彼下泉浸彼苞蕭蕭蒿也○蒿好刀反**愾我寤嘆念彼京周**

冽彼下泉浸彼苞蓍蓍草也○**愾我寤嘆念彼京師**

芃芃黍苗陰雨膏之芃芃美貌○芃薄丁反又薄雄反膏古報反○**四國有王郇伯勞之**郇伯郇侯也諸侯有事二伯述職箋云有王謂朝聘於天子也郇侯文王之子爲州伯有治諸侯之功○

【疏】芃芃至勞之○正義曰言芃芃然盛者黍之苗也此苗所以得盛者由上天以陰雨膏澤之故也以興四方之國有從王之事所以得治者由有郇國之侯爲伯以恩德勞來之故也今無賢伯致曹國之不治故思之○鄭唯說伯有異其文義則同○傳郇伯至述職○正義曰以經言郇伯嫌是

伯爵故言郇伯郇侯也知郇爲侯爵者定四年左傳祝鮀說文王之子雖言曹爲伯明自曹以外其爵皆尊於伯故知爵爲侯也諸侯有事二伯述職謂東西大伯分主一方各自述省其所職之諸侯者昭五年左傳云小有述職大有巡功服虔云諸侯適天子曰述職謂六年一會王官之伯命事考績述職之事也○箋有王至之功○正義曰莊二十三年左傳曰諸侯有王王有巡守巡守是天子巡省諸侯則知有王是諸侯朝聘天子思古明王賢伯也言諸侯朝聘天子者若上有明王下有賢伯則諸侯以時朝聘善惡則有黜陟之義大司馬掌九伐之法正邦國賊賢害民則伐之爾時諸侯必不敢暴虐今由無明王賢伯不復朝聘共公侵刻下民無所畏憚故思治世有朝聘之時也僖二十四年左傳說富辰稱畢原酆郇文之昭也知郇伯是文王之子也時爲州伯有治諸侯之功謂爲牧下二伯治其當州諸侯也易傳者以經傳考之武王成王之時東西大伯雖有周公召公大公畢公爲之無郇侯者知爲牧下二伯也

下泉四章章四句

曹國四篇十五章六十八句

附釋音毛詩注疏卷第七（七之三）

清嘉慶二十年重栞宋本十三經注疏藏板

翰林院編修南昌黃中模栞

毛詩注疏校勘記　七之三

阮元撰盧宣旬摘録

曹譜

被孟豬　閩本明監本毛本同案孟當作盟陳譜作明豬正義云明豬尚書作盟豬卽左傳稱孟諸之麋爾雅云宋有孟諸是也但聲訛字變耳是正義所引尚書作盟之證

曹之後世　閩本明監本毛本曹上誤衍一〇案毛鄭詩考正亦誤以此下共廿一字爲鄭君語

十一世當周惠王時　閩本明監本毛本同案浦鏜云上脫〇是也

子官伯侯立也　閩本明監本毛本同案浦鏜云宫誤官是也

幽伯戴伯二人又不數　閩本明監本毛本同案盧文弨云前陳譜疏云除相公一及此人字亦當作及父子因世兄弟曰及是也考邶鄘衛譜正義云又不數及商頌譜正義云除二及皆可證

〇蜉蝣

昭公國小而迫　唐石經小字本相臺本同案釋文云國小而迫一本作昭公國小而迫案鄭譜云昭公好奢而任小人曹之變風始作此詩箋云喻昭公之朝是蜉蝣爲昭公詩也譜又云蜉蝣至下泉四篇共公時作今諸本此序多無昭公字崔集注本有未詳其正也今考集注是也譜正義云蜉蝣序云昭公詩也候人下泉序云共公鳲鳩在其閒亦共公詩也鄭於左方中皆以此而知是正義所見鄭譜左方中不云蜉蝣至下泉四篇共公時作釋文所見乃誤本因是而去此序昭公字耳

掘閱掘地解　小字本相臺本解下有閱字閩本明監本毛本亦有案十行本脫也又此定本也正義云初掘地而出皆解閱又云定本云掘地解閱釋文解閱音蟹下同與定本同也

掘地而出皆鮮閱　補毛本同案鮮當作解下鮮閱並同

蜉蝣三章章四句　補各本皆另提一行此誤在疏下

○候人

而好近小人焉　小字本相臺本同唐石經初刻無好字後改有案釋文以而好作音是其本有好字正義云以下皆近小人也此詩主刺君近小人當是其本無好字初刻出於此

候人道路送賓客者　小字本相臺本同考文一本同閩本明監本毛本送下有迎字案正義云以是知候人是道路送迎賓客者依正義當有此字

荷揭戈與祋　閩本明監本毛本同案經注作何正義作荷何荷古今字易而說之也例見前考文古本經作荷誤采所易之今字釋文何戈何可反又音河

不刺遠君子而舉候人　閩本明監本毛本同案不當作本形近之譌

知用享祀　閩本明監本毛本同案此不誤浦鏜云利誤知祭誤享非也正義所引易自如此祭祀本或作享祀見易釋文

所謂韍也　閩本明監本毛本同案浦鏜云韎誤韍以玉藻注考之浦挍是也

下大夫再命上士一命 閩本明監本毛本同案此不誤浦鏜云二其字一譌下一譌上非也盧文弨云不必拘本文是也

遺衛夫人以魚軒 閩本明監本毛本同案浦鏜云遺誤遣是也

僖十八年左傳 閩本明監本毛本同案十上浦鏜云脫二字是也

形如鷚而極大 閩本明監本毛本鷚誤鶵案此因十行本別體俗字作鵝而然

季人之少子也女民之弱者 小字本相臺本同案正義云定本云季人之少子女民之弱者其正義本未有明文今無可考正義云伯仲叔季則季處其少女比於男則男彊女弱又標起止云至弱者其自爲文者不可據意必求之當云季少子女弱者又季少子見陟岵傳也

則下民困病矣 閩本明監本毛本同小字本相臺本無矣字案無者是也標起止云至困病可證

天者無大雨 閩本明監本毛本同案者當作若因剜改而與下互譌也

故知薈蔚雲興若 閩本明監本毛本同案若當作者因剜改而與上互譌

○鳲鳩

其儀一兮 唐石經小字本相臺本同案此一字是壹之假借騶虞經壹發五豝又以壹字爲一之假借此序中不壹字凡二見唐石經以下各本同用正字也序用字不與經同如采薇之昆夷漢之滅皆可見傳箋亦作一標起止可證正義易而說之乃皆用壹字

言執義一則用心固 小字本相臺本同案段玉裁云上箋下箋執義不疑此言執義一文句相承上當脫箋云二字今考標起止作傳是正義本已誤

用心如壹既如壹兮其心堅固不變 閩本明監本毛本同案十行本用心至其心剜添者三字此當作用心既如壹兮其堅固不變剜添如壹及心字皆誤

刺曹君用心不均也 閩本明監本毛本刺誤既知二字案此十行本始剜者譌一字爲二

字山井鼎云宋板作剌最是彼所見剌字重刻而又正之也十行本屢經剜改者如此

謂如不以散 閩本明監本毛本同案當作謂固不可散

騏騏文也 小字本相臺本同案當作騏綦文也釋文伊騏下云騏綦文也正義云馬之靑黑色者謂之騏此字從馬則謂弁色如騏馬之文也此與小戎正義詳略互見耳如者如騏馬之綦文也又正義下引孫毓云皮弁之飾有玉璂而無綦文綦文非所以飾弁箋義爲長是此傳釋文正義孫毓評皆是騏綦文也今各本皆誤標起止傳騏騏文亦當是後改釋文綦字舊或誤纂今正詳後考證○按說詳小戎

騏當作璂 小字本相臺本同案釋文云作璂音其是釋文本字如此段玉裁云周禮作璂鄭易爲綦鄭箋詩孔疏詩皆依綦字今考正義本箋亦是璂字見下與釋文本同當是用此字以別於傳綦文也其引周禮而說之用彼注作綦

言皮爲之璂 閩本明監本毛本同案爲當作弁

會逢中也閩本明監本毛本同案浦鏜云縫誤逢下同是也

玉用采也閩本明監本毛本同案用下浦鏜云脫三字是也

綦常服也閩本明監本毛本同案綦上當有玉字因上句末玉字形近而脫去也

故知騏當作綦閩本明監本毛本同案綦當作璂上文云鄭唯其帶伊騏言皮弁之璂又云知騏當作璂此二璂字據箋言之可證也

正是也閩本明監本毛本同小字本相臺本是作長考文古本同案長字是也釋文正義皆可證

傳言正長釋訓文閩本明監本毛本同案訓當作詁

其非禮也閩本明監本毛本同案浦鏜云討罪誤其非是也鴻鴈正義引作討罪魯頌譜正義引同

○下泉

洌彼下泉唐石經小字本同相臺本洌作冽閩本明監本毛本同案釋文洌音列寒也唐石經本此正義云字

從冰相臺本所據改也東京賦李善注引此作洌詩經小學云字從仌列聲又見大東

稂童梁 小字本相臺本梁作粱閩本明監本毛本同案粱字誤也爾雅作梁此釋文及大田亦或誤見六經正誤

洌彼至周京 閩本明監本毛本冽作洌下同案所改是也

浸彼苞稂之草 明監本毛本草下衍也字閩本剜入

字從水 閩本明監本毛本水作冰案所改是也大東正義可證

必浸其根本 閩本明監本毛本同案稂當作根形近之譌

甫田云不稂不莠 閩本明監本毛本同案浦鏜云大誤甫是也爾雅正義節取此正作大

附釋音毛詩注疏卷第八（八之一）

廿六

豳七月詁訓傳第十五

○陸曰豳者戎狄之地名也夏道衰后稷之曾孫公劉自邰而出居焉其封域在雍州岐山之北原隰之野於漢屬右扶風郇邑周公遭流言之難居東都思公劉大王爲豳公憂勞民事以此叙已志而作七月鴟鴞之詩成王悟而迎之以致太平故大師述其詩爲豳國之風焉

毛詩國風　鄭氏箋　孔穎達疏

豳譜

豳者后稷之曾孫也○公劉者自邰而出所徙戎狄之地名今屬右扶風栒邑○正義曰周本紀云后稷卒子不窋立卒子鞠陶立卒子公劉立是公劉爲后稷之曾孫也生民云卽有邰家室本紀云舜封后稷于邰公劉因封不改故知公劉自邰而出也公劉之篇說公劉爲狄迫逐而徙居經云度其夕陽豳居允荒本紀稱公劉在戎狄閒知豳是戎狄之地名也漢書地理志云右扶風郇邑縣有豳鄉詩公劉所邑是漢時屬扶風郇邑也言自邰而出者杜預云邰在新平漆縣東北邰今始平武功縣所治釐城是也邰近而豳遠從內出外故言出○公劉以夏后大康時失其官守竄於

此地猶修后稷之業勤恤愛民民咸歸之而國成焉○正義曰國語云昔我先世后稷以服事虞夏及夏之衰弃稷弗務我先王不窋用失其官而自竄於戎狄之間韋昭云豳西近戎北近狄周本紀亦云不窋奔戎狄之間此云公劉竄於此地者案此公劉之篇說公劉遷豳事皆詳悉自邰徙豳必從公劉始矣蓋不窋之時已竄豳地尚往來邰國至公劉而盡以邰民遷之也本紀云公劉卒子慶節立國於豳是也定國於豳自公劉始也韋昭注國語以爲不窋當大康之時公劉乃不窋之孫不應亦當大康之世而此云公劉以大康時失官守者周語止云夏之衰也不言始衰之主書序云大康失邦則夏后之衰自大康爲始故繫大康言之其實公劉適豳不當大康之世鄭據外傳之文取不窋之事以爲說耳本紀云公劉雖在戎狄間復修后稷之業民賴其慶百姓懷之周道之興自此始也又公劉之篇具述公劉居豳愛民之事是民歸之而成國也○其封域在禹貢雍州岐山之北原隰之野○正義曰禹貢雍州云荆岐既旅原隰底績是岐山原隰屬雍州也大王始入居岐之陽明豳在岐山之北公劉之篇說公劉居豳度其原隰以治田是豳居原隰之野○至商之末世大王又避戎狄之難而入處於岐陽民又歸之○正義曰詩緜傳及書傳略說皆有其事○公劉之出大王之入雖有

其異由有事難之故皆能守后稷之教不失其德○正義曰本紀云公劉復修后稷之業古公復修后稷公劉之業是皆能守后稷之教不失其德也皐麓序云周之先祖世修后稷公劉之業而鄭獨言公劉大王者以周公之作七月主意於此二人故特言之○成王之時周公避流言之難出居東都二年○正義曰金縢云武王旣喪管叔及其羣弟流言於國曰公將不利於孺子周公乃告二公曰我之弗辟無以告我先王周公居東二年則罪人斯得是周公避流言之難出居東都二年也金縢直云居東不言東都周公避居國當不出畿內自然在東都於時實未爲都而云都據後營洛而言之耳周公在東實出入三年言二年順金縢之成文○思公劉大王居豳之職憂念民事至苦之功以比序已志○正義曰此釋作七月之意也以公劉遭夏人之亂大王有戎狄之難或出或入其居豳之時教民以蠶農爲務使衣食充足憂念民事有至苦之功由其積德勤民子孫卒成王業周公旣出居東都恐王業毁壞亦憂念民事庶成周道其意與公劉大王之志同不得自言已身憂國之心矣無以發明已志故作七月之詩仰陳公劉大王以比已身序已志知周公之作七月其意必如此者以序云周公遭變故陳先公風化之所由致王業之艱難言遭變是遭流言乃作也襄二十九年左傳季

札見歌豳曰美哉樂而不淫其周公之東乎明在東都作之也七月之詩非刺成王非美成王無故說先公之風化陳王業之艱難則是思念先公用以比序已志也本詩周公所作大師題之曰豳明其然矣而先公在豳凡經十世知唯念公劉大王者以公劉初居豳之主大王終去豳之君俱是先公之後皆有事難之故周公身遭事難追念處豳先君明是念其俊者故知周公所念念此二人若然大王旣遭事難能守后稷之教乃在居岐之後周公思居豳之事知其亦念大王者經篇說大王之德云民之初生自土沮漆言居豳之時得民之意民戀其德故與俱遷明知思念豳事其意亦及大王也鄭於上句言周公居東二年此句說其作詩之意欲明七月之作在此二年之中因尚書有二年之文故言之耳非謂居東二年始作七月也何則序云周公遭變卽作不應坐度二年方始爲詩七月之作當是初出之年也○後成王迎之反之攝政致大平其出入也一德不回純似於公劉大王之所爲大師大述其志主意於豳公之事故別其詩以爲豳國變風焉○正義曰金縢云惟朕小子其新逆是成王迎而反之代成王治國政而致大平其出居東都也其入攝王政也常守專一之德不有回邪純似公劉大王之所爲也周公作詩之時有自比二人之意及其終得攝王政其事又純似之

此詩用於樂官當立題目太師於是大述周公之志以此七月詩主意於豳公之事故別其詩不合在周之風雅而以爲豳國之變風焉此乃遠論豳公爲諸侯之政周公陳之欲以比序已志不美王業之本不得入周名之正風也又非刺美成王不得入成王之正雅周公王朝卿士不得專名一國進退既無所繫因其上陳豳公故爲豳之變風若所陳本非豳事無由得繫於豳周公事若不似於理亦不可繫此詩追述豳公事又相似故繫之爲宜也春官籥章云吹籥以歌豳詩則周制之前已繫豳矣謂之變者以其變風變雅各述時之善惡七月陳豳公之政東山以下主述周公之德正是變詩美者故亦謂之變風公劉亦陳豳事不繫豳者召康公陳公劉以戒成王猶召穆公陳文王以傷大壞主者意爲雅不得列爲風也鴟鴞以下不陳豳事亦繫豳者以七月是周公之事既爲豳風鴟鴞以下亦是周公之事尊周公使專一國故并爲豳風故鄭志張逸問豳七月專詠周公之德宜在雅今在風何荅曰以周公專爲一國上冠先公之業亦爲優矣所以在風下次於雅前在於雅分周公不得專之逸言詠周公之德者據鴟鴞以下發問也鄭言上冠先公之業謂以七月冠諸篇也以先公之業冠周公之詩故周公之德繫先公之業於是周公爲優矣次之風後雅前者言周公德高於諸侯

事同於王政處諸國之後不與諸國爲倫次之小雅之前言其近堪爲雅使周公專有此善也此豳詩七篇七月鴟鴞是出居時作其餘多在入攝政後鄭以爲周公避居之初是武王崩後三年成王年十三也居東二年罪人斯得成王年十四也迎周公反而居攝成王年十五也七年致政成王年二十一也故金縢注云文王十五生武王九十七而終終時武王八十三矣於文王受命爲七年後六年伐紂後二年有疾疾瘳後二年崩崩時年九十三矣周公以武王崩後三年出五年秋反而居攝四年作康誥五年作召誥七年作洛誥伐紂至此十六年也作康誥時成王年十八洛誥時年二十一也即政時年二十二也然則成王以文王終明年生也是鄭辨武王崩及周公出入之事知然者案大戴禮文王世子篇云文王十三生伯邑考十五生武王則武王之年少於文王十四歲文王世子云文王九十七而終武王九十三而終武王既少文王十四歲文王九十七而崩知武王於時年八十三也書傳云文王受命七年而崩是文王崩時受命七年尚書序云十有一年武王伐殷作泰誓案經泰誓上篇說武王觀兵時事是受命十一年泰誓下篇云還歸二年而後伐紂是伐紂之時受命十三年也文王崩至十三年始伐紂是崩後六年也金縢云武王既克商二年王有疾弗豫是伐紂後

二年有疾從文王之崩至武王有疾積八年矣文王崩時武王已八十三矣至此則九十一也武王九十三而崩故知瘳後二年崩也知周公以武王崩後三年出者祝君奭百官總已而聽政於冢宰三年定四年左氏云周公爲太宰以右王室周公既爲太宰武王初崩總攝王政自是常事管蔡不應流言成王不應致疑明是三年喪畢周公不授王政故流言耳按周書武王以十二月崩則崩後一年十二月朞而練二年十二月祥而祭除崩後三年管蔡乃流言也金縢云管叔及其羣弟乃流言於國周公乃告二公曰我之不辟無以告我先王是周公於流言之年避位而出是武王崩後三年也金縢又云周公居東二年罪人斯得注云罪人周公之屬與知攝者周公出皆奔二年盡爲成王所得言三年者并數出年是崩後四年也又曰於後公乃爲詩注云於二年後也上既言二年又別言於後明是二年之後也又曰秋大熟未穫注云秋謂周公出二年之後明年秋也此秋文承於後之下於後既是二年之後明此秋是二年之後謂居東二年武王崩後五年也金縢云秋大熟未穫之下即云惟朕小子其新逆是周公即以其年反也周公將攝出避流言今成王自新迎之明其反即居攝武王崩後五年即是攝政之元年書傳稱周公攝政四年建侯衛五年營成周七年致政成王言建

侯衛是封衛侯康誥論封衛之事是四年作康誥也名誥論
營洛邑成周之事是五年作名誥也洛誥論致政成王之事
是七年作洛誥也鄭言作康誥時成王年十八作洛誥時二
十一然則成王以文王終明年生所以知者書傳略說云天
子太子年十八曰孟侯孟侯者於四方諸來朝迎於郊注云
孟迎也按康誥經云王若曰孟侯則封康叔之時成王年十
八書傳言周公攝政四年建侯衛據孟侯之文知攝政四年
成王年十八又攝政七年成王年二十一也逆而推之則知
成王於攝政元年年十五周公出年年十三武王崩年年十
歲計文王崩後十年武王始崩自然文王崩之明年生成王
也由此而驗之故知成王年十三之時周公初出居東二年
十四之時罪人斯得十五年之時反而居攝也此譜言居東
二年思公劉太王以比序已志則七月之作在出居二年之
中不知其作之在何年當在鴟鴞之前鴟鴞之作則在居東
三年金縢云居東二年罪人斯得于後公乃爲詩以貽王名
之曰鴟鴞既言二年別言於後既與罪人斯得別年則上文
居東二年并初出之年爲二年作詩之時爲三年是周公居
東三年成王十五年之時作鴟鴞也伐柯序云刺朝廷之不
知言刺朝廷則是刺羣臣不刺成王宜在雷雨大風之後啓
金縢之前知者若在雷風之前則王與羣臣恐皆未悟不得

獨刺羣臣若啓金縢之後則羣臣亦悟無所復刺故伐柯箋
云成王既得雷雨大風之變欲迎周公而朝廷羣臣猶惑於
管蔡之言不知周公之聖德疑於成王迎之是以刺之是鄭
以伐柯爲既得雷雨之後金縢之前作也九罭序與伐柯序
同刺朝廷之不知首章言王欲迎周公二章以下說迎之事
當是周公既反而作也書傳稱周公居攝一年救亂二年克
殷三年踐奄多方云惟五月丁亥王來自奄注云奄國在淮
夷之傍周公居攝之時亦叛王與周公征之三年滅之自此
而來歸然則周公之歸在攝政三年東山勞歸士之時經云
自我不見于今三年明周公以秋反而居攝其年則東征三
年而後歸既歸乃大夫美之作東山也若然周公以秋反而
卽東征必是秋冬遣兵而東山經云倉庚于飛熠燿其羽箋
云倉庚仲春而鳴嫁娶之候也歸士始行之時新合昏禮秋
冬行而云新合昏者周公悅勞歸士言其新昏也非是六軍
之事皆新昏設令發兵之前一二年爲昏猶是新昏不必以
起兵之月始爲昏也破斧經稱東征則是征時之事其作必
是東山之前未知定是何年狼跋序云美周公也美不失其
聖經云公孫碩膚言周公遜遁去位避成功也案書序云召
公爲保周公爲師相成王爲左右周公致政之後留爲大師
是狼跋之作在致政之後也計此七篇之作七月在先鴟鴞

次之今鴟鴞次於七月得其序矣伐柯九罭與鴟鴞同年東
山之作在破斧之後當於鴟鴞之下次伐柯九罭破斧東山
然後終以狼跋今皆顛倒不次者張融以爲簡札誤編或者
次詩不以作之先後鄭所不說未可明言毛氏之意傳訓不
明唯鴟鴞傳曰寧亡二子不可毀我周室二子謂管蔡以爲
鴟鴞之詩爲管蔡而作然則毛解金縢之文其意皆異於鄭
金縢云武王既喪管叔及其羣弟流言於國周公乃告二公
曰我之不辟無以告我先王周公居東二年罪人斯得于後
公乃爲詩以貽王名之曰鴟鴞毛以鴟鴞爲管蔡而作則罪
人斯得爲得管蔡周公居東爲東征也居東二年既爲征伐
則我之不辟當訓辟爲法謂以法誅之如是則毛氏之說周
公無避居之事矣但不知毛意以周公攝政爲是喪中卽攝
爲在除喪之後此不明耳王肅之說祖述毛氏傳意或如肅
言王肅金縢注云文王十五而生武王九十七而終時受命
九年武王八十三矣十三年伐紂明年有疾時年八十八矣
九十三而崩以冬十二月其明年稱元年周公攝政遭流言
作大誥而東征二年克殷殺管蔡三年而歸制禮作樂出入
四年至六年而成七年營洛邑作康誥名誥洛誥致政成王
然則文王崩之年成王已三歲武王八十而後有成王武王
崩時成王已十三周公攝政七年致政成王年二十肅意所

以然者以家語武王崩時成王年十三又古文尚書武成篇云我文考文王克成厥勳誕膺天命以撫方夏惟九年大統未集孔安國據此文以爲文王受命九年而崩其後劉歆班固賈逵皆亦同之肅雖不見古文以其先儒之言必有所出本從先儒以爲文王受命九年而崩依大戴禮武王之年少文王十四歲故亦同鄭爲文王崩時武王年八十三也受命九年武王八十三故至十三年伐紂武王八十七也金縢云武王既克殷二年有疾者并數伐紂之年與疾年共爲二年故云伐紂明年有疾時武王八十八也禮記云武王九十三而終是爲伐紂後六年而崩也金縢云武王既喪鄭云管蔡流言周公居東則是武王崩之後管蔡即流言周公即東征也又書序云武王崩三監及淮夷叛周公相成王將黜殷命作大誥言武王崩三監叛明武王崩後即叛周公即征可知故以爲武王崩之明年稱元年周公攝政遭流言作大誥而東征也金縢云居東二年罪人斯得故知二年而克殷殺管叔也東山序云周公東征三年而歸明堂位稱周公踐天子之位六年制禮作樂故知三年歸制禮作樂至六年而成也東征實三年金縢言二年者王肅於彼注云或曰詩序三年而歸此言居東二年其錯何也曰書言其罪人斯得之年詩言其歸之年也知營洛邑作康誥召誥皆在七年者以召誥

說營洛邑之事洛誥說致政成王治於新邑之事明此二篇同是致政之年作也康誥經云惟三月哉生魄周公初基作新大邑於東國洛亦言洛邑之事明與召誥同時故知二篇皆七年作也肅又云然則文王崩之年成王已三歲致政時年二十所以知者以周公居攝七年而致政明是二十成人故致之耳致政之時成王年二十薨而推之攝政元年年十四武王崩年年十三文王先武王十年而崩是文王崩之年成王已三歲也由此而驗之則武王崩之明年成王年十四其年周公攝政管蔡流言周公東征之作七月也所以作七月者王肅之意以爲周公以公劉太王能憂念民事成此王業今管蔡流言將絕王室故陳豳公之德言已攝政之意必是攝政元年作此七月左傳季札見歌豳曰其周公之東乎則至東居乃作也居東二年既得管蔡乃作鴟鴞三年而歸大夫美之而作東山也大夫既美周公來歸喜見天下平定又追惡四國之破毀禮義追刺成王之不迎周公而作破斧伐柯九罭也伐柯序云刺朝廷之不知王肅云朝廷斥成王也肅又云或曰東山既歸之詩而朝廷不知猶在下何曰同時之作破斧惡四國而其辭曰周公東征四國是皇猶追而刺之所以極美周公是肅意以破斧伐柯九罭作在東山之後故編東山於前也狼跋美周公遠則四國流言近則成王

不知進退有難而不失其聖當是三年歸後天下太平然後美其不失其聖耳最在後作故以爲終此則王肅義耳未知傳意必然以否其讖緯史傳言文王受命七年而崩又言周公攝政四年建侯衛五年營成周及大子十八稱孟侯此等皆肅所不信

七月陳王業也周公遭變故陳后稷先公風化之所由致王業之艱難也周公遭變者管蔡流言辟居東都○王業于況反又如字下同

【疏】七月八章章十一句至艱難○正義曰作七月詩者陳先公之風化是王家之基業也毛以爲周公遭管蔡流言之變舉兵而東伐之憂此王業之將壞故陳后稷及於豳地之先公其風化之所由緣致此王業之艱難之事先公遭難乃能勤行風化已今遭難亦欲勤修德教所以陳此先公之事將以比序已志經八章皆陳先公風化之事此詩主意於豳之事則所陳者處豳地之先公公劉大王之等耳不陳后稷之教今輒言后稷者以先公脩行后稷之教故以后稷冠之艱亦難也但古人之語字重耳無逸亦云不知稼穡之艱難與此同也鄭以爲周公遭流言之變避居東

都非征伐耳其文義則同○箋周公至東都○正義曰變者改常之名周公欲攝管蔡毁之是於攝事變改也金縢云管叔及其羣弟流言於國曰公將不利於孺子周公乃告二公曰我之不辟我無以告我先王鄭云居東二年是其避流言居東都也流謂水流造作虚語使人傳之如水之流然故謂之流言彼注云管國名叔字封於管羣弟蔡叔霍叔武王崩周公免喪服意欲攝政小人不知天命而非之故流公將不利於孺子之言於京師孺子成王也我今不避孺子而去我先王以謙謙爲德我反有欲位之謗無怨於我先王言愧無辝也居東者出處東國待罪以須君之察己是說避居之意也周公避居東都史傳更無其事古者避辟扶亦反譬僻皆同作辟字而借聲爲義鄭讀辟爲避故爲此說案鴟鴞之傳言寧亡二子則毛無避居之義故毛讀辟爲辟此八章皆是周公陳先公在豳教民周備使衣食充足寒暑及時民奉上教知其早晚各自勸勉以勤事業故同我婦子饁彼南畝首嗟我婦子曰爲改歲此述民人之志非序先公號令之辭首章陳人以衣食爲急餘章廣而成之計民之所用食急於衣宜先陳耕田之事但耕種收斂終年始畢每事及時然後能穫則禦一年之飢非時日之用衣則不然唯是寒月所須又當及時營作故蠶月條桑八月載績若此月不作則寒時無

衣事之濟否在此一月偏急於衣故首章上六句先陳八以衣褐爲急三之日以下五句陳八以穀食爲急故陳八耕饁之事八之爲衣衣絲帛爲先故二章言女功之始養蠶之事一章之中而再言春日者此章先言執筐養蠶因論女心傷悲感物但傷悲在蠶生之初陳之於求桑之下顯倒不順故更本春日采繁記傷悲之節所以再言春日也衣之所用非絲即麻春旣養蠶秋當緝績絲帛染爲玄黃乃堪衣用故三章又陳女功自始至成也三章旣言絲麻衣服女功之正故四章陳女功助取皮爲裘以助布帛冬月衣裳雖具又當入室避寒故五章言將寒有漸閉塞宮室女功衣服之事旣終矣乃說男女飲食之事黍稷麻麥男功之正故六章先陳男功之助七章言男功之正首章已言耕田之事故此章唯說收斂之事所以成首章也衣食已具卒章乃言備暑藏冰飲酒相樂皆是先公憂民之風教周公陳之以比序已志言已之憂民憂國心亦然也民之大命在溫與飽八章所陳皆論衣服飲食首章爲其捴要餘章廣而成之首章上六句言寒當須衣故二章三章說養蠶緝績衣服之事以充之首章下五句言耕稼飲食之始故七章說治場納穀稼穡終事以充之論衣則舉須衣之時論食不言須食之時者衣必寒時所須故可舉寒爲戒食則無一日而不須不可言須食之時諸衣

言歎避寒之事則引物記候言飲食耕田之事則不記時候
皆此意也卒章說饗飲之禮獨言九月肅霜者饗飲之禮必
農隙乃爲故言肅霜滌場以見農功之畢若其餘飲食則不
得記時故六章七章無記時之事絲麻布帛衣服之常故蠶
績爲女功之正皮裘則其助四章箋云時寒宜助女功言取
皮爲裘助女絲麻之功也黍稷菽麥飲食之常故禾稼爲男
功之正菜果則其助六章箋以鬱薁及葵棗助男功又云瓜
瓠之畜助養農夫言取瓜瓠葵棗助男稼穡之功也女功之
助在四章男功之助在六章者二章三章是女功之正故四
章爲女功之助七章是男功之正故六章爲男功之助欲令
男女之功正助各自相近者也女功之正及秋而止其助在
成一○冬○之○月○事在正後故在正後也男功之正冬初乃止男
功之助在於夏秋事在正前故在正前也又養蠶時節易過
恐失其時殷勤言之故二章三章皆言養蠶之事耕稼者一
年之事非時月之功民必趨時不假深戒首章己言其始七
章略言其終不復說其莠耨芸耕之事故男功之正少女功
之正多也絲麻之外唯有皮裘可衣者少黍稷以外果瓜之
屬可食者多故男功之助多女功之助少也女功助在正後
故五章女功助下言女功畢男功正在助後故七章男功正
下言男功畢男功正後猶有茅索之事女功正後不言有事

孟子稱冬至之後女子相從夜績則冬亦有績麻但言不備耳先公之教急於衣食四章之末說田獵習戎卒章之初說藏冰禦暑者非衣食之事而言之者廣述先公祇教具備也閑於政事然後饗燕卒章說飲酒之事得其次也毛鄭注雖小有異文意則同

七月流火九月授衣火大火也流下也九月霜始降婦功成可以授冬衣矣箋云大火者寒暑之候也火星中而寒暑退故將言寒先著火所在

一之日觱發二之日栗烈無衣無褐何以卒歲一之日十之餘也一之日周正月也觱發風寒也二之日殷正月也栗烈寒氣也箋云褐毛布也卒終也此二正之月人之貴者無衣賤者無褐將何以終歲乎是故八月則當績也○觱音必說文作畢發音如字栗烈並如字說文作𩗗颲褐音曷

三之日于耜四之日舉趾同我婦子饁彼南畝田畯至喜三之日夏正月也豳土晚寒于耜始脩耒耜也四之日周四月也民無不舉足而耕矣饁饋也田畯田大夫也箋云同猶俱也喜讀爲饎饎酒食也耕者之婦子俱以饟來至於南畝之中其見田大夫又爲設酒食焉言勸其事

又憂其吏也此章陳人以衣食爲急餘章廣而成之○耜音似饁炎輒反野饋也字林于劫反畯音俊喜王申毛如字鄭作饎尺志反下同夏戶雅反下染夏夏小正同晚寒如字謂晚節而氣寒也饋其愧反饟式亮反又爲于僞反

【疏】七月至至喜○毛以爲周公云先公教民周備民奉上命於七月之中有西流者是火之星也知是將寒之漸至九月之中云可以相授以冬衣矣九月之中若不授冬衣則一之日有觱發之寒風二之日有栗烈之寒氣此二日者大寒之時人之貴者無衣賤者無褐何以終其歲乎故至八月則當績也又豳人從君之教三之日於是始脩耒耜四之日悉皆舉足而耕俱時我耕者之婦子奉饋食餉彼南畝之中耕作者田畯來至見其勤農事則歡喜也豳公憂念民事教之若此周公言己憂民亦與之同故陳之也○鄭唯田畯至喜言田畯來至農夫爲設酒食爲異餘同○傳火大火至冬衣矣○正義曰春秋昭十七年有星孛於大辰公羊傳曰大辰者何大火也哀十一年左傳曰火伏而後蟄者畢今火猶西流司歷過也謂火下爲流故云流下言六月昏見而中則流下也可以授冬衣者謂衣成而授之○箋大火至所在○正義曰昭三年左傳張趯曰火星中而寒暑退服虔云火大火心也季冬十二月平旦正中在南方大寒。季夏六月黃昏火星中大暑退是火爲寒暑之候事也知此兩月昏旦火星中者月令季夏昏火星中六月既昏中以衡反之故十二月旦而中也若然六月之昏火星始中堯典云日永星火以正仲夏注云司馬之職治南岳之事得則夏氣和夏至之氣昏火星中所以五月得火星中者吳志孫皓問月令季夏火星中前受東方之體盡以爲火星季夏中心也不知夏至中星名谷曰日永星火此謂大火也大火次名東方之次有壽星大火析木三者大火爲中故尚書云舉中以言焉又每三十度有奇非特一宿者也季夏中火猶謂指心火也如此言中則日永星火謂大火之次非心星也堯典四時言中星者春夏交舉其次言星鳥星火秋冬舉其宿言星虛星昴故注云星鳥鶉火之方星火大火之屬虛玄武中虛宿也昴白虎中宿也其東方南方皆三次鶉火大火居其中西方北方俱七宿虛星昴星居其中每時總舉一方故指中宿與次而互言之耳其實仲夏之月大火之次亦未中也是鄭以日永星火大火之次與此火之心星别。傳一之日至寒氣。正義曰一之日二之日猶言一月之日二月之日故傳辨之言一之日者乃是十分之餘謂數從一起而終於十更有餘月還以一二紀之也既解一二之意又復指斥其一之日。周之正月謂建子之月也二之日者殷之正月謂建丑之月也下傳曰三之日夏之正月謂建寅之月也正朔三而改之既言三正事終更復從周爲說故言四之日周之四月即是夏之二月建卯之月也此篇說文自立一體從夏之十一月至夏之二月皆以數配日而言之從夏之四月至於十月皆以數配月而稱之唯夏之三月特異常例下云春日遲遲蠶月條桑皆是建辰之月而或日或月不以數配參差不同者蓋以日月相對日陽月陰陽則生物陰則成物建子之月純陰已過陽氣初動物以牙蘖將生故以日稱之建巳之月純陽用事陰氣已萌物有秀實成者故以月稱之夏之三月當陰陽之中處生成之際物生已極不可以同前不得言五之日物既未成不可以類後不得稱三月故日月並言而不以數配見其異於上下四章箋云物成自秀葽始明以物成故稱月也稱月者由其物成知稱日由其物生也若然一之日二之日言十之餘則可矣而三之日四之日者乃是正月二月十數之初始不以爲一二而謂之三四者作者理有不通辭無所寄若云一月二月則羣生物未成更言一之二之則與前無別以其俱是陽月物皆未成故因乘上數謂之三四明其氣相類也春秋元命包曰周人以十一月爲正殷人以十二月爲正夏人以十三月爲正建寅之月乃是十月之初亦乘上以爲十三與此同也四月云冬日烈烈飄風發發以發是風故知烈是氣

故以觱發爲寒風栗烈爲寒氣仲冬之月待風乃寒季冬之月無風亦寒故異其文○箋褐毛至當績○正義曰毛布用毛爲布今夷狄作褐皆織毛爲之賤者所服卒終釋詁文言此二正之月大寒之時無衣無褐不可終歲是故八月則當績衣○絲蠶爲重箋不云蠶月則當蠶而言八月則當績者以此章先言流火則是已見火流於時蠶事已過唯績可以當之且下章蠶事別言流火故不以蠶事屬此○傳三之日至大夫○正義曰于訓於三之日於是始脩耒耜月令季冬命農計耦耕事脩耒耜具田器孟春天子躬耕帝籍然則脩治耒耜當。季冬之月舉足而耕當以孟春之月者。今言耡人以正月脩耒耜二月始耕故云耡土晚寒鄭志荅張逸云晚溫亦晚寒足寒晚溫亦晚故脩耒耜始耕皆校中國一月也易鼎卦注云無事曰趾陳設曰足對文則爲小異散則趾足通名訓趾爲足耕以足推故云無不舉足而耕無不者言其人人皆然也饁饋釋詁文孫炎曰饁野之餉釋言云畯農夫也孫炎曰農夫田官也郭璞曰今之嗇夫是也然則此官選俊人主田謂之田畯典農之大夫謂之農夫以王者尤重農事知其爵爲大夫也案鄭注周禮載師云六遂餘地自三百。以外天子使大夫治之或於田農之時特命之主其田農之事以周禮無田畯正職故直云田畯。大夫春官籥章掌擊土鼓以樂田畯鄭司農云田畯古之先教田之官者但彼說祈年之祭知其祭先教者傳不解至喜之義但毛無破字之理不得以爲酒食當謂田畯來至見勤勞故喜樂耳○箋喜讀至成之○正義曰箋以田畯至喜文承饁彼之下若是喜樂其事便是喜其餉食非復悅其勤勞何當於饁彼之下而說田畯喜乎饁既是食明喜亦是食故知喜讀爲饎饎酒食釋訓文李巡曰得酒食則喜歡也孫毓云小民耕農妻子相饁雖有冀缺如賓之敬大夫儼然銜命巡司何爲將身就耕民公媧聾畝草間共飲食乎鄙亦甚矣而改易經字殆非作者之本旨斯不然矣飲食之事祀之所重大夫之勸迎周公籩豆有踐鄭人之愛國君欲授之以飧何獨田畯之尊不可爲之設食也說其爲設酒食言民愛其吏耳何必大夫皆仰田間食乎

七月流火九月授衣箋云將言女功之始故又本作此**春日載陽有鳴倉庚女執懿筐遵彼微行爰求柔桑**倉庚離黃也懿筐深筐也微行牆下徑也五畝之宅樹之以桑箋云載之言則也陽溫也溫而倉庚又鳴可蠶之候也柔桑稺桑也蠶始生宜稺桑○離本又作鵹作鸝同力知反稺直吏反本亦作稚**春日遲遲采蘩祁祁**

女心傷悲，殆及公子同歸。遲遲舒緩也蘩白蒿也所以生蠶祁祁衆多也傷悲感事苦也春女悲秋士悲感其物化也殆始及與也豳公子躬率其民同時出同時歸也箋云春女感陽氣而思男秋士感陰氣而思女是其物化所以悲也悲則始有與公子同歸之志欲嫁焉女感事苦而生此志是謂豳風○祁巨之反一音上之反殆音待

【疏】七月至同歸○毛以爲七月之中有流下者火星也民知將寒之候九月之中則可以授冬衣矣又本其趁時養蠶春日則以溫矣又有鳴者是倉庚之鳥也於此之時女人執持深筐循彼微細之徑道於是求柔穉之桑以養新生之蠶因言養蠶之時女有傷悲之志更本之言春日遲遲然而舒緩采蘩以生蠶者祁祁然而衆多於是之時女子之心感蠶事之勞苦又感時物之變化皆傷悲思男有欲嫁之志時豳公之子躬率其民共適田野此女人等始與此公子同時而來歸於家○鄭唯下句異言始與豳公之子同有歸嫁之志餘同○傳倉庚至以桑○正義曰倉庚一名離黃即葛覃黃鳥是也懿者深邃之言故知懿筐深筐行訓爲道也步道謂之徑微行爲牆下徑五畝之宅樹之以桑孟子文引之者自明牆下之意○傳遲遲至時歸○正義曰遲遲者日長而暄之意故爲舒緩計春秋漏刻多少

正等而秋言淒淒春言遲遲者陰陽之氣感人不同張衡西京賦云人在陽則舒在陰則慘然則人遇春暄則四體舒泰春覺晝景之稍長謂日行遲緩故以遲遲言之及遇秋景四體褊躁不見日行急促唯覺寒氣襲人故以淒淒言之淒淒是涼遲遲非暄二者觀文似同本意實異也釋草云蘩皤蒿孫炎曰白蒿也傳於采蘩云皤蒿也此云白蒿變文以曉人也今定本云皤蒿也白蒿所以生蠶今人猶用之傷悲感事苦感養蠶之事苦既感事苦又感陽氣故傳明其二感之意春則女悲秋則士悲感其萬物之化故所以悲也因有女悲遂解男悲言男女之志同而傷悲之節異也釋詁云胎始也說者皆以爲生始然則胎殆義同故爲始也及與釋詁文諸侯之子稱公子言與公子同歸則公子時亦適野故豳公之子身率其民也王肅云豳君既脩其政又親使公子躬率其民同時歸也○箋春女至豳風○正義曰箋又申傳傷悲之意女是陰也男是陽也秋冬爲陰春物得陽而生女則有陰而無陽春女感陽氣而思男春夏爲陽秋物得陰而成男則有陽而無陰故秋士感陰氣而思女是由其萬物變化故所以思見之而悲也婦人謂嫁爲歸經於傷悲之下即言與公子同歸是說女之思嫁不得爲公子率民故易傳以言悲則始有與公子同歸之志欲得嫁焉雖貴賤有異感氣則同故

與公子同有歸嫁之意雖感陽氣使然亦是感蠶事之苦而生此志申傳感二事之意也莊元年公羊傳說築王姬之館云於羣公子之舍則以卑矣是諸侯之女稱公子也此章所言是謂豳國之風詩也此言是豳風六章云是謂豳雅卒章云是謂豳頌者春官籥章云仲春晝擊土鼓吹豳詩以迎暑仲秋夜迎寒氣亦如之凡國祈年於田祖吹豳雅擊土鼓以樂田畯國祭蜡則吹豳頌以息老物以周禮用爲樂章詩中必有其事此詩題曰豳風明此篇之中當具有風雅頌也别言豳雅豳頌則豳詩者是豳風可知故籥章注云此風也而言詩詩揔名也是有豳風也且七月爲國風之詩自然豳詩是風矣既知此篇兼有雅頌則當以類辨之風者諸侯之政教凡繫水土之風氣故謂之風此章女心傷悲乃是民之風俗故知是謂豳風也雅者正也王者設教以正民作酒養老是人君之美政故知穫稻爲酒是豳雅也頌者美盛德之形容成功之事男女之功俱畢無復飢寒之憂置酒稱慶是功成之事故知朋酒斯饗萬壽無疆是謂豳頌也籥章之注與此小殊彼注云豳詩謂七月也七月言寒暑之事迎氣歌之歌其類言寒暑之事則首章流火觱發之類是也又云豳雅者亦七月也七月又有于耜舉趾饁彼南畝之事是亦歌其類也則亦以首章爲豳雅也又云豳頌者亦七月也七月又

有穫稻釀酒躋彼公堂稱彼兕觥萬壽無疆之事是亦歌其類也兼以穫稻釀酒亦爲豳頌皆與此異者彼又觀籥章之文而爲說也以其歌豳詩以迎寒迎暑故取寒暑之事以當之吹豳雅以樂田畯故取耕田之事以當之吹豳頌以息老物故取養老之事以當之就彼爲說故作兩解也諸詩未有一篇之內備有風雅頌而此篇獨有三體者周召陳王化之基未有雅頌成功故爲風也鹿鳴陳燕勞伐事之事文王陳祖考天命之美雖是天子之政未得功成道洽故爲雅天下太平成功告神然後謂之爲頌然則始爲風中爲雅成爲頌言其自始至成別故爲三體周公陳豳公之教亦自始至成述其政教之始則爲豳風述其政教之中則爲豳雅述其政教之成則爲豳頌故今一篇之內備有風雅頌也言此豳公之教能使王業成功故也

七月流火八月萑葦薍爲萑葭爲葦豫畜萑葦可以爲曲也箋云將言女功自始至成故亦又本於此○萑戶官反葦韋鬼反薍五患反葭音加畜本又作蓄同勑六反下同

蠶月條桑取彼斧斨以伐遠揚猗彼女桑斨方銎也遠枝遠也揚條揚也角而束之曰猗女桑荑桑也箋云條桑枝落采其葉也女桑少枝長條不枝落者束而采之○條徒彫反

注條桑同又如字沈暢遙反斨七羊反猗於綺反七月鳴
徐於宜反銎曲容反說文云斧空也荑徒兮反
鵙八月載績載玄載黃我朱孔陽爲公子裳鵙伯
勞也載績絲事畢而麻事起矣玄黑而有赤也朱深纁也陽
明也祭服玄衣纁裳箋云伯勞鳴將寒之候也五月則鳴豳
地晚寒鳥物之候從其氣焉凡染者春暴練夏纁玄秋染夏
爲公子裳厚於其所貴者說也○鵙圭覓反字林工役反纁
許云反暴蒲卜反染如琰反
【疏】七月至子裳○正義曰言七月流下者
火星也民知將寒之候八月萑葦既成
豫畜之以擬蠶用於養蠶之月條其桑而采之謂斬條於地
就地采之也猗束彼女桑而采之謂柔穉之桑不枝落者以
繩猗束而采之也言民受先公之教能勤蠶事也蠶事既畢
又須績麻七月中有鳴者是鵙之鳥也是將寒之候八月之
中民始績麻民又染繒則染爲玄則染爲黃云我朱之色甚
明好矣以此朱爲公子之裳也績麻爲布民自衣之玄黃之
色施於祭服朱則爲公子裳皆是衣服之事雜互言之也○
傳萑爲至爲曲○正義曰釋草云菼薍樊光云菼初生葸息
理反騂色海濱曰薍郭璞曰似葦而小又云葭華舍人曰葭
一名華樊光引詩云彼茁者葭郭璞曰即今蘆也又云葭蘆

郭璞曰葦也然則此二草初生者爲菼長大爲薍成則名爲萑初生爲葭葭長大爲蘆成則名爲葦小大之異名故云薍爲萑葭爲葦此對文耳散則通矣蒹葭云白露爲霜之時猶名葭行葦云敦彼行葦夏時已名葦也月令季春說養蠶之事云具曲植筐○筐○注云曲薄也植槌也薄用萑葦爲之下句言蠶事則萑葦爲蠶之用故云豫畜萑葦可以爲曲也○箋將言至於此○正義曰養蠶女功之始衣服女功之成上章止言蠶生之事故箋云女功之始此章并說爲裳故云自始至成也○傳斨方至荑桑○正義曰破斧傳云隋銎曰斧方銎曰斨然則斨即斧也唯銎孔異耳故云斨方銎也此蓋相傳爲然無正文也劉熙釋名曰斨戕也所伐皆戕毀也言遠枝遠者謂長枝去人遠也揚條揚者也謂長條揚起者皆手所不及故枝落之而采取其葉襄十四年左傳云譬如捕鹿晉人角之諸戎掎之然掎角皆遮截束縛之名也故云角而束之曰掎○女是人之弱者故知女桑柔桑言柔弱之桑其條雖長不假枝落故束縛而采也集注及定本皆云女桑柔○桑取周易枯楊生荑之義荑是葉之新生者○傳鵙伯至纁裳○正義曰鵙伯勞釋鳥文李巡曰伯勞一名鵙樊光曰春秋云少皞氏以鳥名官伯趙氏司至伯趙鵙也以夏至來冬至去郭璞曰似鶷鶡而大陳思王惡鳥論云伯勞以五月鳴應陰

氣之動陽氣爲仁養陰爲殺殘賊伯勞蓋賊害之鳥也其聲鶪鶪故以其音名云陳風云不績其麻績緝麻之名八月絲事畢而麻事起故始績也玄黑而有赤謂色有赤黑雜者考工記鍾氏說染法云三入爲纁五入爲緅七入爲緇注云染纁者三入而成又再染以黑則爲緅緅今禮記作爵言如爵弁色也又復再染以黑乃成緇矣凡玄色者在緅緇之間其六入者與染法五入數禮無明文故鄭約之以爲六入謂三入赤三入黑是黑而有赤也士冠禮云爵弁服纁裳注云凡染絳一入謂之縓再入謂之赬三入謂之纁朱則四入矣以上染朱入數書傳無文故約之以爲四入也三則爲纁四入乃成朱色深於纁故云朱深纁也陰陽相對則陰闇而陽明矣朱色無陰陽之義故以陽爲明謂朱爲光明也易下繫云黃帝堯舜垂衣裳蓋取諸乾坤注云乾爲天坤爲地天色玄地色黃故玄以爲衣黃以爲裳象天在上地在下土記位於南方南方故云用纁是祭服用玄衣纁裳之義染色多矣而特舉玄黃故傳解其意由祭服尊故也○箋伯勞至者說○正義曰五月陰氣動而伯勞鳴是將寒之候也月令仲夏鶪始鳴是中國正氣五月則鳴今豳地晚寒鳥初鳴之候從其鄉上之氣焉故至七月鶪始鳴也此篇箋傳三云晚寒上言于耜舉趾下云載纘武功唯校中國一月此獨校兩月者豳

處西北遠於諸華寒氣之來大率晚耳未必皆與中國常校
一月何則蘀月條桑八月其穫七月食瓜八月剝棗九月肅
霜十月滌場如此之類皆與中國同也既云同於中國不得
齊校一月自然有大晚者得校兩月也王肅云蟬及鵙皆以
五月始鳴今云七月其義不通也古五字如七肅之此說理
亦可通但不知經文實誤不耳豳地大率晚寒箋傳略舉三
事及以月令校之豳地之寒晚於中國者非徒此三事而已
月令仲春之月倉庚鳴此云蠶月始鳴月令季秋草木黃落
此云十月隕蘀月令季秋令民云寒氣揔至其皆入室此云
曰為改歲入此室處月令季秋天子嘗稻此云十月穫稻月
令仲秋云天子嘗麻此云九月叔苴月令季冬命取冰此云
三之日納于凌陰皆是晚寒所致箋傳不說者已舉三事其
餘後。可知也上云三之日于耜言晚寒者猶寒氣晚至故耕
田晚也七月鳴鵙言晚寒者謂溫氣晚鵙鳴晚也上傳言
晚寒則此箋當言晚溫而亦言晚寒者鄭荅張逸云晚寒亦
晚溫其意言寒來既晚故順上傳舉晚寒以明晚溫耳孫毓
以為寒鄉率早寒北方是也熱鄉乃晚寒南方是也毛傳言
晚寒者豳土寒多雖晚猶寒非謂寒來晚也毓之此言似欲
有理但案經上下言九月肅霜與中國氣同穫稻乃晚於中
國非是寒來早也明是寒來晚故溫亦晚也凡桑春暴練夏

纁玄秋染夏天官染人文彼注云暴練練其素而暴之纁玄者○可以染此色玄纁者天地之色以爲祭服石染當及盛暑熱潤湛研之三月而後可用考工記鍾氏則染纁術也染玄則史傳闕矣染夏者染五色謂之夏者其色以夏翟爲飾夏翟毛羽五色皆備成章染者擬以爲深淺之度是以放而取名引此者證經載玄載黃謂以夏日染之○四八月染也實在夏而文承八月之下者以養蠶績麻是造衣之始故先言之染色作裳是爲衣之終故後言之言蠶績所得民亦自衣而特言公子裳厚重於其貴者故特說之以下于貉不言爲民之裘而狐貍云爲公子裘亦是厚於貴者與此同

四月秀葽五月鳴蜩八月其穫十月隕蘀 不榮而實曰秀葽葽草也蜩螗也穫禾可穫也隕墜蘀落也箋云夏小正四月王萯秀葽其是乎秀葽也鳴蜩也穫禾也隕蘀也四者皆物成而將寒之候物成自秀葽始○葽於遥反蜩徒彫反穫戶郭反下同隕于敏反蘀音託螗音唐墜直類反萯音婦

一之日于貉取彼狐貍爲公子裘 于貉謂取狐貍皮也狐貉之厚以居孟冬天子始裘箋云于貉往搏貉以自爲裘也狐貍以共尊者言此者時寒宜助女功○貉戶各反獸名貍力之反獸名搏音

傳舊音付自爲于僞反

二之日其同載纘武功言私其豵獻豣于公

纘繼功事也豕一歲曰豵三歲曰豣大獸公之小獸私之箋云其同者君臣及民因習兵俱出田也不用仲冬亦隨地晚寒也豕生三曰豵○纘子管反豵子公反豣古牽反又音牽

［疏］四月至于公○正義曰四月秀者葽之草也五月鳴者蜩之蟲也八月其禾可穫刈也十月木葉皆隕落也此四物漸而成終落則將寒之候時既漸寒至大寒之月當取皮爲裘以助女功一之日往捕貉取皮庶人自以爲裘又取狐與貍之皮爲公子之裘絲麻不足以禦寒故爲皮裘以助之既言捕貉取狐因說田獵之事至二之日之時君臣及其民俱出田獵則繼續武事年常習之使不忘戰也我在軍之士私取小豵獻大豣於公戰鬬不可以不習四時而習之兵事不可以空設田獵蒐狩以閑之故因習兵而俱出田獵也美先公禮教備矣○傳不榮至薄落○正義曰釋草云華榮也木謂之華草謂之榮不榮而實者謂之秀榮而不實者謂之英李巡曰分別異名以曉人則彼以英秀對文故以英爲不實秀爲不榮出車云黍稷方華生民說黍稷云實發實秀是黍稷有華亦稱秀也言其秀實知葽是草也釋蟲云蜩蜋蜩螗蜩舍人云皆蟬方言曰楚謂蟬

爲蜩宋衛謂之螗蜩陳鄭謂之蜋蜩秦晉謂之蟬是蜩蟬一物方俗異名耳釋蟲又云蜺寒蜩郭璞曰寒螿也似蟬而小青赤引月令云寒蟬鳴與此鳴蜩不同者夏小正云五月螗蜩鳴七月寒蟬鳴是其異也八月其穫者唯有禾耳故知其穫謂禾可穫也隕墜釋詁文○箋小正至萋始○正義曰夏小正者大戴禮之篇名也萋之爲草書傳無文四月已秀物之鮮矣故疑王萯正與萋爲一言萋其是乎爲疑之辭也月令孟夏王瓜生注云今曰王萯生夏小正云王萯秀未聞孰是鄭以四月生者自是王瓜令月令與夏小正皆作王萯而生秀字異必有誤者故云未知孰是本草云萯生田中葉青刺人有實七月采陰乾云七月采之又非四月已秀是萋以否未能審之物之成熟莫先萋草故云物成自秀萋始微見以言月之意由有物成故也○傳于貉至始裘○正義曰于謂往也于貉言往不言取狐貍言取不言往皆是往捕之而取其皮故傳言于貉謂取狐貍皮并明取之意也狐貉之厚以居論語文言其毛厚服之居於家也孟冬天子始裘月令文言自此之後臣民亦服裘也引二文者證取皮爲裘之義孟冬已裘而仲冬始捕獸者爲來年用之天官掌皮秋斂皮冬斂革春獻之注云皮革踰歲乾乃可用獻之以入司裘是其事也孟冬始裘而司裘仲秋獻良裘季秋獻功裘者豫獻

之以待王時服用頒賜故也○箋于貉至女功○正義曰以經狐貍以下爲公子裘耳明于貉是民自用爲裘也禮無貉裘之文唯孔子服狐貉裘以居明貉裘賤故也定九年左傳稱齊大夫東郭書衣貍製服虔云貍製貍裘也禮言狐裘多矣知狐貍以供尊者言此時寒宜助女功以布帛爲正女功皮裘爲助女功非謂男助女也○傳纘繼至私之○正義曰纘繼功事皆釋詁文豵入私豜入公則豜大豵小言其一歲三歲蓋相傳爲然無正文也大獸公之小獸私之大司馬職文彼云小禽私之禽獸得通因經言獸故言獸也○箋其同至曰豵○正義曰大司馬云仲春教振旅遂以蒐田仲夏教茇舍遂以苗田仲秋教治兵遂以獮田仲冬教大閱遂以狩田是皆因習兵而田獵也祇云仲冬此言二之日卽是季冬也不用仲冬者豳地晚寒故習兵晚也四時皆習兵而獨說冬獵者以取皮在冬且大閱祇備故也豕生三曰豵釋獸文箋既易傳不以豵爲一歲之名則豜亦非三歲之稱釋獸釋鹿與麕皆云絶有力麉箋意蓋以麉爲鹿麕有力者也

五月斯螽動股六月莎雞振羽七月在野八月在宇九月在戶十月蟋蟀入我牀下

斯螽蚣蝑也莎雞羽成而振訊

之箋云自七月在野至十月入我牀下皆謂蟋蟀也言此三物之如此著將寒有漸非卒來也○蠭音終莎音沙徐又素和反沈云舊多作莎今作沙音素何反宇屋四垂爲宇韓詩云宇屋霤也蟋音悉蟀所律反蜙相容反又相工反蝑相魚反又相呂反訊音信本又作迅同卒寸忽反

穹窒熏鼠塞向墐戶穹窮窒塞也向北出牖也墐塗也庶人蓽戶箋云爲此四者以備寒○穹起弓反窒珍悉反徐得悉反熏許云反塞向如字北出牖也韓詩云北向窻也墐音覲牖音酉蓽音必

嗟我婦子曰爲改歲入此室處箋云曰爲改歲者歲終而一之日觱發二之日栗烈當避寒氣而入所穹窒墐戶之室而居之至此而女功止○曰爲上音越下音于僞反一讀上而實反下如字漢書作聿爲

〔疏〕五月至室處○正義曰言五月之時斯螽之蟲搖動其股六月之中莎雞之蟲振訊其羽蟋蟀之蟲六月居壁中至七月則在野田之中八月在堂宇之下九月則在室戶之內至於十月則蟋蟀之蟲入於我之牀下此皆將寒漸故三蟲應節而變蟲既近人大寒將至故穹塞其室之孔穴熏鼠令出其窟塞北出之牖墐塗判竹所織之戶使令室無隙孔寒氣不入豳人又告妻子言已穹窒墐戶之意嗟乎我之婦

與子我所以爲此者曰爲改歲之後觱發栗烈大寒之時當入此室而居處以避寒故爲此也○傳斯螽至訊之○正義曰斯螽蚣蝑釋蟲文又云翰天雞樊光曰謂小蟲黑身赤頭一名莎雞李巡曰一名酸雞郭璞曰一名莎雞又曰樗雞陸機疏曰莎雞如蝗而班色毛翅數重其翅正赤或謂之天雞六月中飛而振羽索索作聲幽州人謂之蒲錯是也○箋七月至卒來○正義曰以入我牀下是自外而入在野在宇在戸從遠而至於近故知皆謂蟋蟀也退蟋蟀之文在十月之下者以人之牀下非蟲所當入故以蟲名附十月之下所以婉其文也戸宇言在牀下言入者以牀在其上故變稱入也月令季夏云蟋蟀居壁是從壁內出在野○傳穹窮至華戸○正義曰窒塞釋言文以窒是塞故穹爲窮言窮盡塞其窟穴也士虞禮云祝啟牖鄉注云鄉牖一名也明堂位注云墐牖屬此爲寒之備不塞南窻故云北出牖也備寒而云墐戸明是用泥塗之故以墐爲塗也所以須塗者庶人華戸儒行注云華戸以荆竹織門以其荆竹通風故泥之也○箋曰爲至功止○正義曰月令云孟冬命有司閉塞而成冬此經穹窒墐戸文在十月之下亦當以十月塞塗之矣云曰爲改歲者以仲冬陽氣始萌可以爲年之始故改正朔者以建子爲正歲亦莫止謂十月爲莫是過十月則改歲乃大寒故言改

歲之後方始入室若揔言一歲之事則寒暑一周乃爲終歲寒氣未過是爲未終故上言無衣無褐不得終歲謂度寒至春二者意小異也言入室者夏秋以來亦在此室欲言避寒之意故云入此室耳非是别有室也從養蠶而至此時一歲之女功止故告婦子令之入室避寒也

六月食鬱及薁七月亨葵及菽八月剥棗十月穫稻爲此春酒以介眉壽

鬱棣屬薁蘡薁也剥擊也春酒凍醪也眉壽豪眉也箋云介助也旣以鬱下及棗助男功又穫稻而釀酒以助其養老之具是謂豳雅○薁於六反亨普庚反菽音叔本亦作叔藿也剥普卜反注同介音界棣大計反蘡於盈反或於耕反凍丁貢反醪老刀反釀女亮反

七月食瓜八月斷壺九月叔苴采荼薪樗食我農夫

壺瓠也叔拾也苴麻子也樗惡木也箋云瓜瓠之畜麻實之糝乾荼之菜惡木之薪亦所以助男養農夫之具○瓜古花反字或加艸非苴七餘反荼音徒樗勑書反又他胡反食音嗣瓠户故反拾音十糝素感反

【疏】六月至農夫○正義曰此鬱薁言食則葵菽及棗皆食之也但鬱薁生可食故以食言之葵菽當亨煮乃

食棗當剝擊取之各從所宜而言之其實皆是食也穫稻作酒云以介眉壽主爲助養老人則農夫不得飲之其鬱薁葵棗瓜瓠農夫老人皆得食之其茶樗云食我農夫則老人不食之矣○傳鬱棣至豪眉○正義曰鬱棣屬者是唐棣之類屬也劉稹毛詩義問云其樹高五六尺其實大如李正赤食之甜本草云鬱一名雀李一名車下李一名棣生高山川谷或平田中五月時實言一名棣則與棣相類故云棣屬薁蘡者亦是鬱類而小別耳晉宮閣銘云華林園中有車下李三百一十四株薁李一株車下李卽鬱薁李卽薁二者相類而同時熟故言鬱薁也棗須樹擊之所以剝爲擊也春酒凍醪者醪是酒之別名此酒凍時釀之故稱凍醪天官酒正辨三酒之物云一曰事酒二曰昔酒三曰清酒注云事酒今之醳酒也昔酒今之酋久白酒所謂舊醳者也清酒今之中山冬釀接夏而成者然則春酒卽彼三酒之中清酒也人年老者必有豪毛秀出者故知眉謂豪眉也○箋介助至爾雅○正義曰釋詁云介右也右助也展轉相訓是介爲助也鬱下及棗摠助男功穫稻爲酒雖助養老故辨之以黍稷菽麥爲正男功果實菜茹爲助男功非是女助男也○箋壺瓠至惡木○正義曰以壺與食瓜連文則是可食之物故知壺爲瓠謂甘瓠可食就蔓斷取而食之說文云叔拾也亦爲叔伯之字

喪服注云苴麻之有實者然則叔苴謂拾取麻實以供食也樗唯堪爲薪故云惡木此經食瓜則斷瓠拾麻亦食之也荼以爲菜樗以爲薪各從所宜而立文耳下章納穀有麻在男功之正此說男功之助言叔苴者以麻九月初熟拾取以供羮荼其在田收穫者猶納倉以供常食也

九月築場圃春夏爲圃秋冬爲場箋云場圃同地自物生之時耕治之以種菜茹至物盡成熟築堅以爲場○場直羊反下同本又作塲塲依字失陽反今亦宜直羊反圃布古反一音布茹如豫反

十月納禾稼黍稷重穋禾麻菽麥後熟曰重先熟曰穋箋云納內也治於場而內之囷倉也○重直容反注同先種後熟曰重又作種音同說文云禾邊作重是重穋之字禾邊作童是穜蓺之字今人亂之已久穋音六本又作稑音同說文云稑或從翏後種先熟曰稑囷丘倫反

嗟我農夫我稼既同上入執宮功入爲上出爲下箋云既同言已聚也可以上入都邑之宅治宮中之事矣於是時男之野功畢○上時掌反注同

晝爾于茅宵爾索綯宵夜綯絞也箋云爾女也女當晝日往取茅歸夜作絞索以待時用○索素落反綯徒刀反絞古卯反

亟其乘屋其始播百穀乘升也箋云亟急乘治也七月定星將中急當治野廬之屋其始播百穀謂祈來年百穀于公社○亟紀力反定都佞反【疏】九月至百穀○毛以爲此章說農夫作事之終故言九月之時築場於圃之中以治穀也十月之中納禾稼之所收穫者黍稷重穋禾麻菽麥之等納之於囷倉之中衆既納倉則農事畢了民嗟予我農夫之等我之稼穡既已積聚矣野中無事可以上入都邑之宅執治於宮中之事宮中所治當是何事即相謂云晝日爾當往取茅草夜中爾當作索綯以待明年蠶用也汝又當急其升上野廬之屋而脩治之以待耘耔之時所以止息爾公又其始爲民播種百穀之故而祈祭社稷田事不久故豫脩廬舍美農人趨時也○鄭唯以乘爲治謂急治野廬爲異餘同○傳春夏至爲場○正義曰地官載師云場圃任園地注云圃樹果蓏之屬季秋於中爲場樊圃謂之園然則園者外畔藩籬之名其內之地種樹菜果則謂之圃蹂踐不稼則謂之場故春夏爲圃秋冬爲場東山云町畽鹿場是謂蹂踐之名箋云種菜茹者烝民云菜亦不茹茹者咀嚼之名以爲菜之別稱故書傳謂菜爲茹○傳後熟至曰穋○正義曰後熟者先種之先熟者後種之故天官內宰鄭司農云先種後熟謂之重後種先熟謂之穋

相傳爲然無正文也。箋納內至囷倉。○正義曰宅在都田在野上言場此言納故知納是治於場而內於倉也苗生既秀謂之禾種殖諸穀名爲稼禾稼者苗幹之名此言納禾稼謂納於場但既言治於場遂內於倉下句唯言既同不見納倉之事故箋連言之耳禾稼禾麻再言禾者以禾是大名也徒黍稷重穋四種而已其餘稻秫苽粱之輩皆名爲禾麻與菽麥則無禾稱故於麻麥之上更言禾字以總諸禾也此文所不見者明其皆納之也。○箋既同至功畢。○正義曰既納囷倉已是聚矣言治宮中之事則是訓功爲事經當云執於宮公本或公在宮上誤耳今定本云執宮功不爲公字於是男之野功畢宮內之事則未畢故入之執於宮功。○傳綯絞○正義曰釋言文李巡曰綯繩之絞也。○傳乘升。○正義曰乘車是升其上其乘屋亦升其上故爲升也。○箋亟急至公社。○正義曰亟急釋言文以民治屋不應直言升上而已故易傳以乘爲治下句言其始播百穀則乘屋亦爲田事且上云塞向墐戶是都邑之屋故知此所治屋者民治野廬之屋也播種百穀乃是明年之事今於十月之中則是預有所營與播種者爲始與穀爲始不過祈祭社稷故知其始播百穀祈來年百穀於公社治屋者民自治之祭社者則公爲之祭井。祭也所以二句得相成者以民所以治屋者見公家祭社爲祈來年播種百穀故民亦治屋爲來年鋤耘而止舍月令孟冬天子乃祈來年於天宗大割牲祀于公社及門閭臘先祖五祀注云此周禮所謂蜡也天宗謂日月星辰大割大殺羣牲割之臘謂以田獵所得禽祭五祀門戶中霤竈行或言祈年或言大割牲或言臘互文是十月之時爲民祈來年自穀也月令天子之事故云祈於天宗此陳豳公之政指言公社以諸侯之事不得祭天故也

二之日鑿冰沖沖三之日納于凌陰四之日其蚤獻羔祭韭

冰盛水腹則命取冰於山林冲冲鑿冰之意凌陰冰室也箋云古者日在北陸而藏冰西陸朝覿而出之祭司寒而藏之獻羔而啟之其出之也朝之祿位賓食喪祭於是乎用之月令仲春天子乃獻羔開冰先薦寢廟周禮凌人之職夏頒冰掌事秋刷上章備寒故此章備暑后稷先公禮教備也○鑿在洛反冲直弓反聲也陵力證反又音陵説文作勝音凌蚤音早韭音九字或加艸非複音福覿徒歷反祭司寒本或作祭寒朝之直遥反刷所劣反爾雅云清也三蒼云埽也

九月肅霜十月滌場朋酒斯饗曰殺羔羊

肅縮也霜降而收縮萬物滌。場功畢入也兩樽曰朋饗者。鄉人以狗

大夫加以羔羊箋云十月民事男女俱畢無飢寒之憂國君閒於政事而饗羣臣○滌直歷反埽也曰音越或人實反非縮所六反閒音閑

躋彼公堂稱彼兕觥萬壽無疆公堂學校也觥所以誓衆也疆竟也箋云於饗而正齒位故因時而誓焉飲酒既樂欲大壽無竟是謂豳頌○躋子兮反升也兕徐履反本或作兕觥觵彭反本亦作觵疆居良反或音注爲境非校戶教反樂音洛

〔疏〕二之日至無疆○毛以爲豳公教民二之日之時使人鑿冰沖沖然三之日之時納于凌陰之中四之日其早朝獻黑羔於神祭用韭菜而開之所以禦暑言先公之教寒暑有備也又九月之時收縮万物者是露爲霜也十月之中埽其場上粟麥盡皆畢矣於是設兩樽之朋酒斯爲飲酒之饗禮其牲用犬若有大夫來至則相命曰當殺羔羊尊大夫故特爲殺羊乃升彼公堂序學之上舉彼兕觥之爵以誓告衆人使無違於禮於是民慶豳公使得萬年之壽無有疆境之時美先公禮教周備爲民所慶賀也鄭以爲朋酒斯饗民事畢國君閒暇設朋輩之尊酒斯饗勞羣臣作大飲之禮曰殺羔羊以爲殽羞羣臣皆升彼公堂之上有司乃舉彼兕觥以誓羣臣使無犯禮者羣臣於是慶君使君萬壽無疆餘同○傳冰盛至冰室○正義曰月令季冬冰

方盛水澤腹堅命取而藏之注云腹堅厚也此月日在北陸冰堅厚之時昭四年左傳說藏冰之事云深山窮谷於是乎取之是於冰厚之時命取冰也左傳言取冰於山耳此兼言林者以山木曰林林故連言之沖沖非貌非聲故云鑿冰之意納於凌陰是藏冰之處故知爲冰室也案天官凌人云正歲十有二月令斬冰三其凌注云凌冰室也三之者爲消釋度也杜子春云三其凌者三倍其冰此言凌陰始得爲凌室彼直言凌此亦得爲凌室者凌冰一物既云斬冰而又云三其凌則是斬冰三倍多於凌室之所容故知三其凌者謂凌室不然單言凌者止得爲冰體不得爲冰室也凌人十二月斬冰卽以其月納之此言三之日納于凌陰四之日卽出之藏之既晚出之又早者鄭荅孫皓云豳土晚寒故可夏正月納冰夏二月仲春大蔟用事陽氣出始温故祀應開冰先薦寢廟言由寒晚得晚納冰依祀須早開故也月令孟春律中大蔟二月律中夾鍾言二月大蔟用事者以大蔟爲律夾鍾爲呂呂者助律宣氣律統其功故雖至二月猶云大蔟用事○箋古者至教備○正義曰自於是乎用之以上皆昭四年左傳文彼說藏冰之事其末云七月之卒章藏冰之道與此同故具引之釋天云北陸虛也西陸昴也孫炎曰陸中也北方之宿虛爲中也西方之宿昴爲中然則日在北陸謂日體在

詩疏八之一　五　中華書局

北方之中宿是建丑之月夏之十二月也劉歆三統歷術十二月小寒節日在女八度大寒中日在危一度是大寒前一日日猶在虛於此之時可藏冰也西陸朝覿而出之謂日行已過於昴星在日之後早朝出現也三統術四月立夏節日在畢十二度星去日半次然後見是立夏之日日去昴星之界已十二度昴星得朝見也於此之時可出冰也祭司寒而藏之還謂建丑之月祭主寒之神而藏此冰也獻羔而啓之謂建卯之月獻羔以祭主寒之神開此冰也二月開冰公始用之未賜臣也至於夏初其出之也朝之祿位賓食喪祭於是乎普用之乃是頒賜臣下也服虔云祿位謂大夫以上賓客食喪有祭祭祀是其普用之事也服虔以西陸朝覿而出之謂二月日在婁四度春分之中奎始晨見東方蟄蟲出矣故以是時出之給賓客喪祭之用服說如此知鄭不與同者以鄭荅孫皓云西陸朝覿謂四月立夏之時周禮曰夏班冰是也是鄭以西陸朝覿謂四月與服異也鄭意所以然者以西陸爲昴爾雅正文西陸朝覿當爲昴星朝見不得爲奎星見也故知出之爲四月賜非二月初開也傳下句別言祭司寒而藏之獻羔而啓之乃謂十二月始藏之二月初開之耳傳言祭寒而藏之不言司寒箋引彼文加司字者彼文上句云以享司寒下句重述其事略其司字箋以經有藏冰獻羔

二事故略引下句以當之不引上句故取上句之意加司寒
以足之服虔云司寒司陰之神玄冥也將藏冰致寒氣故祀
其神鄭意或亦然也箋又引其出之以下者解此藏冰之意
古爲此頒冰故藏之也傳文其出之也在司寒之上此引之
到者以其不證經文故退令在下月令仲春天子乃獻羔開
冰先薦寢廟月令文也彼作鮮羔注云鮮當爲獻此已破引
之證經獻羔之事在二月也祭韭者蓋以時韭新出故用之
上制云庶人春薦韭亦以新物故薦之也周禮凌人之職夏
班冰掌事秋刷天官凌人文彼注云暑氣盛王以冰頒賜則
圭爲之刷清也秋涼冰不用可以清除其室也案傳以啓之
下云火出而畢賦又云火出於夏爲三月則是三月頒冰周
禮言夏頒冰者凡言時事摠舉天象不可必以其月也以三
月火始見四月則立夏時相接連冰以暑乃賜之故當在於
四月是火出之後故傳以火出言之上章蠶績裳裘是備寒
之事故此章又說藏冰是備暑之事言后稷先公禮教備也
以序言后稷故兼言也○傳肅縮至羔羊○正義曰肅音近
縮故肅爲縮也霜降收縮萬物言物乾而縮聚也月令季春
行冬令則草木皆肅注云肅謂枝葉縮栗亦謂縮聚乾燥之
意也洗器謂之滌則是淨義故爲埽也在場之功畢已入倉
故滌埽其場朋者輩類之言此言朋酒則酒有兩樽故言兩

樽曰朋埽場是農人之事則斯饗是民自飲酒故言饗祀者鄉人飲酒以狗爲牲大夫與焉則加以羔羊言曰殺羔羊是鄉人見大夫而始發此言故稱曰也鄉人飲酒而謂之饗者鄉飲酒祀尊事重故以饗言之譜說用樂之事云饗賓或上取鄉飲酒注云鄉飲酒升歌小雅祀盛者進取是鄉飲酒之祀得稱饗也此鄉人用狗殺羊謂黨正飲酒地官黨正職曰國索鬼神而祭祀以禮屬民而飲酒於序以正齒位一命齒於鄉里再命齒於父族三命不齒注云正齒位者爲民三時務農將闕於祀至此農隙而教之尊長養老見孝悌之道也鄉人雖爲鄉大夫必來觀禮是鄉人飲酒有大夫與之也鄉飲酒禮自是三年賓賢能之禮而黨正飲酒之禮亦與之同鄉飲酒經云尊兩壺於房戶之間有玄酒是用兩樽也記云其牲狗注云狗取擇人是鄉人以狗也王制云大夫無故不殺羊是行祀飲酒有故得用羊故云大夫加以羔羊也此實黨正飲酒正有一黨之人傳言鄉人者以黨正飲酒亦名鄉飲酒故也鄉飲酒義注云黨正飲酒而謂之鄉者州黨鄉之屬或則鄉之所居州黨鄉大夫親爲主人是解黨正飲酒得稱鄉人之意也。箋十月至羣臣。正義曰箋以下云躋彼公堂是升君之堂萬壽無疆是慶君之辭又鄉飲酒之祀用狗不用羊故易傳以爲斯饗謂國君閒於政事而饗羣臣也月令孟冬云是月也大飲烝注云十月農功畢天子諸侯與羣臣飲酒於大學以正齒位謂之大飲別之於燕其禮云烝謂特牲體謂爲俎引此詩十月滌場以下云是豳頌大飲之詩是鄭以天子諸侯自有大饗羣臣之禮故不爲鄉飲酒也言別於燕禮小於大飲燕禮上設六樽此言朋酒者設尊之法每兩尊並設故云朋耳非謂國君大飲唯兩尊也燕禮云司宮尊於東楹之西兩方壺公尊瓦大夫尊兩圜壺是尊皆兩兩對設之也案燕禮記云其牲狗此大飲大於燕禮故用羊也○傳公堂至疆竟○正義曰傳以朋酒斯饗爲黨正飲酒之禮案黨正屬民而飲酒于序則公堂學校謂黨之序學也謂之公堂者以公法爲學故稱公耳天官酒正云凡爲公酒者注云謂鄉射飲酒以公事作酒者是鄉人之事得稱公也兕觥者罰爵此無過可罰而云稱彼故知衆之以誓戒衆人使之不違禮疆是境之別名言年壽長遠無疆畔也定本竟作境○箋於饗至豳頌○正義曰箋以斯饗爲國君大飲之禮以正齒位故因是時而誓焉使羣臣知長幼之序令之不犯禮也月令注云天子諸侯與羣臣飲酒於大學以正齒位謂之大飲則此公堂謂之大學也知在大學亦正齒位者以國君大飲與黨正飲酒皆農隙而爲俱教孝悌之道黨之於序學知國君於大學黨正飲酒爲正齒位知國君飲酒亦

正　位也
齒

七月八章章十一句

附釋音毛詩注疏卷第八（八之一）

大清嘉慶二十年重刊宋本十三經注疏用文選樓藏本校

黄中杕栞

毛詩注疏挍勘記八之一　阮元撰盧宣旬摘錄

豳譜

以此敘已志（補）案此當作比正義以比序已志又以比已身序已志皆可證

后稷之曾孫也公劉者　閩本明監本毛本同案浦鏜云曰誤也是也

由其積德勤民　閩本明監本勤誤變毛本作亶誤山井鼎云乃改之互換其處是也

俱是先公之俊　閩本明監本毛本俊誤後下明是念其俊者同閩本監本毛本俱改則

後成王迎之反之　閩本明監本毛本同案上之字浦鏜云而誤是也正義云是成王迎而反之可證

主意於豳公之事　毛本主誤王閩本明監本不誤案山井鼎云王當作主物觀補遺不載據宋板皆失之

主意於豳公之事閩本明監本毛本同案十行本損以字計之應少一字改刻補損而誤也

十有一年武王伐殷閩本明監本毛本一作三案文王正義作一可證此改刻補損而誤

於四方諸來朝明監本毛本諸下有侯字閩本無案有者是也采按正義引有

故迎周公閩本明監本毛本同案浦鏜云欲誤故是也

非是六軍之事補毛本事作士按士字是也

必然以否明監本毛本以誤與閩本不誤案以否正義中常語而不知乃改之

○七月

無怨於我先王補閩本明監本毛本同案怨於當作以告

古者避辟扶亦反譬僻閩本明監本毛本同案扶亦反二字當旁行細書正義自為音例如此考此正義所言如采荅正義必當易辟為僻今盡作僻者後人依注改也此類多矣○按自為音未必

雙行小字

故毛讀辟爲辟明監本毛本下辟字誤避閩本不誤案此卽上扶亦反字

諸衣言裳避寒之事補案衣言二字當倒

其助在戌一冬之月閩本明監本毛本同案此當作其助在戌冬一之日冬一字誤倒日誤月

二之日栗烈唐石經小字本相臺本同案此釋文本也釋文云栗烈並如字下泉大東正義皆引作二之日栗冽云字從冰此正義云有栗冽之寒氣以下皆作烈猶白旆英英而本詩作央央也又五經文字仌部有凓字是栗亦有從仌者今考毛氏詩多假借字當以釋文云如字者爲長四月箋云烈烈猶栗烈也亦其證○按詩經小學全書考栗烈當爲凓冽其說甚詳今坊閒所行乃刪本耳

觱發風寒也小字本相臺本同案正義云有觱發之寒風又云故以觱發爲寒風考說文云滭風寒也

用此傳正義下云仲冬之月待風乃寒則作風寒者是也有觱發之寒風自為文而倒之也其故以觱發為風寒不當倒乃後來所改也釋文觱發下云寒也有誤詳後考證考文古本作寒風采正義而誤

正中在南方大寒明監本毛本寒下有退字閩本剜入案所補是也

吳志孫皓問閩本明監本毛本同案吳當作鄭困學紀聞嘗正其誤是當時本已作吳矣

前受東方之體閩本明監本毛本同案體當作禮形近之譌禮即謂月令也

又復指斥其一之日閩本明監本毛本日下有者字案所補是也

此篇說文閩本明監本毛本同案浦鏜云說當設字誤是也

衣絲蠶為重〔補〕閩本明監本毛本衣下有亭字案十行本損今以字計之應少一字改刻補損而誤也

當季冬之月閩本明監本毛本當下有以字閩本剜入案所補是也

當以孟春之月者 閩本明監本毛本同案浦鏜云者當衍字是也

自三百以外 閩本明監本毛本百下有里字毛本三作二案所補所改皆是也

故宜云田畯大夫 閩本明監本毛本畯下有田字案所補是也釋文畯下云田大夫也

故又本作此 閩本明監本毛本同小字本相臺本作作於考文古本於字亦同案於字是也

鹿鳴陳燕勞伐事之事 閩本明監本毛本伐事作羣臣案此誤改也伐事當作戍士伐戍形近之譌十行本士事不別也通鹿鳴以下言之不專指鹿鳴一篇下文王亦然

八月萑葦 小字本相臺本同唐石經初刻萑後改雈案雈字是也五經文字云雈戶官反從卝下隹今經或相承隸省草作萑正謂此也釋文萑戶官反○按說文有雈有萑萑者葦之類也从艸雈聲雈者鳥名从卝从隹今人萑葦字蓋用雈雀字爲叚借非用萑艸字也萑艸字从艸隹聲音追

猗彼女桑 唐石經小字本相臺本同案釋文云猗彼於綺反徐於宜反正義云襄十四年左傳云譬如捕鹿晉

人角之諸戎掎之然掎角皆遮截束縛之名也故云角而束之曰掎考此是說傳角字之義又以爲犄之言掎也故并說之非正義本經傳皆作掎也末曰掎仍當作曰犄乃不知者改之耳或因正義中字譌遂并疑此經當作掎者非也正義上文云犄束彼女桑而采之又云以繩犄束而采之也皆作犄不作掎掎字在小弁經正義不引亦其證

條桑枝落采其葉也　閩本明監本同毛本落下剜添之字小字本相臺本有考文古本同案有者是也釋文條下云枝落也不備取耳與葛覃濩煑也正同

七月鳴鵙　小字本相臺本同明監本毛本同唐石經鵙作鶪案唐石經是也五經文字云鶪伯勞也與說文合可證也

又云葭華舍人曰葭一名華　閩本明監本毛本同案二華字皆當作葦今爾雅自石經以下各本皆作華者字之誤也此正義所引本不誤故下文云成則名爲葦也不知者乃改之文選注引亦不誤

白露爲霜之時猶名葭閩本明監本毛本同案盧文弨云白露爲霜當重非也讀以霜字斷句之時二字下屬之時者是時也

具曲植筐筥閩本明監本毛本同案浦鏜云筥筐字誤倒是也

傳斯方至荑桑閩本明監本毛本同案荑當作柔

集注及定本皆云女桑柔桑閩本明監本毛本同案柔當作荑

言如爵弁色也閩本明監本毛本同案弁當作頭

土記位於南方閩本明監本記作寄毛本剜改記案皆誤也當作託周禮染人疏可證

其餘後可知也閩本明監本毛本同案浦鏜云後當從字誤是也

當及盛暑熱潤閩本明監本毛本同案浦鏜云熱誤熟是也

四八月染也(補)案四當作非

十月隕蘀小字本相臺本同唐石經初刻殞後改隕案初刻誤也

于貉往搏貉小字本相臺本同案此釋文本也釋文云搏音博舊音付車攻篤公劉釋文同又無羊釋文云搏音博亦作捕音步考正義云一之日往捕貉取皮又云皆是往捕之而取其皮是正義本作捕字都人士正義引于貉往捕貉亦其證如周禮小司徒注伺捕小司寇注司搏也○按搏捕古今字此正箋作搏正義易字而說之也

釋蟲又云蜆寒蝠閩本明監本蝠作蜩毛本誤作蟬案山井鼎云爾雅作蜩是也

皮革踰歲乾冬乃可用閩本明監本毛本同案浦鏜云久誤冬考掌皮注浦挍是也

箋七月至卒來閩本明監本毛本箋下有自字案所補是也

既以鬱下及棗小字本相臺本同考文古本同閩本明監本毛本下作薁案下者謂薁葵菽也改作薁者誤正義云鬱下及棗揔助男功可證

劉禎毛詩義問云閩本明監本毛本同案惠棟云劉公幹毛詩義問十卷禎當作楨

晉宮閣銘云華林園中閩本明監本毛本園作圃案所改非也園卽圃字當是正義依彼文引之也不得以字書不載而改去

棗須樹擊之閩本明監本毛本樹上有就字案此誤補也樹當作捯捯卽擣字見集韻又列女傳手自捯卽漢書之手自擣也今本亦有誤爲樹者皆因不識此字○按此殊附會劉棗卽今之撲棗也劉讀爲撲觀釋文自明撲者扑之俗扑者攴之變正義樹字當是撲之誤

必有豪毛秀出者毛本豪誤毫閩本明監本不誤案考文古本因此并改豪作毫失之甚矣

場圃同地自物生之時小字本同閩本明監本毛本同相臺本自作耳考文古本同案耳字是也上屬斷句

上入執宮功小字本相臺本同唐石經執下有傍添於字案旁添誤也又此定本也正義云經當云執於宮

公本或公在宮上誤耳今定本云執宮功不爲公字考此傳箋皆無公字之訓箋云執宮中之事與上載纘武功傳功事也相承當以定本爲長正義於字是自爲文傍添者誤取之

七月定星將中 閩本明監本毛本同小字本相臺本七作十考文古本同案十字是也

場圃在園地也 閩本明監本毛本同案浦鏜云任誤在是

東山云町畽鹿場 明監本毛本畽誤疃閩本不誤案彼經唐石經以下皆作畽

則是訓功爲事 閩本明監本毛本同案功當作公下故入之執於宮功同

祭非祭也 閩本明監本毛本非下有民字案皆誤也當作非民祭也十行本衍上祭字脫民字閩本以下補仍衍上祭字

冰盛水腹 相臺本同閩本明監本毛本同小字本腹作複案釋文云複音福正義云月令季冬冰方盛水澤腹堅腹厚也爾雅文鄭彼注用之正義本當是腹字月令釋文云腹本又作複此釋文或作腹詳後考證考文一

本作複采自月令釋文耳

祭司寒而藏之　小字本相臺本同案釋文云祭司寒本或作祭寒正義云加司字以足之其所說最得左傳及此箋之意或作本誤依傳刪失之矣

滌場功畢入也　閩本明監本毛本同小字本相臺本滌下有埽也二字考文古本同案有者是也釋文正義皆可證

饗者鄉人以狗　小字本相臺本同案盧文弨云饗者下脫鄉人飲酒正義有說文同今考正義中所云飲酒皆推傳意如此非正義本傳中有鄉人飲酒四字而今脫去也正義云傳以朋酒斯饗爲黨正飲酒之禮又云箋以斯饗爲國君大飲之禮二者皆推其意傳之無飲酒猶箋之無大飲其明證矣說文自解饗字從鄉之義非取此傳成文也不當補○按段玉裁云細讀正義知本作饗者鄉人飲酒也鄉人以狗大夫加以羔羊因兩鄉人複而奪落數字古書類然且如上文傳埽也既依正義補入矣何此正義確可據者獨不可依乎若云箋中無大飲字

豈正義文不得略有參差乎段云是也

疆竟也 小字本相臺本同案釋文疆下云竟也或音注爲境非正義云疆是境之別名卽釋文所云音竟爲境者故上文易爲境字而說之云無有疆境之時也又云定本竟作境考楚茨及甫田箋竟當以正義音境爲長考文古本作境采正義

此亦得爲淩室者 閩本明監本毛本同案此當作而

賓客食喪有祭祭祀 閩本明監本毛本同案此當作賓客食享喪浴祭祀每二字爲一句所以解賓食喪祭四事也

給賓客喪祭之用 閩本明監本毛本同案客當作食此字之誤耳考文古本因此改箋食亦作客失之矣

此引之到者 閩本明監本毛本到作倒案所改是也正義俱用倒字此壞耳

鄉人雖爲鄉大夫閩本明監本毛本同案盧文弨云鄉當作卿卿是也

其禮云閩本明監本毛本同案云字當作亡形近之譌也今月令注不誤山井鼎依彼文是也

烝謂特牲體謂爲俎閩本明監本毛本同案此當作烝謂折牲體升爲俎折字升字譌而不可讀今月令注烝作燕特作有無體下謂亦皆誤耳山井鼎依彼文非也又云宋板特作有其實不然當是剜也

言别於燕禮小於大飲閩本明監本毛本同案盧文弨云燕禮當重是也

公尊瓦大大夫尊兩圓壺閩本明監本毛本同案浦鏜云士誤夫以儀禮考之是也大字斷句

附釋音毛詩注疏卷第八（八之二）

毛詩國風　鄭氏箋　孔穎達疏

鴟鴞，周公救亂也。成王未知周公之志，公乃爲詩以遺王，名之曰鴟鴞焉。未知周公之志者，未知其欲攝政之意。○鴟鴞，上尺之反，下吁嬌反。鴟鴞，鳥也。遺，唯季反，本亦作貽，此從尚書本也。

【疏】鴟鴞四章章五句至鴟鴞焉。○正義曰：此鴟鴞詩者，周公所以救亂也。毛以爲武王既崩，周公攝政，管蔡流言以毀周公，又導武庚與淮夷叛而作亂，將危周室。周公東征而滅之，以救周室之亂也。於是之時，成王仍惑管蔡之言，未知周公之志，疑其將篡，心益不悅。故公乃作詩，言不得不誅管蔡之意，以貽遺成王，名之曰鴟鴞焉。經四章皆言不得不誅管蔡之意。鄭以爲武王崩後三年，周公將欲攝政，管蔡流言，周公乃避之，出居於東都。周公之屬黨與知將攝政者，見公之出，亦皆奔亡。至明年，乃爲成王所得。此臣無罪而成王罪之，罰殺無辜，是爲國之亂政，故周公作詩救止成王之亂。於時成王未知周公有攝政成周道之志，多罪其屬黨，故公乃爲詩言諸臣先祖有功不宜誅絶之意以怡悅王心名之曰鴟鴞焉四章皆言不宜誅殺屬臣之意定本貽作遺字則不得爲怡悅也○箋未知至之意○正義曰金縢云武王旣喪管叔及其羣弟乃流言於國曰公將不利於孺子周公乃告二公曰我之弗辟無以告我先王周公居東二年罪人斯得於後公乃爲詩以貽王名之曰鴟鴞注云罪人周公之屬黨與知居攝者周公出皆奔今二年盡爲成王所得怡悅也周公傷其屬黨無罪將死恐其刑濫又破其家而不取正言故作鴟鴞之詩以貽王今豳風鴟鴞也鄭讀辟爲避以居東爲避居於時周公未攝故以未知周公之志者謂未知其欲攝政之意訓怡爲悅言周公作此詩欲以救諸臣悅王意也毛雖不注此序不解尚書而首章傳云寧亡二子不可毁我周室則此詩爲誅管蔡而作之此詩爲誅管蔡則罪人斯得謂得管蔡也周公居東爲出征我之不辟欲以法誅管蔡旣誅管蔡然後作詩不得復名爲貽悅王心當訓貽爲遺謂作此詩遺成王也公劉序云而獻是詩此云遺者獻者臣奉於尊之辭遺者流傳致達之稱彼名公作詩奉以戒成王此周公自述己意欲使遺傳至王非奉獻之故與彼異也

鴟鴞鴟鴞旣取我子無毁我室興也鴟鴞鸋鴂也無能毁我室者攻堅之

故也寧亡二子不可以毁我周室箋云重言鴟鴞者將述其意之所欲言丁寧之也室猶巢也鴟鴞言已取我子者幸無毁我巢我巢積日累功作之甚苦故愛惜之也時周公竟武王之喪欲攝政成周道致大平之功管叔蔡叔等流言云公將不利於孺子成王不知其意而多罪其屬黨興者喻此諸臣乃世臣之子孫其父祖以勤勞有此官位土地今若誅殺之無絶其位奪其土地王意欲誚公此之由然○鸋乃了反郭音甯鴂音決鸋鴂似黃雀而小俗呼之巧婦重直用反大平音泰孺本又作穤如注反誚在笑反

恩斯勤斯鬻子之閔斯　恩愛鬻稚閔病也稚子成王也箋云鴟鴞之意殷勤於此稚子當哀閔之此取鴟鴞子者言稚子也以喻諸臣之先臣亦殷勤於此成王亦宜哀閔之○鬻由六反徐居六反一云賣也

疏　鴟鴞至閔斯○毛以爲周公既誅管蔡王意不悅故作詩以遺王假言人取鴟鴞子者言鴟鴞鴟鴞其意如何乎其言人已取我子我意寧亡此子無能留此子以毁我巢室以其巢室積日累功作之攻堅故也以興周公之意如何乎其意言寧亡管蔡無能留管蔡以毁我周室以其周室自后稷以來世脩德教有此王基篤厚堅固故也又言管蔡罪重不得不誅之意周公言已甚愛此甚惜此二子但爲我稚子成王之病

以此之故不得不誅之也鄭以爲成王將誅周公之屬臣周公爲之詩言鴟鴞之意如何乎言人既取我子幸無毀我室以其積日累功作之甚苦故愛惜之不欲見其毀損以喻成王若誅此諸臣幸無絶其官位奪其土地以其父祖勤勞乃得有此故愛惜之不欲見其絶奪又言當此幼稚之子來取我子之時其鴟鴞之意殷勤於此稚子稚子當哀閔之不欲毀其巢以喻言屬臣之先臣亦殷勤於此成王成王亦宜哀閔之不欲絶其官位土地此周公之意實請屬臣之身但不敢正言其事故以官位土地爲辭耳閔下斯字箋傳皆爲辭耳○傳鴟鴞至周室○正義曰鴟鴞鸋鴂釋鳥文舍人曰鴟鴞一名鸋鴂也方言云自關而東謂桑飛曰鸋鴂陸機疏云鴟鴞似黄雀而小其喙尖如錐取茅莠爲窠以麻紩之如刺襪然縣著樹枝或一房或二房幽州人謂之鸋鴂或曰巧婦或曰女匠關東謂之工雀或謂之過贏關西謂之桑飛或謂之機雀或曰巧女無能毀我室者謂鴟鴞之意唯能亡此子無能留此子以毀我室此鴟鴞非不愛子正謂重其巢室也傳以此詩爲管蔡而作故云寧亡二子不可以毀我周室於時殺管叔而放蔡叔故言寧亡二子○箋重言至由然○正義曰人居謂之室鳥居謂之巢故云室猶巢也周公竟武王之喪謂崩後三年除喪服也成王不知其意多罪其屬黨即

金縢云罪人斯得是也此實無罪謂之罪人者金縢注云謂之罪人史書成王意也罪其屬黨言將罪之箋又言若誅殺之明時實未加罪也以興爲取象鴟鴞之子宜喻屬臣之身故以室喻官位土地也金縢於名之曰鴟鴞之下云王亦未敢誚公是有誚公之意但未敢言耳故云王意欲誚公此之由然其言由此詩也金縢注云成王非周公意未解今又爲罪人言欲讓之推其恩親故未敢欲。誚公之意作此詩欲以怡悅王心致使王意欲誚公乃是更益王忿而言以怡王者成王謂公將簒故罪其屬臣公若實有簒心不敢爲臣諂請今作詩與王言其屬臣無罪則知公不爲害事亦可明未悟故欲誚公既悟自當喜悅冀王之悟故作此詩是公意欲以怡悅王也王肅云案經傳內外周公之黨其存成王無所誅殺橫造此言其非一也設有所誅不救其無罪之死而請其官位土地緩其大而急其細其非二也設已有誅不得云無罪其非三也馬昭云公黨已誅請之無及故但言請子孫土地斯不然矣案鄭注金縢云傷於屬臣無罪將死箋云若誅殺之則鄭意以屬臣雖爲王得罪。猶未加刑馬昭之言非鄭旨也公以王怒猶盛未敢正言假以官位土地爲辭實欲冀存其人非是緩大急細棄人求土鄭之此意亦何過也。傳恩愛至成王。正義曰有恩必相愛故以恩爲愛釋言云鬻稚也郭璞曰鞠一作毓是鬻爲稚也閔病釋詁文言鬻子之病則謂管蔡作亂病此鬻子故知鬻子成王也王肅云勤惜也周公非不愛惜此二子以其病此成王則傳意亦當以勤爲惜。箋鴟鴞至閔之。正義曰箋亦以此經爲興恩之言殷也以鴟鴞之意殷勤於稚子喻諸臣之先臣亦殷勤於成王假言鴟鴞之意愛惜巢室亦假言諸臣之先臣愛惜土地皆假爲之辭非實有言也箋云言。取鴟鴞子者惜。稚子也則稚子謂巢下之民金縢注云鬻子斥成王斥者經解喻尊猶言昊天斥王也

迨天之未陰雨徹彼桑土綢繆牖戶迨及徹剝也桑土桑根也箋云綢繆猶纏綿也此鴟鴞自說作巢至苦如是以喻諸臣之先臣亦及文武未定天下積日累功以固定此官位與土地。迨音待徐又勑改反土音杜注同小雅同韓詩作杜義同方言云東齊謂根曰杜字林作撇桑皮也音同綢繆上直留反下莫侯反

今女下民或敢侮予箋云我至苦矣今女我巢下之民寧有敢侮慢欲毀之者乎意欲恚怒之以喻諸臣之先臣固定此官位土地亦不欲見其絕奪。恚於季反

【疏】迨天至侮予。毛以爲自說作巢至苦言已及天之未陰雨之時剝彼桑根以纏綿其牖戶乃得成此室巢以喻先公先

王亦世脩其德積其勤勞乃得成其王業致此王功甚難若是今汝下民管蔡之屬何由或敢侮慢我周室而作亂乎故不得不誅之○鄭以爲鴟鴞及天之未陰雨之時剝彼桑根以纏綿其牖戶乃得有此室巢以喻諸臣之先臣及文武未定天下之時亦積日累功乃得定此官位土地鴟鴞以勤勞之故惜此室巢今巢下之民寧或敢侮慢我欲毁我巢室乎不欲見其毁損意欲恚怒之以喻諸臣之先臣甚惜此官位土地汝成王意何得絕我官位奪我土地乎不欲見其絕奪意欲怨恨之言鴟鴞之惜室巢猶先臣之惜官位土地鴟鴞欲恚怒巢下之人喻先臣亦有恨於成王王勿得誅絕之也○傳迨及至桑根○正義曰迨及釋言文徹卽剝脫之義故爲剝也取彼桑土用爲鳥巢明是桑根在土剝取其皮故知桑土卽桑根也王肅云鴟鴞及天之未陰雨剝取彼桑根以纏綿其戶牖以興周室積累之艱苦也下經纏綿傳但毛以此詩爲管蔡而作必不得同鄭爲興王肅下經注云今者今周公時言先王致此大功至艱難而其下民敢侵侮我周道謂管蔡之屬不可不遏絕以全周室傳意或然○箋我至至絕奪○正義曰箋以此爲諸臣設請故亦爲興巢下之民將毁其室故竟欲恚怒之此是臣請於君而欲恚怒者鴟鴞之恚怒喻先臣之怨恨耳非恚怒王也

予手拮据

予所捋荼予所蓄租予口卒瘏拮据撠挶也荼萑苕也租爲瘏病也手病口病故能免乎大鳥之難箋云此言作之至苦故能攻堅人不得取其子○拮音吉又音結据音居韓詩云口足爲事曰拮据捋力活反荼音徒畜勑六反本亦作蓄租子胡反又作祖如字韓詩云積也屠本又作瘏音徒撠京劇反本亦作戟挶俱局反說文云持也萑音丸苕音條難乃旦反曰予未有室家謂我未有室家箋云我作之至苦如是者曰我未有室家之故〔疏〕予手至室家○毛以爲鴟鴞言已作巢之苦予手撠挶其草予所捋者是荼之草也其室巢所用者皆是予之所蓄爲予手口盡病乃得成此室巢用免大鳥之難喻周之先王亦勤勞經營乃得成此王業用免侵毁之患我先王爲此室家勤苦若是管蔡之輩無道之人輕侮稚子弱寡王室乃爲言曰我此稚子未有室家欲侵毁之故不可不誅殺也○鄭以爲鴟鴞手口盡病以勤勞之故攻堅之故人不得取其子假有取其子仍不得毁其室巢以喻諸臣之先臣以勤勞之故經營之故王不得殺其子孫假使殺其子孫仍不得奪其官位土地鴟鴞又言已所以勤勞爲此室巢者曰予未有室家故勞力爲此是以今甚惜之喻屬臣之先臣所以勤勞爲此功業者亦

由未有官位土地故勤力得此是以今甚惜之王若殺此諸臣不得奪其官位土地也○傳拮据至之難○正義曰說文云撠持撠挶謂以手爪挶持草也七月傳云亂為萑此為萑苕謂亂之秀穗也出其東門箋云荼茅秀然則茅亂之秀其物相類故皆名荼也租訓始也物之初始必有為之故云租為也瘏病釋詁文經言予口卒瘏直是口病而已而傳兼言手病者以經予手拮据言手予所捋荼不言手則是用口也予所蓄租文承二者之下則手口並兼之上既言手而口文未見故又言予口卒瘏言口病明手亦病也且卒瘏謂盡病若唯口病不得言盡故知手口俱病鴟鴞小鳥為巢以自防故知求免大鳥之難也○傳謂我未有室家○正義曰傳以曰者稱它人言曰則此句說彼作亂之意曰予未有室家故蔡意謂我稚子未有室家之道故輕侮之上章疾其輕侮管此章言其輕侮之意也曰者陳其管蔡之言予者還周公自我也王肅云我為室家之道至勤苦而無道之人弱我稚子易我王室謂我未有室家之道

予羽譙譙予尾翛翛譙譙殺也翛翛敝也箋云手口既病羽尾又殺敝言已勞苦甚○譙本或作燋同在消反翛素彫反注同殺色界反又所例反下同**予室翹翹風雨所漂搖予維**

音嘵嘵翹翹危也嘵嘵懼也箋云巢之翹翹而危以其所託枝條弱也以喻今我子孫不肖故使我家道危也風雨喻成王也音嘵嘵然恐懼告愬之意○翹祁消反漂匹遥反嘵呼堯反愬音素

【疏】予羽至嘵嘵○毛以爲鴟鴞言作巢之苦予羽譙譙然而殺予尾消消而敝手口旣病羽尾殺敝乃有此室巢以喻先王勤脩德業勞神竭力得成此王業鴟鴞又言室巢雖成以所託枝條弱故予室今翹翹然而危又爲風雨之所漂搖此巢將毀予是以維音之嘵嘵然而恐懼以喻王業雖成今成王幼弱而爲凶人所振蕩周室將毀故周公言已亦嘵嘵然而危懼由管蔡作亂使憂懼若此故不得不誅之意也○鄭殺弊盡同但所喻者別喻屬臣勤勞有此官位土地今予孫不肖使我家道危也又爲成王所漂搖將誅絶之我先臣是以恐懼而告急也予維音嘵嘵嘵嘵喻告訴之意也○傳譙譙殺消消敝○正義曰此無正文也以此言鳥之羽尾疲勞之狀故知爲殺敝也定本消消作脩脩也○傳翹翹危嘵嘵懼○正義曰皆釋訓文王肅云言盡力勞病以成攻堅之巢而爲風雨所漂搖則鳴音嘵嘵然而懼以言我周累世積德以成篤固之國而爲凶人所振蕩則已亦嘵嘵而懼

鴟鴞四章章五句

東山周公東征也周公東征三年而歸勞歸士大夫美之故作是詩也一章言其完也二章言其思也三章言其室家之望女也四章樂男女之得及時也君子之於人序其情而閔其勞所以說也說以使民民忘其死其唯東山乎成王既得金滕之書親迎周公周公歸攝政三監及淮夷叛周公乃東伐之三年而後歸耳分別章意者周公於是志伸美而詳之○歸勞力報反思息嗣反女音汝樂音洛說音悅下同滕徒登反別彼列反伸音身【疏】東山四章章十二句至東山乎○正義曰作東山詩者言周公東征也周公攝政元年東征三監淮夷之等於三年而歸勞此征歸之士莫不喜悅大夫美之而作是東山之詩經四章雖皆是勞辭而每章分別意異又歷序之一章言其完也謂歸士不與敵戰身體完

全經云勿士行枚言無戰陳之事是其完也二章言其思也謂歸士在外妻思之也經說果臝等乃令人憂思是其思也三章言其室家之望汝也經謂歸士未反室家思望經說洒埽穹窒以待征人是室家之望也四章樂男女得以及時也謂歸士將行新合昏禮經言倉庚于飛說其成婦之事是得其及時也周公之勞歸士所以殷勤如此者君子之於人謂役使人民序其民之情意而閔其勞苦之役所以喜悅此民也民有勞苦唯恐民上不知今序其情閔其勤勞則民皆喜悅忘其勞苦古人所謂悅以使民民忘其死者其唯此東山之詩乎言唯此東山之詩可以當忘其死之言也三年而歸雖出於經此三年之文而揔序四章非獨序彼一句也序所歷言不序章首四句皆同不得於一章說之序其情而閔其勞其意足以兼之矣歸士者從軍士卒周公親征與將帥同苦以士卒微賤勞意尤深故意主美勞歸士不言勞將帥也悅以使民民忘其死是周易兌卦象辭文古之舊語此東山堪當之故云其唯東山乎○箋成王至詳之○正義曰金縢云天大雷電以風王與大夫盡弁以啟金縢之書王執書以泣曰今天動威以彰周公之德惟朕小子其新逆注云新迎改先時之心更自新以迎周公於東與之歸尊任之言自新而迎明是成王親迎之書序云武王崩三監及淮夷叛周公相

成王將黜殷命作大誥注云三監管叔蔡叔霍叔三人爲武庚監於殷國者也前流言於國公將不利於成王周公還攝政懼誅因遂其惡開道淮夷與之俱叛此以居攝二年之時繫之武王崩者其惡之初自崩始也是三監淮夷叛周公東伐之事也攝政元年卽東征至三年而歸耳書序注云其攝二年時者謂叛時在二年非三年始東征也時實周公獨行言相成王者彼注云誅之者周公意也而言相成王者自迎周公而來蔽已解矣意以成王蔽解故言相成王耳非與成王俱來也破斧云周公東征四國是皇傳曰四國管蔡商奄也此言商奄者據書序之成文耳此序獨分别章意者周公於是志意伸本勞歸士之情丁寧委曲子夏美之而詳其事故分别章意而序之也

我徂東山慆慆不歸我來自東零雨其濛　慆慆言久也濛雨貌箋云此四句者序歸士之情也我往之東山旣久勞矣歸又道遇雨濛濛然是尤苦也。慆徒刀反又吐刀反濛莫紅反

我東曰歸我心西悲　公族有辟公親素服不舉樂爲之變如其倫之喪箋云我在東山常曰歸也我心則念西而悲。

制彼裳衣勿士行枚　士事枚微也箋云勿猶無也女制彼裳衣爲于僞反

而來謂兵服也亦初無行陳銜枚之事言前定也春秋傳曰善用兵者不陳○士行毛音衡鄭音銜王戶剛反枚莫杯反鄭注周禮云枚如箸。橫銜之於口為繣絜。於項中無行戶剛反陳直覲反又下同

蜎蜎者蠋烝在桑野蜎蜎蠋貌。桑蟲也烝窴也箋云蠋蜎蜎然特行久處桑野有似勞苦者古者聲窴塡塵同也○蜎烏玄反蠋音蜀烝之承反窴音田又音珍一音陳字書云塞也鄭大千反從穴下眞窴塡塵依字皆是田音又音珍亦音塵鄭云古聲同案陳完奔齊以國為氏而史記謂之田氏是古田陳聲同

敦彼獨宿亦在車下箋云敦敦然獨宿於車下此誠有勞苦之心○敦都回反注同

【疏】我徂至車下○毛以為周公言我往之東山征伐四國慆慆然久不得歸既得歸矣我來自東方之時道上乃遇零落之雨其濛濛然汝在軍之士久不得歸歸又遇雨落勞苦之甚周公既序歸士之情又復自言己意我在東方言曰歸之時我心則念西而悲何則管蔡有罪不得不誅誅殺兄弟慙見父母之廟故心念西而益悲傷又言歸士久勞在外幸得完全汝雖制彼兵服裳衣而來得無事而歸久勞在軍無事於行陳銜枚言敵皆前定未嘗銜枚與戰也又言雖無戰陳實甚勞苦蜎蜎然者桑中之蠋蟲常久在桑野之

中仍有勞苦以興敦敦然彼獨宿之軍士亦常在車下而宿甚爲勞苦述其勤勞閔念之定本云勿士行枚無銜字箋云初無行陳銜枚之事定本是也○鄭唯我東曰歸二句言我軍士在東久不得歸常言曰歸而不得歸我心則念西而悲言歸士思家而悲餘同○箋此四至尤苦○正義曰此篇皆言序歸士之情而獨云此四句者以此四句意皆同故特言之卒章之箋又云凡先著此四句皆爲序歸士之情者以序分別章意嫌此四句意不同故言凡先著此四句明四章意皆同也○傳公族至之喪○正義曰幾法也謂以法得死罪文王世子云公族有死罪則磬於甸人公素服不舉樂爲之變如其倫之喪無服親哭之注云不於市朝者隱之也甸人掌田野之官縣而縊殺之曰磬素服於凶事爲吉於吉事爲凶非喪服也倫謂親疏之比也不往弔爲位哭之而已是其事也傳言此者解周公西悲之意以公族雖有死罪猶是骨肉之親非徒己心自悲先祖亦將悲之是將欲言歸則念西而悲也○箋我在至而悲○正義曰箋以此爲勞歸士之辭不宜言己意故易傳以爲此二句亦序歸士之情我軍士在東山常曰歸言三年之內常思歸也軍士家室在西故知念西而悲孫毓云殺管叔在二年臨刑之時素服不舉至於歸時踰年已久無緣西行而後始悲箋說爲長○傳枚微○正

義曰枚微者其物微細也大司馬陳大閱之禮教戰法云遂鼓銜枚而進注云枚如箸銜之有繣結項中軍法止語爲相疑惑是枚爲細物也○箋勿猶至不陳○正義曰此言東征之事故知制彼裳衣謂兵服也初無銜本無言雖是征伐本無行陳銜枚之事言豫前自定不假戰鬭而服之也若前敵自定當應速耳而三年始歸者以其叛國既多須圍守以服之故引春秋傳者莊八年穀梁傳曰善爲國者不師善師者不陳善陳者不戰善戰者不死此箋言善用兵者不陳常武箋云善戰者不陳皆與彼異蓋鄭以義言之○傳蜎蜎至烝窴○正義曰釋蟲云蚅烏蠋樊光引此詩郭璞曰大蟲如指似蠶韓子云蚅似蠋言在桑野知是桑蟲烝窴釋言文彼作塵○箋蠋至塵同○正義曰蠋在桑野是其常處實非勞苦故云似有勞苦軍士獨宿車下則實有勞苦故下箋云誠有勞苦以不實喻實者取其在桑野在車下其事相類故也傳訓烝窴也故轉窴爲久而釋詁云塵久也乃作塵字故箋辨之古者窴塡塵三字音同可假借而用之故也 我

徂東山慆慆不歸我來自東零雨其濛果臝之實亦施于宇伊威在室蠨蛸在戶町畽鹿場熠

燿宵行果臝栝樓也伊威委黍也蠨蛸長踦也町疃鹿迹
也熠燿燐也燐螢火也箋云此五物者家無人則
然令人感思○臝力果反施羊豉反伊威並如字或傍加虫
者後人增耳室本或作堂誤也蠨音蕭說文作蟰音夙蛸所
交反郭音蕭町他典反或他頂反字又作圢音同疃本又作
畽他短反字又作墥熠以執反燿以照反括古活反沈委音
於爲反委黍鼠婦也本或並作虫邊踦起宜反今詩義長踦
長脚蜘蛛又巨綺反又其宜反居綺反燐洛刃反字又作蟒
螢惠丁反令力呈反思息嗣反不可畏也伊可懷也箋云伊當作緊緊
猶是也懷思也室
中久無人故有此五物是不足可畏
乃可爲憂思○緊於奚反又作繄
【疏】傳果臝至螢火○正義曰釋草云果
臝之實括樓李巡曰括樓子名也孫炎曰齊人謂之天瓜本
草云括樓如瓜葉形兩兩相值蔓延靑黑色六月華七月實
如瓜瓣○是也伊威委黍蠨蛸長踦釋蟲文舍人曰伊威名委
黍蠨蛸名長踦郭璞曰舊說伊威鼠婦之別名長踦小蜘蛛
長脚者俗呼爲喜子說文云委黍鼠婦也陸機疏云伊威一
名委黍一名鼠婦在壁根下甕底土中生似白魚者是也蠨
蛸長踦一名長脚荆州河內人謂之喜母此蟲來著人衣當
有親客至有喜也幽州人謂之親客亦如蜘蛛爲羅網居之

是也鹿場者場是踐地之處故知町畽是鹿之跡也熠燿者螢火之蟲飛而有光之貌故云熠燿燐也又解燐體云燐螢火也釋蟲云螢火卽炤舍人云螢火卽夜飛有火蟲也本草螢火一名夜光一名熠燿案諸文皆不言螢火爲燐淮南子云久血爲燐許愼云謂兵死之血爲鬼火然則燐者鬼火之名非螢火也陳思王螢火論曰詩云熠燿宵行章句以爲鬼火或謂之燐未爲得也天陰沈數雨在於秋日螢火夜飛之時也故云宵行然腐草木得溼而光亦有明驗衆說並爲螢火近得實矣然則毛以螢火爲燐非也

我徂東山慆慆不歸我來自東零雨其濛鸛鳴于垤婦歎于室洒埽穹窒我征聿至 垤螘塚也將陰雨則穴處先知之矣鸛好水長鳴而喜也箋云鸛水鳥也將陰雨則鳴行者於陰雨尤苦婦念之則歎於室也穹窮窒塞洒灑埽拚也穹窒鼠穴也而我君子行役述其日月今且至矣言婦望也○鸛本又作雚古玩反垤田節反洒所懈反灑所寄反埽素報反螘本亦作蛾又作蟻魚綺反好呼報反拚甫問反

有敦瓜苦烝在栗薪 敦猶專專也烝衆也言我心苦事又苦也箋云此又言婦人思其君子之居處

專專如瓜之繫綴焉瓜之辦有苦者以喻其心苦也烝塵栗析也言君子又久見使析薪於事尤苦也古者聲栗裂同也○敦徒丹反注同栗毛如字鄭音列韓詩作蓼力菊反衆新也專徒端反下同綴張衛反辦盧遍反又白莧反說文云瓜中實也沈薄閑反

自我不見于今三年

疏鸛鳴至三年○毛以爲上四句說歸士之情次四句說其妻思望之也思而不至閔其勞苦言有專專然繫綴於蔓者瓜也而其辦甚苦旣繫苦於蔓似如勞苦而其辦又苦以喻君子繫屬於軍是事苦也又憂軍事是心又苦也其苦如何衆軍士皆在析薪之役是其苦也君子旣有此苦已久不得見之自我不見君子以來於今三年矣所以思之甚也鄭以烝爲久言君子久在析薪之役餘同○傳垤螘至而喜○正義曰釋蟲云蚍蜉大螘小者螘舍人曰蚍蜉卽大螘也小者卽名螘也然則螘是小蚍蜉也此蟲穴處輂土爲塚以避溼鸛鳥鳴於其上故知垤是螘塚也將欲陰雨水泉上潤故穴處者先知之是螘避溼而上塚鸛是好水之鳥知天將雨故長鳴而喜也陸機疏云鸛鸛雀也似鴻而大長頸赤喙白身黑尾翅樹上作巢大如車輪卵如三升杯望見人按其子令伏徑舍去一名負釜一名黑尻一名背竈一名皁裙又泥其巢一傍爲池含水滿之取魚置池中稍

稍以食其雛若殺其子則一村致旱災○傳敦猶至又苦○
正義曰敦是瓜之繫蔓之貌故轉爲專言瓜繫於蔓專專然
也烝衆釋詁文以瓜之苦喻君子心內苦繫於蔓又似苦以
喻君子繫於軍是事苦故言心苦事又苦即析薪是也○箋
此又至裂同○正義曰此申傳心苦事又苦之意也以軍之
苦在久不在衆故易傳以烝爲塵謂之爲久析薪是分裂之
義不應作栗故辯之云古者聲栗裂同**我徂東山慆慆**
故得借栗爲裂不是字誤故不云誤也
不歸我來自東零雨其濛箋云凡先者此四句者皆
爲序歸士之情○爲于僞
反**倉庚于飛熠燿其羽**箋云倉庚仲春而鳴嫁取之候
也熠燿其羽羽鮮明也歸士始
行之時新合昏禮今還故極序**之子于歸皇駁其馬**黃
其情以樂之○樂音洛下同白
曰皇駵白曰駁箋云之子于歸謂始嫁
時也皇駁其馬車服盛也○駁邦角反**親結其縭九十**
其儀縭婦人之褘也母戒女施衿結帨九十其儀言多儀
也箋云女嫁父母既戒之庶母又申之九十其儀喻
丁寧之多○褘許韋反衿
繫佩帶其鴆反帨始銳反**其新孔嘉其舊如之何**言久
長之

道也箋云嘉善也其新來時甚善至今則久矣不知其如何也又極序其情樂而戲之

【疏】倉庚至之何○毛以爲歸士始行之時新合昏禮序其男女及時以戲樂之言倉庚之鳥往飛之時熠燿其羽甚鮮明也以興歸士之妻初昏之時其衣服甚鮮明也是子往歸嫁之時所乘者皇其馬駁其馬言其車服盛也其母親自結其衣之縭九種十種其威儀多也言其嫁既及時而又威儀具足本其新來時則甚善矣但不知其久時復如之何言本時甚好不知在後當然以否所以戲樂歸士之情也○鄭以倉庚爲記時言歸士之妻於倉庚于飛熠燿其羽之時而是子往歸嫁其新孔嘉謂本初日其新來之時則甚善不見已三年今其久矣不知今日如之何序其自東來歸未到家之時言以戲樂之餘同○箋倉庚至樂之○正義曰鄭以仲春爲昏月月令仲春倉庚以序云樂男女得以及時故知作者以倉庚鳴爲嫁娶之候歸士始行之時以仲春新合昏禮也毛以秋冬爲昏此義必異於鄭宜以倉庚爲興王肅云倉庚羽翼鮮明以喻嫁者之盛飾是也然則不言及時者舉其嫁之得禮明亦及時可知也○傳黃白至曰駁○正義曰釋畜文舍人曰騵赤色名曰駁也黃白色名曰皇也孫炎引此詩餘皆不解騵白之義案黃白曰皇謂馬色有黃處有白處則騵白曰駁謂馬色有騵處

有白處舍人言騋馬名白馬。非也孫炎曰騋赤色也。傳縭婦至多儀。正義曰釋器云婦人之褘謂之縭縭緌也孫炎曰褘帨巾也郭璞曰即今之香纓也褘邪交絡帶繫於體因名爲褘緌繫也此女子既嫁之所著示繫屬於人義見禮記詩云親結其縭謂母送女重結其所繫著以申解之說者以褘爲帨巾失之也母戒女施衿結帨士昏禮文彼注云帨佩巾也不解衿之形象內則云婦事舅姑衿纓綦屨注云衿猶結也婦人有衿纓示有繫屬也然則衿謂纓也衿先不在身故言施帨則先以佩巾故結之而已傳引結帨證此結縭則如孫炎之說亦以縭爲帨巾其意異於郭也內則云男女未冠笄者總角衿纓皆佩容臭郭以縭爲香纓云義見禮記謂此也案昏禮言結帨此言結縭則縭當是帨非香纓也且未冠笄者佩容臭又不是示繫屬也郭言非矣數從一而至於十則數之小成舉九與十言其多威儀也。箋女嫁至之多。正義曰士昏禮云父送女命之曰戒之敬之夙夜無違命母施衿結帨曰勉之敬之夙夜無違宮事庶母及門內申之以父母之命命之曰敬恭聽宗爾父母之言夙夜無愆是戒之申之之事也引此者解母必親結之意言九又言十者喻其威儀丁寧之多也斯干傳曰婦人質無威儀此言多威儀者婦人無男子之禮揖讓周旋之儀耳其舉動威儀則多也○傳言久長之道○正義曰舊訓爲久也言久長之道理未知善惡所以戲之○箋嘉善至戲之○正義曰箋以此序爲歸士之情當樂以當時之事不宜言久長之道故易傳以爲新來時甚善至今則久矣不知其如何以戲樂此歸士也

東山四章章十二句

附釋音毛詩注疏卷第八（八之二）

清嘉慶二十年重栞
宋本十三經樓藏本校

刑部員外南昌黃中杰栞

毛詩注疏挍勘記八之二

阮元撰盧宣旬摘録

○鴟鴞

公乃爲詩以遺王　唐石經小字本相臺本同案釋文云遺唯季反本亦作貽此從尚書本也正義云定本貽作遺字則不得爲怡悅也考正義引金縢注怡悅也是鄭讀尚書貽爲怡也此序注義既與彼同則貽字亦不爲有異當以正義本爲長

而不取正言　閩本明監本毛本取作敢案所改是也首章正義云但不敢正言其事可證

不得復名爲貽悅王心　閩本明監本毛本同案貽當作怡上文可證

無絕其位　小字本相臺本同考文古本同閩本明監本毛本位上有官字案無者是也當是蒙上而省

此取鴟鴞子者言稚子也　小字本同閩本明監本毛本同相臺本言作指案指字是也

或謂之過鸁　閩本明監本毛本同案盧文弨改鸁爲蠃依方言廣雅耳非也鸁即蠃字爾雅疏即

取此正作羸

欲諂公之意作此詩　明監本毛本欲上有是字閩本剜入案此誤補也欲諂當作鄭謂

罪猶未加刑　閩本明監本毛本同案罪當作實

釋言云鬻稚也　閩本明監本毛本同案浦鏜云鞠誤鬻是也

箋云言取鴟鴞子者　閩本明監本毛本同案言當作此

惜稚子也　閩本明監本毛本同案惜當作指

汝成王意何得絕我官位　閩本明監本毛本同案意當作竟與下互誤也

故竟欲盡怒之也　毛本竟誤以閩本明監本作意案意是也此作竟乃與上互誤也

予所蓄租　唐石經小字本相臺本同案釋文云租子胡反本又作祖如字爲也正義云祖訓始也物之初始必有爲之故云祖爲也段玉裁云正義正同又作本也今釋文正義祖皆譌租當正釋文見後考證

予尾翛翛　小字本相臺本同唐石經翛翛作脩脩案釋文翛翛素彫反注同考此經相傳有作脩脩作翛翛二本也沿革例云監蜀越本皆作脩脩以疏爲據與國本及建寧諸本皆作翛翛以釋文爲據也又引疏云定本作脩脩今正義誤見下又正義云予尾消消而敝乃正義所易之字如易令令爲鈴鈴易遂遂爲璲璲非其本經傳作消消也以定本作脩脩推之正義本當作翛翛矣標起止當是後改段玉裁云集韻光堯石經作脩脩

鄭殺弊盡同　閩本明監本毛本弊作敝案此誤改也正義是弊字與緇衣敝笱正同此唯一字尚存其舊而上下多作敝矣閩本以下又并改之凡正義所易之字往往改去今有不可追而正之者

作翛翛也　閩本明監本毛本同案翛翛當作脩脩見沿革例

〇東山

說其成婦之事　閩本明監本毛本婦作昏案婦當作婚

惟朕小子其新迎注云新迎　毛本上新字誤親閩本明監本不誤案二迎字皆當

作逆譜正義引作逆可證

爲武夷監於殷國者也〔補〕案夷當作庚形近之譌

此言商奄者明監本毛本此下有不字閩本剜入案所補非也言當作無耳

勿士行枚唐石經小字本相臺本同案釋文云勿士行毛音衡鄭音衘王戸剛反正義云定本云勿士行枚無衘字箋云初無行陳衘枚之事定本是也考釋文云鄭音衘者謂箋之衘枚即經之行枚鄭以行爲衘之假借不云讀爲直於訓釋中改其字以顯之箋例每如此釋文得之其箋之行陳是說衘枚所用非經中之行如殷其靁傳箋之此非經中之斯菁菁者莪傳箋之載非經中之載其比也故釋文云無行戸剛反明非經中之行也正義定本讀經讀箋皆爾絕無異說正義所云定本勿士行枚無衘字者必當時或本經於勿士行枚之閒更有衘字故也若但爲行衘二字互異止得云不作衘字不得云無衘字箋云以下乃正義自引箋以證謂箋中衘枚即經中行枚其閒更無衘字如雞鳴正義在定本下自引箋以證兮字也非箋云以下載定本之箋經義雜記欲改此經作衘及去箋行陳字皆於釋文正義未得其

理又釋文云云王戶剛反乃難箋銜字於箋行陳則迴不相涉也太平御覽引作銜以破引之也○按舊校本殊誤鄭箋行陣銜枚之事以釋經之行枚猶傳以樂道忘飢釋經之忘飢也此何容疑惑而必云鄭讀行爲銜乎行古音如杭銜从行金聲絕不在古人讀如讀若讀爲讀曰之例蓋必古音相近而後得有讀如讀若讀爲讀曰也此釋文云鄭音銜者自是陸氏之誤

校如著 補 案周禮著作箸此著字誤也明監本毛本不誤

爲繶絜於項中 補 明監本毛本絜作結按周禮亦是結字絜字誤也

蜎蜎蠋貌桑蟲也 閩本明監本毛本同小字本相臺本桑上有蠋字考文古本同案有者是也

烝窴也 相臺本同閩本同考文一本同小字本窴作寘明監本毛本同案窴字是也釋文云從穴下眞餘同此

道上乃遇零落之雨 閩本明監本毛本同案物觀云宋板乃作又其實不然當是誤舉下

一行字也

正義曰幾法也　閩本明監本毛本同案山井鼎云幾恐辟字是也

韓子云虫似蠋　閩本明監本毛本虫作蟲案虫當作蠶因别體俗字蠶作蚕蟲作虫而轉輾致誤也

果臝栝樓也　相臺本同閩本明監本毛本同小字本栝作括案括字是也釋文果臝下云括樓又括樓古活反十行本正義中皆作括樓可證閩本以下正義中亦誤爾雅作栝樓說文作苦蔞皆不與此同考文古本作括摟采說文而并改樓從扌非

燐螢火也　小字本相臺本同案釋文螢火惠丁反正義云案諸文皆不言螢火爲燐又云然則毛以螢火爲燐非也段玉裁云螢火與列子天瑞淮南氾論說林二訓說文博物志皆合謂鬼火熒熒然者也淺人誤以釋蟲之熒火卽炤當之又改其字從虫其誤蓋始於陳思王也思王引韓詩章句鬼火或謂之燐然則毛韓無異其說是

也陳思王螢火論載正義此不更具錄

故知町疃是鹿之跡也閩本明監本毛本疃作畽案畽字是也見上

瓜之辨有苦者小字本相臺本辨作辧閩本明監本毛本同案辧字是也釋文辧下引說文云瓜中實也可證十行本正義中亦作辨明監本毛本作辦所改是也

又尼其巢一傍為池閩本明監本毛本同案尼當作穴形近之譌山井鼎云尼宋板作泥其實不然當是剜也○按巢中何得作穴作泥是也

月令仲春倉庚閩本明監本毛本同案庚下浦鏜云脫鳴字是也

驪赤色名曰駁也閩本明監本毛本同案曰當作白舍人讀爾雅以驪字斷句也

舍人言驪馬名白馬非也閩本明監本毛本同案白馬當作白駁舍人讀爾雅白駁二字為一句也此正義譌舛不可讀今訂正

以申解之 閩本明監本毛本同案浦鏜云戒誤解以爾雅疏考之浦校是也

且未冠笄者佩容臭 明監本毛本者下衍未冠笄者四字閩本不誤案此上脫下衍乃寫書人自覺其誤而未及改正者山井鼎物觀不載失之矣

附釋音毛詩注疏卷第八（八之三）

廿六

毛詩國風　鄭氏箋　孔穎達疏

破斧美周公也周大夫以惡四國焉惡四國者惡其流言毀周公也。惡烏路反注同【疏】破斧三章章六句至國焉。正義曰三章上二句惡四國下四句美周公經序倒者經以由四國之惡而周公征之故先言四國之惡後言周公之德序以此詩之作主美周公故先言美周公也。箋惡四至周公。正義曰案金縢流言者管叔及其羣弟耳今并言惡四國流言毀周公者書傳曰武王殺紂繼公子祿父及管蔡流言奄君薄姑謂祿父曰武王已死成王幼周公見疑矣此百世之時也請舉事然後祿父及三監叛管蔡流言商奄即叛是同毀周公故并言之地理志云成王時薄姑氏與四國作亂則薄姑非奄君之名而云奄君薄姑者彼注云玄疑薄姑齊地名非奄君名是鄭不從也

既破我斧又缺我斨隋銎曰斧斧斨民之用也禮義國家之用也箋云四國流言既破毀我周公又損傷我成王以此二者爲大罪。斨七羊反說文云方銎斧也隋徒

丕反何湯果反孔形狹而長也銎曲容反**周公東征四國是皇**四國管蔡商奄也皇匡也箋云周公既反攝政東伐此四國誅其君罪正其民人而已**哀我人斯亦孔之將**將大也箋云此言周公之哀我民人其德亦甚大也

【疏】既破至之將○毛以爲斧斯者生民之所用以喻礼義者亦國家之所用有人既破我家之斧又缺我家之斯損其斧斯是廢其家用其人是爲大罪以喻四國之君廢其礼義壞其國用其君是爲大罪不得不誅故周公於是東征之周公所以東征者是止誅其四國之君正是四國之民主爲四國之民被誘作亂周公不以爲罪而正之此周公哀矜於我之民人其德亦甚大故美之○鄭以爲有人既破我之斧又缺我之斯此二者是爲大罪以與四國流言既破毀我周公之道又損傷我成王此二者亦是爲大罪故周公東征之餘同○傳隋銎至之用○正義曰如傳此言則以破缺斧斯喻四國破毀礼義故王肅云今四國乃盡破其用故孫毓云猶甘誓說言毀壞其三正耳然則經言我斧我斯乃是家之斧斯爲他所破此四國自破礼義與他破斧斯不類而云我者此礼義天子所制此四國破天子禮義故云我孫毓云王者立制其諸侯受制於天子故言我傳意或然也○箋四國至大罪○

正義曰箋以此詩美周公惡四國則是惡毀周公耳不宜遠言其人破毀礼義○故易傳以爲破毀周公損傷成王孫毓云周公不失其聖成王本爲賢君四國叛逆安能破周公損成王乎斯不然矣當管蔡流言之後商奄叛逆之初王與周公莫之相信於時周室迫近危亡其爲毀損莫此之大何謂不能毀損若不能毀損自可不須征之誅此四國復何爲也且詩人疾其惡心故言缺破豈待殺害王身然後爲損傷也○傳四國至皇匡○正義曰書序云成王既黜殷命成王既伐淮夷遂踐奄皆東征時事故四國是管蔡商奄知不數淮夷者以淮夷是淮水之上東方之夷耳此言四國謂諸夏之國故知不數之也書序皆云成王伐之此言周公東征者鄭以書序注凡此伐諸叛國皆周公謀之成王臨事乃往事畢則歸後至時復行然鄭意以爲伐時成王在焉故稱成王鄭以爲周公避居東都成王迎而反之攝政然後東征於時成王已信周公故可每事一往毛無避居之義則東征之時成王猶有疑心不親誚周公而書序言成王者以周公攝政耳成王則爲主君統臣功故言成王此則專美周公據論實事故言周公東征也釋言云皇匡正也傳以皇爲匡箋又轉爲正○箋周公至而已○正義曰此四國之君據書傳祿父管叔皆見殺蔡叔以車七乘徒七十人止言徒之多少不知放之

何處書序云成王既踐奄將遷其君於薄姑注云踐讀曰翦翦滅也奄既滅矣其君佞人不可復故欲徙之於齊地使服於大國是奄君遷於齊也書傳云遂踐奄踐之者籍之也籍之謂殺其身執其家瀦其宫如此則言奄君見殺與序不同書傳非也

既破我斧又缺我錡鑿屬曰錡○錡巨宜反字或作奇音同鑿屬也韓詩云木屬周公東征四國是吪吪化也○訛五戈反又作吪哀我人斯亦孔之嘉箋云嘉善也

疏傳鑿屬曰錡○正義曰此與下傳云木屬曰銶皆未見其文亦不審其狀也○傳吪化也○正義曰釋言文

既破我斧又缺我銶木屬曰銶○銶音求徐又音蚪韓詩云鑿屬也一解云今之獨頭斧周公東征四國是遒遒固也箋云遒斂也○遒在羞反徐又在幽反哀我人斯亦孔之休休美也○休虛蚪反

疏傳遒固○正義曰遒訓爲聚亦堅固之義故爲固也言使四國之民心堅固也箋以爲之○不安故易之釋詁云遒斂聚也彼遒作揫音義同是遒得爲斂言四國之民於是斂聚不流散也

破斧三章章六句

成王既得

伐柯美周公也周大夫刺朝廷之不知也

雷雨大風之變欲迎周公而朝廷羣臣猶惑於管蔡之言不知周公之聖德疑於王迎之禮是以刺之○柯古何反朝直遙反注及下篇同

【疏】伐柯二章章四句至不知○正義曰作伐柯詩者美周公也毛以爲周公攝政東征四國既定仍在東土已作鴟鴞之後未得雷風之前羣臣皆知周公有成就周道之志而成王猶未知之故周大夫作詩美周公以刺朝廷之不知卽經二章皆刺成王不知周公之辭鄭以爲周公避居東都三年之秋得雷風之後啟金縢之前王意稍悟欲迎周公而朝廷大夫猶有不知周公之志故周大夫作此詩以美周公刺彼朝廷大夫之不知也經二章皆言王當以禮迎周公刺彼羣臣不知之也○箋成王至刺之○正義曰箋知此篇之作在得雷風之後者若在雷風之前則王亦未悟若有所刺當刺於王何以獨刺朝廷若啟金縢之後則羣臣盡悟無所可刺故知是既得雷雨大風之變欲迎周公而朝廷猶有疑志所以刺之也論語云其在朝廷祭義言孝悌達於朝廷皆斥君朝謂之朝廷則知此言朝廷亦是成王之朝所刺必有其人故知刺朝廷羣臣之中有不知周公之聖者也毛氏雖不注序推鴟鴞之傳必無避居之事周

公初即攝政羣臣無有不知必不得同鄭刺羣臣也羣臣皆信周公唯有成王疑耳狼跋序云近則王不知此刺朝廷不知當亦刺成王不知王肅云朝廷斥成王孫毓云疑周公者成王也明周公者羣臣也書曰史與百執事對曰信噫公命我勿敢言二公下至百執事皆明周公如此復誰刺乎且夫朝廷人君若所專未有稱羣臣爲朝廷者漢魏稱人主或云國家或言朝廷古今同也劉以不言刺成王刺成王當在雅此詩主美周公故在豳風是以略言刺朝廷傳意或然雖刺成王與箋意異其所刺者亦在作鴟鴞之後得雷風之前何則作鴟鴞之時周公親自喻王王猶不悟大夫故應刺之若得雷風之後王意已漸開悟大夫不當刺王明所刺亦在雷風之前王肅以爲旣作東山又追作此詩以刺王不知毛意然否

伐柯如何匪斧不克柯斧柄也禮義者亦治國之柄箋云克能也伐柯之道唯斧乃能之此以類求其類也以喻成王欲迎周公當使賢者先往○柄彼病反**取妻如何匪媒不得**媒所以用禮也治國不能用禮則不安箋云媒者能通二姓之言定人室家之道以喻王欲迎周公當先使曉王與周公之意者又先往○取七喻反本亦作娶

疏伐柯至不得○毛以爲柯者爲家之器用禮者治國之所

用言欲伐柯以爲家用當如何乎非斧則不能以與欲取礼以治國者當如之何乎非周公則不能言斧能伐柯得柯以爲家用喻周公能行礼得礼以治國能執治國之礼者唯周公耳又言取妻如之何非媒則不得以與治國如之何非礼則不安以媒氏能用禮故使媒則得妻以喻周公能用礼故任周公則國治刺王不知周公而不任之也○鄭以爲伐柯之道非斧則不能唯斧乃能之言以類求其類喻王欲迎周公非賢不可往當使賢者先往亦以類求其類取妻如之何非媒不得以媒能通二姓之言定人室家之道故使媒則得之以喻王欲迎周公當使曉王與周公之意者先往以其能通二人之意故宜先使之言王當迎周公以刺朝廷之不知也○傳柯斧至之柄○正義曰考工記車人云柯長三尺博三寸厚一寸有半五分其長以其一爲之首注云首六寸謂闊頭斧也柯其柄也是斧柄大小之度斧喻周公柄喻礼義斧能伐得柯喻周公能得礼柯所以供家用猶礼可以供國用故云礼義者治國之柄是以柯喻礼則知斧喻周公雖以斧喻周公斧不能自伐得柯必人執之是人與斧共喻周公也人執斧能伐柯既伐得柯人又執柯以營家用喻周公能得礼既能得礼周公又能執礼以治國以此美周公也王肅云能執治國家之斧柄其唯周公乎是喻周公能執礼也○

箋克能至先往○正義曰克能釋言文箋以下云我覯之子謂得見周公則二章皆勸迎周公之事故易傳言以類求其類喻使賢者先往也○傳媒所至不安○正義曰傳以下文籩豆有踐籩豆禮器則此亦禮事故傳以上經與此皆喻禮也正以媒爲與與者媒所以用禮喻周公能用禮取妻不以媒則不能得妻喻治國不用禮則不能安國言周公能用禮以安而王不知故刺之○箋媒者至先往○正義曰箋以媒者通傳二姓之言勸迎周公而以媒爲喻故易傳言當使曉王與周公之意者先往孫毓云周公之思歸忠成王之未悟耳王出郊而天雨反風禾則盡起精誠感天而況於人乎何須賢者之先往也周公至聖見能未形非如讎敵尚相阻疑何須問人重相曉喻乎鄭爲此說者以爲此詩之作在雷風之後王實未迎周公致使朝臣尚惑假言迎意刺彼未知言王以周公之聖欲其速反尚使賢者先行令人傳通其意說周公宜還見疑者可刺耳非謂周公有疑須相曉喻也

伐柯伐柯其則不遠以其所願乎上交乎下以其所願乎下事乎上不遠求也箋云則法也伐柯者必用柯其大小長短近取法於柯所謂不遠求也王欲迎周公使還其道亦不遠人心足以知之

我覯之子籩豆有踐踐行列貌箋云

覯見也之子是子也斥周公也王欲迎周公當以饗燕之饌行至則歡樂以說之○覯古豆反踐賤淺反行戶郎反饌士戀反樂音洛說音悅【疏】伐柯至有踐○毛以爲伐柯之法其則不遠遠喻治國之法其道亦不遠何者執柯以伐柯比而視之舊柯短則如其短舊柯長則如其長其法不在遠也以喻交接之法願於上交於下願於下事於上其道亦不遠也言有禮君子恕以治國近取諸已不須遠求能如是者唯周公耳我若得見是子周公覯其以禮治國則復籩禮器有踐然行列而次序矣禮事弘多不可偏舉言其籩豆有列見禮法大行也○鄭以爲伐柯伐柯者其法則不遠舊柯足以法之以喻王欲迎周公使還其道亦不遠人心足以知之言衆人之心皆知公須還也我王欲見是子周公當以饗燕之饌籩豆有踐然行列以待之言王宜厚待周公刺彼不知者也○傳以其至遠求○正義曰此伐柯之不遠求還近取法於柯以喻交人之道不遠求還近取法於已故解不遠求之義以其所願於上接已則以所願之事交於在已下者以其所願於下之事已則以所願之事事於已之上者此皆近取諸已所謂不遠求詩意言此者以有禮君子能以身恕物言周公能爲此也王肅云言有禮君子恕施而行所以治人則不遠○箋柯至知之○正義曰箋以爲勸迎周公之辭

故易傳言不遠者人心足以知之中庸引此二句乃云執柯以伐柯睨而視之猶以爲遠詩言其則不遠彼言猶以爲遠者以作者言其不遠明有嫌遠之意故言猶以爲遠○傳踐行列貌○正義曰以籩豆之器必行列陳之故以踐爲行列貌毛以爲此詩刺王不知周公皆不言王迎之事必不得如鄭以籩豆之饌迎周公也上句說恕以行禮則此當爲任用有禮之人則得禮事陳設籩豆是行禮之器言籩豆有踐謂見其行禮也故王肅云我所見之子能以禮治國踐行列之貌籩豆行禮之物也傳意或然○箋覯見至說之○正義曰覯見釋詁文飲食之事聖人以之爲禮今勸迎周公而言陳列籩豆是令王以此籩豆與周公饗燕

伐柯二章章四句

九罭美周公也周大夫刺朝廷之不知也○罭本亦作罭于逼反【疏】九罭四章首章四句下三章章三句至不知○正義曰作九罭詩者美周公也周大夫以刺朝廷之不知也此序與伐柯盡同則毛亦以爲刺成王也周公既攝政而東征至三年罪人盡得但成王惑於流言不悅周

公所爲周公且止東方以待成王之名成王未悟不欲迎之故周大夫作此詩以刺王經四章皆言周公不宜在東是刺王之事鄭以爲周公避居東都三年成王既得雷雨大風之變欲迎周公而朝廷羣臣猶有惑於管蔡之言不知周公之志者及啟金縢之書成王親迎周公反而居攝周大夫乃作此詩美周公追刺往前朝廷羣臣之不知也此詩當作在歸攝政之後首章言周公不宜居東王當以袞衣禮迎之所陳是未迎時事也二章三章陳往迎周公之時告曉東人之辭卒章陳東都之人欲留周公是公反後之事既反之後朝廷无容不知序云美周公者則四章皆是也其言刺朝廷之不知者唯首章耳**九罭之魚鱒魴**興也九罭緵罟小魚之網也鱒魴大魚也箋云設九罭之罟乃後得鱒魴之魚言取物各有器也興者喻王欲迎周公之來當有其禮○鱒才損反沇又音撰魴音房緵子弄反又子公反字又作緫罟音古今江南呼緵罟爲百囊網也**我覯之子袞衣繡裳**所以見周公也袞衣卷龍也箋云王迎周公當以上公之服往見之○袞古本反六冕之第一者也畫爲九章天子畫升龍於衣上公但畫降龍字或作卷音同卷卷冕反

【疏】九罭至繡裳○毛以爲九罭之中魚乃是鱒也魴也鱒魴是大魚處九罭

之小網非其宜以興周公是聖人處東方之小邑亦非其宜王何以不早迎之乎我成王若見是子周公當以袞衣繡裳往見之刺王不知欲使王重禮見之鄭以爲設九罭之網得鱒魴之魚言取物各有其器以喻用尊重之大禮迎周公之大人是儗人各有其倫尊重之禮正謂上公之服王若見是子周公當以袞衣繡裳往迎之○傳九罭至大魚○正義曰釋器云緵罟謂之九罭九罭魚網也孫炎曰九罭謂魚之所入有九囊也郭朴曰緵今之百囊網也釋魚有鱒魴樊光引此詩郭朴曰鱒似鯶子赤眼者江東人呼魴魚爲鯿陸機注云鱒似鯶而鱗細於鯶赤眼然則百囊之網非小網而言得小魚之罟者以其緵促網目能得小魚不謂網身小也驗今鱒魴非是大魚言大魚者以其雖非九罭密網此魚亦將不漏故言大耳非大於餘魚也傳以爲大者欲取大小爲喻王肅云以興下土小國不宜久留聖人傳意或然○箋設九至其禮○正義曰箋解網之與魚大小不異於傳但不取大小爲喻耳以下句袞衣繡裳是禮之上服知此句當喻以禮往迎故易傳以取物各有其器喻迎周公當有禮○傳所以至卷龍○正義曰傳解詩言袞衣繡裳者是所以見公之服也畫龍於衣謂之袞故云袞衣卷龍

鴻飛遵渚鴻不宜循渚也箋云鴻大鳥也不宜與鳧鷖之屬飛

而循渚以喻周公今與凡人處東都之邑失其所也○鳧音符鷖烏兮反又作鷖

公歸無所於女信處

周公未得禮也再宿曰信箋云信誠也時東都之人欲周公留不去故曉之云公西歸而無所居則可就女誠處是東都也今公當歸復其位不得留也

【疏】鴻飛至信處○毛以鴻者大鳥飛而循渚非其宜以喻周公聖人久留東方亦非其宜王何以不迎之乎又告東方之人云我周公未得王迎之禮歸則無其住所故於汝東方信宿而處耳終不久留於此告東方之人云公不久留刺王不早迎○鄭以爲鴻者大鳥不宜與鳧鷖之屬飛而循渚以喻周公聖人不宜與凡人之輩共處東都及成王既悟親迎周公而東都之人欲周公即留於此故曉之曰公西歸若無所居則可於汝之所誠處耳今公歸則復位汝不得留之美周公所在見愛知東人願留之○傳鴻不宜循渚○正義曰言不宜循渚者喻周公不宜處東毛無避居之義則是東征四國之後留住於東方不知其住所也王肅云以其周公大聖有定命之功不宜久處下土而不見禮迎箋爲喻亦同但以爲辟居處東故云與凡人耳○傳周公至曰信○正義曰言周公未得王迎之禮也再宿曰信莊三年左傳文公未有所歸之時故於汝信處處汝下國周公居東歷年而曰信者言

聖人不宜失其所也。再宿於外猶以爲久，故以近辭言之也。○箋「信誠」至「得留」。○正義曰：釋詁云：「誠，信也。」是信得爲誠也。以卒章言「無以公西歸」，是東人留之辭，故知此是告曉之辭。既以告曉東人，公既西歸，不得遥信，故易傳以信爲誠，言公西歸而無所居，則誠處是東都也。此章已陳告曉東人之辭，卒章始陳東人留公之辭。此詩美周公不宜處東，既言不宜處東，因論告曉東人之事。既言告曉東人，須見東人之意，故卒章乃陳東人之辭。

鴻飛遵陸，陸非鴻所宜止。**公歸不復，於女信宿。**宿猶處也。

疏「公歸不復」。○正義曰：箋以爲避居，則不復當謂不得復位。毛以此章東征，則周公攝位久矣，不得以不復位爲言也。當訓復爲反。王肅云「未得所以反之道」，傳意或然。

是以有袞衣兮，無以我公歸兮，無與公歸之道也。箋云：是，是東都也。東都之人欲周公留之爲君，故云是以有袞衣，謂成王所齎來袞衣，願其封周公於此，以袞衣命留之，無以公西歸。**無使我心悲兮。**箋云：周公西歸，而東都之人心悲，恩德之愛至深也。

疏「是以」至「心悲兮」。○毛以爲首章言王見周公當以袞衣見之，此章言王有袞衣而不迎周公，故大夫刺之。言王是以有此袞衣兮但無以我公歸之道兮王意不悟故云無以歸道又言王當早迎周公無使我羣臣念周公而心悲兮○鄭以爲此是東都之人欲留周公之辭言王是以有此衮衣兮王令齎來願卽封周公於此無以我公西歸兮若以公歸我則思之王無使我思公而心悲兮○傳無與公歸之道○正義曰周公在東必待王迎乃歸成王未肯迎之故無與我公歸之道謂成王不與歸也○箋是東至西歸○正義曰箋以爲王欲迎周公而羣臣或有不知周公之志者故刺之雖臣不知而王必迎公不得言無與公歸之道故易傳以爲東都之人欲留周公之辭首章云迎周公當以上公之服往見之於時成王實以上公服往故東都之人卽願以此衣封周公也○箋周公至至深○正義曰東都之人言已將悲故知是心悲念公也傳以爲刺王不知則心悲謂羣臣悲故王肅云公久不歸則我心悲是大夫作者言已悲也此經直言心悲本或心下有西衍字與東山相涉而誤耳定本無西字

九罭四章一章四句三章章三句

狼跋美周公也周公攝政遠則四國流言近則

王不知周大夫美其不失其聖也不失其聖者聞流言不惑王不知不怨終立其志成周之王功致大平復成王之位又爲之大師終始無愆聖德著焉○狼跋省郎獸名也跋音卜末反又蒲末反字或作拔同王功于況反大平音泰下大師大平同愆起然反

疏狼跋二章章四句至其聖○正義曰作狼跋詩者美周公也毛以爲周公攝政之時其遠則四國流言謗毀周公言將不利於孺子其近則成王不知其心謂周公實欲篡奪已位周公進退有難如此卒誅除四國成就周道使天下大平而聖著明故周大夫作此詩美進退有難而能不失其聖也經二章皆言進退有難之事美其不失聖者本其美周公之意耳於經無所當也鄭以周公將攝政時遠則四國流言而周公不惑不息攝政之心近則成王不知而周公不怨不生忿懟之意卒得遂其心志成就周道是進有難也及致政成王之後欲老而自退成王又留爲大師令輔弼左右是退有難也如此進退有難而聖德著明終無愆過故周大夫美其不失其聖也經二章皆云進退有難之事德音不瑕是不失聖也序稱流言與王不知唯說進有難也不言退有難者不失其聖之中可以兼之矣○箋不失至著焉○正義曰序言不失其聖是摠美周公之言故箋具述周

公進退有難能使聖德著明之意以充之箋以流言與王不知是一時之事不宜分爲進退經云公孫碩膚則是遜位之後故以流言與王不知爲進有難也旣遜而留爲大師是退有難也以此二者皆違周公之志是故俱名爲難進退有難爲終始無愆所以美其不失其聖也毛不注序必知異於鄭者傳以公孫爲成王則此經所陳無周公遜位之事不得以留爲大師當退有難也傳言進退有難須兩事充之明四國流言爲進有難王不知爲退有難能誅除四國攝政成功正是不失聖也

狼跋其胡載疐其尾興也跋躐疐跲也老狼有胡進則躐其胡退則跲其尾進退有難然而不失其猛箋云興者喻周公進則躐其胡猶始欲攝政四國流言辟之而居東都也退則跲其尾謂後復成王之位而老成王又留之其如是聖德無玷缺○疐本又作疌丁四反又陟値反躐力輒反跲其劫反又居業反難乃旦反玷丁簟反

公孫碩膚赤舄几几公孫成王也豳公之孫也碩大膚美也赤舄人君之盛屨也几几絇貌箋云公周公也孫讀當如公孫于齊之孫孫之言孫遁也周公攝政七年致大平復成王之位孫遁辟此成公之大美欲老成王又留之以爲大師履赤舄几几然○孫毛如字鄭音遜舄音昔屨俱具反絇其

俱反遁徙遜反

【疏】狼跋至几几○毛以爲狼之老者則領下垂胡，狼進前則躐其胡，御退則跲其尾，是進退有難，然猶不失其猛，能殺傷畜獸，以喻周公攝政之時，遠則四國流言，近則王不知其志，進退有難，然猶不失其聖，能成就周道。所以進退有難而攝此政者，欲待公孫成王長大，有大美之德，能履赤舄几几然，盛服以行禮，然後授之故也。○鄭以爲老狼進則躐其胡，退則跲其尾，進退有難，不失其猛，喻周公將欲攝政，遭四國流言，歸政成王，王復留爲大師，進退有難，能不失其聖，又美周公不失其聖之事，言周公既致大平，乃遜遁避此成功之大美，復留在王朝爲大師之官，履其赤舄，其舄之飾几几然，美其聖德，故說其衣服也。○傳跋躐其猛○正義曰：跋躐、疐跲，《釋言》文。李巡曰：跋，前行曰躐；跲，卻頓曰疐也。《說文》云：跋，蹎，丁千反；跲，躓，竹二反。躓卽疐也。然則跋與疐皆是顛倒之類，以跋爲躐者，謂跋其胡而倒躓耳。老狼有胡，謂頷垂胡，進則躐其胡，謂躐胡而前倒也；退則跲其尾，謂卻頓而倒於尾上也。跋胡言狼，疐尾亦是狼也，文不可重，故以疐○代之。下章倒其文，明跋上宜有載，所以互相見也。序言周公遠近有難，不失聖德，故知此經說狼進退有難而不失猛。○箋興者至玷缺○正義曰：箋下言公孫則遜位之後，故以進則躐胡喻將欲攝政，退則跲尾喻成王留之耳。周公

人臣以臣攝爲進致政爲退取象爲安故易傳也○傳公孫
至絇貌○正義曰傳以雅稱曾孫皆是成王以其是豳公之
孫也碩大釋詁文膚美小雅廣訓文天官屨人掌王之服屨
爲赤舄黑舄注云王吉服有九舄有三等赤舄爲上冕服之
舄下有白舄黑舄然則赤舄是舄之最上故云人君之盛屨
也屨人注云服屨者著服各有屨也複下曰舄單下曰屨古
之人言屨以通於複今世言屨以通於單俗易語反然則屨
舄對文有異散則相通故傳以屨言之士冠禮云玄端黑屨
青絇繶純爵弁纁屨黑絇繶純純博寸注云絇之言拘以爲行
戒狀如刃衣鼻在屨頭繶縫中紃也屨順裳色爵弁之屨以
黑爲飾爵弁尊其屨飾以繢次云几几絇貌謂舄頭飾之貌
以爵弁祭服之尊飾之如繢次屨色纁而絇用黑則冕服之
舄必如繢次舄色赤則絇赤黑也王肅云言周公所以進退
有難者以俟王之長大有大美之德能服盛服以行禮也○
箋周公至几几然○正義曰箋以上言公歸皆謂周公故以
此公爲周公古之遜字借孫爲之春秋昭二十五年經言公
孫於齊春秋之例内諱奔謂之遜言昭公遜遁而去位此周
公亦遜遁去位故讀如彼文遜遁釋言文孫炎曰遁逃去也
周公攝政七年遜遁避成功之大美尚書洛誥有其事書序
云召公爲保周公爲師相成王爲左右召公不悅周公作君

爽是成王留之爲大師也上公九命得服袞冕故履赤舄孫毓云詩書名例未有稱天子爲公孫者成王之去豳公又已遠矣又此篇美周公不美成王何言成王之大美乎公宜爲周公箋義爲長

狼疐其尾載跋其胡公孫碩膚德音不瑕瑕過也箋云不瑕言不可疵瑕也○疵才斯反

【疏】傳瑕過○正義曰瑕者玉之病玉之有瑕猶人之有過故以瑕爲過箋言無可疵瑕者亦是玉病言周公終始皆善爲無疵瑕也

狼跋二章章四句

豳國七篇二十七章二百三句

附釋音毛詩注疏卷第八

八之三

大清嘉慶二十年重栞
用文選樓藏本校

黄中棫栞

毛詩注疏挍勘記八之三　阮元撰盧宣旬摘錄

○破斧

隋銎曰斧 小字本相臺本同案考文古本下有方銎曰斨四字非也此與七月傳斨方銎也互文見義七月正義云破斧傳云隋銎曰斧方銎曰斨然則斨卽斧也各本皆同其實誤也當作然則方銎曰斨斨卽斧也因方銎曰斨與所引破斧傳云隋銎曰斧有以對文乃誤屬然則二字於斨卽斧也之首耳此經文缺我斨釋文斨下云說文云方銎斧也浦鏜校彼正義以爲觀音義則傳本無此四字非脫也其說當矣特未悟彼正義亦本不引此傳方銎曰斨也考文古本正采彼正義而致誤

○伐柯

傳吪化也正義曰 閩本明監本毛本正上有○案所補非也也當作○耳

箋以爲之不安 閩本明監本毛本同案浦鏜云之疑衍是也

當先使曉王與周公之意者又先往　小字本相臺本同案又者又上箋先往也正義云當使曉王與周公之意者先往乃緊栝箋文非箋如此明刻單注別本有改又爲以者有誤甚

見能未形　閩本明監本毛本同案浦鏜云見能字當誤倒是也

何須問人　閩本明監本毛本同案問當作用形近之譌

則復籩禮器　閩本明監本毛本籩下有豆字案復籩當作籩豆

以其所願於上接已　〔補〕案下文接已上當有之字

箋柯至知之　〔補〕柯上當有伐字

○九罭

鱒魴大魚也　小字本相臺本同案釋文鱒下云大魚也正義云傳以爲大者欲取大小爲喻王肅云以興下土小國不宜久留聖人傳意或然今考此傳當本無大字或加之以駮鄭與敝笱同魴亦衍字也釋文獨於鱒

下云大魚也是其本無魴字

六罭之第二者也補釋文挍勘盧本者作章案云今改正所改是也

釋魚有鱒魴閩本明監本毛本同案鱒魴盧文弨云當作鮅鱒是也

陸機注云閩本明監本毛本同案浦鏜云疏誤注是也

欲周公留之爲君閩本明監本毛本同小字本相臺本之爲作爲爲之考文一本同案爲之是也

無使我心悲兮唐石經小字本相臺本同案正義云本或心下有西字與東山相涉而誤耳定本無西字考文一本有采正義

箋是東至西歸閩本同明監本毛本東作以案皆誤也當作是

九罭四章明監本毛本章誤何唐石經以下各本不誤

○狼跋

乃遜遁避此成功之大美　閩本明監本毛本同案經注作孫正義作遜孫遜古今字易而說之也例見前正義云古之遜字借孫爲之則因自言其例矣考文古本箋作遜誤采正義也避亦易字見汝墳

說文云跋躓丁千反跲躓竹二反　閩本明監本毛本同案丁千反竹二反六字當旁行細書正義於自爲音者例如此○按郎自爲音不定有此例況丁千反竹二反乃引說文音隱乎唐人所引說文反語皆本音隱

故以臺代之　（補）案臺當作載下文明跋上宜有載可證

爵弁纁黑絇繶純　閩本明監本毛本同案纁下浦鏜云脫屨字考士冠禮浦挍是也

狀如刃衣　閩本明監本毛本同案浦鏜云刀誤刃考士冠禮注浦挍是也

則絇赤黑也　閩本明監本毛本同案盧文弨云赤當作亦是也

故屨赤舄閩本明監本毛本同案浦鏜云屨誤屨是也

附釋音毛詩注疏卷第九（九之一）

鹿鳴之什詁訓傳第十六

○陸曰什音十什者若五等之君有詩各繫其國舉周南即題關雎至於王者施教統有四海歌詠之作非止一人篇數既多故以十篇編爲一卷名之爲什

毛詩小雅

○陸曰從鹿鳴至菁菁者莪凡二十二篇皆正小雅六篇亡今唯十六篇從此至魚麗十篇是文武之小雅先其文王以治內後其武王以治外宴勞嘉賓親睦九族事非隆重故爲小雅皆聖人之迹故謂之正

鄭氏箋　孔穎達疏

小大雅譜

小雅大雅者周室居西都豐鎬之時詩也○正義曰以此二雅正有文武成變有厲宣幽六王皆居在鎬豐之地故曰豐鎬之時詩也知者文王有聲云作邑於豐是文王居豐也又曰考卜維王宅是鎬京維龜正之武王成之是武王居鎬也太史公曰成王卜居洛邑定九鼎焉而周復都豐鎬外傳曰杜伯射宣王於鎬魚藻序云王居鎬京是幽王以上皆居鎬也世本云懿王徙於犬丘地理志云京兆槐里縣周曰犬丘懿王都之京兆郡故長安縣

也皇甫謐云鎬在長安南二十里然則犬戎與鎬相近有離宮在焉懿王甍居之非遷都也鄭必須言周室居豐鎬者以國風皆題諸國之名知其國土所在雅亦須顯其號并知天子所居之處也采薇出車以天子之命命將率則文王時未稱王也則二雅各有未稱王時作者未稱王時則在岐周矣而繫之豐者以其爲雅詩者卽述天子之政文王居豐乃稱王縱使在岐周時作亦繫之於豐也厲王流于彘王爵仍存鎬京尚在故亦揔云豐鎬焉雅題不曰周者以雅與國風絕殊又無異代相涉故不言周也○始祖后稷由神氣而生有播種之功於民公劉至于大王王季歷及千載越異代而別世載其功業爲天下所歸○正義曰案周本紀云公劉后稷之曾孫大王公劉九世之孫后稷在唐虞之時公劉當夏大康之時此至大王王季歷夏商之世漢書律歷志云夏凡四百四十年殷凡六百二十九年則餘一千矣故曰歷千載越異代也言后稷至於大王則公劉在其間矣而別言公劉者以周之先公皆能修后稷之業公劉大王其中賢俊者故歷言之所以追說后稷公劉大王者言周德積基所由也○文王受命武王遂定天下盛德之隆大雅之初起自文王至于文王有聲據盛隆而推原天命上述祖考之美○正義曰自文王至文王有聲凡十篇文王大明緜棫樸思齊皇矣靈臺

七篇序皆云文王旱麓一篇居中從可知凡八篇文王大雅也下武文王有聲二篇序皆言武王則武王大雅也以文武道同故鄭連言之雅有小大二體而體亦由事而定故文王以受命爲盛大雅以盛爲王故其篇先盛隆文王言受命作周大明言天復命武王是盛隆之事故以文王爲首大明次之也文王所以得受天命由祖考之業故又次緜也言文王之興本由大王也文王既因祖業得四臣之力即是能官其人故次棫樸也既言任臣之力又述受祖之美故次旱麓也旱麓直論樂易於民施化而已非盛事故在棫樸之下既言受祖之業又述其母之賢而得成爲聖故次思齊也文王既聖世脩其德天使之代殷故次皇矣皇矣既聖能代德及鳥獸故次靈臺緜與旱麓皇矣皆述大王王季之德是上述祖考者鄭以文王據受命盛隆逆而本之於祖父取編篇之意故其餘不盡論也其武王之詩下武序云繼文也明以上文王事下武則武王繼之既能繼其伐功故次文王有聲序云繼伐也言文王伐崇武王繼之以伐紂也案大明文王之詩而經陳武王之事文王有聲武王之詩而經陳文王之事其勢正同而詩主相反者由作者之意殊也文王經云王之藎臣無念爾祖以戒成王也大明云篤生武王言武王之論則二篇成王時作也緜云文王蹶厥生思齊云文王之母皇矣云帝

謂文王三篇皆言文王之謚則皆文王崩後作之棫樸云濟濟辟王靈臺云王在靈沼皆言王則稱王之後作也唯旱麓不言謚又不言王或未稱王之前作也但經無謚者或當其生存之時或在其崩後不可定也下武不言武王之謚成王時作文王有聲云武王烝哉言其謚則其崩後作也○小雅自鹿鳴至於魚麗先其文所以治內後其武所以治外○正義曰此又解小雅比篇之意采薇云文王之時西有昆夷之患北有玁狁之難以天子之命命將率歌采薇以遣之出車以勞還杕杜以勤歸則采薇等篇皆文王之詩天保以上自然是文王詩也魚麗序文武竝言則魚麗武王詩也鹿鳴至天保六篇言燕勞羣臣朋友是文事也采薇三篇言命將出征皆是武事故魚麗序曰文武以天保以上治內采薇以下治外既以治內爲先君爲元首臣爲股肱君能懇誠以樂下臣能盡忠以事上此爲政之尤急故以鹿鳴燕羣臣嘉賓之事爲首也羣臣在國則燕之使還則勞之故次四牡勞使臣之來也使臣還則君勞之去當遣之故次皇皇者華言遣使臣也使臣之聘出卽遣之反乃勞之則遣先勞後矣此所以先勞後遣者人之勞役苦於上所不知則已勞而怨有勞而見知則雖勞而不怨其事重故先之也且使臣往反固非其一四牡所勞不必是皇皇者華所遣之使二篇之作又不必

一人故以輕重爲先後也君臣既洽鄰國又睦乃可以和燕宗族故次常棣燕兄弟也兄弟既和又及朋友故次伐木燕朋友故舊也君既能燕勞臣下臣亦歸美以報之故次天保言下報上也內事既治則當命將征伐以禦夷狄之患故次采薇遣戍役遣則欲其同心還則別其貴賤先出車以勞將率後杕杜以勞還役也文王之詩既終可王之事繼之以文王治內外有成功故武王因之得萬物盛多所以次魚麗也萬物既多人得養其父母故次南陔孝子相戒以養也孝子非徒能養其親身又清潔故次白華言孝子之潔白也萬物盛多人民忠孝則致時和年豐故次華黍歲豐宜黍稷也思齊說文王之教先兄弟後家邦此詩之次先羣臣後兄弟者彼說施法之事先齊其家後化於外自近及遠之義此即爲國之政固當先國事後族人故使燕羣臣在先也又鹿鳴等三篇皆燕勞臣子爲政之大務後世常歌之故鄉飲酒燕禮皆歌此三篇四牡傳曰文王率諸侯撫叛國而朝聘於紂故歌文王之道爲後世法是其事重可法故樂常歌之推此則樂歌周南召南及大雅皆歌其首三篇書傳多云升歌清廟是事重爲常歌故以爲諸篇之首也此文王小雅其事多在稱王之前案書傳文王受命四年伐昆夷采薇爲伐昆夷而作事在受命四年也出車杕杜役反而勞之出車經曰春日

遲遲薄言還歸在受命五年而反也則采薇三篇事在稱王前矣鹿鳴燕羣臣嘉賓嘉賓之文容有鄰國之聘客也明亦未稱王也四牡云周道倭遲傳曰岐周之道尚在岐周未遷亦是未稱王也皇皇者華君遣使臣是聘問鄰國也若稱王之後與諸侯禮異不得爲鄰國相聘之法則亦未稱王也此三篇之事或在采薇之前其作之時節次弟不可得而知也稱王之前作亦可矣伐木云陳饋八簋爲天子制天保云禴祠烝嘗于公先王追王改祭之禮定是稱王之後無文王之諡或當時卽作或崩後爲之未可定也檢文武大雅經每言文武之諡多在武王成王時作也小雅唯有稱王後事曾無言其諡者又所論多稱王以前之事知不先作爲小雅後作爲大雅者以六詩之作各有其體詠由歌政而與體亦因政而異王政有巨細詩有大小不在其作之先後也此篇尚不以作之先後爲次況小大反以作之先後爲異乎且就檢其事亦不然矣緜有伐昆夷之事而在大雅采薇亦伐昆夷之事而在小雅緜云虞芮質厥成事在稱王之初天保云禴祠烝嘗事在稱王之後天保在小雅緜在大雅明不以作之先後分屬二雅可知也但作者各有所擬述大政爲大雅之體述小政爲小雅之體體以政與名以體定體既不同雅有大小大師審其所述察其異體然後分而別之自王澤竭而詩

息暴秦起而樂亡去聖人遠無所傳授雖髣髴其大校不可
以言宣也詩次先小雅此鄭先論大雅者詩見事漸故先小
後大鄭以大雅述盛隆之事故先言焉○此二雅逆順之次
要於極賢聖之情著天道之助如此而已矣○正義曰由祖
考積基之美致令受命而王今大雅先陳受命後述祖考從
下而上是逆也爲政之法當以近及遠今小雅先內後外是
順也二雅逆順雖異其致一也皆要在於極盡先祖賢聖之
情著明天道符命之助而已矣公劉大王王季是賢也即緜
與旱麓等詩是也文王武王聖也即述文武詩是也天道助
者即周雖舊邦其命維新之屬是也又大雅生民及卷阿小
雅南有嘉魚下及菁菁者莪周公成王之時詩也○正義曰
知大雅自生民者以生民序云文武之功起於后稷故推以
配天焉明是文武後人見文武之所起故推以配天也文
武後人唯周公成王耳孝經云昔者周公郊祀后稷以配天
故知生民爲周公成王之詩生民既然至卷阿皆是可知知
小雅自南有嘉魚者以六月序廣陳小雅之廢自華黍以上
皆言缺由庚以下不言缺明其詩異主也魚麗之序云文武
華黍言與上同明以上武王詩由庚以下周公成王詩也南
有嘉魚云太平蓼蕭云澤及四海語其時事爲周公成王明
矣序者蓋亦以其事著明故不言其號謚焉由庚既爲周公

成王之詩則南有嘉魚至菁菁者莪從可知也故云下及菁菁者莪皆周公成王之時詩也以周公攝王事政統於成王故並舉之也由庚在嘉魚前矣不云自由庚者據見在而言之鄭所以不數亡者以毛公下由庚以就崇丘若言自由庚則不包南有嘉魚故不得言也既不得以由庚爲成王詩首則華黍不得爲武王詩末故上說文武之詩不言至華黍也其比篇如此次者大雅之次以后稷祖考之先文武功之所起人本於祖故生民爲先言尊祖也既后稷有功世篤忠厚故次行葦言忠厚也既能忠厚化以及物令天下醉飽故次既醉言太平也既得太平又能以持不失故次鳧鷖言能持盈守成也鳧鷖止言祭神無持盈之事而序以承太平之後因言太平之君子能持盈守成則神祇祖考安樂之矣是傅會其事以爲篇次之意也推此明其餘皆有次比之義既能持盈不失事可嘉美故次假樂嘉成王也既嘉之又恐其怠慢故公劉洞酌卷阿戒成王也召公以成王初涖政恐不臨意於治民之事故先言公劉厚於民以戒之既戒以民事欲其忠信故次洞酌也既有忠信須求賢自輔故次卷阿也詩人之作自有次第故其卒章曰矢詩不多維以遂歌是也小雅之次以承文武政平之後繼體之君調陰陽育萬物由庚萬物得由其道南有嘉魚樂與賢也崇丘萬物得極其高大

也南山有臺樂得賢者由儀萬物之所生各得其宜此五篇
樂與。萬物得所更相互見明得賢所以養物也既萬物得宜
又能周及海外故次蓼蕭也言萬物得所四海蒙澤天下無
事可以歆燕諸侯褒賜有功故次湛露彤弓也既見因饗燕
而賜之故先燕後賜也既有功蒙賞唯才是用爲天下之所
歌樂故次菁菁者莪也其次如此其作之時節則難明也生
民云推后稷配天是周公制禮之時則攝政六年後作也行
葦云曾孫維主周公攝政之時成王爲孺子養老之事周公
所爲行葦言成王爲主則在卽政之後也既醉告太平鳧鷖
守成周公攝政三年則致太平既已太平則有成功可守作
必在攝政三年之後不可定指其時也假樂嘉成王有顯顯
令德官人安民則亦卽政之後矣公劉泂酌卷阿同是召公
之戒公劉云成王將涖政則歌在行葦假樂之前也既醉鳧
鷖指論太平守成亦不廢在生民之前也大雅之作既有先
後則小雅亦當然也小雅之中皆無成王之言又無卽政之
事其作多在攝政之時不可定其年月也襄二十九年左傳
爲吳季札歌小雅服虔云自鹿鳴至菁菁者莪道文武脩小
政定大亂致太平樂且有儀是爲正小雅皇甫謐亦云詩人
歌武王之德今小雅自魚麗至菁菁者莪七篇是也則服虔
與皇甫謐以小雅無成王之詩也左傳又曰爲之歌大雅服虔

廢六陳文王之德武王之功自文王以下至鳧鷖是爲正大雅則服虔又以生民行葦既醉鳧鷖爲武王詩也案武王伐紂未幾而崩不得有天下太平澤及四海之事蓼蕭既醉之雀皆言太平之事安得爲武王詩乎郎小雅皆武王之詩六月之序何當廢缺異文也生民推后稷配天行葦曾孫維士書傳配天皆謂周公之詩曾孫皆斥成王不得爲武王詩矣華黍由庚本相連比毛氏分序致其篇端使華黍就上由庚退下則毛意亦以由庚以下爲成王之詩也不然亡詩六篇自可聚在一處何須分之也服虔之説違詩之文失毛之旨故鄭所以不然也○傳曰文王基之武王鑿之周公内之謂其道同終始相成比而合之故大雅十八篇小雅十六爲正經○正義曰此傳以作室爲喻也言周國之興譬如爲室文王始造其基武王鑿其椽棟周公内而架之乃成爲室猶言文王受命武王因之得伐紂定天下周公致太平制禮作樂以成之故中候曰昌受命發行誅旦弘道是其終始相成故比合其詩大雅十八篇小雅十六篇爲正經凡書非正經者謂之傳未知此傳在何書也○其用於樂國君以小雅天子以大雅然而饗賓或上取燕或下就○正義曰以詩者樂章既説二雅爲之正經因言用樂之事變者雖亦播於樂或無筭之節所用或隨事類而歌又在制禮之後樂不常用故鄭

於變雅下不言所用焉知國君以小雅天子以大雅者以鄉飲酒云乃合樂關雎鵲巢則不言鄉樂燕禮云遂歌鄉樂周南關雎召南鵲巢燕諸侯之禮謂周南召南爲鄉樂鄉飲酒大夫之禮直云合樂大夫稱鄉得不以用之鄉飲酒是鄉可知故不云鄉也由此言之則知風爲鄉樂矣左傳晉爲穆叔文王鹿鳴別歌之大雅爲一等小雅爲一等風既定爲鄉樂差次之而上明小雅爲諸侯之樂大雅爲天子之樂矣且鄉飲酒鄉大夫賓賢能之禮也言賓用敵禮是平等之事合己樂而上歌小雅爲用諸侯樂然則諸侯以小雅爲己樂而穆叔云文王兩君相見之樂歌則兩君亦敵明歌大雅爲用天子樂故知諸侯以小雅天子以大雅矣鄉射之禮云乃合樂周南召南等注云不歌不笙不間志在射略於樂不略合樂者風鄉樂也不可略其正大射諸侯之禮所歌者明亦諸侯之正樂也其經曰乃歌鹿鳴三終乃下管新宮三終亦不笙不間又不言合明亦略樂不略其正是小雅爲諸侯之樂於是明矣自然大雅爲天子之樂可知若然小雅之爲天子之政所以諸侯得用之者以詩本緣政而作臣無慶賞威刑之政故不得有詩而詩爲樂章善惡所以爲勸戒尤美者可以爲典法故雖無詩者今得進而用之所以風化天下故曰用之鄉人焉用之邦國焉因其節文使之有等風爲夫婦之道

生民之本王政所重欲天下徧化之故風爲鄉樂風本諸侯之詩鄉人所用故諸侯進用小雅諸侯既用小雅自然天子用大雅矣故鄉飲酒燕禮注云鄉樂者風也小雅爲諸侯之樂大雅頌爲天子之樂是也彼注頌亦爲天子之樂此不言頌者此因風與二雅爲尊卑等級以見其差降故其言不及頌耳國君以小雅天子以大雅其正所當用者然而至於饗賓或上取或下就天子不純以大雅諸侯不純以小雅故下鄭分別說之何者天子饗元侯歌肆夏合文王諸侯歌文王合鹿鳴諸侯於鄰國之君與天子於諸侯同○正義曰鄭既言有上取下就之義因自問而釋之故云何者以發端也知歌合如此者左傳曰穆叔如晉晉侯饗之金奏肆夏之三不拜工歌文王之三又不拜歌鹿鳴之三三拜韓獻子使行人子員問之對曰肆夏天子所以饗元侯也使臣弗敢與聞文王兩君相見之樂也使臣不敢及鹿鳴君所以嘉寡君也敢不拜嘉又魯語曰金奏肆夏繁遏渠天子所以饗元侯也工歌文王大明緜則兩君相見之樂也臣以爲肆業及之故不敢拜今伶簫詠歌及鹿鳴之三君之所以貺使臣敢不拜貺由此二傳論之天子食元侯歌肆夏也則非元侯者不得歌之肆夏頌之族類頌下唯有大雅故知於諸侯歌文王已傳文又言文王兩君相見之樂是諸侯於鄰國之君亦歌

文王與天子於諸侯同也鄉飲酒燕禮合樂皆降於升歌歌鹿鳴合鄉樂則知歌文王者當合鹿鳴歌肆夏者當合文王也故鄭於此差約而知之傳言金奏肆夏此云歌者凡樂之初作皆擊金奏之春官鍾師以鍾鼓奏九夏論語云始作翕如也鄭云始作謂金奏晉爲穆叔發初歌肆夏故云金奏也言金奏者始作也。必先擊鍾以奏之左傳曰歌鍾二肆是歌必以金奏之言金奏肆夏亦歌之文王鹿鳴因上有金奏之文不須復云金奏故直云歌其實文王鹿鳴亦金奏肆夏亦工歌互言之故知歌肆夏也此歌在堂上故郊特牲曰歌者在上貴人聲也其合樂則在堂下故儀禮注云合樂謂歌樂與衆聲俱作明在堂下衆聲也由在堂下輕故降升歌一等元侯者元長也謂諸侯之長杜預云元侯牧伯也牧伯與上公則爲大國故儀禮注云天子與大國之君燕升歌頌合大雅以肆夏頌之族類故以頌言之牧伯爲元侯則其餘侯伯爲次國子男爲小國非元侯也故揔謂之諸侯故用樂與兩君相見之樂同儀禮注云兩君相見歌大雅合小雅天子與次國小國之君燕亦如之於次國與小國與此諸侯同也此先陳天子於諸侯以諸侯於鄰國亦如之彼據傳之正文先言兩君相見以天子於次國小國亦如之故與此倒也天子於諸侯揔次國小國爲一等諸侯相於與天子於諸侯文同則亦摠次國小國爲一等則次國相於小國於次國於小國皆是諸侯於鄰國之君同歌文王合鹿鳴也仲尼燕居云大饗有四焉兩君相見升歌清廟下管象彼兩君元侯相於法也天子於元侯與諸侯不同則元侯相於與諸侯亦異也諸侯相於與天子於諸侯同則元侯相見。亦與天子於元侯同不歌四。夏避天子也以此明之則言諸侯於鄰國之君無元侯可知也其元侯於次國小國亦當與諸侯於鄰國同也天子以大雅而饗元侯歌四。夏國君以小雅於鄰國歌文王見饗賓或上取也○天子諸侯燕羣臣乃。聘問之賓皆歌鹿鳴合鄉樂○正義曰燕禮者諸侯燕其羣臣及聘問之賓之禮也經曰若與四方之賓燕言若以辨異則以燕已羣臣爲文而兼四方之賓也其禮歌鹿鳴合鄉樂也諸侯以小雅取燕羣臣及聘問之賓而合鄉樂天子以大雅取燕羣臣及聘問之賓歌小雅合鄉樂是皆爲下就也推此則天子於諸侯合鹿鳴亦在下就之中矣若然前云饗賓或上取上既言天子饗元侯歌四。夏於元侯雖。則下之諸侯於鄰國之君與天子於諸侯同歌文王者皆謂饗矣饗賓當上取而言有下就者以饗賓之中天子於元侯歌四。夏諸侯相於歌文王皆爲上取據多言之故鄭屬上取於饗其實饗中以兼下就合鹿鳴是也言或上取者天子於元侯合文王於諸侯歌文王諸侯

於鄰國合鹿鳴皆是巳樂非上取故言或見其不盡上取也
言燕或下就者諸侯燕羣臣及聘問之賓歌鹿鳴是巳樂非
下就故亦言或案儀禮注云頌爲天子之樂則天子自當用
頌矣而謂饗元侯爲天子上取者詩爲樂王者盡用之但鄭
從風爲鄉樂以上差之使大雅爲天子之樂耳故不得不以
四夏爲上取也此鄭直以差等爲說耳不可以巳所得用則
爲巳樂也何者元侯相饗歌頌與天子於元侯同諸侯相於
與天子於諸侯同諸侯燕羣臣及聘問之賓交與天子燕羣
臣及聘問之賓同則風雅頌皆爲諸侯所用矣豈得皆謂之
爲諸侯之樂乎明鄭以等差言之可知矣旣以等差定之使
天子定用大雅諸侯定用小雅非此者皆謂之上取下就儀
禮之注盡論詩爲樂章之意旣以風爲鄉樂小雅爲諸侯之
樂而大雅之後仍有頌在故同言大雅頌爲天子之樂欲明
雅頌盡爲樂章所以與此異也必知天子亦有上取者以此
譜文先定言國君天子之用樂卽云有上取下就之事明上
取下就亦宜同矣燕禮注云合鄉樂者禮輕者逮下諸侯燕
臣子合鄉樂爲下就明天子於諸侯合鹿鳴者亦是下就也
諸侯於鄰國之君歌大雅爲上取則知天子於元侯歌四夏
亦上取也若然天子諸侯皆有上取下就自由尊用之差而
云饗或上取燕或下就似上取下就以饗燕爲別者以穆叔

曰肆夏天子所以饗元侯禮記曰大饗有四爲兩君相見之禮儀禮燕禮是諸侯燕羣臣賓客之禮因此成文故天子諸侯於國君皆云饗於臣皆云燕所以見尊卑之禮異臣與國君別其等使上取以饗爲文其實國君與臣饗燕皆有何者周禮掌客職曰上公三饗三燕是天子於諸侯饗燕俱有也鹿鳴天子小雅而序曰燕羣臣嘉賓也旣飲食之箋云飲之而有幣酬卽饗所用是天子於羣臣饗燕皆有也左傳曰晉侯使士會平王室定王饗之又曰晉士文伯如周王與文伯燕是天子於聘問之賓饗燕俱有也秋官司儀職曰凡諸公相爲賓致饗食左傳曰公與晉侯燕於河上是諸侯相於饗燕俱有也左傳曰穆叔如晉晉侯饗之聘禮曰公於賓再饗一燕是諸侯於聘問之賓饗燕俱有也左傳曰季文子如宋致女復命公饗之燕禮燕己之臣子是諸侯自於羣臣饗燕俱有也國君與臣竝有饗燕而鄭異其文見尊卑之禮殊爲上取下就之例耳此因尊卑異其文則其用樂也由尊卑爲差不由饗燕爲異此饗燕之文互見耳則饗燕用樂同也且燕禮燕鄰國聘問之賓歌鹿鳴晉侯饗穆叔歌鹿鳴之三三拜是其用樂同文也故儀禮注引穆叔之辭乃云然則諸侯相與燕升歌大雅合小雅天子與次國小國之君燕亦如之與大國之君燕升歌頌合大雅所言用樂與此饗同是天子

諸侯於國君饗燕同樂之事也若然用樂自以尊卑爲差等不由事有輕重而升降鄉飲酒燕禮竝注云鄉飲酒升歌小雅禮盛者可以進取燕合鄉樂禮。者可以逮下似爲禮有輕重故上取下就與此不同者彼以燕禮諸侯之禮鄉飲酒大夫之禮工歌鹿鳴合鄉樂故鄭解其尊卑不同用樂得同之意因言由禮盛可以進取禮輕可以逮下所以用樂得同彼言解燕禮與鄉飲酒禮異樂同之意其實不由饗燕有輕重也此用樂之差謂升歌合樂爲例其舞則燕禮云若舞則酌是諸侯於臣得用頌與此異也又郊特牲曰大夫之奏肆夏自趙文子始注云僭諸侯明諸侯得奏肆夏故郊特牲又曰賓入門而奏肆夏示易以敬注云賓朝聘者也又大射燕禮納賓皆云及庭奏肆夏及周禮注杜子春云賓來奏納夏之等皆謂賓始入及庭未行禮之時與升歌合樂別也。此其著略大校見在書籍禮樂崩壞不可得詳○正義曰饗燕用樂皆推禮傳而知事不詳悉是其著明質略其大校見在於書籍也其餘笙間管舞之詩無以言焉由禮樂崩壞不可得詳審也故儀禮注云天子約諸侯於國君燕用樂之下云其笙間之篇未詳聞是也案鄉飲酒及燕禮升歌小雅其笙間之篇亦小雅則此笙間之篇宜與所用升歌同而云未詳聞者以其雖知同在小雅大雅仍不知是何篇故曰笙間之篇未得詳閒也。大雅民勞小雅六月之後皆謂之變雅美惡各以其時亦顯善懲過正之次也。○正義曰民勞六月之後其詩皆王道衰乃作非制禮所用故謂之變雅也其詩兼有美刺皆當其時善者美之惡者刺之故云美惡各以其時也又以正詩錄善事所以垂法後代變既美惡不純亦兼采之者爲善則顯之令自強不息爲惡則刺之使懲惡而不爲亦足以勸戒是正經之次故錄之也大雅言民勞小雅言六月之後則大雅盡召旻小雅盡何草不黄皆爲變也其中則有厲宣幽三王之詩皆當王號謚自顯唯厲王小雅謚號不明故鄭於下別論之如是則大雅民勞至桑柔五篇序皆云厲王通小雅十月之交雨無正小旻小宛四篇皆厲王時詩也又大雅雲漢至常武六篇小雅自六月盡無羊十四篇序皆言宣王則宣王詩也又大雅瞻卬召旻二篇序言幽王小雅自節南山下盡何草不黄去十月之交等四篇餘四十篇唯何人斯大東無將大車小明都人士緜蠻六篇不言幽王在幽王詩中皆幽王詩也本紀曰厲王即位三十年好利近榮夷公大夫芮良夫諫厲王不聽卒以榮公爲卿士使用事爲王行暴虐國人謗王召公諫曰民不堪命王怒得衛巫使監謗者以告則殺之三十四年王益嚴虐國人不敢言道路以目王告召公曰吾能弭謗矣召公又諫不聽於是國人不敢出言三年

乃相與叛襲厲王厲王出奔于彘周召二相行政號曰共和
十四年厲王崩於彘如還此言厲王積惡有漸三十年而甚
三十四年益虐又三年而出奔三十七年乃流彘也板曰善
人載尸箋云厲王虐而弭謗蕩箋云厲王弭謗穆公不敢斥
言王之惡則流彘前事也桑柔芮良夫所作云貪人敗類則
與所諫云榮夷公專利事同三十年後事雨無正云周宗既
滅靡所止戾則是流彘之後此其可驗者也楚語云衛武公
九十五矣作懿以自警。韋昭云懿今抑詩則作在平王之時
然檢抑詩經皆指刺王荒耽仍未失政又言哲人之愚亦維
斯戾則其事在流彘之前弭謗時也韋昭之言未必可信也
民勞召穆公諫王令息京師之民十月之交言后黨專權有
權可專有民可役則事在流彘前也小旻戒王無淪胥以敗
小宛誨王無忝爾所生皆教王爲善以導民其事亦在流彘
前矣則厲王小雅雨無正一篇事在大。雅。之後其餘不可詳
矣厲王大雅事類大同所次之意蓋以王者所以收民今反
勞苦故先民勞民之所以勞者由王政反常綱紀廢次故次
板蕩王惡甚焉而抑刺王之荒耽桑柔責貪人敗善皆爲惡
之次故又次焉小雅十月之交以譏自上天小人專恣惡莫
甚焉故以爲先由惡之甚致覆滅宗周無所安定故次雨無
正也小旻刺王謀之不臧小宛傷天命之將去論怨嗟小故

爲次爲小旻箋云所刺列於十月之交雨無正爲小故曰小旻此鄭解篇次之意也前檢小宛謂事在雨無正之先今而處流彘之後者以詩之大體雖事有在先或作在後故大雅文武之詩多在成王時作論功頌德之詩可列於後追述其美則刺過譏失之篇亦後世尚刺其惡本紀又曰宣王卽位二相輔之脩政法文武成康之遺風諸侯復歸宗周二十九年戰于千畝王師敗績於姜氏之戎四十六年宣王崩如遷此言則宣王自三十九年以前無他過惡唯敗於千畝爲始衰耳而小雅有箴規誨刺其事有漸矣則王衰亦有漸矣皇甫謐云三十年伐魯諸侯從此而不睦蓋周衰自此而漸也大局宣王之美詩多是三十年前事箴規之篇當在三十年之後王德漸衰亦容美刺竝作不可以限斷也其大雅六篇小雅自六月至鴻鴈及斯干無羊七篇皆宣王德盛時作其事多在初年以王承衰亂之弊百事草創任賢使能征伐安集初則當然亦不可定其年月也自庭燎盡我行其野是王德衰乃作多在三十九年之後而三十九年以前諸侯不睦各不朝宗沔水之等或亦作也而三十九年之後則王政大衰刺詩爲常故宜多也祈父傳曰宣王之末司馬職廢羌戎爲敗推此則其餘亦多敗後事也其詩之次大雅以宣王承亂遇災而懼憂民之本故先雲漢也王既憂百姓天下復平

五嶽生佐故次嵩高也神生賢哲王能任用又錫命之故次烝民韓弈也既能錫命賢哲任用其力可以征討不服以立武事故次江漢常武也此則先憂百姓次用臣以征伐爲後而小雅與之反以蠻荆玁狁南北交侵急須出兵以匡中國故先六月采芑也雖俱征伐以六月見侵之急又先采芑以夷狄既平當脩車甲大會諸侯因蒐狩故次車攻吉日以田獵征伐之類故使次焉以田獵選車徒會諸侯又盛於從禽接下故又使車攻先吉日也是以車攻序曰宣王能内脩政事外攘夷狄復文武之境土脩車馬備器械復會諸侯於東都言非徒外攘夷狄又復會諸侯於東都是序此篇之意也既言征伐事終外無兵寇可以安集萬民故次鴻鴈也然宣王承衰亂之後民先逃散豈得不早安集而待田獵之暇也明初即安集之得其力用乃平四方耳詩不以事之先後爲次也宣王中興賢君末而德衰衰有其漸故次庭燎美其能勤因以箴之箴之不改則規正之規而不變則教誨之誨而不從則刺責之故次沔水鶴鳴祈父也以爲王惡漸大故責正稍深此沔水鶴鳴其作不必在祈父之前但次之以見其漸耳王既廢其官則賢人逃去故次白駒也賢人既去則知禮教不行則室家相棄故次黄鳥我行其野也宣王中興之君不能終始皆善錄者雖兼惡以示戒勸亦貴成人之美故

終以斯干考室無羊考牧若言終始之善見仁者之過亦不甚也斯干說造立宮室寢廟生男女明其始時之事無羊類之當爲同時可知今反在箴刺之下見宣王終始之善明矣木紀又曰幽王三年嬖襃姒生子伯服竟廢后及子而以襃姒爲后伯服爲太子國人皆怨故申侯與繒西夷犬戎共攻幽王殺王麗山之下遷止言竟廢后去太子不言廢去之年月皇甫謐云三年襃人以襃姒自贖時卽與虢石父比而譖申后太子尹氏及祭公導王爲非八年竟以石父之譖廢申后逐太子九年王廢高明而近讒慝使虢公專任於外襃姒固寵於內王室始騷謐言與遷事相終始則幽王之惡自三年之後爲漸八年九年則其極故鄭語云九年王室始騷十一年而被殺也幽王大雅瞻卬曰哲婦傾城襃姒亂政之事也召旻云威國百里王道衰弱之極也序皆云大壞當在八年之後也正月云赫赫宗周襃姒滅之車舝序云襃姒嫉妒小弁言太子之放逐白華言申后之廢黜魚藻箋云幽王惑於襃姒萬物失其性此五篇經注皆有惑襃姒黜申后之事則多在八年之後也其餘則無文可明大局是惡盛之時八年之後者蓋多矣大雅之次先瞻卬後召旻者武王數紂之罪云牝雞之晨惟家之索而瞻卬疾婦有長舌維厲之階故處先也王婦言是用政事荒亂致朝無賢臣土境日威故召

是以閔天下無如召公之臣也其小雅節南山以下至何草不黃其次篇之義蓋以類相聚故楚茨信南山甫田大田皆陳古以刺今其餘次義既無明文不可臆說此三王變雅善者不純爲大雅惡者不純爲小雅則雅詩自有體之大小不在於善惡多少也關雎序曰雅者正也政有小大故有小雅焉有大雅焉此爲隨政善惡爲美刺之形容以正物也所正之形容有小大所以爲二雅矣故上以盛隆爲大雅政治爲小雅是其形容各有區域而善者之體大略既殊惡者之中非無別矣詳觀其歎美審察其譏刺大雅則宏遠而疏朗弘大體以明責小雅則躁急而局促多憂傷而怨誹司馬遷以良史之才所坐非罪及其刊述墳典辭多慷慨班固曰遷其所以自傷悼小雅巷伯之倫也夫唯大雅既明且哲以保其身難矣哉又淮南子曰國風好色而不淫小雅怨誹而不亂是古之道又以二雅爲異區也幽王小雅四十四而大雅惟二自大體者少也厲王大雅有五而小雅惟四自小體者少是小大不相由也推此而論則二雅擬諸其形容象其物宜作者之初自定其體作既有體唯達者識之則容得有小雅無大雅有大雅無小雅者矣諸儒以厲王無小雅準此故也但文武成王正經也厲宣幽王變雅也小大之體時俱有作故采者並存以示二體本自小大異區非徒以意中分也或

說變雅美詩則政大大人大雅政小人小雅刺詩則惡大人小雅惡小人大雅考之經文殊無其驗何則小旻小宛正責厲王謀猶回遹不用善道其惡固小於板云下民卒癉善人載尸蕩云斂怨以爲德綱紀之大壞也瞻卬云亂生婦人罪罟不收召旻云實靖夷我邦日蹙國百里其惡固當大於鼓鍾作樂不與德比采綠婦人思夫怨曠也又宣王安集天下之民征伐四夷之寇其功豈徒比於封一元舅之申伯賜一朝覲之韓侯哉此類多矣略舉一二足明不以善惡之大小矣○閔者曰常棣閔管蔡之失道何故列於文王之詩曰閔之閔之者閔其失兄弟相承順之道至於被誅若在成王周公之詩則是彰其罪非閔之故爲隱推而上之因文王有親兄弟之義○正義曰此鄭自問而釋之也周公雖內傷管蔡之不睦而作親兄弟之詩外若自然須親不欲顯管蔡之有罪緣周公此志有隱忍之情若在成王詩中則學者之知由管蔡而作是彰明其罪非爲閔之由此故爲隱推進而上之文王之詩因以見文王有親兄弟之義也若云文王能親兄弟與之燕飲而作此詩似本不由於管蔡然也周公聖人大義滅親言爲隱者亦因此以示聖人之法何者以管蔡之罪不得不誅偏於大義而誅之耳以同氣之親實懷閔傷由此而爲之隱也而序云閔管蔡之失道者以其周公之情欲爲之

隱故編次者進而上之是以隱其事序者敘其作之所由不得不言也武王之詩又無論燕之事若常棣閒之則上下非類而文王之詩上有鹿鳴燕羣臣下有伐木燕朋友故舊厠於其間與之爲類因以爲文王燕兄弟之詩言文王有親兄弟之義以爲樂歌非謂文王獨能親兄弟其餘聖人不能也如此譜說則鄭定以常棣之作在武王既崩爲周公成王時作王肅亦以爲然故魚麗序下王傳曰常棣之作在武王既崩周公誅管蔡之後而在文武治內之篇何也夫刑于寡妻至于兄弟以御于家邦此文王之行也閔管蔡之失道陳兄弟之恩義故内之於文武之正雅以成燕羣臣燕兄弟燕朋友之樂歌焉是與鄭同也鄭志之說則異於此荅趙商云於文武時兄弟失道有不和協之意故作詩以感切之至成王之時二叔流言作亂罪乃當誅悔將何及未可定此篇爲成王時作趙商據魚麗之序而發問則於時鄭未爲譜故說不定也言未可定此篇爲成王時則意欲從之而未決後爲此譜則決定其說爲成王時也○又問曰小雅之臣何也獨無刺厲王曰有焉十月之交雨無正小旻小宛之詩是也漢興之初師移其第耳○正義曰詩皆臣下所作故云小雅之臣也知漢興始移者若孔子所移當顯而示義不應改厲爲幽此既厲王之詩錄而序焉而處不依次明爲序之後乃移

之故云漢興之初也十月之交箋云詁訓傳時移其篇第因改之耳則所云師者即毛公也自孔子以至漢興傳詩者衆矣獨言毛公移之者以其毛公之前未有篇句詁訓無緣輒得移改也毛既作詁訓刊定先後事必由之故獨云毛公也師所以然者六月之詩自說多陳小雅正經廢缺之事而下句言小雅盡廢則四夷交侵中國微矣則謂六月者宣王北伐之詩當承菁菁者莪後故下此四篇使次正月之詩也亂甚焉。旣移文改其目義順上下刺幽王亦過矣○正義曰言亂甚者謂正月幽王之時禍亂甚極其四篇詩亦厲王亂惡故次正月之下以惡相從也言刺幽王亦過矣者謂寄四篇於幽王詩中又改厲爲幽有言幽王亦有厲王過惡故也六月之序所以多陳正經廢缺者以聖賢垂法因事寄意厲王暴虐傾覆宗周廢先王之典刑致四夷之侵削今先王起衰亂討四夷序者意其然所以詳其事若云厲王廢小雅之道以致交侵宣王修小雅之道以興中國見用舍存於政興廢於。人也若然序者示法其意深矣毛公必移之者以宣王征伐四夷興復小雅而不繼小雅正經之後頗爲不次故移之見小雅廢而更興中國衰而復盛亦大儒所以示法也據此六月之序若其上本無厲王四篇之詩則六月自承正經之美無爲陳其廢缺矣明於其中躡衰亂之王故也是以鄭於十月之交箋檢而屬焉。鹿鳴之什。正義曰周禮小司徒職云五人爲伍五人謂之伍則十人謂之什也故左傳曰以什共車必克然則什伍者部別聚居之名風及商魯頌以當國爲別詩少可以同卷而雅頌篇數既多不可混併故分其積篇每十爲卷卽以卷首之篇爲什長卷中之篇皆統焉言鹿鳴至魚麗凡十篇其揔名之是鹿鳴之什者宛辭言四牡之篇等皆鹿鳴之什中也故樂師注云徹者歌雍雍在周頌臣工之什言雍篇在臣工之什中是卷首之篇爲什長以統餘篇之目也南陔下箋云毛公推改什首遂通耳此下非孔子之舊則什首之目孔子所定也以孔子論詩雅頌各得其所明於時有所刊定篇卷之目是孔子可知故鄭云以下非孔子之舊則以上是孔子舊矣知以非者以南陔等六篇子夏爲序當孔子之時未亡宜次在什中今亡詩之下乃云有其義而亡其辭置之什外不在數中明非孔子之舊矣本十月之交等四篇在六月之上則孔子什首南陔復爲第二彤弓爲第三鴻鴈爲第四節南山爲第五北山爲第六桑扈爲第七都人士爲第八以下適十篇通及大雅與頌皆其舊也蕩及閔予小子皆十一篇者以本取十篇爲卷一篇不足爲別首故附於下卷之末亦歸餘於終之義毛公推改什首魚藻十四篇亦同爲卷取法於大雅與頌也若然則鴻鴈之什乃仍孔子之舊言非者以毛公闕其亾者以見在爲數志在推改而鴻鴈偶與舊合非非毛意故存之也必知今之什首毛公推改者以毛公前世大儒自作詁訓篇端之序毛所分置十月之交毛所移第故知什首亦毛所推改也言以下非孔子之舊則似之什始自孔子所爲然孔子以前詩篇之數實多於今者無紙皆用簡札必不可數十之篇共爲一卷明亦分別可知既分爲卷因當以十爲別有之什也但孔子以論詩省去煩重更以在者爲什故云孔子之舊不必孔子則前無之什也爲此之什者以其篇數積多故分每十爲卷則不滿十者無之什矣今魯頌四篇商頌五篇皆不滿十無之什也或有者承此雅頌之什之後而誤耳何者商魯非周詩猶國風之類以國爲別假令過十以上亦不合分況不滿十篇明無所用於之什也

附釋音毛詩注疏卷第九　九之一

黃中模栞

毛詩注疏挍勘記九之一

阮元撰盧宣旬摘錄

小大雅譜

而別世載其功業閩本明監本毛本同案別當作列形近之譌

大雅以盛爲王閩本明監本毛本同案浦鏜云王疑主字誤是也

不言武王之謚成王時作閩本明監本毛本同案成當作武形近之譌

此又解小雅比篇之意閩本明監本毛本比誤此下比篇尚不以作之先後爲次同

可王之事繼之閩本明監本毛本同案浦鏜云可當武字誤是也

又大雅生民及卷阿閩本明監本同毛本及上剜添下字案所補是也

此五篇樂與萬物得所閩本明監本毛本同案樂與下當脫賢與二字

小雅十六爲正經閩本明監本毛本六下有篇字案所補非也

譬如爲室〔補〕毛本譬作譬

天子食元侯 閩本明監本毛本同案浦鏜云食當饗字譌是也

言金奏者始作末 閩本明監本毛本同案浦鏜云末當樂字譌是也

小國於次國於小國 閩本明監本毛本同案盧文弨讀小國上屬其下改小國及小國相於次國非也此當八字一句謂小國之於次國及小國之於小國也此小國在次國下故不得言相於若倒小國相於在上則無以說次國矣

則元侯相見 閩本明監本毛本同案見當作於上下文可證

燕羣臣乃聘問之賓 閩本明監本毛本同案山井鼎云乃恐及誤是也

於元侯雖 閩本明監本毛本同案雖當作饗讀四字一句

文與天子燕羣臣 閩本明監本毛本同案浦鏜云又誤文是也

自由尊用之差　閩本明監本毛本同案浦鏜云卑誤用是也

箋云飲之而有幣酬酢饗所用　閩本明監本毛本同案此不誤酬下浦鏜依彼箋添十二字非也饗專係飲彼正義有明文不得兼引食

禮者可以逮下　閩本明監本毛本禮下有輕字案所補是也

鄉飲酒大夫之禮　閩本明監本毛本同案十行本鄉至大剜添者一字

作懿以自誓　閩本明監本毛本誓作警案山井鼎云國語作儆作誓爲非是也抑正義引作儆

事在大雅之後　閩本明監本毛本同案大雅當作流彘上下文可證

綱紀廢次（補）　毛本次作缺按缺字是也形近之譌

論怨嗟小　閩本明監本毛本同案浦鏜云怨嗟當惡差之誤是也

王師敗績於羌氏之戎　閩本明監本毛本羌作姜案所改是也下羌戎爲敗亦當作姜

是序此篇之意也　閩本明監本毛本同案此當作比形近之譌

何也獨無刺厲王　閩本明監本毛本同案浦鏜云以誤也是也

今先王起衰亂　閩本明監本毛本同案先當作宜下文可證

興廢於人也　閩本明監本毛本廢下有存字案所補是也

咨者無紙　閩本明監本毛本同案山井鼎云咨恐昔字非也咨當作古出車正義云古者無紙可證

皆用簡札　閩本明監本毛本札誤禮案因十行本以札爲禮之别體而誤改也

附釋音毛詩注疏卷第九　九之二　三十

毛詩小雅　鄭氏箋　孔穎達疏

鹿鳴燕羣臣嘉賓也既飲食之又實幣帛筐篚以將其厚意然後忠臣嘉賓得盡其心矣飲之而有幣酬幣也食之而有幣侑幣也○飲於鴆反注同食音嗣注同筐丘房反篚音匪侑音又

〔疏〕鹿鳴三章章八句至心矣○正義曰作鹿鳴詩者燕羣臣嘉賓也言人君之於羣臣嘉賓既設饗以飲之陳饌以食之又實幣帛於筐篚而酬侑之以行其厚意然後忠臣嘉賓佩荷恩德皆得盡其忠誠之心以事上焉明上隆下報君臣盡誠所以爲政之美也言羣臣嘉賓者羣臣君所饗燕則謂之賓序發首云燕羣臣則此詩爲燕羣臣而作經無羣臣之文然則序之羣臣則經之嘉賓一矣故羣臣嘉賓並言之明羣臣亦爲嘉賓也案燕禮云大夫爲賓則賓唯一人而已而云羣臣皆爲嘉賓者燕禮於客之內立一人爲賓使宰夫爲主與之對行禮耳其實君設酒殽羣臣皆在君爲之主羣臣揔爲賓也燕禮云若與四

方之賓燕則迎之于大門内四方之賓唯迎之爲異其燕皆與臣同則此嘉賓之中容四方之賓矣故鄉飲酒燕禮注云鹿鳴者君與臣下及四方之賓燕講道脩德之樂歌是也知序之嘉賓不唯指四方之賓者以此詩爲燕羣臣而作經序同云嘉賓不得不爲羣臣則序之嘉賓亦爲羣臣明矣且序云盡心傳曰竭力是已之臣乃可知燕禮者使反有功與羣臣樂之之禮文王之與臣也本自降恩不必由使出有功乃燕之也言既飲食之則饗食並有獨言燕羣臣者以食禮無酒樂饗以訓恭儉非於臣子忻樂之義經言式燕以敖和樂且耽此詩主於忻樂故敘以燕因之而後兼言饗食也既飲食之章首二句是也實幣帛筐篚以將其厚意承筐是將是也忠臣嘉賓得盡其心者序者因言君有恩惠可以得臣之心摠美燕樂之事於經無所當也序上言羣臣後言忠臣者見臣蒙燕賜乃能盡忠故變文以見義○箋飲之至侑幣○正義曰此解飲食而有幣帛之意言飲有酬賓送酒之幣食有侑賓勸侑之幣故皆有幣也飲食必酬侑之者案公食大夫禮賓三飯之後云公受宰夫束帛以侑注云束帛十端帛也侑猶勸也主國君以爲食賓殷勤之意未至復發幣以勸之欲其深安賓也是禮食用幣之意也饗禮云準此亦爲安賓而酬之焉案聘禮云若不親食使大夫朝服致之以侑幣

注云君不親食謂有疾病及他故必致之者不廢其禮又曰致饗以酬幣亦如之是親食有侑幣不親食則以侑幣致之然則不親饗以酬幣致之明親饗有酬幣矣故知飲之而有幣謂酬幣也鄭必知飲爲饗者以飲食連文若飲食爲一則食禮不主於飲若飲爲燕禮不宜文在食上且饗食相對之物有食不宜無饗郊特牲云飲養陽氣故饗禘有樂是饗有飲故知此飲謂饗也彤弓箋云大飲賓曰饗大行人注云饗謂設盛禮以飲賓聘禮注云饗謂亨。大牢以飲賓皆以飲爲饗禮也其幣所用公食大夫用束帛以侑其酬幣則無文故聘禮注云酬幣饗禮酬賓勸酒之幣所用未聞也禮幣用束帛乘馬亦不是過是饗所用幣無正文也禮幣用束帛乘馬謂聘享之幣聘享止用束帛乘馬而已侑幣又用束帛故云亦不是過言諸侯於大夫酬幣不過是也其天子酬諸侯及諸侯自相酬仍不必用束帛乘馬故聘禮注又引禮器曰琥璜爵蓋天子酬諸侯也必疑琥璜爲天子酬諸侯之幣者以琥璜非爵名而云爵明以送爵也食禮無爵可送則琥璜饗酬所用也謂饗時酬賓以琥璜將幣耳小行人合六幣琥以繡璜以黼則天子酬諸侯以黼繡而琥璜將之既天子饗諸侯之酬幣與諸侯異則食禮天子侑諸侯其幣不必束帛無文以言之此皆言饗食之幣不言燕幣燕禮亦當有焉但今

燕禮唯有好貨無幣故文不顯言之

呦呦鹿鳴食野之苹

興也苹萍也鹿得萍呦呦然鳴而相呼懇誠發乎中以興嘉樂賓客當有懇誠相招呼以成禮也箋云苹藾蕭○呦音幽苹音平萍本又作苹薸丁反江東謂之薸薸音瓢扶遙反懇苦很反樂音岳又音洛藾音賴○

我有嘉賓鼓瑟吹笙吹笙鼓簧承筐是將

簧笙也吹笙而鼓簧矣筐篚屬所以行幣帛也箋云承猶奉也書曰篚厥玄黃○簧音黃

人之好我示我周行

周至行道也箋云示當作寘寘置也周行周之列位也好猶善也人有以德善我者我則置之於周之列位言已維賢是用○好呼報反注同示毛如字鄭作寘之豉反行毛如字鄭胡郎反

【疏】呦呦至周行○毛以爲呦呦然爲聲者乃是鹿鳴所以爲此聲者鳴而相呼食野中之苹草言鹿既得苹草有懇篤誠實之心發於中相呼而共食以興文王既有酒食亦有懇篤誠實之心發於中召其臣下而共行饗燕之禮以致之王既有懇誠以召臣下臣下被召莫不皆來我有嘉善之賓則爲之鼓其瑟而吹其笙吹笙之時鼓其笙中之簧以樂之又奉筐篚盛幣帛於是而行與之由此燕食以享之瑟琴。以樂之幣帛以將之故嘉賓皆愛好我以敬賓如是乃輸誠矣示我以先王至美之道也鄭唯下二句爲異言己所以名臣燕食琴瑟笙幣帛愛厚之者由己臣下之賢所宜燕饗所以然者以本已用官之法要須是人之以德善我者我則置之於我周之列位非善不用維賢是與故臣下皆賢己由是當享食之。傳鹿得至成禮也。正義曰懇誠發乎中者以鹿無外貌矯飾之情得一草相呼出自中心是其懇誠也必取懇誠爲興者人君富有一國位絶羣下禮有饗燕之道公法不得不設忠誠嘉樂賓爲至少故取懇誠以爲喻言嘉樂賓客當有懇誠相招呼以成禮言人君嘉善愛樂其賓客而爲設酒食亦當如鹿有懇誠自相招呼其臣子以成饗食燕飲之禮爲以鹿呼同類猶君呼臣子也定本成禮作盛禮也或以爲兩鹿相呼喻兩臣相招謂羣臣相呼以成君禮斯不然矣此詩主美君懇誠於臣非美臣相於懇誠也若君有酒食臣自相呼財非己費何懇誠之有故鄭駮異義解此詩之意云君有酒食欲與羣臣嘉賓燕樂之如鹿得苹草以爲美食呦呦然鳴相呼以欵誠之意盡於此耳據此是君名臣明矣。箋苹藾蕭。正義曰釋草文郭璞曰今藾蒿也初生亦可食陸機疏云葉青白色莖似箸而輕脆始生香可生食又可烝食是也易傳者爾雅云苹蓱其大者爲蘋是水中之草名南采蘋云于以采蘋南澗之濱者也非鹿所食故不從之。傳筐篚至幣帛。正義曰序云以將其厚意則將爲行厚意此云行幣帛與賓卽主人行厚意於賓之義也。箋書曰厥篚玄黃。正義曰箋以筐篚得盛幣帛之意也今禹貢止有厥篚玄纁之文而鄭禹貢注引胤征曰篚厥玄黃則此所引亦爲胤征文鄭誤也當在古文武成篇矣鄭不見古文而引張霸尙書故不同耳。傳周至行道。正義曰王肅述毛云謂羣臣嘉賓也夫飲食以享之琴笙以樂之幣帛以將之則能好愛我好愛我則示我以至美之道矣。箋示當至是用。正義曰中庸云治國其如示諸掌注云示讀如寘之河干之寘寘置也是示寘聲相近故誤爲示也言以德善我者謂賢人有德以德能輔君使之遷善是以德施善於我我則置之於周之列位言已維賢是用不問其親疏朝無不賢之臣故所饗燕而樂之也易傳者以其上下皆曰嘉賓此獨言人明有異也又大東卷耳並有周行之文皆爲周之列位此不得異且下云視民不恌乃作視字此則爲示明其不同古者寘示同讀故改從寘也且此篇聖君賢臣講道之樂觀其垂法道教弘深非直燕曰詁言而已明是據今嘉賓本其賢德由其先有善德置之於官緣此皆賢所以燕饗此章本其賢二章言其法上下相副於義爲長故易傳也

呦呦鹿鳴食野之蒿

蒿菣也。蒿呼毛反菣去刃反字又作堅同本或作牡菣牡衍字耳**我有嘉賓德音孔昭視民不恌君子是則是傚**恌愉也是則是傚言可法傚也箋云德音先王道德之教也孔甚昭明也視古示字也飲酒之禮於旅也語嘉賓之語先王德教甚明可以示天下之民使之不愉於禮義是乃君子所法傚言其賢也。視音示恌他彫反傚胡教反愉他侯反又音踰**我有旨酒嘉賓式燕以敖**敖遊也

【疏】我有至以敖。正義曰言文王有酒殽以召臣下臣下既來我有嘉賓既共燕樂至於旅酬之時語先王道德之音甚明以此嘉賓所語示民民皆象之不愉薄於禮義又此賓之德音不但可示民而已是乃君子於是法則之於是傚傚之嘉賓之賢如是故我有旨美之酒與此嘉賓用之燕飲以敖遊也。傳蒿菣。正義曰釋草文孫炎曰荆楚之間謂蒿爲菣郭璞曰今人呼爲青蒿香中炙啖者爲菣陸機云蒿青蒿也荆豫之間汝南汝陰皆云菣也本或云牡菣者牡衍字牡菣乃是蔚非蒿也與蓼莪傳相涉而誤耳。箋視古至甚明。正義曰古之字以目示物以物示人同作視字後世而作字異目視物與示傍見示人物作單示字由是經傳之中視與示

字多相雜亂此云視民不恌謂以先王之德音示下民當作
小示字而作視字是其與古今字異義殊故鄭辨之視古示
字也言古作示字正作此視辨古字之異於今也禮記云幼
子常視無誑注云視今之示字也言古視字之義正與今之
示字同言今之字異於古也士昏禮曰視諸衿鞶注云示之
以衿鞶者皆託戒使識之也視乃正字今文作示俗誤行之
言示之以衿鞶亦宜作示而古文儀禮作視字於今文視作
示字鄭以見示字合於今世示人物之字恐人以爲示是視
非改辨之云視乃正字而今文視作示者俗所誤行俗以見
今並示人物爲此示字因改視爲示而非古之正文故云誤
也飲酒之禮於旅也語者鄉射記曰古者於旅也語注云言
禮成樂備乃可以言語先王禮樂之道疾今人慢於禮樂之
盛言語無節是飲酒之禮至旅酬之禮而語先王之道也言
嘉賓於旅之節語先王之德教甚明可以示天下之民使不
愉薄禮義愉音臾說文酬爲薄也昭十年左傳引此詩服虔
亦云示民不愉薄是也定本作愉者然鄉飲酒禮注皆云嘉
賓既來示我以善道又樂嘉賓有孔昭之明德可則傚也以
德音自賓之明德非先王之德教及示我善道不與上箋同
者以注禮時未爲詩箋故同舊說以周行爲至道至注詩後
更爲別解其德音孔昭據此論燕宜爲旅時語古也故爲先

王道德之音其賓能語先王之德音即是賓有孔昭之明德何者非孔昭之明德者不能語先王德教使之甚明也呦呦鹿鳴食野之芩芩草也○芩其今反說文云蒿也又其炎反○我有嘉賓鼓瑟鼓琴鼓瑟鼓琴和樂且湛湛樂之久○和樂音洛注下皆同湛都南反字又作眈○我有旨酒以燕樂嘉賓之心燕安也夫不能致其樂則不能得其志不能得其志則嘉賓不能竭其力○夫不音符○【疏】傳芩草○正義曰陸機云莖如釵股葉如竹蔓生澤中下地鹹處爲草貞實牛馬亦喜食之

鹿鳴三章章八句

四牡勞使臣之來也有功而見知則說矣文王爲西伯之時三分天下有其二以服事殷使臣以王事往來於其職於其來也陳其功苦以歌樂之○四牡茂后反勞力報反篇末注同使所吏反注皆同說音悅樂音洛【疏】四牡三章章五句至說矣○正義曰作四牡詩者謂文王爲西

伯之時令其臣以王事出使於其所職之國事畢來歸而王勞來之也言凡臣之出使唯恐其君不知已功耳今臣使反有功而爲王所見知則其臣忻悦矣故文王所述其功苦以勞之而悦其心焉此經五章皆勞辞也其有功見知則悦矣揔述勞意於經無所當也

四牡騑騑周道倭遲騑騑行不止之貌周道岐周之道也倭遲歷遠之貌文王率諸侯撫叛國而朝聘乎紂故周公作樂以歌文王之道爲後世法○騑芳非反倭本又作委於危反遲韓詩作倭夷朝直遥反○

豈不懷歸王事靡盬我心傷悲盬不堅固也思歸者私恩也靡盬者公義也傷悲者情思也箋云無私恩非孝子也無公義非忠臣也君子不以私害公不以家事辞王事○盬音古思息嗣反○

【疏】四牡至傷悲○正義曰此使臣既還文王勞之言汝使臣本乘四牡之馬騑騑然行而不止在於岐周之道倭遲然歷此長遠之路甚疲勞矣使臣當爾之時其言曰我豈不思歸乎以王家之事無不堅固我當從役以堅固之故義不得廢我心念思父母而傷悲言我知汝之如是也○傳騑騑至世法○正義曰以此勞使臣之辞明慰其勞苦故以騑騑爲行不止之貌少儀曰車馬之容騑騑翼翼雖行不止不廢其容騑騑也又二章傳曰嘽嘽

喘息之貌卒章傳曰駸駸驟貌皆稱其疲苦以勞之故傳曰
馬勞則喘息是也知周道爲歧周之道者以時未稱王仍在
於歧故也又解文王所以使臣者文王率諸侯撫叛國而使
之朝聘於紂是故使臣於諸侯也言使臣於諸侯者正所以
率撫之也也左傳曰文王率殷之叛國以事紂是率諸侯使朝
聘之事也文王率諸侯使朝聘耳非謂令此使臣自聘紂或
以經云王事謂此使臣聘紂而反知不然者以此經序無聘
紂之事傳言率諸侯朝聘於紂不言自遣人聘也若其自遣
人聘安得連朝言之豈勞使臣之聘而言身自朝也又序下
箋云使臣以王事往來於其職是使臣行於所職之國非適
天子之都也言王事者以行役使出是王者常事即非適王
畿也故鴇羽杕杜皆言王事靡盬非聘天子之事不得以王
事之文便謂天子矣言周公作樂歌文王之道爲後世法者
謂今鄉飲酒燕禮皆歌鹿鳴四牡皇皇者華此禮是周公所
制法後世常歌是爲歌文王之道爲後世法定本云作樂以
文王之道無周公歌三字然鹿鳴皇皇者華皆歌之獨於此
言者舉中以明上下○傳思歸至王事○正義曰傳以靡盬
爲公義故以思歸爲私恩以我心傷悲出自其情故曰情思
情思即私恩主謂念憶父母下章云不遑啓處將父母是也
箋以傳言未備故賛之云無私恩非孝子無公義非忠臣故

鄭鄉飲酒燕禮注皆云采其勤苦王事念將父母懷歸傷悲忠孝之至是也思歸而不歸者以君子不以私害公故又引公羊傳不以家事辭王事以證之。焉集注及定本皆無箋云兩字又定本思恩作私恩。

四牡騑騑嘽嘽駱馬嘽嘽喘息之貌馬勞則喘息白馬黑鬣曰駱。嘽他丹反駱音洛喘川兗反鬣本又作騣力輒反本又作髦音毛。**豈不懷歸王事靡盬不遑啓處**遑暇啓跪處居也臣受命舍幣于禰乃行。跪求毀反郭臣几反沈堪彼反舍音釋禰乃禮反〔疏〕傳臣受至乃行。正義曰案聘禮云命使者使者辭君不許乃退厥明賓朝服釋幣于禰注云告爲君使也又曰釋幣于行遂受命遂。行注引曲禮曰凡爲君使已受命君言不宿於家是臣出使舍幣乃行之事也如聘禮既釋幣於禰於行乃云遂受命在釋幣之後此云臣受命舍幣於禰似受命在釋幣前者此云受命謂聘禮命使者使者辭君不許受此彼遣將使之命其事在釋幣前也聘禮又云遂受命者謂受君言語聘彼之意與此臣受命者別也引此者證不遑啓處言臣受命卽行是不遑啓處也

翩翩者鵻載飛載下集于苞栩鵻夫不也箋云夫不鳥之慤謹者人皆愛

之可以不勞猶則飛則下止於栩木喻人雖無事其可獲安乎感厲之。翩音篇騅音佳本又作隹栩況甫反夫方于反字又作鳺同不方浮反又如字字又作鴀同草木疏云夫不一名浮鳩慤起角反。**王事靡盬不遑將父** 將養也。養以尚反下注同一音如字。〔疏〕翩翩至將父。正義曰文王以使臣勞苦因勸厲之言翩翩然者雖之鳥也此鳥其性慤謹人皆愛之可以不勞猶則飛而後則下始得集於苞栩之木言先飛而後獲所集以喻人亦當先勞而後得所安汝使臣雖則勞苦得奉使成功名揚身達亦先勞而後息寧可辝乎汝從勞役其言曰王家之事無不堅固我堅固王事所以不暇在家以養父母。傳騅夫不。正義曰釋鳥云騅其夫不舍人曰騅名其夫不李巡曰夫不一名騅今楚鳩也某氏引春秋云祝鳩氏司徒祝鳩騅夫不者故爲司徒郭璞曰今鵓鳩也。箋夫不至栩木。正義曰言慤謹者卽宜不勞是也故人愛之言可以不勞者以惡鳥勞苦固是其常慤謹之鳥宜不爲勞尚則飛而乃有所集是無不勞而安者故曰人雖無事其可獲安乎鳥飛自然之性言勞者喻取一邊耳**翩翩者騅載飛載止集于苞杞** 杞枸檵也。杞音起枸音苟本亦作苟同檵音計。**王**

事靡盬不遑將母駕彼四駱載驟駸駸駸駸驟貌○驟助救反又仕救反駸楚金反字林云馬行疾也七林反○豈不懷歸是用作歌將母來諗諗念也父兼尊親之道母至親而尊不至箋云諗告也君勞使臣述時其情女曰我豈不思歸乎誠思歸也故作此詩之歌以養父母之志來告於君也人之思恆思親者再言將母亦其情也○諗音審○

疏豈不至來諗○毛以爲汝使臣在塗之時其情皆曰我豈不思歸乎我由汝誠有思歸是用作此詩之歌以勞汝知汝以養母之志而來念猶言念來養母故王述曰是用作歌以勞汝乃來念養母也○鄭以箋備○傳諗念至不至○正義曰諗念釋言文孝經曰資於事父以事君而敬同資於事父以事母而愛同兼之者父也敬爲尊愛爲親是父兼尊親之道又曰母取其愛表記曰母親而不尊是母至親而尊不至也稱此者解再言將母意以父雖至親猶兼至尊則恩不至故表記曰父尊而不親母以尊少則恩意偏多故再言之○箋諗告至其情○正義曰左傳辛伯諗周桓公是以言告周桓公故知諗爲告也言故作此詩之歌以養母之志來告於君者言使臣勞苦思親謂君不知欲陳此言來告君使知也實欲陳

言云是用作此詩之歌者以此實意所欲言君勞而述之後遂爲歌據今詩歌以本之故謂其所欲言爲作歌也凡詩述序人言以爲歌詩本其言皆曰歌下云歌采薇以遣之此序箋云陳其功苦以歌樂之皆當時直言非歌也後爲詩人歌故云歌耳又申傳尊親之意言人之思恒思親者母之慈恩實親多於父文王述使臣之意再言將母亦其臣情之所欲故再言之也易傳者首章云豈不懷歸王事靡盬我心傷悲文連我心是述使臣之辭矣類此而推則是用作歌將母來諗亦序使臣之意既序使臣之意明是用作歌爲使臣作此詩之歌其來諗不得不爲告也猶君子作歌維以告哀是作歌所以來告不得爲念也然臣有勞苦患上不知今君勞使臣言汝曰豈不思歸作歌來告是明已知其功探情以勞之所以爲悅序曰有功而見知則悅矣此之謂也

四牡五章章五句

皇皇者華君遣使臣也送之以禮樂言遠而有光華也　言臣出使能揚君之美延其譽於四方則爲不辱命也○使所吏反注下並同不辱命一本作不辱

君

皇皇者華五章章四句至光華。○正義曰作皇皇者華詩者言君遣使臣也君遣使臣之時送之以禮樂教以若將不及驅馳而行於忠信之人咨訪於五善言臣出使當揚君之美使遠而有光華焉送之以禮樂即首章下二句盡卒章是也此謙虛訪善直爲禮耳而并言樂者以禮樂相將既能有禮敏達則能心和樂易故兼言焉言遠而有光華即首章上二句是也經序倒者經以君遣使臣主勑使有光華所以得光華者當驅馳訪善故爲此次也序以君本送之以禮樂欲使之遠有光華爲文之勢故與經不同也知遠而有光華亦是君所戒辭者以首曰皇皇者華而云君遣使臣則知此辭亦君所勑遣也且一篇之詩獨二句非君遣之辭於文不體也文王之臣非不能奉命有光華但此聖君之詩垂示典法君能戒遣使臣所以臣無辱命王美君遣明是君之所勑非說臣之自能矣

皇皇者華于彼原隰　皇皇猶煌煌也高平曰原下濕曰隰忠臣奉使能光君命無遠無近如華不以高下易其色箋云無遠無近維所之則然。○煌音皇又音晃。

駪駪征夫每懷靡及　駪駪衆多之貌征夫行人也每雖懷和也箋云春秋外傳曰懷私爲每懷也和當爲私衆行夫既受君命當速行每人懷其私相稽

畱則於事將無所及○駪所巾反○

疏

皇皇至靡及○正義曰此述文王勑使臣之辭言煌煌然而光明者是草木之華於彼原之與隰皆煌煌而光明不以高下而易其色也以言臣之出使當光顯其君常不辱命於彼遐之與邇皆使光揚不以遠近而易其志也汝駪駪衆多之行夫受命當速行每人懷其私以相稽留則於事無所及矣既不稽留恐無所及故當速行驅馳訪善也○傳皇皇猶煌煌○正義曰東門之楊曰明星煌煌此猶彼也以華色煌煌爲宜故猶之○傳每雖懷和○正義曰本皆如此此既以每爲雖懷爲和而章傳云雖有中和當自謂無所及王肅以爲下傳所言覆說此也故述毛云使臣之行必有上介衆介雖多内懷中和之道猶自以無所及是以驅馳而咨諏之○箋春秋至所及○正義曰鄭之此說亦述毛也但其意與王肅異耳案魯語穆叔云皇皇者華君教使臣曰每懷靡及臣聞之曰懷私爲每懷是外傳以爲懷私故鄭引其文因正其誤云和當爲私爲和誤也鄭必當爲私者晉語姜氏勸重耳之辭曰駪駪征夫每懷靡及夙夜征行不遑啓處猶懼不及况其縱欲懷安將何及乎西方之書有之云懷與安實病大事鄭詩曰仲可懷也鄭詩之旨吾從之矣觀此晉語之文及鄭詩之意皆以懷爲私懷之義明魯語所亦當爲懷私不得爲和也鄭所以

引外傳而破之者以毛傳云懷和是用外傳爲義故引而破之言毛氏亦爲私也如鄭此意則傳本無每雖二字若每爲雖縱使變和爲私亦不得與毛同也此既改傳和當爲私下復解傳中和爲忠信爲之終始立說明其不異毛也蓋鄭所據者本無每雖後人以下傳有雖有中和之言下篇每有良朋之下有每雖之訓因而加之也定本亦有每雖又傳以駪駪爲衆多征夫爲行人故箋申之言衆行夫既受命當須速行若每人各懷其私意以相稽留則於事將無所及言其將廢失君命後於事機也此實使臣謂之行夫者猶春秋以使者爲行人也君遣使一人而已而云衆行夫者使與上介衆介捴戒勑之非一故言衆也案聘禮謂使者受命於君唯上介立於其左接聞命衆介則不與此得捴勑之者彼受命者所聘之意或國之密事唯使與上介受之故衆介不與聞命至君遣使臣臨塗戒勑雖衆介亦在也如是則烝民亦云征夫捷捷每懷靡及箋爲仲山甫戒之與此不同者彼非君遣使臣之歌述美仲山甫之德觀其文勢故與此異耳

我馬維駒六轡如濡箋云如濡言鮮澤也○駒音俱本亦作驕濡如朱反載馳載驅周爰咨諏忠信爲周訪問於善爲咨咨事爲諏箋云爰於也大夫出使馳驅而行見忠信之賢

人則於是訪問求善道也○咨本亦作諮諏子須反爾雅云諏謀也說文云聚謀也○【疏】我馬至咨諏文王教使臣曰我使臣出使所乘之馬維是駒矣所御六轡如汗物之被洗濯濡溼甚鮮澤矣汝當乘是車飾自謂無及則驅馳速行求忠信之賢人咨訪其諏事焉○傳忠信至爲諏○正義曰三章傳云咨事之難易爲謀四章傳曰咨禮義所宜爲度卒章傳曰親戚之謀爲詢此皆出於外傳也左傳曰訪問於善爲咨杜預曰問善道也咨親爲詢杜預曰問親戚之義也咨禮爲度杜預曰問禮宜也咨事爲諏杜預曰問政事也咨難爲謀杜預曰問患難也唯難一事爲杜爲患難毛爲難易不同然意難之事亦須訪其難易理亦不異餘皆與傳同毛據彼傳因以義增而明之其忠信爲周一句魯語文也魯語無訪問於善一句又云咨才爲諏咨事爲謀與左傳異韋昭以爲字誤改從左傳曰才當爲事又曰事當爲難是也餘與左傳同此四者諏謀度詢俱訪於周而必爲此次者以咨是訪名所訪者事故先咨諏事有難易故次咨謀既有難易當訪禮法所宜故次咨度所宜之內當有親疎故次咨詢因此附會其文爲先後耳

我馬維騏

六轡如絲言調忍也○騏音其忍音刃○**載馳載驅周爰咨謀**

咨事之難易爲謀○易以豉反

我馬維駱，六轡沃若。載馳載驅，周爰咨度。咨禮義所宜爲度○沃烏毒反徐又於縛反度待洛反注同

我馬維駰，六轡既均。陰白雜毛曰駰均調也○駰音因○載馳載驅，周爰咨詢。親戚之謀爲詢兼此五者雖有中和當自謂無所及成於六德也箋云中和謂忠信也五者咨也諏也謀也度也詢也雖得此於忠信之賢人猶當云己將無所及於事則成六德言愼其事○詢音荀諮親爲詢

【疏】傳兼此至六德○正義曰左傳云臣獲五善是也魯語曰重之以六德是傳之所據○箋中和至其事○正義曰此箋以毛傳不明贊成其說經云周傳言中和中和周之訓也諏謀度皆咨周而得之則周之中和爲己之有故言雖有中和當自謂無所及者即上每懷靡及是也以君勑使臣云若每人懷私則於事無所及故當自謂無所及也以此篇終故傳於是結之然而外傳云忠信爲周不言不言中和故鄭申言之傳云中和正謂忠信也然則毛傳不言忠信而云中和者中庸曰喜怒哀樂之未發謂之中發而皆中節謂之和則中和者秉心塞淵出言允當之謂也然於文中心爲忠人言爲信是忠信中和事理相類故毛以

忠信爲中和鄭據成文轉之爲忠信也知五者咨也諏也謀也度也詢也者以左傳穆叔先解此五事乃曰臣獲五善故知此爲五者也言雖得此於忠信之人者皆於周咨焉故云得之咨出於己非出於彼同云得者由遇彼賢所以得訪故亦爲得之於忠信也雖得此五者猶當云已無所及於事則成六德言愼其事也韋昭云六德謂諏也謀也度也詢也咨也周也案周者彼賢之質不當以周備數也傳云自謂無所及成於六德箋申傳說言猶當云已將無所及於事則成六德然則箋傳之意以自謂無所及於事是謙虛謹愼以之爲一通彼五者爲六德不與韋昭同也鄭之此說贊成毛義故鄭志張逸問此箋云中和謂忠信每懷靡及箋云懷私爲每懷和當爲私而此言忠信愚意似乖也荅曰非也此周之忠信也已有五德復問忠信之賢人問意以傳言雖有中和自謂無所及謂出於每懷靡及而來箋以破和爲私則無復有中和之事今又言中和故怪而問之鄭荅曰非也謂此中和非上每懷也此自是周忠信也言中和者義出於周不出於每懷也由此言之則張逸亦不知箋轉和以申毛意謂鄭破和而非傳故有此問鄭荅曰非是鄭不易毛也但毛傳質略事之久遠未知鄭之此說上當毛意以否要以觀其荅意及箋意必當然也王肅以毛傳云雖有中和者卽上每雖懷和

是也孫毓亦以爲然故其評曰按此篇毛傳上下說自相申成下章傳云雖有中和當自謂無所及卽是上章謂每懷靡及每雖懷和之義也箋既易之於前爲說於下云中和謂忠信自是周之訓也何得以稱中和乎上下錯戾不可得通傳義爲長偏檢書傳不見訓懷爲和假使訓懷爲和中字猶無所出外傳言懷者上下文勢皆作私懷之義則鄭氏之言實有所據而今詩本皆有每雖則王肅之說又非無理鄭王並是大儒俱云述傳未知誰得其旨故兼載申說之焉

皇皇者華五章章四句

常棣燕兄弟也閔管蔡之失道故作常棣焉周公弔二叔之不咸而使兄弟之恩疏召公爲作此詩而歌之以親之○常棣大計反字林大內反召上照反爲作于僞反○

【疏】常棣八章章四句至棣焉○正義曰作常棣詩者言燕兄弟也謂王者以兄弟至親宜加恩惠以時燕而樂之周公述其事而作此詩焉兄弟者共父之親推而廣之同姓宗族皆是也故經云兄弟既具和樂且孺則遠及九族宗親非獨燕同懷兄弟也序又說所以作此燕兄弟之詩者周公閔傷管叔蔡叔失兄弟相承順之道不能和睦以亂王室至

於被誅使已兄弟之恩疏恐天下見在上旣然皆疏兄弟故作此常棣之詩言兄弟不可不親以敦天下之俗焉此序其由管蔡而作詩意直言兄弟至親須加燕飫以示王者之法不論管蔡之事以管蔡已被不須論之且所以爲隱也此經八章上四句。言兄弟光顯急難相須五章言安寧之日始求朋友以明兄弟之重至此上論兄弟由親所以燕之六章始說燕飫卽充此云燕兄弟也燕飫祇異飫以非常事燕主歡心故言燕以兼飫卒章言室家相宜由於燕好取其首尾相成也。箋周公至親之。正義曰此解所以作常棣之意咸和也言周公閔傷此管蔡二叔之不和睦而流言作亂用兵誅之致令兄弟之恩疏恐其天下見其如此亦疏兄弟故作此詩以燕兄弟取其相親也此常棣是取兄弟相親之詩至厲王之時棄其宗族又使兄弟之恩疏名穆公爲是之故又重述此詩而歌以親之外傳云周文公之詩曰兄弟鬩於牆外禦其侮則此詩自是成王之時周公所作以親兄弟也但名穆公見厲王之時兄弟恩疏重歌此周公所作之詩以親之耳故鄭荅趙商云凡賦詩者或造篇或誦古所云誦古指此名穆公所作誦古之篇非造之也此自周公之事鄭輒言名穆公事因左氏所論而引之也左傳曰王怒將以狄伐鄭富辰諫曰不可臣聞大上以德撫民其次親親以相及也昔周公弔二叔之不咸故封建親戚以藩屏周召穆公思周德之不類故糾合宗族於成周而作詩曰常棣之華鄂不韡韡凡今之人莫如兄弟周之有懿德如是猶曰莫如兄弟故封建之其懷柔天下也猶懼有外侮扞禦侮莫如親親故以親屏周名穆公亦云是周公弔二叔之不咸名公作詩之事也檢左傳止言周公弔二叔之不咸而封建親戚不言爲思疏作常棣下云名穆公思周德之不類糾合宗族於成周而作常棣則周公本作常棣亦爲糾合宗族可知但傳文欲詳之於後故於封建之下不言周公作常棣耳未言名穆公亦云明本常棣是周公之辞故杜預云周公作詩名公歌之故言亦云是也此序言閔管蔡之失道左傳言弔二叔之不咸言雖異其意同弔傷也二叔卽管蔡也不咸卽失道也實是一事故鄭引之先儒說左傳者鄭衆賈逵以二叔爲管蔡馬融以爲夏殷之叔世故鄭志張逸問此箋云周仲文以左氏論之三辟之興皆在叔世謂三代之末卽二叔宜爲夏殷末也荅曰此注左氏者亦云管蔡耳又此序子夏所爲親受聖人足自明矣問者以昭六年左傳曰夏有亂政而作禹刑商有亂政而作湯刑周有亂政而作九刑三辟之興皆叔世也彼叔世者謂三代之末世也則言二叔者亦宜爲夏殷之末世故言有周仲文蓋漢世儒者也以爲二叔宜爲夏。之末不得爲管蔡故問之鄭荅注左氏者亦云管蔡謂鄭賈之說也又左傳論周公弔二叔之不咸而作常棣此序言閔管蔡之失道故作常棣之意則此云管蔡即傳言云二叔可知故云此序子夏所作親受聖人自足明矣○

常棣之華鄂不韡韡　興也常棣棣也鄂猶鄂鄂然言外發也韡韡光明也箋云承華者曰鄂不當作拊拊鄂足也鄂足得華之光明則韡韡然盛興者喻弟以敬事兄兄以榮覆弟恩義之顯亦韡韡然古聲不拊同○鄂五各反不毛如字鄭改作拊方于反韡韋鬼反常棣棣也本或作常棣移音以支反又是兮反按爾雅云唐棣移常棣棣作移者非不拊不音如字又芳浮反二聲相近也拊亦作跗前注同一云不亦方于反

凡今之人莫如兄弟　聞常棣之言爲今也箋云聞常棣之言始聞常棣華鄂之說也如此則人之恩親無如兄弟之最厚

【疏】常棣至兄弟○毛以爲常棣之木華鄂鄂然外發之時豈不韡韡而光明乎以衆華俱發實韡韡而光明以興兄弟衆多而相和睦豈不強盛而有光暉乎言兄弟和睦實強盛而有光暉也兄弟和睦則強盛如是然則凡今時天下之人欲致此韡韡之盛莫如兄弟之相親言兄弟相親則致榮顯也○鄭以爲華下有鄂鄂下有拊言常棣之華與鄂拊韡韡然甚

光明也由華以覆鄂鄂以承華華鄂相承覆故得韡韡然而光明也華鄂相覆而光明猶兄弟相順而榮顯然則凡今時之人恩親無如兄弟之最厚也○傳常棣至光明○正義曰常棣棣釋木文也舍人曰常棣一名棣郭璞曰今關西有棣樹子如櫻桃可食是也與此唐棣異木故爾雅別釋鄂猶鄂鄂者以華之狀宜言鄂鄂故重言之言外發也謂華聚而發於外也韡韡華之貌華非一色故云光明靜女云彤管有煒文與形連故云煒赤貌王述之曰不韡韡言韡韡也以興兄弟能內睦外禦則強盛而有光耀若常棣之華發也○箋承華至拊同○正義曰以鄂文承華下故爲承華曰鄂也又古聲不拊同不在鄂下宜爲鄂足故知當作拊拊爲鄂足也以鄂言足比於弟華比於兄鄂既承華文與拊連則鄂拊同比弟也言鄂足得華之光明是弟得兄榮也又曰恩義之顯亦韡韡然則兄亦得弟之助兄弟之相佐猶華鄂之相承覆也易傳者以華之外發取衆多爲義未若取相承覆爲喻辭理切近故不從毛也○傳聞常棣之言爲今○正義曰傳以凡今者多對古之稱故辨之既聞常棣之說則知兄弟宜相親故以聞常棣之言爲今謂從今以去宜相親也王述之曰管蔡之事以次而爲常棣之歌爲來今是也

死喪之威兄弟孔懷威畏懷思也箋云死

喪可畏怖之事維兄弟之
親甚相思念。怖普布反**原隰裒矣兄弟求矣**裒聚
也求
矣言求兄弟也箋云原也隰也以相與聚居之故故能定
高下之名猶兄弟相求故能立榮顯之名。裒薄侯反〈疏〉
死喪至求矣。正義曰言兄弟人恩至厚有死喪可畏怖之
事維兄弟之親甚相思念餘人則不能也兄弟相急如是則
當求以相耽不得疏也原與隰同聚矣猶兄弟相求矣原隰
以衆居之故故能定高下之名兄弟以相求之故故能立榮
顯之譽所
以相半矣**脊令在原兄弟急難**脊令雝渠也飛則鳴
行則搖不能自舍耳
急難言兄弟之相救於急難箋云雝渠水鳥而今在原失其
常處則飛則鳴求其類天性也猶兄弟之於急難。脊井益
反亦作卽又作鶺皆同令音零本亦作鴒同難如
字又乃旦反注同搖音遙又餘照反處昌慮反。**每有良**
朋。況也永歎況兹永長也箋云每有雖也良善也當急難
之時雖有善同門來兹對之長歎而已。況
或作兄非也嘆吐丹反〈疏〉脊令至永嘆。正義曰脊令者
又吐旦反以協上韻。水鳥當居於水今乃在於高原
之上失其常處以喻人當居平安之世今在於急難之中亦
失其常處也然脊令既失其常處飛則鳴行則搖不能自舍

此則天之性以喻兄弟既在急難而相救亦不能自舍亦天之性於此急難之時雖有善同門來茲對也唯長歎而已不能相救言朋友之情甚而不如兄弟是宜相親也○傳脊令至急難○正義曰脊令雝渠釋鳥文也郭璞曰雀屬也陸機云大如鷃雀長脚長尾尖喙背上青灰色腹下白頸下黑如連錢故杜陽人謂之連錢是也小宛箋曰題彼脊令載飛載鳴是脊令飛則鳴也脊令既失其常處飛則鳴行則搖動其身不能自舍以喻兄弟相救於急難亦不能自舍然而此經直云在原與急難何知不正以在原喻在急難而已而必知急難謂救於急難者正以上章孔懷下章禦侮是相助之事以此類之故知爲相救於急難也但脊令不能自舍之貌猶可言故云飛則鳴行則搖兄弟相救之貌不可言故直云相救耳

兄弟鬩。于牆外禦其務 鬩很也箋云禦禁務侮也兄弟雖內鬩而外禦侮也○鬩許歷反牆本或作廧在良反禦魚呂反務如字爾雅云侮也讀者又音侮此從左傳及外傳之文很戶懇反○

每有良朋烝也無戎 烝塡戎相也箋云當急難之時雖有善同門來久也猶無相助己者古聲塡窴塵同○烝之承反塡依字音田與窴同又依古聲音塵塵久也故箋申之云古聲塡窴塵同相如字又息亮反下同

疏兄弟至無戎。正義曰兄弟之親不能相遠言兄弟或有自不相得可鬩很於牆內若有他人來侵侮之則同心合意外禦他人之侵侮於此他人侵侮之時雖有善同門來見之雖久也終無相助之事唯兄弟相助耳言兄弟之恩過於朋友也云良朋者以大名言之其實同志之友故下章曰不如友也論語云有朋自遠方來亦其朋者也散文朋友通也定本經御作禦訓爲禁集注亦然俗本以傳禦爲御爾雅無訓疑俗本誤也。傳鬩很。正義曰很者忿爭之名故曲禮曰很毋求勝是也。

喪亂既平既安且寧雖有兄弟不如友生兄弟尚恩怡怡然朋友以義切切然箋云平猶正也安寧之時以禮義相琢磨則友生急。切切然定本作切切偲偲然琢陟角反

疏傳兄弟至切切然。正義曰室家安寧身無急難則當與朋友交切磋琢磨學問脩飾以立身成名兄弟之多則尚恩其聚集則熙熙然不能相勵以道朋友之交則以義其聚集切切節節然相勸競以道德相勉勵以立身使其日有所得故兄弟不如友生也切切節節者相切磋勉勵之貌論語云朋友切切偲偲兄弟怡怡注云切切勸競貌怡怡謙順貌此熙熙當彼怡怡節節當彼偲偲也定本熙熙作怡怡節節作偲偲依論語則俗本誤

儐

儐爾籩豆飲酒之飫儐陳飫私也不脫屨升堂謂之飫箋云私者圖非常之事若議大疑於堂則有飫禮焉聽朝爲公○儐賓胥反飫於慮反朝直遙反兄弟既具和樂且孺九族會曰和孺屬也王與親戚燕則尚毛箋云九族從已上至高祖下及玄孫之親也屬者以昭穆相次序○樂音洛下皆同孺本亦作孺如具反

【疏】儐爾至且孺○正義曰上章已來說兄弟宜相親故此章言王者親宗族也王有大疑非常之事與宗族私議而圖之其時則陳列爾王之籩豆爲飲酒之飫禮以聚兄弟宗族爲好焉爲此飫及燕禮之時兄弟既已具集矣九族會聚和而甚忻樂且復骨肉相親屬也言由王親宗族故宗族亦自相親也○傳飫私至之飫○正義曰飫私釋言文孫炎曰飫非公朝私飫飲酒也周語有王公立飫又曰立成禮烝而已飫既爲私不在公朝在露門內也酒肉所陳不宜在庭則在堂矣燕禮云皆脫屨乃升堂少儀云堂上無跣燕則有之是燕由坐而脫屨明飫立則不脫矣故云不脫屨升堂謂之飫○箋私者至爲公○正義曰此解飫爲私之意也以私在露寢堂上故謂之私若聽朝則爲公事對公故言私也知飫禮爲圖非常議大疑者以周語云王公之有飫禮將以講事成禮建大德昭大物言講事昭物是有

所謀矣明圖非常議大疑而爲飫禮也周語曰王公立飫則
有房烝親戚燕饗則有殽烝又曰飫以顯物燕以合好則飫
燕禮異序曰燕兄弟此陳飫者圖非常議大疑乃有飫禮則
飫大於燕燕亦是王於族親之禮故陳之示親親也飫禮議
其大疑則婦人不與立以成禮則不必和樂下章云妻子合
好此傳曰王與族人燕則尚毛以此詩飫燕雜陳故下箋云
王與族人燕則宗婦內宗之屬亦從后於房中是此章之中
兼燕禮矣上二句爲飫下二句爲燕飫陳籩豆燕言兄弟互
以相兼也○傳孺屬至尚毛○正義曰孺屬釋言文李巡曰
孺骨肉相親屬也中庸曰燕毛以所序齒文王世子曰公與
族人燕則以齒而孝悌之道達矣王與宗族之人燕以毛髮
年齒爲次第也司儀曰王燕則諸侯毛亦謂同姓諸侯也故
彼注云謂以髮鬢爲坐朝事尊尊尚爵
燕則親親親尚齒云親親是燕同姓明矣**妻子好合如鼓瑟琴**箋云好合志意合也合者如鼓瑟琴之聲相應和也王與族人燕則宗婦內宗之屬亦從后於房中○好呼報反應對之應和胡臥反○**兄弟既翕和樂且湛**翕合也○翕許急反湛荅南反又作耽韓詩云樂之甚也

【疏】妻子至且湛○正義曰上章並陳飫燕之禮此又論內外之歡也王與族人燕於堂

上則后與宗婦燕於房中王之族人見王燕其宗族知王親之皆傚王親親與其妻子自相和好志意合和如鼓瑟琴相應和於時兄弟既會聚矣其族人非直內和妻子又九族和好忻樂而且湛又以盡歡也○箋王與至房中○正義曰此解天子自燕宗族兄弟所以得致妻子好合之意以其王與族人燕則宗婦內宗之屬亦從后於房中而燕故有妻子也宗婦者謂同宗卿大夫之妻也內宗者同宗之內女嫁於卿大夫者春秋莊二十四年夫人姜氏入大夫宗婦覿用幣謂之宗婦明是宗族之婦也故賈杜皆云宗婦同姓大夫之婦襄二年傳曰葬齊姜齊侯使諸姜宗婦來會葬諸姜謂齊同姓之女宗婦謂齊同姓之婦是同姓大夫之婦名爲宗婦也周禮春官序官云內宗凡內女之有爵者注云內女王同姓之女謂之內宗有爵其嫁於大夫及士者是王同姓之女名爲內宗也天子燕宗族之禮亡所以知王與族人燕則宗婦內宗從后者湛露曰厭厭夜飲不醉無歸傳曰夜飲私燕也宗子將有事族人者○入侍不醉而出是不親也醉而不出是渫宗也箋云天子燕諸侯之禮亡此假宗子與族人燕爲說耳然則天子燕同姓諸侯之禮猶宗子燕族人則天子燕宗族兄弟爲朝廷臣者如宗子於族人可知案特牲饋食禮祭末乃曰徹庶羞設於西序下注云爲將餕去之庶羞主爲尸

非神饌也尚書傳曰宗室有事族人皆侍終日。大宗已侍於賓奠然後燕私燕私者何也已而與族人飲也此徹庶羞置西序下者爲將以燕燕飲與然則自尸祝至於兄弟之庶羞宗子與族人燕飲於堂內賓宗婦之庶羞主婦以燕飲於房也鄭以彼特牲是宗子之祭祀族人及族婦皆助故經云宗婦執兩籩宗婦贊豆是宗婦及族人俱助宗子之祭及至末族人既爲宗子所燕明宗婦亦主婦燕之可知也且上文庶羞尸祝兄弟之等男子有庶羞宗婦及內賓婦人亦有庶羞今直云徹庶羞明二者俱徹二者俱燕也故云祝至於兄弟之庶羞宗子以與族人燕飲於堂內賓宗婦之庶羞主婦以與燕飲於房中也曲禮曰男女不雜坐謂男子在堂上女子在房故族人在堂室婦在房也宗婦得與於燕明內宗亦與其中可知宗子之祀既然故知天子燕族人之祀亦然故云王與族人燕則宗婦內宗之屬亦從后於房中此證妻子止當言宗婦并言內宗者內宗宗婦之類因言之此后燕及妻而連言子者此說族人室家和好其子長者從王在堂孩稚或從母亦在后房焉○

宜爾家室。樂爾妻帑。帑子也箋云族人和則得保樂其家中之大小○帑依字吐蕩反經典通爲妻帑字今讀音奴也○

是究是圖。亶其然乎。究深圖謀

亶信也箋云女深謀之信其如是○亶都但反【疏】宜爾至然乎○正義曰王親宗族而與之燕族人化王莫不和睦則宗族同心人無侵侮然後宜汝之室家保樂汝之妻子矣若族人不和忿鬩自起外見侵侮內不相救則不能保其大小家室危焉汝於是深思之於是善謀之信其然者否乎既宗族須和若是不可不親焉王所以燕之也○傳孥子○正義曰上云妻子好合子卽此帑也左傳曰秦伯歸其帑書曰予則帑戮汝皆是子也○

常棣八章章四句

附釋音毛詩注疏卷第九（九之二）

翰林院編修南昌黃中模栞

毛詩注疏挍勘記九之二

阮元撰盧宣旬摘錄

○鹿鳴

講道脩德之樂歌是也　閩本明監本毛本同案浦鏜云政譌德以儀禮注考之是也

故敘以燕因之　閩本明監本毛本同案盧文弨云因疑目是也

饗謂享大牢以飲賓　閩本明監本毛本同案浦鏜云亨誤享考儀禮注是也伐木正義引作亨

吹笙而鼓簧矣　小字本相臺本同案段玉裁云宋書樂志引吹笙則簧鼓矣君子陽陽疏言吹笙則鼓簧今考此引者以意言之耳傳本是而字考文古本無而字誤

書曰篚厥元黃　小字本相臺本同案篚厥二字當倒毛居正六經正誤云篚厥元黃作厥篚元黃誤興國及建本皆作篚厥其說非也正義標起止云箋書曰厥篚元黃是正義本如此也故下文云今禹貢止有厥篚

元纁之文而鄭禹貢注引允征曰篚厥元黄則此所引亦爲允征文正因此箋作厥篚與禹貢相涉故言今止有以明黄字之非彼文也若作篚厥但當引彼注不煩言此矣

示當作寘 小字本相臺本寘作窴閩本明監本毛本同案釋文示下云鄭作寘六經正誤所載作寘十行本正義中皆作寘考此寘字從宀者在說文新附卷耳伐檀經各本皆作寘段玉裁曰即寘之譌文是也而自唐時即有分别從宀者訓置從穴者爲東山常棣箋字訓久者矣

瑟琴以樂之 閩本明監本毛本琴作笙案所改是也此正義用王肅述毛也見下

琴瑟笙幣帛愛厚之者 閩本明監本毛本無琴字案所删是也

琴笙以樂之 閩本明監本毛本琴作瑟案所改是也

恌愉也 小字本相臺本同案釋文云愉他侯反又音踰正義云愉音臾說文訓爲薄也又云定本作愉如其所言不爲有異應是定本作偷依爾雅改耳當以釋文正義本爲長

今人呼爲青蒿香中炙啖者爲菣閩本明監本毛本同案呼下爲字衍也今爾雅注無此讀以上十二字爲一句

目視物與示傍見閩本明監本毛本同案與當作爲因別體俗字與作与而致譌也

說文酬爲薄也閩本明監本毛本同案浦鏜云訓誤酬是也

定本作愉者然閩本明監本毛本同案愉當作偷見上者當作若屬然字別爲句

○四牡

箋云無私恩小字本相臺本同案正義云集注及定本皆無箋云兩字是自此盡辭王事並屬傳也段玉裁云是也

又定本思恩作私恩閩本明監本毛本同案此當云又定本私恩作思恩誤互易其字也正義本作私恩上文可證

字又作鳩（補）毛本鳩作鴀

鵻名其夫不　閩本明監本毛本同案山井鼎云爾雅疏無其字今考彼疏引云鵻一名夫不

祝鳩鵻夫不者故爲司徒　閩本明監本毛本同案者當作孝爾雅疏卽采此正作孝而今本亦誤爲者

今鵓鳩也　閩本明監本毛本同案浦鏜云鵓誤鵓是也釋文引草木疏云夫不一名浮鳩浮卽鵓字也

述時其情　小字本相臺本時作序閩本明監本毛本作敘案序字是也

後爲詩人歌故云歌耳　閩本明監本毛本同案人當作人人形近之譌

○皇皇者華

每雖懷和也　小字本相臺本同案正義云本皆如此又云如鄭此意則傳本無每雖二字又云蓋鄭所

據者本無每雖後人以下傳有雖有中和之言下篇每有艮朋之下有每雖之訓因而加之也定本亦有每雖又云而今詩本皆有每雖則王肅之說又非無理云云經義雜記以爲王肅私加是也○按舊挍非也毛於此云每雖懷和也末章傳曰雖有中和當自謂無所及即蒙此傳而言以釋經文每懷靡及也傳自作和箋乃易和爲私字未可牽合句云每雖二字爲後人所加非也鄭云中和謂忠信也是鄭謂中和即經之用絕非毛意毛以用也咨也諏也謀也度也詢也爲六德皆在雖有中和之外

懷私爲每懷也 小字本相臺本同案此引國語私當如彼文作和韋昭云後鄭司農云和當爲私即據下箋也正義云故鄭引其文因正其誤云和當爲私爲和誤也考此則正其誤在下此當仍作和矣正義中臣聞之曰懷私爲每懷是外傳以爲懷私未章正義中箋云懷私爲每懷皆和字之誤亦見經義雜記

明魯語所亦當爲懷私 閩本明監本毛本所下有云字案所補是也

我馬維駒 唐石經小字本相臺本同案釋文云駒音俱本亦作驕正義云維是駒矣是其本作駒與株林同已

見彼下

則於是訪問　闔本明監本毛本同小字本相臺本是作之案之字是也

箋以破和爲私　闔本明監本毛本同案浦鏜云以疑巳字誤是也

○常棣

上四句言兄弟光顯　闔本明監本毛本同案浦鏜云章誤句是也

以爲二叔宜爲夏之末　明監本毛本之上有殷字闔本剜入案所補是也

卽傳言云二叔可知　闔本明監本毛本同案言字當衍

鄂不韡韡　唐石經小字本相臺本同案釋文云鄂五各反詩文皆從卩作地名之鄂疑此經乃依聲託事也說文卩部無鄂韡下引此詩作蕚出後人所改艸部亦無蕚字李善長笛賦注引字林鄂直言也鄂字當始於漢而周禮禮記注用之

○按古或有从卩之鄂說文或有遺漏之字

不當作柎 小字本相臺本同閩本明監本毛本亦同案釋文不下云鄭改作附又不柎同下云柎本亦作跗前注同考說文木部云柎闌足也山海經員葉而自柎集韻十虞亦作柎皆從木而羣經音辨載此字在手部則當時釋文字已從手也

與此唐棣異木 閩本明監本毛本同案浦鏜云與此當誤倒是也

管蔡之事以次 毛本同閩本明監本次誤是案皆非也以次當作已缺以已多相亂者次缺形近之譌序下正義云以管蔡已缺卽用此述毛語也當據彼正之

言兄弟人恩至厚 閩本明監本毛本人作之案所改非也人恩見鄭表記注

則當求以相耽 閩本明監本毛本同案耽當作助形近之譌

況也永歎 閩本明監本毛本同小字本相臺本歎作嘆唐石經亦作嘆案釋文作歎十行本依之改也又唐石經況字後改案釋文云況也或作兄非也段玉裁云此桑柔召旻及今文尚書毋兄曰則兄曰正同作兄是作況非

每有雖也 小字本同閩本明監本毛本同相臺本無有字案相臺本誤也每有雖也箋用釋訓文皇皇者華正義云下篇每有良朋之下有每雖之訓乃隱栝此箋不當據之刪也下箋云雖有善同門來雖即每有也雖下之有非經中之有亦殷其靁傳箋此字之比考文古本作每有雖有也更誤○按舊按非也無有字爲是箋正用皇皇者華傳

兹對也唯長歎而已 閩本明監本毛本同案此不誤浦鏜云之誤也非也凡正義於說經必順其文此順經云況也耳下經烝也正義云蹔久也亦順經可證○按對字非經中所有則舊說亦非浦云也當作之爲是正義用箋語耳

外禦其務 唐石經小字本相臺本同案此定本也釋文外禦魚呂反與定本同正義云定本經御作禦訓爲禁集注亦然是正義本經作御字

箋云禦禁 小字本相臺本同案禦禁定本也見上正義云俗本以傳禦爲御爾雅無訓疑俗本誤也此正

義當有誤詳下段玉裁云此傳御禦務侮也兄弟雖內鬩而外禦侮也本國語爾雅各本誤衍箋云非也定本改御禦爲禦禁不知御禦見於谷風傳矣正義疑爾雅有禦禁而無御禦不知爾雅御禦禁三字互訓

亦有朋者也　閩本明監本毛本同案朋者當作同志形近之譌耳

俗本以傳禦爲御　閩本明監本毛本同案此當作俗本以傳爲御禦誤倒禦字於爲字上也

兄弟尙恩怡怡然　小字本相臺本同案此定本也正義云兄弟之多則尙恩其聚集則熙熙然正義本作熙熙也詳下

朋友以義切切然　小字本相臺本同案此釋文本也釋文云切切然定本作切切偲偲然正義云朋友之交則以義其聚集切切節節然又云論語云朋友切切偲偲兄弟怡怡注云切切勸競貌怡怡謙順貌此熙熙當彼怡怡節節當彼偲偲定本熙熙作怡怡節節作偲偲依論語則俗本誤考此當是毛所據論語自作熙熙節節耳定本乃改之以合於其時行世之論語非也切切節節然又見伐木正義

飫非公朝私飫飲酒也閩本明監本毛本同案浦鏜云下飫字衍從爾雅疏挍是也此誤衍耳見下

周語有王公立飫閩本明監本毛本同案十行本語至立剜添者一字考此當是因上句衍飫而脫去一字後就而補之仍未去其衍字也

族人者入侍閩本明監本毛本同案者當作皆形近之譌

至意合也閩本明監本毛本同小字本相臺本至作志案志字是也

族人皆侍終曰閩本明監本毛本同案浦鏜云日誤曰以特牲注考之是也

燕私者何也已而與族人飲也閩本明監本毛本同案此不誤已上浦鏜云脫祭字又云衍下也字從儀禮經傳通解挍非也通解多以意增刪不可據也

故族人在堂室婦在房也閩本明監本毛本同案浦鏜云宗誤室是也

宜爾家室小字本相臺本同考文古本同唐石經家室作室家閩本明監本毛本同案作室家者是也禮記引同以家帑圖乎爲韻唐石經可據也正義云然後宜汝之室家亦其證

今讀音孥也（補）釋文校勘記云通志堂本盧本奴子二字并作孥云孥字舊誤分爲奴子兩字今改正案所改謬甚音奴者對上吐蕩反而言也子也者載傳也奴字句絕子也別爲句今注疏本并作孥乃誤小字本相臺本所附皆但云帑音奴二本之例傳箋文不復出然則其讀釋文尙未失句逗也

附釋音毛詩注疏卷第九〔九之三〕

〔册一〕

毛詩小雅　鄭氏箋　孔穎達疏

伐木燕朋友故舊也自天子至于庶人未有不須友以成者親親以睦友賢不棄不遺故舊則民德歸厚矣〔疏〕伐木六章章六句至厚矣○正義曰作伐木詩者燕朋友故舊也又言所燕之由自天子至於庶人未有不須友以成者上者既能內親其親以使和睦又能外友其賢而不棄不遺忘久故之恩舊而燕樂之以此化民於上民則效之於下則民德皆歸於悖厚不澆薄矣朋是同門之稱友爲同志之名故傳曰昔之朋友也然則朋友新故通名故舊唯施久遠此云朋友可以兼故舊而並言之者此說文王新故皆燕故異其文友賢不棄燕朋友也不遺故舊是燕故舊也舊則不可更釋新交則非賢不友故變朋友云友賢也燕故舊卽二章卒章上二句是也燕朋友卽二章諸父諸舅卒章兄弟無遠是也經序倒者經以主美文王不遺故舊爲重故先言之而後言父舅先

兄弟見父舅亦有故舊也序以經雖主燕故舊而故舊亦朋友故先言朋友以見總名而又別言故舊以明其爲二事天子至于庶人未有不須友以成者卽序首章之事因文王求友而廣言貴賤也經以由須朋友而燕之故先論求友之由序則以詩本主燕所以倒也二章卒章所陳皆爲燕食說王不得不召父舅又於兄弟陳王之恩皆是燕朋友故舊也經兼陳食祀而序不言亦舉其歡心足以兼之其親親以下因說王者立法且明次篇之義親親以睦指上常棣燕兄弟也友賢不棄不遺故舊卽此篇是也常棣雖周公作旣內之於治內之篇故爲此次以示法是此篇皆有義意

伐木丁丁鳥鳴嚶嚶興也丁丁伐木聲也嚶嚶驚懼也箋云丁丁嚶嚶相切直也言昔日未居位在農之時與友生於山巖伐木爲勤苦之事猶以道德相切正也嚶嚶兩鳥聲也其鳴之志似於有友道然故連言之○丁丁陟耕反嚶於耕反

出自幽谷遷于喬木幽深喬高也箋云遷徙也謂鄉時之鳥出從深谷今移處高木○喬其驕反鄉本又作嚮同許亮反

嚶其鳴矣求其友聲君子雖遷於高位不可以忘其朋友箋云嚶其鳴矣遷處高木者求其友聲求其尚在深谷者其相得則復鳴嚶嚶然○

復扶又反相彼鳥矣猶求友聲矧伊人矣不求友生矧況也箋云相視也鳥尚知居高木呼其友況是人乎可不求之○相息亮反矧尸忍反神之聽之終和且平箋云以可否相增減曰和平齊等也此言心誠求之神若聽之使得如志則友終相與和而齊功也

〔疏〕伐木至且平○毛以爲有人伐木於山阪之中丁丁然爲聲鳥聞之嚶嚶然而驚懼以興朋友二人相切磋設言辭以規其友切切節節然其友聞之亦自勉勵猶鳥聞伐木之聲然也鳥既驚懼乃飛出從深谷之中遷於高木之上以喻朋友既自勉勵乃得遷升於高位之上鳥既遷高木之上又嚶嚶然其爲鳴矣作求其友之聲以喻君子雖遷高位而亦求其故友所以求之者視彼鳥之無知猶尚作求其友之聲況人之有知矣焉得不求其友生乎君子爲此而求友也既居高位而不忘故友若神明之所聽祐之則朋友終久必志意和且功業平鄭以爲此章遠本文王幼少之時結友之事言文王昔日未居位之時與友生伐木於山阪丁丁然爲聲也於時雖處勤勞猶以道德相切直時有兩鳥在傍嚶嚶然而鳴此鳥之鳴似朋友之相切故連言之此鳥乃出從深谷之中遷於高木之上又復嚶嚶然爲其鳴矣作求

其友之聲然視彼鳥矣猶作其求友之聲況是人何得不求其友生乎故文王所以求友生也大意與毛同唯不與爲異耳下○傳丁丁至鸚懼○正義曰此丁丁文連伐木故知伐木聲下云出自幽谷遷于喬木則木是其鳥驚懼而飛遷矣故知嚶嚶然驚懼言此鳥爲驚懼而鳴耳嚶嚶非驚懼之聲也故下云嚶其鳴矣不復驚懼鳴亦嚶是也然釋訓云丁丁嚶嚶相切直也傳意以此伐木鳥鳴喻相切直之事今傳解詩經之文耳爾雅徑訓與喻之淺釋訓云顒顒卬卬君之德也藹藹萋萋臣盡力也皆徑釋其義不釋詩文王肅亦云鳥聞伐木驚而相命嚶嚶然故曰丁丁嚶嚶相切直以與朋友切切節節其言得傳旨也言相切直者謂切磋相正直也○箋丁丁至連言之○正義曰箋全引釋訓之文與解丁丁嚶嚶之義與傳同也故下卽云嚶嚶兩鳥聲丁丁亦是伐木聲也故郭璞曰丁丁斫木聲嚶嚶兩鳥鳴但正伐木鳥鳴時有此相切切直之義故揔言丁丁嚶嚶爲相切直言未居位謂未居諸侯之位在於農畝時山巖者以下云伐木于阪故知山傍巖崖之處故云山巖也箋必以爲文王身與友生伐木者以爾雅云丁丁嚶嚶相切直自此以下陳鳥鳴求友無相切直之義則伐木之時相切直也而下二章釃酒文連伐木是酒爲伐木而設卽伐木之人是朋友矣朋友既親伐木明文王

與之俱行故知親在農禮記注士之子食祿不免農則大夫以上子免農矣時文王爲諸侯世子而在農者案史記周本紀大王曰我世當有興者其在昌乎則文王在太王之時年已長大是諸侯世子之子耳太王初遷於岐民稀國小地又險險而多樹木或當親自伐木所以勸率下民不可以亂論也言嚶嚶兩鳥者以相切直若一鳥不得有相切故郭璞曰嚶嚶兩鳥鳴以喻朋友切磋相正是以義勢便爲兩鳥其實一鳥之鳴亦嚶嚶也故知嚶其鳴矣是一鳥也又解鳥鳴與伐木文連之意以文王相切直之時此兩鳥共鳴亦似朋友之相切磋及其遷處高木嚶嚶鳴相求又似朋友之相求故下觀之以爲喻此鳴之志似於有朋友之道故連言之葛覃因以黃鳥爲興亦此類也

伐木許許釃酒有藇許許柹貌以筐曰釃以藪曰湑藇美貌箋云此言許許者伐木許許之人今則有酒而釃之本其故也○許沈呼古反釃徐所宜反又所餘反葛洪所寄反謂以筐盝酒盝音鹿藇音敘又羊汝反柹孚廢反又側几反藪素口反曰湑思敘反

既有肥羜以速諸父羜未成羊也天子謂同姓諸侯諸侯謂同姓大夫皆曰父異姓則稱舅國君友其賢臣大夫士友其宗族之仁者箋云速召也有酒有羜今以名族之飲酒○羜直呂反

寧

適不來微我弗顧微無也箋云寧召之適自不來無使言我不顧念也於粲洒埽陳饋八簋粲鮮明貌圓曰簋天子八簋箋云粲然已洒攡矣陳其黍稷矣謂爲食禮○於如字舊音烏粲采旦反洒所懈反徐所寄反埽素報反饋其位反簋居偉反灑所蟹反又所懈反攡本又作拚甫問反食音嗣既有肥牡以速諸舅寧適不來微我有咎咎過也

【疏】伐木至有咎○毛以爲伐木其柿許許然故鳥驚而飛去以喻朋友之相勵故德進而業脩也此所與切磋之故舊今以筐釃其酒有藇然而美與之燕飲焉于非直燕其故舊又既有肥羜之羊以名朋友諸父而燕之俱有羊酒各舉其一也王意又殷勤諸父兄弟必盡名之王言曰寧名之適自不來則已無得不名之使言我不顧念之而懷怨也於是粲然洒埽其室庭陳飲食之饋黍稷之等有八簋也既有肥羜之牡以名諸舅而食之寧名之適自不來則止無使懷怨令我有咎過焉言王厚其朋友故舊爲設燕食兼有焉○鄭以鬻時與文王伐木許許之人文王有酒而飲之本其昔日之事也餘同○傳許許至曰湑○正義曰以許許非聲之狀故爲柿貌上言丁丁之聲下言於阪之處互以相通

明在阪伐之爲聲而有柿也以筐曰釃以藪曰湑者筐竹器也藪草也漉酒者或用筐或用草於今猶然毛氏蓋相傳爲說因釃言湑逆解下文用草者用茅也傳僖四年左傳曰爾貢苞茅不入王祭不供無以縮酒是也○傳羜未至仁者○正義曰釋畜云未成羊曰羜郭璞曰今俗呼五月羔爲羜是也傳以經稱諸父舅序云燕朋友故舊則此父舅是文王之朋友也禮天子謂同姓諸侯諸侯謂同姓大夫皆曰父異姓則稱舅故曰諸父諸舅也禮記注云稱之以父與舅親親之辭也覲禮說天子呼諸侯之義曰同姓大國則曰伯父其異姓則曰伯舅同姓小國則曰叔父異姓則曰叔舅是天子稱諸侯也左傳隱公謂臧僖伯曰叔父有憾於寡人鄭厲公謂原繁曰願與伯父圖之禮記衛孔悝之鼎銘云公曰叔舅是諸侯稱大夫父舅之文也諸侯則國有大小之殊大夫唯以長幼爲異故服虔左傳注云諸侯稱同姓大夫長曰伯父少曰叔父是也然則諸侯謂異姓大夫長者亦當爲伯舅但經傳無其事耳公羊傳曰王者之後稱公大國稱侯皆千乘小國稱伯子男左傳曰在禮卿不會公侯會伯子男可也分五等爲二節皆以公侯爲上等伯子男爲下等明大邦謂公侯小邦謂伯子男其稱牧伯則異曲禮曰五官之長曰伯是職方天子同姓謂之伯父異姓謂之伯舅東西二伯又曰九州

之長入天子之國曰牧天子同姓謂之叔父異姓謂之叔舅禮記注云牧尊於大國之君而謂之叔父避二伯也亦以此爲尊祇或損之而益謂此類也言由避二伯故稱叔因以别異大邦之君亦以損其稱而更益其尊故云損之而益也齊太公爲王官之伯左傳云王使劉定公賜齊侯命曰昔伯舅太公佐我先王是稱太公爲伯舅也及齊桓公興霸功王又以二伯之禮命之僖九年傳曰王使宰孔賜齊侯胙曰使孔賜伯舅胙是也周公亦是分陝之伯而魯頌云王曰叔父者以其實成王叔父以本親言之也其晉文公亦有霸功而王策命辭云王曰叔父者齊桓晉文雖俱有霸功天子賜命皆本其祖太公受二伯命故還以二伯之禮賜桓公唐叔本受州牧之命故還以州牧之禮命文公故唐叔文公但稱叔父左傳周景王謂籍談曰叔父唐叔是唐叔亦受州牧之禮而稱叔父也僖二十四年傳王出適鄭使來告難曰敢告叔父謂魯爲叔父成二年傳王告鞏朔曰今叔父克遂有功于齊謂晉爲叔父也昭七年王使追命衞襄公曰叔父陟恪在我先王之左右是謂衞爲叔父也是晉與魯衞王皆呼之爲叔父昭九年王使詹桓伯辭於晉曰伯父惠公歸自秦又謂晉侯爲伯父由此觀之魯衞爲大國而稱叔父晉國之中伯叔俱稱不同者以魯雖周公之後周公位冢宰爲東伯而周公

之國故擊繫伯禽左傳曰燮父禽父王孫牟並事康王三國俱以令德作王卿明兼州牧矣燮父唐叔之子王孫牟康叔之子康叔稱叔父是爲州牧尚書酒誥命康叔之辞曰明大命於妹邦鄭云康叔爲連屬之監則康叔後或爲州牧燮父王孫牟或各繼其父爲州牧也伯禽作費誓專征徐戎爲方伯可知三國並爲大國王室之親又皆二伯之後尊而異之所以皆稱叔父焉晉又稱伯父者以晉既大國世作盟主故變稱伯父耳尚書文侯之命王曰父義和平王得文侯夾輔周之勳九親之而直稱父也天子稱朝廷公卿則無文蓋有爵者自依諸侯之例無爵者亦應以此長幼稱伯父叔父大夫以下位卑其稱父舅以否無文以明之此傳以及下經父舅兼有解天子所呼父舅之文以諸侯於大夫猶天子於諸侯同有父舅之名故連釋之焉既此篇燕朋友而呼父舅是父舅爲天子朋友事自明矣因天子有交友之義已釋諸侯亦有父舅故亦因解國君友其賢臣并及大夫友其宗族之仁者云仁賢者明尊卑之交非賢不友故也定本無宗字○箋有酒至飲酒○正義曰此有酒有羜名族人飲之蓋是燕禮非饗也何者聘禮注云饗謂亨大牢以飲賓也今此唯肥羜而已是非饗禮明矣今燕禮者是諸侯燕其羣臣及賓客之禮禮記云其牲狗不用羊豕此云有肥羜者天子之禮異

於諸侯也宣十六年左傳曰王饗有體薦燕有折俎公當饗卿當燕王室之禮是天子燕饗之禮異於諸侯牲亦不同也○箋陳其至食禮○正義曰儀禮特牲少牢聘禮公食之等皆以簋盛黍稷則八簋是黍稷之器也故云陳其黍稷謂爲食禮案周官掌客職五等諸侯簋皆十二又公食大夫禮上大夫六簋此天子云八簋者據待族人設食之禮其掌客所云謂飧饔餼之大禮公食大夫是諸侯食大夫之禮若曰食特牲者二簋少牢者四簋故玉藻云少牢五俎四簋然則大牢者六簋上肥羜釃酒爲燕禮此是食禮互陳之也知是食禮者燕禮主於飲酒無飯食則此簋盛黍稷是食禮可知周禮地官舂人云凡饗食供食米則饗禮有黍稷矣但饗主於飲不主於食此經不言酒殽獨陳八簋假令與上釃酒并爲一事亦不得爲饗禮何者饗亨太牢以飲賓不得用未成羊羜也但於肥羜之下既言以速諸父又別言於粲洒埽以速諸舅明二者又爲一禮上句爲燕下句爲食燕言諸父食言諸舅互文以相通也推此明以兼有饗矣但文不見饗耳

伐木于阪釃酒有衍衍美貌箋云此言伐木于阪亦本之也○籩豆有踐兄弟無遠箋云踐陳列貌兄弟父之黨母之黨民之失德乾餱以愆

餱食也箋云失德謂見謗訕也民尚以乾餱之食獲愆過於人況天子之饌反可以恨兄弟乎故不當遠之○餱音侯爾雅云餥餱食也愆起虔反訕於諫反饌士戀反遠于萬反亦如字○**有酒湑我無酒酤我**湑莤之也酤一宿酒也箋云酤買也此族人陳王之恩也王有酒則泲莤之王無酒酤買之要欲厚於族人○湑本又作醑思敘反酤毛音戶說文同鄭音顧又音沽莤所六反與左傳縮酒同義謂以茅泲之而去其糟也字從艸泲子禮反○**坎坎鼓我蹲蹲舞我**蹲蹲舞貌箋云為我擊鼓坎坎然為我興舞蹲蹲然謂以樂樂已○坎如字說文作竷音同云舞曲也蹲七旬反本或作墫同爾雅云喜也說文云士舞也從士尊為于僞反下同樂樂上音岳下音洛**迨我暇矣飲此湑矣**箋云迨及也此又述王意也王曰及我今之閒暇共飲此湑酒欲其無不醉之意○迨音待閒音閑

【疏】伐木至湑矣○毛以為伐木於阪以驚鳥喻朋友切磋以成道也由朋友相成如此故今以筐釃其酒行然而美以燕之既有酒矣又籩豆有踐然行列而陳之矣兄弟親戚無有疏遠皆使召之而與之燕也王又自言已不可不召族人之意下民之失德見謗訕者以何故乎正由乾餱之食不分於

人以獲愆過乾餱之食尚以獲愆況天子之饌可不名親戚令之恨乎故盡名而燕之族人陳王之恩言王有酒則湑泲之以飲我王無酒則卒造一宿之酤酒以與我於時坎坎然擊鼓以娛我蹲蹲然興舞以樂我是王恩甚厚矣王又謂族人曰汝族人今日正及我閒暇矣共汝飲此湑酒矣言已卒有閒暇而爲此飲其意欲令族人以不醉是王之恩厚也○鄭以伐木於阪亦本之酤買爲異餘同○箋兄弟父至母之黨○正義曰以上言諸父爲父黨則諸舅爲母黨此言兄弟父舅二文故知父黨母黨也祇有同姓異姓庶姓同姓揔上王之同宗是父之黨也異姓王舅之親庶姓與王無親者天子於諸侯非同姓皆曰舅不由有親無親則舅與又以兼庶姓矣其中容有舅甥之親故通言母之黨也父黨母黨得同曰兄弟者兄弟是相親之辭因推而廣之異姓亦得言之故釋親云父之黨爲宗族母與妻之黨爲兄弟是母黨爲兄弟之文也此不言妻黨者以舅是母黨之稱故特言母耳其實妻黨亦曰兄弟釋親又曰妻之父爲婚兄弟壻之父爲姻兄弟是也兄弟必兼言母黨者以甥舅之親與同姓等故頍弁諸公刺王不能燕樂同姓而經曰豈伊異人兄弟甥舅是也若然兄弟揔辭而下箋獨言族人陳王之恩者以兄弟雖父黨兼言母黨而父黨爲正故下特云族人也此燕朋友故舊

非燕族人據族人爲朋友者互說耳舉族可以兼異姓及應姓矣。箋反可以恨兄弟乎。正義曰定恨作限恐非也。傳酤一宿酒。正義曰毛以爲言無酒明是卒爲之故云一宿酒蓋於時有之箋以經傳無名一宿酒爲酤者既有一宿之酒不得謂之無酒論語云酤酒市脯不食是古買酒爲酤酒故易之爲酤買也。箋爲我至樂已。正義曰兄弟陳王之厚已使人爲之鼓舞言爲我者以樂由已而故作也禮記天子食三老五更於大學冕而摠干親在舞位知此非王自舞者食三老五更重禮示敬故王親舞之此與故舊燕樂不當王親舞也若言王身親舞豈亦親擊鼓乎以此知使人爲之

伐木六章章六句

天保下報上也君能下下以成其政臣能歸美以報其上焉下下謂鹿鳴至伐木皆君所以下臣也臣亦宜歸美於王以崇君之尊而福祿之以答其歌。下下俱戶嫁反注下及下臣同

【疏】天保六章章六句至上焉。正義曰作天保詩者言下報上也謂臣下作詩歌君之美言天保神祐福祿所鍾君雖賢然由臣所詠是臣下歸美以報其上序又申之言君能下其臣下燕饗

遊勞謂鹿鳴至伐木之歌以成其國之政教故臣亦宜歸美於君作天保之歌以報荅其上焉然詩者志也各自吟詠六篇之作非是一人而已此爲荅上篇之歌者但聖人示法義取相成此鹿鳴至伐木於前此篇繼之於後以著義非此故荅上篇也何則上五篇非一人所作又作彼者不與此計議何相報之有鄭云亦宜者示法耳非故報也此篇六章皆言王受多福是歸美之事。

天保定爾亦孔之固固堅也箋云保安爾女也女王也天之安定女亦甚堅固

俾爾單厚何福不除俾使單信也或曰單厚也除開也箋云單盡也天使女盡厚天下之民何福而不開皆開出以予之。俾必以反單毛都但反鄭音丹除治慮反注同。

俾爾多益以莫不庶庶衆也箋云莫無也使女每物益多以是故無不衆也。

【疏】天保至不庶。毛於單字自作兩解以爲作者見時人物得所生業日隆歌而稱之以告王言天之安定汝王位亦甚堅固矣何者天使汝誠信愛厚天下臣民卽知何等福不開出與之天又使汝天下每物皆多有所益以是之故物無不衆多也每物衆多是安定汝王位甚堅固也毛又云單厚者天使汝以厚德厚天下耳。鄭以爲盡厚天下爲異餘同言亦孔之固亦語辭猶不亦宜乎。箋云使至予之。正義曰此章言福謂王得福也下章乃言臣民受天祿耳王能愛厚下民德當天意然後天降之福但王能布德亦天爲之故云天使汝盡厚天下之民何福而不開言何廣辭故云皆開出予之言開者若有閉藏畜積今開出之然此云開出予之據天授與王下言受天百祿據臣受天祿亦相通也。**天保定爾俾爾戩穀罄無不宜受天百祿**戩福穀祿罄盡也箋云天使女所福祿之人謂羣臣也其舉事盡得其宜受天之多祿。戩子淺反**降爾遐福維日不足**箋云遐遠也天又下予女以廣遠之福使天下溥蒙之汲汲然如日且不足也。汲已及反。疏天保至不足。正義曰言天安定汝之王位故使汝所福祿之人朝廷羣臣等盡無有不宜其舉事皆得其所而受天百祿羣臣之外天又下與汝廣遠之福及天下之民汲汲而欲下之維恐日日不足言天之使汝臣民俱受天福是安定汝也羣臣受王爵位故謂羣臣爲汝所授福祿之人。**天保定爾以莫不興**箋云興盛也無不盛者使萬物皆盛草木暢茂禽獸碩大**如山如阜如岡如陵**言廣厚也高平曰陸大陵曰阜大阜曰陵箋云此言其福祿委積高大也**如川之方至以莫不增**箋云川之方至謂其水縱長之時也萬物之收皆增多也○縱足用反長張丈反○〔疏〕傳高平至曰陵○正義曰釋地文李巡曰高平謂土地豐正名為陸土地獨高大名曰阜最大名為陵○箋此言至高大○正義曰言所委聚所累積而高大也地官遺人注云少曰委多曰積積者以遺人當米粟者有限言三十里有委五十里有積對例故為少多耳此則無例也○**吉蠲為饎是用孝享**吉善蠲絜也饎酒食也享獻也箋云謂將祭祀也○蠲古玄反舊音堅饎尺志反享許丈反○**禴祠烝嘗于公先王**春曰祠夏曰禴秋曰嘗冬曰烝公事也箋云公先公謂后稷至諸盩○禴本又作礿餘若反祠嗣絲反烝之丞反盩直留反周大王父名**君曰卜爾萬壽無疆**君先君也尸所以象神卜予也箋云君曰卜爾者尸嘏主人傳神辭也○疆居良反嘏古雅反傳直專反

〔疏〕吉蠲至無疆○毛以王既為天安定民事已成乃善絜為酒食之饌是用致孝敬之心而獻之所獻者將以為禴祠烝嘗之祭往事其先王由王齊敬絜誠神歆降福先君之尸嘏予主人曰予爾萬年之壽無有疆畔境界言民神相

悅所以能受多福也○鄭以公爲先公言爲此禴祠烝嘗之祭於先公先王之廟也餘同○箋謂將祭祀○正義曰以下文始云禴祠烝嘗故知將祭祀致其意○傳春曰至曰烝○正義曰釋天文孫炎曰祠之言食礿新菜可汋嘗嘗新穀烝進品物也若以四時當云祠禴嘗烝詩以便文故不依先後此皆周禮文自殷以上則禴禘嘗烝王制文也至周公則去夏禘之名以春禴當之更名春曰祠故禘祫志云王制記先王之法度宗廟之祭春曰禴夏曰禘秋曰嘗冬曰烝祫爲大祭於夏於秋於冬周公制禮乃改夏爲禴禘又爲大祭祭義注云周以禘爲殷祭更名春曰祠是祠禴嘗烝之名周公制禮之所改也若然文王之詩所以已得有制禮所改之名者然王者因革與世而遷事雖制禮大定要以所改有漸易曰不如西鄰之禴祭鄭注爲夏祭之名則文王時已改言周公者據制禮大定言之耳公事釋詁文○箋公先至諸盩○正義曰毛以上雖言獻之未是祭時故以公爲事舉先王公從可知也鄭以孝享以致其意文王之祭實及先公故以爲先公也經於公上不言先者以先王在公後王尙言先則公爲先可知故省文以宛句也先公謂后稷至諸盩俗本皆然定本云諸盩至不窋疑定本誤中庸注云先公祖紺以上至后稷也司服注云先公不窋至諸盩天作箋云諸盩至不窋所

以同是先公而注異者以周之所追太王以下其太王之前皆爲先公而后稷周之始祖其爲先公書傳分明故或通數之或不數之此箋后稷至諸盩中庸注組紺以上至后稷也組紺卽諸盩大王父也一上一下同數后稷也司服注不窋至諸盩天作箋諸盩至不窋亦一上一下不數后稷皆取便通無義例也何者以此及天作俱爲祭詩同有先王先公義同而注異無例明矣此歌文王之事又別時祭之名文王時祭所及先公不過組紺亞圉后稷而已皆后稷至諸盩者傳以公爲事箋易之爲先公因廣舉先公之數以明易傳之意不謂時祭盡及先公也○傳先君至象神○正義曰以經陳祭事故君爲先君也言曰卜爾是詁辭故知尸也而稱君者尸所以象神由象先君之神傳先君之意以致福故箋申之云君曰卜爾者尸嘏主人傳神辭也卽少牢云皇尸命工祝承致多福無疆于汝孝孫之等是傳神辭嘏主人也尸神象郊特牲文

神之弔矣詒爾多福弔至詒遺也箋云神至者宗廟致敬鬼神著矣此之謂也○弔都歷反詒以之反遺唯季反○

民之質矣日用飲食質成也箋云成平也民事平以禮飲食相燕樂而已○燕樂音洛○

羣黎百姓徧爲爾德百姓百官族姓也箋云黎

衆也羣衆百姓徧爲女之德言則而象之○徧音遍【疏】神之至爾德○正義曰此承上厚人事神之後反而本之言王已致神之來至矣遺汝王以多福又使民之事平矣日用相與飲食爲樂其羣衆百姓之臣徧皆爲汝之德言法效之汝既人定事治羣下樂德是爲天安定王業使君聖臣賢上下皆善也

如月之恆如日之升恆弦升出也言俱進也箋云月上弦而就盈日始出而就明○恆本亦作縆同古鄧反沈古恆反○如南山之壽不騫不崩騫虧也○騫起虔反如松柏之茂無不爾或承箋云或之言有也如松柏之枝葉常茂盛青青相承無衰落也【疏】如月至或承○正義曰上章天安王位此章說堅固之狀言王德位日隆有進無退如日○月之上弦稍就盈滿如日之出稍益明盛王既德位如是天定其基業長久且又堅固如南山之壽不騫虧不崩壞故常得隆盛如松柏之木枝葉恆茂無不於爾有承如松柏之葉新故相承代常無彫落猶王子孫世嗣相承恆無衰也○箋月上至就明○正義曰弦有上下知上弦者以對如日之升是益進之義故知上弦矣日月在朔交會俱右行於天日遲月疾從朔而分至三日月去日已當二次始死魄而出漸

漸遠日而月光稍長八日九日大率月體正半昏而中似弓之張而弦直謂上弦也後漸進至十五十六日月體滿與日正相當謂之望云體滿而相望也從此後漸虧至二十三日二十四日亦正半在謂之下弦於後亦漸虧至晦而盡也以取漸進之義故言上弦不云望集本定本經字作恆

天保六章章六句

采薇遣戍役也文王之時西有昆夷之患北有玁狁之難以天子之命命將率遣戍役以守衛中國故歌采薇以遣之出車以勞還杕杜以勤歸也文王爲西伯服事殷之時也昆夷西戎也天子殷王也戍守也西伯以殷王之命命其屬爲將率將戍役禦西戎及北狄之難歌采薇以遣之杕杜勤歸者以其勤勞之故於其歸歌杕杜以休息之○薇音微昆本又作混古門反玁本或作獫音險狁音允本亦作允難乃旦反注皆同將率子亮反下所類反本亦作帥同注及後篇將率皆同勞力

報反後篇勞還皆同杕大討反

【疏】采薇六章章六句至勤歸。○正義曰：作采薇詩者，遣戍役也。戍，守也。謂遣守衛中國之役人。文王之時，西方有昆夷之患，北方有玁狁之難，來侵犯中國。文王乃以天子殷王之命，命其屬爲將率，遣屯戍之役人，北攘玁狁，西伐西戎，以防守扞衛中國。故歌此采薇以遣之，及其還也，歌出車以勞將帥之還，歌杕杜以勤戍役之歸。是故作此三篇之詩也。昆夷言患，玁狁言難，患難一也，變其文耳。患難者，謂與中國爲難，非獨周也。故即變云守衛中國，明中國皆被其患，不獨守衛周國而已。此與出車五言玁狁，唯一云西戎，序先言昆夷者，以昆夷侵周爲患之切，故先言之。玁狁大於西戎，出師主伐玁狁，故戒勑戍役以玁狁爲主，而略於西戎也。言命將帥，遣戍役者，將無常人，臨事命卿士爲之，故云命也。其戍役則名民而遣之，不待加命，故云遣也。命將帥所以率戍役，而序言遣戍役者，以將帥者與君共同憂務，其戍役則身處卑賤，非有憂國之情，不免君命而行耳。文王爲愧○之情深，殷勤於戍役，簡略將帥，故此篇之作，遣戍役爲主。上三章遣戍役之辭，四章、五章以論將帥之行，爲率領戍役而言也。卒章揔序往反。六章皆爲遣戍役也，以主遣戍役，故經先戍役，後言將帥。其實將帥尊，故序先言命將帥，後言遣戍役。言歌采薇以遣之者，正謂述其所遣之辭以作詩後乃歌因謂本所遣之辭爲歌也出車以勞還杕杜以勤歸不言歌者蒙上歌文也勤勞一也勞者陳其功勞勤者陳其勤苦但變文耳還與歸一也還謂自役而反歸據嚮家之辭但所從言之異耳出車序云勞還帥杕杜序云勞還役俱言還並云勞明還歸義同勤勞不異也此序并言出車杕杜者以三篇同是一事共相首尾故因其遣而言其歸所以省文也○箋文王至患之○正義曰西方曰戎夷是揔名此序云昆夷之患出車云薄伐西戎明其一也故知昆夷西戎也文王於時事殷王也若非其屬無由命之故知以文王之命命其屬爲將帥其屬謂南仲出車經稱赫赫南仲玁狁于襄又曰赫赫南仲薄伐西戎則南仲一出并禦西戎及北狄之難也皇甫謐帝王世紀曰文王受命四年周正月丙子混昆夷氏侵周一日三至周之東門文王閉門脩德而不與戰昆夷進來不與戰明退即伐之也尚書傳四年伐犬夷注云犬夷昆夷也四年伐之南仲一行并平二寇下箋云玁狁大故以爲始以爲終以書傳不言四年伐玁狁而言伐犬夷作者之意偶言耳以天子之命命將帥則伐犬夷者紂命之矣書序云殷始咎周注云紂聞文王斷虞芮之訟又三伐皆勝始畏惡之拘於羑里紂命之使伐勝而惡之者紂以戎狄交侵須加防禦文王請伐便即命之但往克敵功德益高人

望將移故畏惡之耳上三章同遣戍役以薇爲行期而言作止柔止剛止三者不同則行非一輩故首章箋云先輩可以行言先對後之辭則二章爲中輩三章爲後輩矣二章傳曰柔始生也兵若一輩而遣則不得剛柔別章若異輩而行不應以三章爲二輩則毛意柔亦中輩言始生者對剛爲生之久柔謂初生耳若對作止之柔在作後矣與鄭脆脆同也莊二十九年左傳曰凡馬日中而出謂春分也出車曰我出我車于彼牧矣出車就馬於牧地則是春分後也中氣所在雖無常定大抵在月中旬也中旬之後始出車就馬則首章二月下旬遣二章三月上旬遣三章三月中旬遣矣故卒章言昔我往矣楊柳依依是爲二月之末三月之中事也

采薇采薇薇亦作止薇菜作生也箋云西伯將遣戍役先與之期以采薇之時今薇生矣先輩可以行也重言采薇者丁寧行期也○重直用反下重敘同

○**曰歸曰歸歲亦莫止**箋云莫晚也曰女何時歸乎亦歲晚之時乃得歸也又丁寧歸期定其心也○莫音暮本或作暮協韻武博反

靡室靡家玁狁之故不遑啓居玁狁之故玁狁北狄也箋云北狄今匈奴也○故無遑暇啓跪也古者師出不踰時今薇菜生而

行歲晚乃得歸使女無室家夫婦之道不暇跪居者有玁狁之難故曉之也○【疏】采薇至之故○正義曰文王將以出伐豫戒戍役期云采薇之時兵當出也王至期時乃遣戍役而告之曰我本期以采薇之時今薇亦生止是本期已至汝先輩可以行矣既遣其行告之歸期曰何時歸曰何時歸必至歲亦莫止之時乃得歸言歸必將晚所以使汝無室無家不得夫婦之道聚居止者正由玁狁之故又不得閒暇而跪處者亦由玁狁之故序其中情告之是故使之懷恩而怒寇也○箋西伯至行期○正義曰知先與之期者以此章遣時之言也以薇亦作止報采薇采薇是先有此言也故知先與之期重言采薇者是丁寧行期也必先言期者以道遠敵強還歸必晚故豫告行期令之裝束也月令云仲春之月無作大事孟秋乃命將帥不待孟秋而仲春遣兵者以患難既偪不暇待秋故也○箋莫晚至其心○正義曰集本定本暮作莫古字通用也必告以歲晚之時乃得歸者緣行者欲知之且古者師出不踰時今從仲春涉冬若不豫告恐一時望還故丁寧歸期定其心也既師出不踰時而文王過之者聖人觀敵強弱臨事制宜撫巡以道雖久不困高宗之伐鬼方周公之征四國皆三年乃歸文王之於此行歲莫始反人無怨言故載以為法然若出車曰春日遲遲薄言旋歸則此

戍役以明年之春始得歸矣期云歲暮暮實未歸文王若實不知則無以爲聖知而不告則無以爲信且將帥受命而行不容違犯法度安得棄君之戒致令淹久者玁狁昆夷二方大敵將使一勞久逸暫費永寧文王知事未卒平役不早反故致此遠期息彼近望歲暮言歸已期久矣焉可更延期約復至後年但寇既未平不可守兹小諒將帥亦當請命而留非是故違期限聖人者窮理盡神顯仁藏用若使將來之事豫以告人則日者卜祝之流安得謂之聖也○采薇采薇薇亦柔止柔始生也箋云柔謂脃脕之時○脃七歲反脕音問或作早晚字非也○曰歸曰歸心亦憂止箋云憂止者憂其歸期將晚憂心烈烈載飢載渴箋云烈烈憂貌則飢則渴言其苦也我戍未定靡使歸聘聘問也箋云定止也我方守於北狄未得止息無所使歸問言所以憂○靡使如字本又作靡所○【疏】采薇至歸聘○正義曰王遣戍役戒之云我本期以采薇之時遣汝今薇亦始生柔脆矣汝中輩可以行矣曰歸曰歸汝所歸期會至歲暮汝心亦憂其晚矣然始得歸汝所以憂心烈烈然者以道路之中則有飢則有渴勞苦甚矣汝又言我方戍於北狄未得止

定無人使歸問家安否所以憂也序其憂勞亦知其意也○箋采謂至脆脆之時○正義曰定本作脆腝之時○傳聘問○正義曰聘問俱是謂問安否之義散則通對則別故綿箋云小聘。問以鄉大夫殊其文故爲大小耳○**采薇**

采薇薇亦剛止少而剛也箋云剛謂少堅忍時**曰歸曰歸歲亦陽止**陽歷陽月也箋云十月爲陽時坤用事嫌於無陽故以名此月爲陽○坤本亦作巛困魂反○**王事靡盬不遑啓處**箋云盬不堅固也處猶居也○**憂心孔疚我行不來**疚病來至也箋云我戍役自我也來猶反也據家曰來○疚久又反

疏傳陽歷陽月○正義曰毛以陽爲十月解名爲陽月之意以十一月爲始陰消陽息復卦用事至四月純乾用事五月受之以姤陽消陰息至九月而剝仍一陽在至十月而陽盡爲坤則從十一月至九月凡十有一月已經歷此有陽之月而至坤爲十月故云歷陽月以類上莫止則不得歷過十月明義爲然○箋十月至爲陽○正義曰鄭以傳言涉歷陽月不據十月故從爾雅釋天云十月爲陽本所以名十月爲陽者時純坤用事而嫌於無陽故名此月爲陽也定本無爲陽二字直云故以名此月焉知爲嫌

者君子愛陽而惡陰故以陽名之實陰陽而得陽名者以分陰分陽迭用柔剛十二月之消息見其用事耳其實陰陽恆有詩緯曰陽生酉仲陰生戌仲是十月中兼有陰陽也四月秀葽靡草死豈無陰乎明陰陽常兼有也易文言曰陰疑於陽必戰爲其嫌於無陽故稱陽焉鄭云嫌讀如羣公慊之慊古書篆作立心與水相近讀者失之故作溓溓雜也陰謂此上六也陽謂今消息用事乾也上六爲蛇得乾氣雜似龍知此不與彼說同者彼說坤卦自以上六爻辰在巳爲義已至四月故消息爲乾非十月也且文言慊於無陽爲心邊兼鄭從水邊兼初無嫌字知與此異孫炎即是鄭玄之徒其注爾雅與郭璞皆云嫌於無陽故名之爲陽是也○**彼爾維何維常之華**爾華盛貌常常棣也箋云此言彼爾者乃常棣之華以興將率車馬服飾之盛○爾乃禮反注同說文作薾○**彼路斯何君子之車**箋云斯此也君子謂將率**戎車既駕四牡業業**業業然壯也○業如字又魚及反或五盍反**豈敢定居一月三捷**捷勝也箋云定止也將率之志往至所征之地不敢止而居處自安也往則庶乎一月之中三有勝功謂侵也伐也戰也○三息暫反又如字 疏

彼爾至三捷。正義曰戍役之行隨從將帥故將帥之車言
彼爾然而盛者何木之華乎維常棣之華以喻彼路車者斯
何人之車乎維君子之車常棣之華色美以喻君子車飾盛
也爾是華貌路是車名貌不可言故以車名爲華貌也君子
既有此美盛之戎車駕之以行戎車既駕矣四牡之馬業業
然而壯健將帥乘此以行至於所征之地豈敢安定其居乎
庶幾於一月之中三有勝功是其所以勞也。箋君子謂將
率。正義曰以其乘路車而稱君子故知謂將帥將帥則命
卿南仲雖爲元帥時未稱王無三公亦不過命卿也卿車得
稱路者左傳鄭子蟜卒赴于晉晉請王追賜之以大路以行
禮也又叔孫豹聘于王王賜之大路是卿車得稱路也故鄭
箴膏肓云卿以上所乘車皆曰大路詩云彼路斯何君子之
車此大夫之車稱路也王制卿爲大夫是鄭以此詩將帥爲
文王之命大夫故引王制以明之。箋三有至戰也。正義
曰此侵伐戰三傳之說皆異左傳有鍾鼓曰伐無曰侵皆陳
曰戰穀梁拘人民驅牛馬曰侵斬樹木壞宮室曰伐公羊稱
觕者侵精者伐是也周禮大司馬職曰賊賢害仁則伐之負
固不服則侵之注引春秋傳曰精者曰伐又曰有鍾鼓曰伐
則伐者兵入其境鳴鍾鼓以往所以聲其罪侵者兵加其境
而已用兵淺者然則鄭參用三傳之文也周禮九伐相對故

侵爲用兵淺者其實侵名但無鍾鼓耳雖深入亦謂之侵故僖四年諸侯侵蔡蔡潰遂伐楚是深入名侵也伐名施於重入境雖淺亦名伐故經云莒人伐我東鄙及齊侯伐我北鄙纔伐界上是淺亦稱伐也侵伐則主國之師未起直入境而行之若主國出而禦之則曰戰故左傳皆陳曰戰此言庶乎一月之中三有勝功者謂侵伐戰於三事之內望有勝功非謂三者之中惟有一勝功耳此侵伐戰用師之大名故略舉之非如春秋用兵之例三者之外仍有故取襲克圍滅入之名

駕彼四牡四牡騤騤君子所依小人所腓騤騤彊也腓辟也箋云腓當作芘此言戎車者將率之所依乘戍役之所芘倚○騤求龜反腓符非反鄭必寐反倚其綺反舊於蟻反○

四牡翼翼象弭魚服翼翼閑也象弭弓反末也所以解紒也魚服魚皮也箋云弭弓反末彆者以象骨爲之以助御者解轡紒宜滑也服矢服也○弭彌氏反紒音計又音結本又作紛芳云反彆說文方血反又邊之入聲埤蒼云弓末反戾也

豈不日戒玁狁孔棘箋云戒警勑軍事也孔甚棘急也言君子小人豈不日相警戒乎誠曰相警戒也玁狁之難甚急豫述其苦以勸之○日戒音越又人栗反警

音景【疏】駕彼至孔棘○毛以爲王遣戍役言其所從將帥駕彼四牡之馬以行其四牡之馬騤騤然甚壯健故將帥君子之所依乘戍役小人之所避患言小人倚此將帥戰車以避前敵來戰之患也往至所征之地則又習戰備其兵車所駕四牡之馬翼翼然閑習其弓則以象骨爲之弭其矢則以魚皮爲服軍既閑習器械又備於時君子小人豈不日相警戒乎誠相警戒以獵狁之難甚急是故汝等勞苦豫述以勸之○鄭唯以戎車戍役之所庇倚爲異餘同○傳腓辟○正義曰傳文質畧王述之云所以避患也鄭以君子所依依戎車也小人所腓亦當腓戎車安得更有避患義故易之爲庇言戍役之所庇倚謂依廕也文七年左傳云公室○者公室之所庇廕是也○傳象弭至魚皮○正義曰釋器云弓有緣者謂之弓孫炎曰緣謂繫束而漆之又曰無緣者謂之弭孫炎曰不以繫束骨飾兩頭者也然則弭者弓稍之名以象骨爲之是弓之末弭弛之則反曲故云象弭爲弓反末也緪索有結用以解之故曰所以解紛也紛與結義同魚服以魚皮爲矢服故云魚服魚皮左傳曰歸夫人魚軒服虔云魚獸名則魚皮又可以飾車也陸機疏曰魚服魚獸之皮也魚獸似猪東海有之其皮背上班文腹下純青今以爲可○弓韃步乂者也其皮雖乾燥以爲弓韃矢服經年海水潮及天將雨

其毛皆起水潮還及天晴其毛復如故雖在數千里外可以知海水之潮自相感也○箋弭弓至矢服○正義曰此申說傳義也說文云彆方結反云弓戾也言象弭謂弓反末彆戾之處以象骨爲之也傳云解紛不知解何繩之紛故申之助御者解轡紛也兵車三人同載左人持弓中人御車各專其事尚書左不攻於左汝不能恭命御非其馬之正汝不恭命是職司別矣而言助御解轡紛者御人自當佩角不專待射者解結弭之用骨自是弓之所宜亦不爲解轡而設但巧者作器因物取用以弓必須骨故用滑象若轡或有紛可以助解之耳非專爲代御者解紛設此象弭也夏官司弓人職曰仲秋獻矢服注云服盛矢器也以獸皮爲之是矢器謂之服也○**昔我往矣楊柳依依**

今我來思雨雪霏霏楊柳蒲柳也霏霏甚也箋云我來戍止而謂始反時也上三章言戍役次二章言將率之行故此章重序其往反之時極言其苦以說之○昔韓詩云昔始也雨于付反霏芳菲反說音悅○**行道遲遲載渴載飢**遲遲長遠也箋云行反在於道路猶飢渴言至苦也**我心傷悲莫知我哀**君子能盡人之情故人忘其死〔疏〕昔我至我哀○正義曰此遣戍

役豫敘得還之日揔述往反之辭汝戍守役等至歲暮還反之時當云昔出家往矣之時楊柳依依然今我來思事得還返又遇雨雪霏霏然既許歲晚而歸故豫言來將遇雨雪也於時行在長遠之道遲遲然則渴則有飢得不云我心甚傷悲矣莫有知我之哀者述其勞苦言已知其情所以悅之使民忘其勞也○箋我來戍役止而謂始反時○正義曰定本無役字其理是也

采薇六章章八句

附釋音毛詩注疏卷第九〔九之三〕

南昌盧氏宣旬校栞

黃中栻栞

毛詩注疏挍勘記（九之三）

阮元撰盧宣旬摘錄

○伐木

而後言父舅先兄弟　閩本明監本毛本先誤及案此當重父舅二字別以父舅先兄弟五字爲一句

是此篇皆有義意　閩本明監本毛本同案此當作比形近之譌

傳意以此伐木鳥鳴　閩本明監本毛本同案傳當作彼彼者彼爾雅也

具解丁丁嚶嚶之義　閩本明監本毛本同案具當作其形近之譌

伐木許許　小字本相臺本同唐石經初刻滸滸後去水旁案正義云其柿許許然下文同釋文云許許呼古反是其本皆作許不從水後漢書朱穆傳顏氏家訓書證引作滸滸卽沈所云呼古反是也讀許爲滸遂破爲滸而引之凡羣書引詩文多不同者往往類此非毛氏詩別有作滸之本唐石經初刻誤所謂字體乖師法也

許許柹貌 閩本明監本毛本同小字本相臺本柹作柿案柹字是也五經文字云柹芳吠反見詩注謂此也說文柹削木札樸也從木朩聲十行本正義中皆作柿不誤閩本以下皆誤爲柹釋文云柹孚廢反又側几反上一音是也下一音即宜從朿非也因又并誤大字爲柹詳後考證

此言許者伐木許許之人 小字本同閩本明監本毛本同相臺本言下許字作前考文古本同案前字是也正義云鄭以嚮時與文王伐木許許之人以嚮時解前者也

今以召族之飲酒 閩本明監本毛本同小字本相臺本之作人考文一本同案人字是也

以許許非聲之狀 閩本明監本毛本同案之當作非七月正義云沖沖非貌非聲是其比也

東西二伯 閩本明監本毛本同案此不誤浦鏜云非記文疑衍非也正義說以上記文是東西二伯以下記文乃州牧之伯所以曉人也但伯下當脫是也二字因此脫而下文乃衍禮記二字矣

禮記注云牧尊於大國之君 閩本明監本毛本同案浦鏜云禮記二字當衍是也

昔伯舅大公佐我先王閩本明監本毛本同案佐當作佑左傳作右

而周公之國故擊鼜伯禽閩本明監本毛本同案之上當脫不字擊衍字也凡一脫一衍多是寫書人自覺其誤而如此後遂忘更正耳山井鼎云擊作事當是剜也

王曰父義和閩本明監本毛本同案浦鏜云義誤羲是也

上大夫六籩閩本明監本毛本同案浦鏜云八誤六是也

欲令族人以不醉閩本明監本毛本同案浦鏜云以當無字誤是也

此言兄弟父舅二文閩本明監本毛本同案浦鏜云兄弟下當脫揔上二字是也

同姓揔上王之同宗閩本明監本毛本同案浦鏜云揔上二字當衍文是也

正義曰定恨作限閩本明監本毛本同案定下當有本字

伐木六章章六句唐石經小字本相臺本同閩本明監本毛本同案序下標起止云伐木六章章六句

正義又云燕故舊即二章卒章上二句是也燕朋友即二章諸父諸舅卒章兄弟無遠是也與標起止不合當是正義本自作三章章十二句經注本作六章章六句者其誤始於唐石經也合併經注正義時又誤改標起止耳

○天保

此鹿鳴至伐木於前 閩本明監本毛本同案此當作比

生業日隆 閩本明監本毛本生誤王

即知何等福不開出與之 閩本明監本毛本同案箋作予正義作與予與古今字易而說之也例見前正義又云故云皆開出予之此云開出予之仍作予複舉箋而順其文不同此例皆文古本改箋亦作與誤采此所易之今字

大陵曰阜 小字本相臺本陵作陸閩本明監本毛本同案陸字是也

多曰積積者 閩本明監本毛本同案下積字當作異謂此箋以委積皆爲多似與彼注分委積爲

多少者與盧文弨云其上當有脱文浦鏜云積及下當粟米者有限凡七字疑衍皆非

先君之尸嘏予主人曰閩本明監本毛本予誤于

要以所改有漸閩本明監本毛本同案浦鏜云亦誤以是也盧文弨云爾雅疏作亦

故省文以宛句也閩本明監本毛本同案宛當作婉

言法效之也閩本明監本毛本效誤効案効卽效訛俗字也餘同此

如月之恒唐石經小字本相臺本同案正義云集注定本絙作恒是正義本作絙字也釋文云恒本亦作絙恒絙字同考工記恒角而短注鄭司農云恒讀爲裻絙之絙絙亦同見廣韻考此經字說文二部引詩曰如月之恒當以集注定本爲長

如日月之上弦閩本明監本毛本同案浦鏜云日當衍字是也

如日之出閩本明監本毛本同案出上當有始字因上文衍日而此脱也

月去日已當二次閩本明監本毛本同案二當作一三十度十六分度之七爲一次月去日日十二度十九分度之七計三日去合朔二日月去日二十四度十四分近一次故月已當一次

集本定本閩本明監本毛本同案浦鏜云集本當集注之誤後並同是也

○采薇

章六句閩本明監本毛本同案浦鏜云入誤六是也

歌出車以勞將帥之還閩本明監本毛本同案序作率正義作帥率帥古今字易而說之也例見前餘同此釋文云率本亦作帥非正義本也正義上文複舉序云命其屬爲將率仍作率是其證○案舊校非也

文王爲愧之情深閩本明監本毛本愧作恤案所改是也

後人歌因謂本所遣之辭爲歌也閩本明監本毛本同案人當作入

故知以文王之命閩本同明監本毛本之命誤倒案十行本知以文剜添者一字是文字衍也序云以天子之命可證言王者順上云事殷王也

周正月丙子朔閩本明監本毛本同案浦鏜云朔當朔字誤是也縣正義引無此字

歲亦莫止唐石經小字本相臺本同案正義云集注定本暮作莫古字通用也釋文云莫本或作暮依此或東方未明蟋蟀小明雲漢經諸莫字正義本皆作暮但未有明文不可意必求之也

今薇菜生而行閩本明監本毛本同小字本相臺本無菜字考文古本同案無者是也

歲亦莫止之時閩本明監本毛本同案莫當作暮下標起止箋莫晚同

然若出車曰閩本明監本毛本同案然若二字當倒

暫費永久寧閩本明監本毛本同案浦鏜云久字當衍是也

謂脕晚之時毛本脕誤晚明監本以上皆不誤案釋文云脕音問或作早晚字非也毛本偶合其誤五

經文字内部云脆脕見詩注謂此也内則注作娩又作免皆同正義云定本作脆脕之時當以正義釋文本爲長

靡使歸聘　唐石經小字本相臺本同案釋文云本又作靡所考正義云無人使歸問家安否是正義本作使字又作本因箋無所使歸問而誤耳

然始得歸汝所以憂心烈烈然者　閩本明監本毛本脫始得歸三字

故綿箋云小聘問　閩本明監本毛本綿誤歸案問上浦鏜云當脫曰字是也

故以名此月爲陽　小字本相臺本同案此正義本也正義云定本無爲陽二字直云故以名此月焉當以定本爲長

實陰陽而得陽名者　閩本明監本毛本同案上陽字當作月

爲其嫌於無陽　閩本明監本毛本同案嫌當作慊下正義云且文言慊於無陽爲心邊兼可證又無字當衍

故稱陽焉　閩本明監本同案陽當作龍

鄭云嫌讀如羣公慊之慊　閩本明監本毛本同案嫌當作慊二慊字皆當作廉下正義云鄭從水邊兼初無嫌字可證○按羣公濂卽今公羊傳之羣公廩也作㢘者非古本

讀者失之故作濂　閩本明監本毛本同案濂當作慊

且文言慊於無陽　閩本明監本毛本同案無字當衍

故將師之車言　閩本明監本毛本同案言字當在將字上錯在車下

賊賢害仁則伐之　閩本明監本毛本同案浦鏜云民誤仁是也所父正義引作民

仍有故取襲克圍滅入之名　閩本同明監本毛本入誤人案山井鼎云故恐攻誤是也

腓辟也　小字本相臺本同案正義作避釋文腓下云毛云避也皆易字之例

所以解紛也　小字本相臺本同案正義云紒與結義同釋文云紒音計又音結本又作紛芳云反段玉裁云說文弁下作紒以紒爲長

宜滑也　小字本相臺本同考文古本同閩本明監本毛本滑作骨十行本初刻滑剜改骨案滑字是也

豈不日戒　小字本相臺本同閩本明監本毛本同唐石經初刻日後改日案釋文云日音越又人栗反上一音是也下一音字即宜作日非也箋意是日字

豈不日相警戒乎　小字本相臺本同閩本明監本毛本同案日當作曰正義中同

左傳云公室者　閩本明監本毛本同案山井鼎云室作族爲是是也

今以爲可弓韔步乂者也　閩本明監本毛本同案浦鏜云可衍字是也

說文云彆方結反云弓戾也　閩本明監本毛本同案十行本反云弓剜添者一字是云字衍也方結反三字旁行細書正義自爲音例如此不知者以之入正文乃誤加云字○按此引說文音

隱語非自爲音

以弓必須骨故用滑象閩本明監本毛本同案此當作以弓必須滑故用象骨誤倒錯之也

夏官司弓人職曰閩本明監本毛本同案浦鏜云矢誤人是也

戍止而謂始反時也小字本相臺本同案正義標起止作戍役止云定本無役字於理是也

事得還返閩本明監本毛本同案注作反此正義作返亦是易而說之以反返爲古今字也上正義多作反當是爲後人依注改耳

則渴則有飢也閩本明監本毛本渴上有有字案所補是

附釋音毛詩注疏卷第九（九之四）

毛詩小雅　鄭氏箋　孔穎達疏

出車勞還率也

遣將率及戍役同歌同時欲其同心也反而勞之異歌異日殊尊卑也禮記曰賜君子小人不同日此其義也○出車如字沈尺遂反勞力報反還音旋

【疏】出車六章章八句○正義曰作出車詩。勞還帥也謂文王所遣伐玁狁西戎之將帥以四年春行五年春反於其反也述其行事之苦以慰勞之六章皆勞辭也○箋遣將至其義○正義曰箋解遣唯一篇而勞有二篇之意故曰遣將帥及戍役同歌同時欲其同心也同歌謂其共歌采薇也同時謂將帥與戍役俱行雖二章三章別行每行將帥同發也三輩各有將此獨言南仲者以元帥故歸功焉反而勞之異歌謂出車與杕杜之歌不一時是異歌異日也必異日者殊尊卑故也玉藻云賜君子與小人不同日與此協故曰此其義也此將帥有功而還本其初出以勞之首章言四年春將欲遣軍出車就馬命之爲將仍在國未行也二章言就馬於牧地設旐旐旣已受命臨事而懼是二月三月之事也從是而行先伐玁狁三章言往朔方營築壘壁旣以春末而行當以夏初到朔方也既至朔方將設經畧五月猶尚停息六月乃始出壘四章言黍稷方華出伐玁狁玁狁既服因伐西戎至春凍始釋又從西戎而反於朔方慮有驚急復且停住也以六月出伐玁狁當至秋末始平乃移兵西戎五章言晚秋之時西方諸侯嚮望南仲也至於五年之春二方大定乃始還師卒章言其迴歸其事次也唯四章因言自壘而出卽說自西而反五章乃更述在西方之事為小別耳

我出我車于彼牧矣出車就馬於牧地箋云上我我殷王也下我將率自謂也西伯以天子之命出我戎車於所牧之地將使我出征伐○牧音目

自天子所謂我來矣箋云自從也有人從王所來謂我來矣謂以王命名已將使爲將率也先出戎車乃名將率將率尊也

召彼僕夫謂之載矣王事多難維其棘矣僕夫御夫也箋云棘急也王命召已已卽名御夫使裝載物而往王之事多難其召我必急欲疾趍之此序其忠敬也○難乃旦反注及下皆同裝側良反本又作莊○

【疏】我出至棘矣○正義曰文王述將帥之辭言汝將帥云王今既以我天子之命出我將帥之戎車于彼郊牧之地而就馬矣乃從天子之所以王命

名已謂我來爲將帥矣我得王命卽自名彼僕御之夫謂之
今使裝載而往矣所以不待受命卽使裝載者以王家之士
多危難其名我必急矣不可緩以待命欲疾趨之也以王命
不辞卽名僕夫忠也知自急難欲疾趨之敬也序其忠敬以
慰勞之○傳出車至牧地○正義曰以言于彼牧矣故知出
車就之下章云于彼郊矣則牧地在郊故地官載師職曰牧
田任遠郊之地是也馬已在牧而得出車就之者雖大數在
牧仍有在廐供用者故月令季春乃合累牛騰馬遊牝於牧
注云累繫在廐者是也廐有馬可令引車以就牧不卽以在
廐之馬駕戎車者以戎車自有戎馬齊力尚強在廐不必征
馬故不用焉○箋上我至自謂○正義曰此本將帥之辞以
勞之則我車馬爲將帥之所乘故知下我將帥自謂也以天
子之命名已故知出車者亦天子之命故上我我殷王也時
出車未命將帥云我車者以出車未爲將帥出車纔訖王卽
命已爲將則將帥之車爲己所乘復從後未之故云我車也
○傳僕夫御夫也○正義曰周禮戎僕掌御戎車注云師出
王乘以自將也御夫掌御戎車從車注云戎車象路之副從
車戎路之副是僕夫與御夫別矣而言僕夫御夫者以此云
維其載矣言裝載物是從車之事故爲御夫其實此僕夫亦
有戎僕何者在牧戎車將帥所乘豈更有異人御之哉則戎

僕也故下章僕夫況瘁箋云憂其馬之不正是正御亦任焉以戎車及副各自有御不得一人兼之則文當並有或卿兼官其長者爲戎僕小者爲御夫矣○**我出我車于彼郊矣設此旐矣建彼旄矣**龜蛇曰旐旄干旄箋云設旐者屬之於干旄而建之戎車將帥既受命行乃乘馬牧地在遠郊○旐音兆旄音毛屬音燭致也**彼旟旐斯胡不旆旆**鳥隼曰旟旆旆旐垂貌○旟音餘旆蒲貝反隼息允反旒音留**憂心悄悄僕夫況瘁**箋云況茲也將率既受命行而憂臨事而懼也御夫則茲益憔悴憂其馬之不正○悄七小反瘁似醉反本亦作萃依注作悴音同憔慈遙反憂其馬之不正一本作之不正也一本作馬之政○

【疏】我出至況瘁○正義曰王勞將帥本其所言云王本以我天子之命出我將帥之戎車於彼郊牧就馬矣既命我爲將帥我受命當行即就於郊牧之車設此旐而屬之於旄之上干矣以屬旐於旄乃建立彼旄於戎車之上矣旄在地已屬之於干旄言建旐則亦同建之也既建而後行在道之時彼旟旐斯隨車而行何有不旆旆者乎言皆旆旆然垂也時既受命行汝將帥則憂心悄悄然臨事而懼僕夫憂馬不正亦然滋

益憔悴矣言其勞苦示知其情也言此旐彼旄者凡兩事者一言彼一言此便文耳于彼新田于此菑畝皆此類也。傳龜蛇曰旐。正義曰此及下傳云鳥隼曰旟交龍爲旂皆周禮司常文也雜互陳之則軍之諸帥有建之者矣大司馬序云凡制軍萬二千五百人爲軍軍將皆命卿二千五百人爲師師帥皆中大夫五百人爲旅旅帥皆下大夫百人爲卒卒長皆上士二十五人爲兩兩司馬皆中士五人爲伍伍皆有長此言勞還帥自伍長以上皆在焉鄭於大司馬職注云凡旌旗有軍衆者畫異物無者帛而已則伍長以上皆軍衆所建畫異物矣其職曰王載大常諸侯載旂軍吏載旗郊野載旐百官載旟注云軍吏諸軍帥也郊謂鄉遂之州長縣正以下野謂公邑大夫建旐者以其將羨卒百官卿大夫以其屬衞王彼據因田教戰王親在焉今南仲爲將專行若以文王承殷王之命則南仲比軍吏而已不過載熊虎之旗但時未制禮文王以諸侯而有王者之化此錄入雅當爲天子法則南仲一人或建旂下云旂旐央央旂旐蓋南仲所建也以下或載旐或載旟故此經所陳唯旂旐旟三物而已軍吏載旗則此行必有載旗者經所不陳文不具耳。傳旆旆旒垂貌。正義曰定本云旆旆。旒垂貌多一旆字又箋云憂其馬之不正定本正作政又無不字義並通

王命南仲

往城于方出車彭彭旂旐央央王殷王也南仲文
王之屬方朔方近
玁狁之國也彭彭四馬貌交龍爲旂央央鮮明也箋云王使
南仲爲將率往築城于朔方爲軍壘以禦北狄之難。央本
亦作英同於京反又於良反近附
近之近下近西戎同壘力軌反。天子命我城彼朔方
赫赫南仲玁狁于襄朔方北方也赫赫盛貌襄除也箋
云此我我戍役也戍役築壘而美
其將率自此出征也。襄
如字本或作攘如羊反。【疏】王命至于襄。正義曰此又
本而勞之言文王命以殷王
之命命南仲往城築於彼朔方故南仲所以在朔方而築於
也其往築之時出駕其車四馬彭彭然其所建旐旂鮮明央
央然而至於朔方也南仲爲將帥得人歡心故稱戍役當築
壘之時云天子命我城築軍壘於朔方之地欲令赫赫顯盛
之南仲從此征玁狁於是而平除之能爲戍役所美所以可
嘉也。傳朔方近玁狁之國。正義曰下云城彼朔方故知
方是北方近玁狁之國朔方地名云國者以國表地非國名
但北方大名皆言朔方堯典云宅朔方爾雅云朔北方也皆
其廣號此直云方即朔方也。箋云往築至軍壘。正義曰
知爲築壘者以軍之所處而城之唯有壘耳曲禮云四郊多

壘注云壘軍壁也言城是築之別名春秋築都邑皆謂之城左傳曰邑曰築都曰城是也春秋別大小之例故城築異文散則城築通故此築軍壘亦謂之城也。**昔我往矣黍稷方華今我來思雨雪載塗王事多難不遑啓居**塗凍釋也箋云黍稷方華朔方之地六月時也以此時始出壘征伐玁狁因伐西戎至春凍始釋而來反其間非有休息。雨雪于付反又如字**豈不懷歸畏此簡書**簡書戒命也鄰國有急以簡書相告則奔命救之。〔疏〕昔我至簡書。正義曰此因築壘從壘敘將帥之辭言將帥云正月已還至壘乃云昔我從此壘出征伐玁狁矣時黍稷方欲生華六月之中也今我自西戎還到此壘時天降雨雪則爲塗泥正月之中也從六月以去至於今而來以王家之事多危難其間不得閒暇跪處也雖則到此尚不得還我豈不思歸乎誠思歸也所以不得歸者畏此簡書奔命相救故不得還耳汝既如此誠爲勞苦。箋黍稷至休息。正義曰月令孟秋云農乃登穀則中國黍稷亦六月華矣言黍稷方華朔方之地六月時者明此爲朔方之地發言耳非謂中國不然也知以此時出壘征伐玁狁者上云城彼朔方玁狁于襄此即云昔我往矣是出壘辞故知始出壘伐玁狁也既伐玁狁而下章言薄伐西戎故知因伐西戎也言雨雪載塗雪落而釋爲塗泥是春凍始釋也卒章倉庚鳴卉木茂方始還歸則此時未歸而云今我來思故知來反朔方之壘也且云畏此簡書明是未歸之辞言不遑啓居故知其間非有休息也○傳簡書至救之○正義曰古者無紙有事書之於簡謂之簡書以相戒命之救急故云戒命知鄰國有難以簡書相告者閔元年左傳引此詩乃云簡書同惡相恤之謂也言同惡於彼共相憂念故奔命相救得彼告則奔赴其命救之成七年左傳曰子重奔命是也

喓喓草蟲趯趯阜螽箋云草蟲鳴阜螽躍而從之天性也喻近西戎之諸侯聞南仲既征玁狁將伐西戎之命則跳躍而鄉望之如阜螽之聞草蟲鳴焉草蟲鳴晚秋之時也此以其時所見而興之○喓於遥反趯吐歷反螽音終躍音藥嚮許亮反或作鄉音同興許膺反○**未見君子憂心忡忡既見君子我心則降**箋云君子斥南仲也降下也○忡勑中反降戸江反又如字注下皆同○**赫赫南仲薄伐西戎**

疏喓喓至西戎○正義曰南仲以平玁狁將移伐西戎是晚秋之時也其近西戎之諸

侯聞南仲之伐皆喜時有草蟲鳴故因興之焉言喓喓然爲聲而鳴者草蟲也聞此草蟲之鳴趯趯然跳躍而從之者阜螽也以喻赫赫然有德而盛者南仲也聞其南仲之將往嚮望而美之者近西戎之諸侯也言阜螽之從草蟲天性然也西方諸侯之美南仲事勢然也故諸侯未見君子南仲之時憂心忡忡然以西戎爲患恐王師不至故憂也既見君子南仲我心之憂則下矣因即美之此赫赫顯盛之南仲遂薄往伐西戎而平之○箋草蟲鳴晚秋之時○正義曰知者以凍釋而反朔方則以冬日平西戎也此南仲往之時爲諸侯嚮望明在冬前矣黍稷方華始伐玁狁明以秋日平之既平玁狁方始伐西戎故知以晚秋之時因有草蟲而爲興耳冬則蟲死不得過於晚秋也

春日遲遲卉木萋萋倉庚喈喈采蘩祁祁執訊獲醜薄言還歸卉草也訊辭也箋云訊言醜衆也伐西戎以凍釋時反其朔方之壘息戎役至此時而歸京師稱美時物以及其事喜而詳之也執其可言問所獲之衆以歸者當獻之也○卉許貴反萋七西反喈音皆蘩音煩祁巨移反訊音信

赫赫南仲玁狁于夷夷平也箋云平者平之於王也此時亦伐西戎獨言平玁狁者玁狁大故

以爲始**疏**春日至于夷。○正義曰此序其歸來之事陳戍役之辭言季春之月遲遲然陽氣舒緩之時草之與木已萋萋然茂美倉庚喈喈然和鳴其在野已有采蘩之人祁祁然衆多我將帥正以此時生執戎狄之囚可言問者及所獲之衆以此而來我薄言還歸於京師以獻之也說其事終又美其功大言赫赫顯盛之南仲伐玁狁而平之於王是將帥成功故勞之也。○傳訊辭箋訊言至詳之。○正義曰訊言釋言文傳云訊辭者謂其有所知識可與之爲言辭與箋同也但箋正取爾雅之文非易傳也上雨雪載塗到朔方之壘息戍役此言還歸自朔方而歸故至此時而歸京師時未稱王而言京師者以在雅天子之事故也言爾美時物及事喜而詳之者春日時也卉木倉庚物也采蘩事也并以四者記時是戍役喜其得歸詳之時物也故言喜而詳之又云赫赫南仲則非將帥自言也薄言還歸則是序行者之辭非文王出意故此章陳戍役之辭也七月之篇言春日者檢上下爲三月采蘩爲蠶生所用則此時物及事皆三月也

出車六章章八句

杕杜勞還役也（役戍役也）有杕之杜有睆其實（興也睆實）

貌杕杜猶得其時蕃滋役夫勞苦不得盡其天性

王事靡盬繼嗣我日箋云嗣續也王事無不堅固我行役續嗣其日言常勞苦無休息

日月陽止女心傷止征夫遑止箋云十月為陽遑暇也婦人思望其君子陽月之時已憂傷矣征夫如今已閒暇且歸也而尚不得歸故序其男女之情以說之陽月而思望之者以初時云歲亦莫止○閒音閑說音悅莫音暮本亦作暮

[疏]有杕至遑止○正義曰文王勞還役言汝等在外妻皆思汝言有杕然特生之杕杜猶得其時有睍然其實蕃滋得所我君子獨行役勞苦不得安於室家以盡天性而生子孫乃杕杜之不如所以然者由王之事理皆當無不攻緻使我君子行役繼續我所行之日朝行明去不得休息至於此日月陽止十月之時爾室家婦人之心憂傷矣以為征夫而今已閒暇且應歸矣而尚不歸所以憂傷

有杕之杜其葉萋萋王事靡盬我心傷悲箋云傷悲者念其君子於今勞苦

卉木萋止女心悲止征夫歸止室家踰時則思○思息嗣反又如字

[疏]傳室家踰時則思○正義曰傳以卉木萋止則時未黃落猶憂

愁也前期云歲亦莫止未至歸期而女心悲者以室家之情踰時則思也**陟彼北山言采其杞王事靡盬憂我父母**箋云杞非常菜也而升北山采之託有事以望君子○杞音起**檀車幝幝四牡痯痯征夫不遠**檀車役車也幝幝敝貌痯痯罷貌箋云不遠者言其來喻路近○檀徒丹反幝尺善反又勑丹反說文云車敝也從巾單韓詩作緂音同痯古緩反敝婢世反罷音皮

【疏】陟彼至不遠○正義曰言汝戍役之妻思爾而不得故升彼北山之上我采其杞木之菜杞木本非食菜而升北山以采之者是託有事以望汝也以汝勞苦故言王事無不堅固以君子勞苦堅故之由是使我憂之父母實夫也謂之父母也○已尊之又親之也又言我君子所乘檀木之役車今幝幝然弊所乘四牡之馬今痯痯然疲征夫之來不遠當應至也如何許時不至使已念之○箋杞非至君子○正義曰此類上下皆陳婦人思夫之事故爲託采以望君子不與北山同也以下章期逝不至上章我心傷悲類則憂我父母謂夫爲父母也日月云父兮母兮畜我不卒莊姜稱莊公爲父母與此同也○傳檀車役車○正義曰此戍役之妻說君子所乘役車也以檀木爲車伐檀曰坎坎伐檀兮

又曰伐輪伐輻是檀可爲車之輪輻又大明云檀車煌煌武王之戎車是檀之所施於車廣矣則役夫以從征之故其甲士三人所乘之車而備四馬故曰四牡非庶人尋常得乘四馬也○**匪載匪來憂心孔疚**箋云匪非疚病也君子至期不裝載意不爲來我念之憂心甚病○疚居又反**期逝不至而多爲恤**逝往恤憂也遠行不必如期室家之情以期望之○**卜筮偕止會言近止征夫邇止**卜之筮之會人占之邇近也箋云偕俱會合也或卜之或筮之俱占之合言於繇爲近征夫如今近耳○繇直又反

疏　匪載至邇止○毛以爲文王勞戍役言汝之室家云我君子歸期已至今非裝載乎其意非爲來乎何爲使我念之憂心以至於甚病所以然者汝室家言本與我期已往過矣於今由不來至由是而使我念之多爲憂以致病矣汝室家既憂或卜之或筮之其卜筮俱會衆人占之其言近止既占云近則征夫如今且近止應到不遠矣汝室家念汝如是也○鄭唯卜之筮之俱占之合言於繇爲異餘同○傳會人占之○正義曰傳以會之言是會聚人占之義卽與上冠礼筮日士喪礼筮宅旅占同故爲會人占之箋以上句言偕止者俱占之若不爲占則文皆空設偕

既爲占則會當爲合故易之爲合言於繇謂合言於兆卦之繇也

杕杜四章章七句

魚麗美萬物盛多能備禮也文武以天保以上治內采薇以下治外始於憂勤終於逸樂故美萬物盛多可以告於神明矣內謂諸夏也外謂夷狄也告於神明者於祭祀而歌之○麗力馳反下同上時掌反逸本或作佚佚樂音洛夏戶雅反【疏】魚麗六章上三章章四句下三章章二句至神明矣○正義曰作魚麗詩者美當時萬物盛多能備禮也謂武王之時天下萬物草木盛多鳥獸五穀魚鱉皆得所盛大而衆多故能備禮也禮以財爲用須則有之是能備禮也又說所以得萬物盛多者文王武王以天保以上六篇燕樂之事以治內之諸夏以采薇以下三篇征伐之事治外之夷狄文王以此九篇治其內外是始於憂勤也今武王承於文王治平之後內外無事是終於逸樂由其逸樂萬物滋生故此篇承上九篇美萬物盛多可以告於神明也文武並有

者以此篇武王詩之始而武王因文王之業欲見文治內外而憂勤武承其後而逸樂由是萬物盛多能備禮也可以告於神明極美之言可致頌之意於經無所當也○箋內謂至歌之○正義曰以采薇等三篇征伐是治夷狄故云內謂諸夏外謂夷狄僖二十五年左傳云德以柔中國刑以威四夷詩亦見此法也言於祭祀歌之者言時已太平可以作頌頌者告神明之歌云可以告其成功之狀陳於祭祀之事歌作其詩以告神明也時雖太平猶非政洽頌聲未興未可以告神明但美而欲許之故云可以

魚麗于罶鱨鯊麗歷也罶曲梁也寡婦之笱也鱨楊也鯊鮀也太平而後微物衆多取之有時用之有道則物莫不多矣古者不風不暴不行火草木不折不操斧斤不入山林豺祭獸然後殺獺祭魚然後漁鷹隼擊然後罻羅設是以天子不合圍諸侯不掩羣大夫不麛不卵士不隱塞庶人不數罟罟必四寸然後入澤梁故山不童澤不竭鳥獸魚鱉皆得其所然○罶音柳鱨音常草木疏云今江東呼黃鱨魚尾微黃大者長尺七八寸許鯊音沙亦作魦今吹沙小魚也體圓而有黑點文舍人云鯊石鮀也鮀待何反大平音泰綦蒲卜反不操草刀反一本作不折不芟定本芟作操豺仕皆反獺勑鎋反又佗末反漁音魚一本作𩻨同取魚也罻音畏麛亡兮反本

或作麃同丱魯短反隱如字本又作偃亦如字塞蘇代反君又新勒反數七欲反又所角反陳氏云數細也罟音古○

子有酒旨且多箋云酒美而此魚又多也○有酒旨絕句且多此二字爲句後章放此異此讀則非

【疏】魚麗至且多○正義曰言武王之時萬物殷盛時捕魚者施笱於水中則魚麗歷於罶者是鱨鯊之大魚非直有此大魚又君子有酒矣其魚酒如何酒既旨美且魚復衆多魚酒多矣如是是萬物盛多能備禮也○傳罶曲至所然○正義曰釋訓云凡曲者爲罶罶是罶曲梁也釋器曰嫠婦之笱謂之罶罶是寡婦之笱也釋訓注郭璞引詩傳曰罶曲梁也凡以薄取魚者名爲罶也釋器注孫炎曰罶曲梁其功易故謂之寡婦之笱然則曲簿也以簿爲魚笱其功易故號之寡婦笱耳非寡婦所作也鱨楊者魚有二名釋魚無文陸機疏云鱨一名黃頰魚是也似燕頭魚身形厚而長大頰骨正黃魚之大而有力解飛者徐州人謂之楊黃頰通語也鯊鮀釋魚文郭璞曰今吹沙也陸機疏云魚狹而小常張口吹沙故曰吹沙此寡婦笱而得鱨鯊之大魚是衆多也魚所以衆多傳因推而廣之云大平而後微物衆多見此詩舉魚多以明此義也微物尚衆多見其著者微物所以衆多由取之以時用之有道不妄夭殺使得生養則物莫不多矣古者不風

不暴不行火言風暴然後行火也風暴者謂氣寒其風疾其風疾卽北風謂之涼風北風箋云寒涼之風病害萬物是也北風冬風之摠名自十月始則暴風謂十月也故王制云昆蟲未蟄不以火田羅氏云蜡則作羅襦鄭云謂建亥之月今俗放火張羅其遺教是十月也草木不折不芟斤斧不入山林言草木折芟斤斧乃入山林也草木折芟謂寒霜之勁暴風又甚草木枝折葉隕謂之折芟月令季秋草木黃落則十月風暴當折芟矣言芟者蓋葉落而盡似芟之定本芟作操又云斧斤入山林無不誤字。也然則十月而斤斧入山林月令季秋伐薪爲炭者炭以時用所伐者少耳故未芟折可伐之也豺祭獸然後殺者言豺殺獸聚而祭其先然後可田獵取獸也月令季秋豺祭獸而戮禽雖九月始十月猶祭也故夏小正云十月豺祭獸援神契云獸蟄伏豺食禽皆據十月是以羅氏注云建亥之月豺既祭獸可施羅網圍取禽獸是也獺祭魚然後漁亦謂獺聚其魚以祭先然後可捕魚耳援神契曰獸蟄伏獺祭魚亦十月也王制曰獺祭魚然後虞人入澤梁與此一也月令孟春獺祭魚則獺亦有二時祭魚此類上文爲孟冬矣鷹隼擊然後罻羅設鷹及隼行威擊殺衆鳥然後設羅以田也案夏小正五月鳩化爲鷹月令季夏鷹乃學習孟秋鷹乃祭鳥則一鷹也仲春化爲鳩其變從五月始至八月當全爲鷹與仲春相對故司裘云仲秋王乃行羽物注云此羽物小鳥鶉雀之屬鷹所擊者仲秋鳩化爲鷹順其始殺而大班賜羽物王制亦云鳩化爲鷹而尉羅設故據此似八月也但鳩化爲鷹得在八月言尉羅設則非八月之事鄭云順其始殺則鷹八月始擊十月乃甚又文與隼連共豺獺相對爲十月事也言尉羅設者說文云尉捕鳥網則是羅之別名蓋其細密者也自此以上是取之以時也既言取之以時又說取之節度天子不合圍言天子雖田獵不得圍之使迊恐盡物也大司馬云仲春鼓遂圍禁則四時皆圍但不迊耳諸侯言不掩羣大夫言不麛不卵各舉其力之所能以禁之耳其實通皆不得故魯語云獸長麛夭○鳥翼鷇卵王制直言不麛不卵不殺胎不殀夭示人禁取麛卵是尊卑皆禁也但急於春夏緩於秋冬差可爲恐盡物以長養之故也若時有所須如春薦韭卵秋膳犢麛之屬得取而用正不得故田獵以取之下曲禮云國君春田不圍澤大夫不掩羣士不麛不卵與此異者此自天子而下彼自諸侯而下各爲等級所以不同亦推此知各禁其所能耳國君直言春田不圍澤不言夏者以夏長養之時爾不得從可知也雖秋冬得圍之自然不得迊也士不隱塞者爲梁止可爲防於兩邊不得當中皆隱塞亦爲盡物也庶人不摠罟謂罟目不得摠之使

小言使小魚不得過也集本揔作緵依爾雅定本作數義俱通也罟目必四寸然後始得入澤梁耳由其如此故山不童澤不竭童者若童子未冠者也山無草木若童子未冠然草木之屬不妄斬伐則山不童也萑蒲之類取之以道則澤不竭也如是則鳥獸魚鱉各得其所然也是微物衆多然者語助此皆似有成文但典籍散亡不知其出耳○箋酒美至又多○正義曰言且多文承有酒之下三章則似酒多也而以爲魚多者以此篇下三章還覆上三章也首章言旨且多四章云物其多矣二章云多且旨五章云物其旨矣三章言旨且有卒章云物其有矣下章皆疊上章句末之字謂之爲物若酒則人之所爲非自然之物以此知且多且旨且有皆是魚也

魚麗于罶魴鱧鱧鮦也○鱧音禮鮦直冢反

君子有酒多且旨箋云酒多而此魚又美也

疏傳鱧鮦○正義曰釋魚云鱧鯇舍人曰鱧名鯇郭璞曰鱧鮦徧檢諸本或作鱧鱣或作鱧鯇若作鮦似與郭璞正同若作鯇又與舍人不異或有本作鱧鰥者定本鱧鮦鮦與鱣音同

魚麗于罶鰋鯉鰋鮎也○鰋音偃郭云今偃額白魚鮎乃兼反江東呼鮎爲鮧鮧音啼又在私反毛及前儒皆以鮎釋鰋鱧爲鯇鱣爲鯉唯郭注爾雅是六魚之名今目

驗毛解與世不協或恐古今名異逐世移耳君子有酒旨且有箋云酒美而此魚又有

疏傳鰋鮎○正義曰釋魚有鰋鮎郭璞曰鰋今鰋額白魚也鮎別名鯷孫炎以爲鰋鮎一魚鱧鯇一魚郭璞以爲鰋鮎鱧鯇四者各爲一魚傳文質略未知從誰物其多矣維其嘉矣箋云魚既多又善物其旨矣維其偕矣箋云魚既美又齊等物其有矣維其時矣箋云魚既有又得其時

魚麗六章三章章四句三章章二句

南陔孝子相戒以養也○陔古哀反養餘尚反白華孝子之絜白也華黍時和歲豐宜黍稷也

疏南陔至黍稷○正義曰此三篇既亡其辭其名曰南陔白華華黍之由必是詩有此字不可以意言也有其義而亡其辭此三篇者鄉飲酒燕禮用焉曰笙入立于縣中奏南陔白華華黍是也孔子論詩雅頌各得其所時俱在

耳篇第當在於此遭戰國及秦之世而亡之其義則與衆篇之義合編故存至毛公爲詁訓傳乃分衆篇之義各置於其篇端云又闕其亡者以見在爲數故推改什首遂通耳而下非孔子之舊○此三篇蓋武王之時周公制禮用爲樂章吹笙以播其曲孔子刪定在三百一十一篇內遭戰國及秦而亡子夏序詩篇義合編故詩雖亡而義猶在也毛氏訓傳各引序冠其篇首故序存而詩亡縣音玄編必先反見賢遍反○

【疏】

有其義而亡其辭○正義曰此二句毛氏著之也言有其詩篇之義而亡其詩辭故置其篇義於本次後别著此語記之焉○箋云三篇至之舊○正義曰鄭見三篇亡其詩辭乃迹其所用亡之早晚此三篇者鄉飲酒及燕禮二處皆用焉何者是用之也曰笙入立于縣中奏南陔白華華黍是用之也此雖揔言鄉飲酒燕禮用焉其言笙入立于縣中直燕禮文耳鄉飲酒則云笙入堂下鼓南北面歌南陔白華華黍是文不同也鄭據一而言之耳孔子歸魯論其詩今雅頌各得其所此三篇時俱在耳篇之次第當在於此知者以子夏得爲立序則時未亡以六月序知次在此處也孔子之時尚在漢氏之初已亡故知戰國及秦之世而亡之也戰國謂六國韓魏燕趙齊楚用兵力戰故號戰國六國之滅皆秦并之始皇三十四年而燔詩書故以爲遭此而亡之又解

爲亡而義得存者其義則以衆篇之義合編故得存也至毛公爲詁訓傳乃分別衆篇之義各置於其篇亡此三篇之序無詩可屬故連聚置於此也既言毛公分之則此詩未亡之時什當通數爲今在什外者毛公又闕其亡者以見在爲數推改什篇之首遂通盡小雅云耳是以亡者不在數中從此而下非孔子之舊矣言以下非則止鹿鳴一篇是也此云有其義而鄉飲酒之禮注皆云今亡其義未聞鄭志荅炅模云爲記注時就盧君耳先師亦然後乃得毛公傳既古書義又當然記注已行不復改之是注禮之時未見此序故云義未聞也彼注又云後世衰微幽厲尤甚禮樂之書稍廢棄以爲孔子之前六篇已亡亦爲不見此序故也案儀禮鄭注解關雎鵲巢鹿鳴四牡之等皆取詩序爲義而云未見毛傳者注述大事更須研精得毛傳之後大誤者追而正之可知者不復改定故也據六月之序由庚本第在華黍之下其義不備論於此而與崇丘同處者以其是成王之詩故下從其類

鹿鳴之什十篇五十五章三百一十五句

附釋音毛詩注疏卷第九（九之四）

毛詩注疏挍勘記（九之四）　阮元撰盧宣旬摘錄

○出車

作出車詩　閩本明監本毛本同案詩下浦鏜云脫者字是也

乃始還帥　閩本明監本毛本同案帥當作師形近之譌

爲小到耳　閩本同明監本毛本到作別案當作倒正義例用倒也

戎僕掌御戎車　閩本明監本毛本同案戎當作貳因別體字貳作弍形近而譌也

以此云維其載矣　閩本明監本毛本同案浦鏜云謂之誤維其是也

或卿兼官　閩本明監本毛本同案卿當作郎形近之譌

將帥既受命行乃乘馬　閩本明監本毛本同小字本相臺本帥作率馬作焉案率字焉字是也

旆旆旐垂貌　小字本相臺本同案此正義本也標起止云傳旆旆旐垂貌是其證正義下云定本旆旆旐垂貌如其所言不爲有異當作定本云旆旆旆旐垂貌上旆旆經文也下旆旐垂貌謂繼旐曰旆者也故下云多一旆字也釋文以旐垂作音或與正義本同與定本不同各本正義皆誤

僕夫況瘁　唐石經小字本相臺本同案正義標起止云至況瘁釋文云況瘁本亦作萃依注作悴考此當是經本作萃故於訓釋中竟改其字箋之例也釋文云依注作悴似乎未晰也四月釋文盡瘁本又作萃下篇同亦其證

憂其馬之不正　小字本相臺本同案正義云憂其馬之不正定本正作政又無不字釋文云憂其馬之不正一本作之不正也一本作馬之政考憂其馬之政謂憂非其馬之政也段玉裁云用甘誓文是也當以定本爲長

滋益憔悴矣　閩本明監本毛本同案箋作茲正義作滋茲滋古今字易而說之也例見前

傳龜蛇曰旐〇　明監本毛本脫〇閩本鈘

故南仲所以在朔方而築於也閩本明監本毛本於誤城案此築於者經之城于

其所建於旐閩本明監本毛本同案浦鏜云旐誤於是也

欲令赫赫[補]毛本今作令案令字是也

○杕杜

有睆其實唐石經相臺本同小字本睆作皖案釋文云字從日或作目邊又見大東經韻彼牽牛字同

女心傷止唐石經小字本相臺本同閩本明監本女誤汝毛本初刻同後改女

有睍然其實閩本明監本毛本睍作睆案所改是也

謂之父母也已尊之閩本明監本毛本同案也當作由讀下屬

○魚麗

終於逸樂 唐石經小字本相臺本同案正義云是終於逸樂釋文云逸本或作佚考文古本作佚采釋文

文武並有者 補閩本明監本毛本同案有當言字之譌

鱨楊也 小字本同相臺本楊作揚閩本明監本毛本同案小字本十行本是也正義中同釋文鱨下云楊也

草木不折不操斧斤不入山林 小字本相臺本同案各本皆誤正義云草木不折不芟斧斤不入山林下云定本芟作操又云斧斤入山林無不字釋文云一本作草木不折不芟定本芟作操考此則今誤合兩本爲一當是經注本始依定本作不操斧斤斤下無不字後不知者以正義本不字竄入遂不可通定本以不操下屬正義本以不芟上屬相臺本每四字爲一句亦非此當從正義本正義以定本爲誤者最得之也

士不隱塞 小字本相臺本同案釋文云不隱如字本又作偃亦如字正義云士不隱塞者爲梁止可爲防於兩邊不得當中皆隱塞是正義本作隱其本又作偃者即今之堰字周禮廄人注水偃谷風正義引作水堰

庶人不數罟 小字本相臺本同案此定本也正義云庶人不摠罟者謂罟目不得摠之使小又云集注

揔作緵依爾雅定本作數義俱通也釋文以不數作音與定本同考九罭傳作緵罟釋文云字又作總是緵總同字揔又總之別體當以正義本爲長

然則曲簿也以簿爲魚笱　閩本明監本毛本二簿字皆作薄案上引爾雅注作薄薄字是也

無不誤字也　閩本明監本毛本同案浦鏜云誤字二字當倒是也

然則十月而斤斧入山林　閩本明監本毛本斤斧誤倒案正義本傳作斤斧十行本不誤不知者以定本改之非也

不得闔之使迊　閩本作迊俗字也明監本毛本作匝正字也

但不麤耳　補　閩本明監本毛本同案麤當作匝

獸長麤夭　閩本明監本毛本夭誤麌案夭卽麌字之假借不知者以今國語改之○按改麌是也

烏翼㲉卵 閩本明監本毛本㲉誤鷇案㲉當是鷇之假借

三章則似酒多也 閩本明監本毛本似下衍酒美二字案三章二字亦衍涉下文而誤也

鱧鮦也 小字本相臺本同案釋文云鮦直冢反鱧下云鮦也正義云徧檢諸本或作鱧⿰魚重或作鱧鯇又云或有本作鱧鰥者定本鱧鮦鮦與⿰魚重音同考此正義引舍人曰鯉名鯇下正義引孫炎鱧鯇一魚釋文鮎下云毛及前儒鱧爲鯇是傳正取爾雅爲解注爾雅者舊無異說作鯇爲是作鮦者乃依郭注爾雅所改耳鱧鯇各爲一魚也作鰥者依說文鰥鱧也所改皆非傳意

又與舍人不異 閩本明監本毛本不誤有案爾雅疏郎取此正作不

郭璞以爲鰋鮎鱧鮦四者 閩本明監本毛本同案鮦當作鯇

○南陔白華華黍

鼓南北面 閩本明監本毛本同案浦鏜云磬誤鼓考鄉飲酒禮是也

又解爲亡而義得存者閩本明監本毛本同案爲當作篇形近之譌

各置於其篇亡閩本明監本毛本同案亡當作端卽複舉注文也

則止鹿鳴一篇是也閩本明監本毛本同案篇當作什

而鄉飲酒之禮注閩本明監本毛本同案浦鏜云之當燕字誤是也

禮樂之書稍廢棄閩本明監本毛本同案稍下浦鏜云脫一稍字以鄉飲酒燕禮二注考之浦挍是也

附釋音毛詩注疏卷第十（十之一）

冊三

南有嘉魚之什詁訓傳第十七

陸曰自此至菁菁者莪六篇幷亡篇三是成王周公之小雅成王有雅名公有雅德二人協佐以致太平故亦並爲正也

毛詩小雅　鄭氏箋　孔穎達疏

南有嘉魚樂與賢也太平君子至誠樂與賢者共之也 樂得賢者與共立於朝相燕樂也○樂與音洛又音樂徐五教反序文同太平音泰後太平皆同朝直遙反下註同燕樂音洛下註皆同 【疏】南有嘉魚四章章四句至共之○正義曰作南有嘉魚之詩者言樂與賢也當周公成王太平之時君子之人已在位有職祿皆有至誠篤實之心樂與在野有賢德者共立於朝而有之願俱得祿位共相燕樂是樂與賢也經四章皆是樂與賢者之事

南有嘉魚烝然罩罩 江漢之間魚所產也罩罩篧也箋云烝塵也塵然猶言久如也言南方水中有善魚人將久如而俱罩之遲之也喻天下有賢

者在位之人將久如而竝求致之於朝亦遲之也遲遲之者謂
至誠也○烝之丞反王衆也罩張教反徐又都學反字林竹
卓反云捕魚器也篧助角反郭云捕魚籠也沈
音檴又音護說其形非罩也遲直冀反下同○**君子有酒**
嘉賓式燕以樂 箋云君子斥時在位者也式用也用酒
與賢者燕飲而樂也○樂音洛協句五
教反得賢致酒 **疏** 南有至樂○正義曰言南方江漢之間
歡情怡暢故樂 有善魚人將久如俱往罩而罩此善魚
者人之所欲已自將罩以求之則思遲此魚皆欲得之矣以
興在野天下之處有賢者時在朝君子久如竝各樂而求之
有至誠之心思遲此賢者欲置之於朝猶罩者之願魚也若
子既至誠如此遂得賢者共立於朝君子之家有酒矣在野
賢者嘉善之賓既至用此酒與之燕飲以復歡樂耳心遲其
來至即嘉樂是至誠樂與賢也○傳江漢至篧也○正義曰
言南知江漢間者以言善魚南方魚之善者莫善於江漢之
間且言善魚者謂大而衆多多大之魚必在大水南方大水
唯江漢耳必取善魚者以喻賢者之有善德也此實興不云
興也傳文略三章一云興也舉中明此上下足知魚雖皆興
也釋器云篧謂之罩李巡曰篧編細竹以爲罩捕魚也孫炎
曰今楚篧也郭璞曰今魚罩然則罩以竹爲之無竹則以荆

故謂之楚籗重云罩罩者非一也。箋烝塵至至誠。正義曰烝塵釋言文釋詁云塵久也鄭欲烝爲久故言烝塵也又云塵然猶言久。然爲如也不言烝爲衆者以此罩魚喻求賢久如欲往罩之是欲魚之甚以興君子久如欲求賢爲思遲之極若以爲衆止見求魚之多無關思遲之義則於至誠之事不顯故云遲之謂至誠也重言罩罩衆自明矣不假復言衆也故云人將俱往是衆可知喻天下有賢在位之人久如並求之斯卽在朝之君子衆皆求賢其並與俱皆出經重罩而求也。箋君子斥時在位者。正義曰鳧鷖與此此序皆云太平之君子彼注云君子謂成王與此不同者以彼序云能持盈守成則神祇祖考安樂之矣經陳祭天地宗廟是太平之君子爲百神之主非王不然故知君子謂成王此序云樂與賢者共之言與言共是等夷之稱非人君之辭故知斥在位者也且人君求賢至誠不足以爲美矣人臣事君多在專利以文仲之賢尚稱竊位知賢不姤自古所稀假有舉薦或事不獲已至誠者寡今太平君子至誠樂賢故所以爲美耳下章箋曰君子下其臣故賢者歸往之似斥成王者此言君子博關朝廷公卿孝經唯士言爭友大夫以上則有爭臣是公卿之於下民有臣之道且人之進賢唯善所在公叔文子升家臣以公所樂之賢或是已之私屬故箋言臣以通之王

肅孫毓亦以爲在位朝廷之求賢則毛亦不斥成王明矣

南有嘉魚烝然汕汕汕汕樔也箋云樔者今之撩罟也○汕所諫反樔也說文云魚游水貌樔側交反字或作罺同撩力弔反又力條反沈旋力到反○【疏】傳汕汕樔○正義曰釋器云樔謂之汕李巡曰汕以薄魚也孫炎曰今之撩罟皆以今曉古

君子有酒嘉賓式燕以衎衎樂也○衎苦旦反

南有樛木甘瓠纍之興也纍蔓也箋云君子下其臣故賢者歸往也○樛居虯反瓠音護纍力追反本亦作虆同下遐嫁反○

君子有酒嘉賓式燕綏之箋云綏安也與嘉賓燕飲而安之鄉飲酒曰賓以我安○【疏】南有至綏之○正義曰言南方有樛然下垂之木甘瓠之草得上而纍蔓之以興在位有下下之君子故在野賢者得往而歸就之言君子之下下猶樛木之下垂賢者所以往矣又在位君子之家有酒矣在野賢者嘉善之賓既來則用此酒燕飲而安之○箋鄉飲酒曰賓以我安○正義曰案鄉飲酒燕飲而安之無以我安之文燕禮司正洗觶南面奠于中庭升東楹之東受命西階上北面命卿大夫君曰以我安卿大夫皆對曰諾敢不安則此文在燕

禮矣言鄉飲酒者誤也定本亦誤以南陔與由庚之箋皆鄉飲酒燕禮連言之故學者加鄉飲酒於上後人知其不合兩引故略去燕禮爲今本猶有言燕禮者○**翩翩者鵻烝然來思**鵻壹宿之鳥箋云壹宿者壹意於其所宿之木也喻賢者有專壹之意於我我將久如而來遲之也○翩音篇鵻音佳本亦作佳○**君子有酒嘉賓式燕又思**箋云又復也以其壹意欲復與燕加厚之○復扶又反下同○

疏翩翩至又思○正義曰上章云君子思遲賢人此章言賢者願往翩翩而飛者是鵻鳥也此鳥由壹意於其所宿之木故久如欲來所以翩翩而飛來集於木也以喻在野之賢者有專壹之意我君子亦久如願來今來在於我君子之朝言君子求之至故賢者意能專壹也在位君子之家有酒矣與此在野賢者嘉善之賓既來用此酒與之燕又燕也思皆爲辭燕又燕頻與之燕言親之甚也○箋云壹宿至遲之○正義曰毛言壹宿義微故申之云壹宿者一意於其所宿之木也夫擇木之鳥慤謹故將宿於木專壹其心故特以鵻鳥爲喻以鳥之擇木喻賢者有專壹之意於我此我謂君子也將久如而來遲之者賢者遲君子物類相感所以相思遲之也定本式燕又思下有箋云又復也以其壹意欲復與

燕加厚之也俗本多無此語

南有嘉魚四章章四句

南山有臺，樂得賢也。得賢則能爲邦家立太平之基矣。人君得賢則其德廣大堅固如南山之有基趾。爲如字又于僞反

南山有臺，北山有萊。興也。臺，夫須也。萊，草也。箋云：興者，山之有草木以自覆蓋成其高大，喻人君有賢臣以自尊顯。萊音來。夫音符。樂只君子，邦家之基。樂只君子，萬壽無期。基，本也。箋云：只之言是也。人君既得賢者置之於位，又尊敬以禮樂樂之，則能爲國家之本，得壽考之福。○樂樂，上音岳，下音洛。

【疏】南山至無期。○正義曰：言南山所以得高峻者，以南山之上有臺，北山之上有萊，以有草木而自覆蓋，故能成其高大，以喻人君所以能令天下太平，以人君所任之官有德，所治之職有能，以有賢臣各治其事，故能致太平。言山以草木高大，君以賢臣尊顯。賢德之人光榮若是，故我人君以禮樂樂是有德之君子，置之於位

而尊用之令人君得爲邦家太平之基以祀樂樂是有德君子又使我國家得万壽之福無有期竟所以樂之也○傳臺夫須萊草○正義曰臺夫須釋草文舍人曰臺一名夫須陸機疏云舊說夫須莎草也可爲蓑笠都人士云臺笠緇撮傳云臺所以禦雨是也十月之交曰田卒汙萊又周禮云萊五十畝萊爲草之揔名非有別草名之爲萊陸機疏云萊草名其葉可食今兗州人烝以爲茹謂之萊烝以上下類之皆指草木之名其義或當然矣此山有草木成其高大而車牽箋云析其柞薪爲蔽岡之高者以興輸者各有所取若欲覩其山形草木便爲蔽障之物若欲顯其高大草木則是裨益之言不一端矣○南山有桑北山有楊樂只君子邦家之光樂只君子萬壽無疆箋云光明也政教明有榮曜○疆居良反南山有杞北山有李樂只君子民之父母樂只君子德音不已箋云已止也不止者言長見稱頌也○杞音起草木疏云其樹如檽一名狗骨南山有栲北山有杻栲山樗杻檍也○栲音考杻女九反樗勑居反檍音憶樂只

君子遐不眉壽樂只君子德音是茂眉壽秀眉也箋云遐遠也遠不眉壽者言其近眉壽也茂盛也南山有枸北山有楰枸枳枸楰鼠梓○枸俱甫反楰音庾楸屬枳諸氏反○【疏】傳枸枳至鼠梓○正義曰枸釋木無文宋玉賦曰枳枸來巢則枸木多枝而曲所以來巢也陸機疏云枸樹高大似白楊有子著枝端大如指長數寸噉之甘美如飴八月熟今官園種之謂之木蜜楰鼠梓釋木文李巡曰鼠梓一名楰郭璞曰楸屬也陸機疏曰其樹葉木理如楸山楸之異者今人謂之苦楸是也○樂只君子遐不黃耇樂只君子保艾爾後黃黃髮也耇老艾養保安也○耇音苟壽也艾五蓋反沈音刈【疏】傳黃黃髮耇老○正義曰釋詁云黃髮耇老壽也舍人曰黃髮老人髮白復黃也孫炎曰耇面凍梨色如浮垢

南山有臺五章章六句

由庚萬物得由其道也崇丘萬物得極其高大

也由儀萬物之生各得其宜也有其義而亡其辭此三篇者鄉飲酒燕禮亦用焉曰乃間歌魚麗笙由庚歌南有嘉魚笙崇丘歌南山有臺笙由儀亦遭世亂而亡之燕禮又有升歌鹿鳴下管新宮新宮亦詩篇名也辭義皆亡無以知其篇第之處○此三篇義與南陔等同依六月序由庚在南有嘉魚前崇丘在南山有臺前由庚萬物今同在此者以其俱亡使相從耳間古莧反

疏至其辭○正義曰有其義而亡其辭亦毛氏所著於後行別記之○箋此三篇至之處○正義曰此鄭亦本其所用所亡之事也此三篇鄉飲酒燕禮亦用焉亦者亦南陔等也即言其事之用曰乃間歌魚麗笙由庚歌南有嘉魚笙崇丘歌南山有臺笙由儀鄉飲酒燕禮二篇俱有此辭也言間歌者堂上與堂下遞歌不比篇而間取之笙者在笙中吹之所以亡者亦遭亂而亡亦如南陔等遭戰國及秦之亂而失之也因此亡詩事終更述燕禮又有升歌鹿鳴下管新宮亦詩篇名也以對鹿鳴而入管用故知詩篇名也辭義皆亡今無以知其篇第所在之意也篇第所在皆當言處云之意者以無意義可推尋而知故云意也案魚麗武王詩也而與嘉魚間歌南陔等三篇亦武王詩也乃在堂下笙歌之是武王之詩得下管用之

也新宮制禮所用必在禮前而作不知武王詩也成王詩也此箋因亡詩事終而言之耳不謂當在成王詩中故曰無以知其篇第之意也案禮射義諸侯以貍首爲節以彼類之當在召南但召南無亡詩之比故鄭於譜言辭義皆亡者對六篇有義無辭新宮幷義亦無故言皆亡不謂已爲作序與經俱亡若子夏爲之作序何由辭及目篇幷六月連序竝無存者以此知孔子錄而不得子夏不爲之序也左傳昭二十五年宋公享昭子賦新宮計孔子時年三十餘矣所以錄不得者詩之逸亡必有積漸當孔子之時道衰樂廢自宋公賦新宮至孔子定詩三十餘年其間足得亡之也聖人雖無所不知不得以意錄之也

蓼蕭澤及四海也 九夷八狄七戎六蠻謂之四海國在九州之外雖有大者爵不過子虞書曰州十有二師外薄四海咸建五長○蓼音六薄音博諸本作外敷注音芳夫反四海海者晦也地險言其去中國險遠稟政教昏昧也長張丈反

疏 蓼蕭四章章六句至四海○正義曰作蓼蕭詩者謂時王者恩澤被及四海之國也使四海無侵伐之憂得風雨之節書傳稱越常氏之譯曰吾受命吾國黃老曰久矣天之無烈風淫雨意中國有聖人遠

往朝之是澤及四海之事經四章皆上二句是澤及四海由其澤及故其君來朝王燕樂之亦是澤及之事故序揔其目焉經所陳是四海君蒙其澤而序漫言四海者作者以四海諸侯朝王而得燕慶故本其在國蒙澤説其朝見光寵序以王者恩及其君不可遺其臣見其通及上下故直言四海以廣之○箋九夷至五長○正義曰九夷八狄七戎六蠻謂之四海釋地文李巡曰九夷在東方八狄在北方七戎在西方六蠻在南方孫炎曰海之言晦晦闇於禮儀也維師謀我應注皆與此同職方氏及布憲注亦引爾雅云九夷八蠻六戎五狄謂之四海數既不同而俱云爾雅則爾雅本有兩文今李巡所注謂之四海之下更三句云八蠻在南方六戎在西方五狄在北方此三句唯李巡有之孫炎郭璞諸本皆無也李巡與鄭同時鄭讀爾雅葢與巡同故或取上文或取下文也爾雅本有二文者由王所服國數不同故異文耳亦不知九夷八狄七戎六蠻正據何時也此及中候直言四海不列其數故引上文解之職方列其國數唯五戎六狄與爾雅六戎五狄上下不同餘則相似故據下文也布憲則秋官承夏官之下故同於職方爲周禮注據爾雅下文八蠻六戎五狄當四海者以明堂位陳周公朝於明堂之時其數與之等是周時之驗故據之爲明堂位與職方不同者鄭志荅趙商云

戎狄之數或五或六兩文異耳爾雅雖有與周皆兩數耳無別國之名不甚明故不定之也是鄭疑兩文必有一誤但無國數可明故不敢定之耳四海之於王者世一見耳此經說四海來朝應是攝政六年時事當與明堂位同直以漫言四海故取爾雅上句謂之四海之文充之其實此當八蠻六戎五狄也國在九州之外者明四海不屬九州其州長所不領故周禮曰九州之外謂之蕃國世一見是也若然下文蠻荊謂荊州之蠻堯典曰流共工于幽州注云幽州北裔則四海亦有在九州之內者矣言外者以大凡化內非州牧所領則謂之四海之國其境所居不妨在九州之內禹貢萬里大界盡以九州目之故得有荊州之蠻及幽州爲北裔也曲禮曰其在東夷北狄西戎南蠻雖大曰子是雖有大者爵不過子也大者曰子小者曰男而已左傳曰驪戎男是也若殷爵三等無子男則四夷之君爲伯爵也而書序曰武王勝殷巢伯來朝注云巢伯南方諸侯世一見者以武王卽位來朝是九州外爲伯又虞書曰州有十二師外薄四海咸建五長明四海是九州之外也何者既言州十有二師是九州之內立師也又曰外薄四海咸建五長是四海在九州之外矣所引者皐陶謨文也檢鄭所注尚書經作外薄今定本作外敷恐非也彼注云九州州立十二人爲諸侯之師以佐其牧外則五

國立長使各守其職此建五長卽下曲禮所謂子故彼注云子謂九州之外長也天子亦選其諸侯之賢者以爲之子子猶牧是也案彼上云弼成五服至于五千鄭以爲禹治水輔成五服土方萬里以七千里內爲九州七七四十九千里者之方四十九以其一爲畿內餘四十八八州分之各得方千里者六計一州方百里之國二百七十里之國四百五十里之國八百計一州有一千四百國以二百國爲名山大川不封之地餘有一千二百國以百國立一師故州有十二師鄭又云八州九千六百國又四百國在畿內以子男備其數是鄭計充禹會諸侯于塗山執玉帛者萬國之文

蓼彼蕭斯零露湑兮興也蓼長大貌蕭蒿也湑湑然蕭上露貌箋云興者蕭香物之微者喻四海之諸侯亦國君之賤者露者天所以潤萬物喻王者恩澤不爲遠國則不及也○湑息敘反長如字又張丈反爲于僞反**旣見君子我心寫兮**輸寫其心也箋云旣見君子者遠國之君朝見於天子也我心寫者舒其情意無留恨也**燕笑語兮是以有譽處兮**箋云天子與之燕而笑語則遠國之君各得其所是以稱揚德美使聲譽常處天子〔疏〕蓼彼至處兮○正義曰言蓼然長大者彼蕭斯

也此蕭所以得長大者由天以善露潤之使其上露湑湑然盛兮以故得其長大耳以與得所者彼四夷之君此四夷之君所以得所者由王以恩澤及之使其恩澤豐多故令其得所耳然此蕭是香物之微者天不以其微而不潤也喻四海諸侯乃國君之賤者王不以其賤而不及也遠國既蒙王澤乃來朝見自言已既得朝見君子之王者我心則舒寫盡兮無復留恨在國恐不得見今來得見則意盡也朝之後王又與之燕飲而笑語兮感王之恩皆稱揚王之德美是以使王得有聲譽又常處天子之位兮言爲天子。所保不憂危亡也。傳蕭蒿至露貌。正義曰釋草云蕭荻也李巡曰荻一名蕭郭璞曰即蒿也下章瀼瀼泥泥皆重言故此以爲湑湑也湑湑露在物之狀故爲蕭上露貌。箋蕭香至賤者。正義曰生民曰取蕭祭脂郊特牲曰爇蕭合馨香是蕭爲香物也雖香而是物之微者以喻四海諸侯亦是國君之賤者

蓼彼蕭斯零露瀼瀼瀼瀼露蕃貌。瀼如羊反徐又乃剛反蕃音煩既見君子爲龍爲光龍寵也箋云爲寵爲光言天子恩澤光耀被及己也。被皮寄反其德不爽壽考不忘爽差也

【疏】既見至不忘。正義曰言遠國之君蒙王恩澤今皆來朝

既得見君子之王者爲君所寵遇爲君所光榮得其恩意又燕見笑語使四海稱頌之不忘也**蓼彼蕭斯零露泥泥**。泥泥霑濡也。泥乃禮反**既見君子孔燕豈弟**豈樂弟易也箋云孔甚燕安也。豈開在反本亦作愷下同後豈弟放此弟如字本亦作悌音同後皆放此樂音洛下篇同易夷豉反。**宜兄宜弟令德壽豈**爲兄亦宜爲弟亦宜

［疏］既見至壽豈。正義曰遠國之君既朝見君子爲君子所接遇故皆甚安而情又喜樂以怡易也君子既接遠國得所而又燕見以盡其歡是君子爲人之能宜爲人兄宜爲人弟隨其所爲皆得其宜故能有善德之譽壽凱樂之福也

蓼彼蕭斯零露濃濃濃濃厚貌。濃奴同反又女龍反**既見君子鞗革忡忡和鸞雝雝萬福攸同**鞗轡也革轡首也忡忡垂飾貌在軾曰和在鑣曰鸞箋云此說天子之車飾者諸侯燕見天子天子必乘車迎于門是以云然攸所也。鞗徒彫反忡直弓反徐音同又音物弓反軾音式鑣彼苗反。

［疏］既見至攸同。正義曰言遠國之君既見君子之王者又蒙垂意燕見於己說其燕見之車飾君子所乘燕見

之車鞗皮以爲轡首之革垂之沖沖然其在軾之和鈴與衡
鑣之八鸞其聲雝雝然乘是車服屈己之尊降接卑賤恩遇
若是是王爲主得所故宜爲萬福之所同皆得歸聚之○傳
鞗轡也至曰鸞○正義曰釋器云轡首謂之革郭璞曰轡靶
也然則馬轡所靶之外有餘而垂者謂之革鞗皮爲之故云
鞗革轡首垂也鞗革即言沖沖故知垂飾貌在軾曰和和亦
鈴也以其與鸞相應和故載見曰和鈴央央是也在鑣曰鸞
謂鸞鈴置於馬之鑣郭璞曰鑣馬勒傍鐵也言置鈴於馬口
之兩傍此無文也故鄭不從之禮記注云鸞在衡䮍鐵箋云
置鸞於鑣異於乘車是鄭以乘車之鸞不在鑣知此天子所
乘以迎賓則亦乘車也鸞不當在鑣矣此箋不易之者以䮍
鐵已明之此從可知也○箋此說至然○正義曰旣見君子
即言鞗革沖沖和鸞雝雝是見君子車上有此飾故知說天
子之車飾也解所以得見天子車飾者以諸侯燕見天子必
以車迎於門是以云然此旣見天子之言爲朝見之後則燕
見之皆是見君子之事故蒙上旣見之文也知燕見迎諸侯
者以王雖覲禮不下堂而見諸侯耳其朝宗當迎之故秋官
大行人說車迎之法賓主步數彼六服諸侯尚有車迎則四
夷之君車迎可知燕主歡心不可不接旣然迎接不得無車
故燕禮云若四方之賓公迎之于大門內是燕有迎法也以

唯首章言燕笑語兮是燕時事故知此見車飾亦是燕時事案大行人上公九命貳車九乘介九人禮九牢朝位賓主之間九十步立當車軹擯者五人侯伯以七爲節立當前侯擯者四人子男以五爲節立當車衡擯者三人注云王立當軫又鄭注下曲禮以春夏受贄於朝受享於廟以生氣文也秋冬一受之於廟殺氣質也鄭又以覲禮不出迎諸侯則冬遇亦不迎然則秋冬燕見亦無出迎之法也

蓼蕭四章章六句

湛露天子燕諸侯也 燕謂與之燕飲酒也諸侯朝覲會同天子與之燕所以示慈惠。湛直減反 【疏】湛露至諸侯。正義曰作湛露詩者天子燕諸侯也諸侯來朝天子與之燕飲美其事而歌之經雖分別同姓庶姓二王之後皆是天子燕諸侯之事也蓼蕭序云天子此及彤弓獨言天子者此及彤弓燕賜諸侯之身既言諸侯不得不言天子以對之蓼蕭序不言諸侯文無所對故不言天子也四章雖皆說天子燕諸侯之事而皆首章見天子於諸侯之義下三章見諸侯於天子之事首章言王燕諸侯雖至於夜留與飲燕無問同姓異姓皆不醉不歸是天子恩厚之義也下三章乃分别說之二章言同姓則成夜飲之禮非同姓讓之則止三章言庶姓卒章言二王之後不得成其夜飲故云善德善儀言其不至於醉也首章直言湛湛露斯不指所在之物揔下章云草木也故下章各言草木以充之以同姓一類故廣舉豐草庶姓非一族之人喻以異類之木二王之後同爲天子所尊譬之同類之木各取其所象也豐草杞棘言露在桐椅不言露在承上露在可知天子燕諸侯之義備於此矣不言異姓與三恪者兄弟甥舅禮不同要夜飲之義非宗不可則異姓從庶姓禮也三恪卑於二代其亦在異姓中

湛湛露斯匪陽不晞興也湛湛露茂盛貌陽日也晞乾也露雖湛湛然見陽則乾箋云興者露之在物湛湛然使物柯葉低垂喻諸侯受燕爵其義有似醉之貌諸侯旅酬之則猶然唯天子賜爵則貌變肅敬承命有似露見日而晞也○晞音希○

厭厭夜飲不醉無歸厭厭安也夜飲私燕也宗子將有事則族人皆侍不醉而出是不親也醉而不出是渫宗也箋云天子燕諸侯之禮亡此假宗子與族人燕爲說爾族人猶羣臣也其醉不出不醉出猶諸侯之儀也飲酒至夜猶云不醉無歸此天子於諸侯之儀燕飲之禮宵則兩階及庭門皆設大燭焉○厭於鹽反韓詩作愔

愔和悦之貌　渫息列反

疏 湛湛至無歸○正義曰湛湛然在物上者露斯也此物得露而湛湛然柯葉低垂非見日之陽則不得乾而舒放也以興諸侯受王燕飲而嵬峩然威儀縱弛非天子之賜爵則不承命而嚴肅也是王燕諸侯恩厚至於厭厭安閑之夜尚與燕飲其意殷勤以留賓客言不至於醉不得歸也○傳湛湛至陽曰○正義曰此在物而湛湛是盛也興王隆厚於諸侯故以盛爲喻以陽爲乾物故知日也○箋露之至而晞○正義曰露之所霑必在草木此言所在以總下文故箋亦順經直言在物物正謂下章豐草杞棘也柯謂枝也露在於葉則令柯亦低故言柯葉低垂草木通然非木柯而草葉也此燕諸侯之詩露比王燕諸侯物得露而低猶諸侯得酒而醉故喻諸侯受燕爵其威儀有似醉之貌也其醉必在燕末諸侯旅酬則然以舉行旅酬燕末之事故以露見日而乾喻諸侯有承命之事燕之天子有命雖賜爵耳故言雖天子賜爵則貌變肅敬承命有似露見日而乾也○傳夜飲至渫宗○正義曰楚茨云備言燕私傳曰燕而盡其私恩明夜飲者亦君留而盡私恩之義故言燕私也解夜飲之意言宗子將有事族人皆入侍宗子或與之圖事則當飲之酒若宗子不飲之酒使不醉而出是不親族人也若族人飲宗子酒至醉仍不出是渫慢宗子也言此者

明宗子之義族人雖醉尚留之飲族人之義雖不至醉亦當辭出不得盡宗子之意是王法自當留賓賓則可以辭去去天子於諸侯義亦當然書傳曰既侍其宗然後得燕燕私者何而與族人飲飲而不醉是不親醉而不出是不敬與此傳同毛伏俱大儒當各有所據而言也○箋天子至大燭焉○正義曰申毛之意言傳所稱宗子飲族人之事者以天子燕諸侯之禮亡此假宗子與族人燕爲說耳以天子比宗子族人比羣臣是假託之也族人至醉而有出有不出之二塗猶諸侯至醉亦當辭出若不辭出是湛慢王也是以諸侯皆當辭出但王得其辭異姓則聽之出同姓則留之飲也又解燕飲當以晝所以淫飲至夜猶云不醉不歸者此天子於諸侯之義言天子與諸侯爲主雖終日而未盡歡故留之夜飲使至於必醉也燕飲之禮宵則兩階及庭門皆設大燭是燕必至夜故欲留之夜飲也燕禮曰宵則庶子執燭於阼階上甸人執大燭於庭閽人爲燭於門外是兩階門庭皆有燭也彼兩階與門言執燭唯庭言大燭此云皆設大燭者因彼有大燭擿而言之

湛湛露斯在彼豐草厭厭夜飲在宗載考豐茂也夜飲必於宗室箋云豐草喻同姓諸侯也載之言則也考成也夜飲之禮在宗室同姓諸侯則成之於庶姓其讓

之則止昔者陳敬仲飲桓公酒而樂桓公命以火繼之敬仲曰臣卜其晝未卜其夜於是乃止此之謂不成也○飲桓於鴆反【疏】湛湛至載考○正義曰湛湛然者彼露斯也此露在彼豐草之上豐草得露則湛湛然柯葉低垂以與王之燕飲於彼同姓諸侯此同姓諸侯得王燕飲則威儀寬縱也王與歡酣至於厭厭安閑之夜留之私飲雖則辭讓以其宗室之故則留之而成飲不許其讓以崇親厚焉○箋夜飲至不成○正義曰鄭以經言載考言則成對有不成者旣天子欲留之而有不成者明是賓讓之也故言夜飲之禮在宗室同姓諸侯則成之於庶姓讓之則止也獨言庶姓除同姓皆耳故以庶姓摠之昔者陳敬仲飲桓公酒至於是止莊二十二年左傳有其事引之以證異姓不得成夜飲之義故云此之謂不成也飲桓公酒者桓公至敬仲之家而敬仲飲之酒也故鄭志荅張逸云時桓公館敬仲若哀公館孔子之類杜預亦云桓公賢敬仲之故幸賢人之家是也言卜晝不卜夜者服虔云臣享君必卜示敬愼也此燕諸侯王爲之主彼桓公飲酒敬仲爲主而得證此者君適其臣君爲主人其進退在君所裁敬仲之辭與諸侯之讓同故得爲證也

湛湛露斯在彼杞棘顯允君子莫不令德箋云杞也棘也異類喻庶

姓諸侯也令善也無不善【疏】湛湛至令德。正義曰湛湛
其德言飲酒不至於醉　然者露斯此露在此杞棘之
木此杞棘之木得露則湛湛然柯葉低垂以與王之燕飲在
彼庶姓之諸侯此庶姓諸侯得王燕飲皆威儀寬縱也此庶
姓明信之君子雖得王之燕礼飲酒不
至於醉莫不皆善其德使之無過差

其桐其椅其實離離豈弟君子莫不令儀

離離垂也箋云桐也椅也同類而異名喻二王之後
也其實離離喻其薦俎礼物多於諸侯也飲酒不至於醉徒
善其威儀而已謂陔節也。椅於宜反木名也陔節古哀反
字亦作祴【疏】其桐至令儀。正義曰其桐也其椅也言二
音同祴也　樹當秋成之時其子實離離然垂而蕃多以
與其杞也其宋也二君於王燕之時其薦俎衆多而於王爲
客加其厚恩故也此二王之後樂易之君子雖得王之燕礼
飲酒不至於醉莫不善其威儀令可觀望也。箋其實至陔
節。正義曰以此變言在其實當燕之時唯酒與薦俎酒則
樽不屬賓賓所專者唯薦俎耳昭二十五年宋樂大心曰我
於周爲客是二王之後其尊與諸侯殊絶故知薦俎礼物多
於諸侯也此美天子之燕諸侯無不醉之理故燕飲賓醉乃
出是燕末必醉也此與上章善威儀箋皆云不至醉者言其

蕰藉自持不至醉亂內實困酒空善外儀故云徒善其威儀
而已又言善儀早晚謂陔節當奏陔夏之節猶善威儀以其
美人必舉其終故知當陔之節也燕禮賓醉北面坐取其薦
脯以降奏陔夏取所執脯以賜鍾人於門內霤遂出是也天
子燕諸侯之禮亡故據燕禮以況之
二王之後燕罷而出不必奏陔夏

湛露四章章四句

彤弓天子錫有功諸侯也諸侯敵王所愾而獻其功王饗禮之於是賜彤弓一
彤矢百玈弓矢千凡諸侯賜弓矢然後專征伐○彤徒冬反
彤弓赤弓也愾苦愛反很也杜預云很怒也說文作鎎火既
反云怒戰也玈音盧黑弓也本或作旅字誤【疏】彤弓三章章六句至諸侯○正
義曰作彤弓詩者天子賜有功
諸侯諸侯有征伐之功王以弓矢賜之也經三章上二句言
諸侯受王彤弓是賜之事下四句言王設樂饗醻而行饗亦
是賜之事故云錫以兼之○箋諸侯至征伐○正義曰自諸
侯敵王所愾盡玈弓矢千除饗禮一句以外皆文四年左傳
甯武子辭也諸侯賜弓矢然後專征伐禮記王制文也引左
傳者解有功賜之由王賜諸侯非唯弓矢而已獨言彤弓者

以弓矢爲重故又引王制以明之言敵王所愾者敵者當也愾恨也謂夷狄戎蠻不用王命王心恨之命諸侯有德者使征之諸侯於是以王命興師以討王之所恨者爲讎敵而伐之既勝而獻其所獲之功於王王親受之又設饗禮禮之於是賜之弓矢也獻功者伐四夷而勝則獻之其伐中國雖勝不獻故莊三十一年左傳曰凡諸侯有四夷之功則獻於王以警於夷中國則否是中國之功不獻捷也其獻雖四夷之功乃獻之其賜有功則賜之不須要四夷之功始賜之也晉文侯夾輔周室平王東遷洛邑無伐四夷之功王亦賜之弓矢尚書文侯之命是其事也經先言受功後說享鄭先言享禮之乃言賜弓矢者襄二十六年左傳曰將賞則加膳加膳則飫賜將欲賞人尚加役膳況弓矢之賜賞之大者焉得無其禮也爲賜以設饗而賜之故鄭先言饗也其饗之日先受弓矢之賜後受獻醻之禮也且王以賜弓爲重故經先言賜弓後言饗之事也若僖二十八年左傳說晉文公敗楚於城濮獻功於王王饗醴命晉侯宥下乃言策命晉侯爲侯伯賜之以弓矢似先饗後賜者彼饗醴命宥別行饗禮非賜日之饗也故丁未獻俘已酉設享是先饗禮以勞其功它日乃賜之弓矢更加策命其賜之日別行饗禮則此經所云是與彼饗別也莊十八年虢公晉侯朝王王饗醴命之宥僖二十五

年晉侯朝王王饗醴命之宥於時不賜特行饗醴以此知城濮之言饗禮者非賜日之饗賜之日實行饗禮而左傳甯武子云以覺報宴者杜預云歌彤弓者以明報功宴樂非謂賜時設饗禮甯武子所言及晉文侯文公所受皆并有玈弓此詩獨言彤弓者以二文皆先彤後玈彤少玈多舉重可以包輕故直言彤弓也有弓則有矢言弓則矢可知故亦不言矢也傳文直云玈弓矢千定本亦然故服虔云矢千則弓十是本無十玈二字矣俗本有者誤也首章爲捴目下二章分而述之以相成也毛以藏之者爲藏之於其家以示子孫先藏之乃載以歸後始藏於其家以藏爲重先言之藏於家受後之事致其意而言之非受時也好之喜之由悦樂而賜之故貺之爲捴也饗之是大祀之名右之醻之是饗時之事亦饗爲捴也鄭亦首章爲捴但藏載於車即是受時之事爲異耳○**彤弓弨兮受言藏之**彤弓朱弓也以講德習射弨弛貌言我也箋云言者謂王策命也王賜朱弓必策其功以命之受出藏之乃反入也○弨尺昭反說文云弓反也字林充小反弛式氏反**我有嘉賓中心貺之**貺賜也箋云貺者欲加恩惠也王意殷勤於賓故歌序之**鍾鼓既設一朝饗之**箋云大飲賓曰饗一朝猶早朝○飲

於鳩反。疏形弓至饗之。毛以爲諸侯受天子所賜形赤之弓弨然而弛既天子以此賜我我則於王受之矣既受之我當於家藏之以示子孫不忘大功也於時王既賜諸侯以弓又饗禮禮之我有嘉善之賓中心至誠而貺賜之以鐘鼓既爲之設一旦早朝大設礼而饗之鄭以敘王之意言我形赤之弓弨然弛兮以賜諸侯則受策命之言與此賜之弓出而藏之乃反之入也餘同○傳形弓至言我○正義曰形赤故言朱弓周禮無形弓之名言講德習射則形弓周禮當唐弓大弓也夏官司弓矢有六弓王弧夾庾唐大鄭云六者弓異體之名也往體寡來體多曰王弧往體多來體寡曰夾庾往體來體若一曰唐大經曰唐弓以授學射者使者勞者鄭云學射者弓用中後習强弱則易也使者勞者弓亦用中遠近可也勞者勤勞王事若晉文侯文公受王弓矢之賜也如是則鄭以此形弓及玈弓於周礼爲唐大故言勞者受得之後則以學射故云以講德習射也但唐大者是其體强弱之名此形玈者爲弓色之異稱爲弓者皆漆之以禦後霜露漆之爲色赤之而已形既是赤則知玈者爲黑也色以赤者周之所尚故賜弓赤一而黑十以赤爲重耳爲其體同異未聞正以有功者受形弓形弓之賜周禮唐弓大弓以授勞者此傳言形弓以講德習射周禮唐弓大弓以授學射者此彤弓必當唐大二者之中有之耳其必當唐大亦未能審旅弓與彤弓俱賜勞者蓋亦當唐大乎服虔云旅弓以射甲革椹質則以旅弓當周禮之弧安得賜旅弓多彤弓少則體不得過之而以彤爲學射當唐大合七成規旅弓爲王弧合九成規準之周禮非其差也周禮又有八矢弓弩各四其弓之矢有枉殺矰恒而恒矢云用諸散射鄭云散射謂禮射及習射與此講德習射事同則彤矢旅矢當周禮恒矢也弨弛貌說文云弨弓反謂弛之而體反也此言弨弛貌則受弓矢者皆定體之弓弛而賜之至於凡平敵體自出臨時之宜故曲禮有張弓尚筋弛弓尚角弓定體未定體之事不與此同傳訓言爲我不解藏義王肅云我藏之以示子孫也○箋言者至反人○正義曰鄭以此歌本叙王意故云有嘉賓既叙王意不得諸侯言我受藏之也晉文公受弓矢之賜傳稱王命尹氏及王子虎内史叔興父策命晉侯爲侯伯此與彼同宜有策命故知言者謂王命策也王賜朱弓必策其功以命之左傳策命晉侯之文是其事也此但言藏之則受出藏之乃反入者以傳說晉文公既從命云受策以出出入三覲故知之○箋王意至序之○正義曰箋以言王中心以貺之是中心誠實非飾貌矯情是殷勤於賓也由王如此故後作詩歌而叙之解此彤弓之意以王中心之實故歌之以示法耳

○箋大飲至早朝。○正義曰饗者烹大牢以飲賓是禮之大
者故曰大飲賓曰饗謂以大禮飲賓獻如命數設牲俎豆盛
於食燕周語曰王饗有體薦燕有折俎公當享卿當燕是其
禮盛也言一朝者言王殷勤於賓早朝而即行禮故云一朝
猶早朝以燕燕如至夜饗則如其獻數禮成而罷故以朝言
之昭元年左傳云鄭饗趙孟禮終乃燕是享不終日也○彤
弓弨兮受言載之載以歸也箋云出載之車也○我有嘉賓中心
喜之喜樂也○樂音洛○鍾鼓既設一朝右之右勸也箋云右之者主人獻之
賓受爵奠于薦右既祭俎乃席末坐卒爵之謂也○右毛音
又鄭如字薦右也卒遵律反本或作啐者誤也啐音七內反
【疏】傳右勸。○正義曰下章言醻醻賓之前止有獻賓初獻
未得名爲勸則勸者非以酒勸賓謂設享禮勸其功也
故成二年左傳曰王親受而勞之所以懲不敬勸有功是也
此勸既非勸酒故卒章醻亦不得醻酒傳醻報言爲享以報
其功故左傳曰以覺報宴是也○箋右之至之謂○正義曰
案燕禮云主人筵前獻賓賓西階上拜筵前受爵反位膳宰
薦脯醢賓升筵膳宰設折俎賓坐左執爵右祭脯醢奠爵於
薦右興取肺坐絕祭齊之興加於俎坐捝手執爵遂祭酒於

席末坐啐酒此鄭畧其事故言之謂右之者卽此燕禮所言奠於薦右之謂也彼啐酒卽此卒爵爵卽酒也鄭以下言醻之爲醻賓故此右之爲當獻賓既獻賓賓受而奠之於薦右是言○之可以明主之獻賓故作者舉以表之

彤弓弨兮受言櫜之櫜韜也○櫜古刀反韜本又作弢吐刀反弓衣也我有嘉賓中心好之好說也○好呼報反說音悅鐘鼓既設一朝醻之醻報也箋云飲酒之禮主人獻賓賓酢主人主人又飲而酌賓謂之醻醻猶厚也勸也○醻本又作酬市由反酢才洛反

疏箋飲酒至厚勸○正義曰案燕禮賓既受獻西階上北面坐卒爵賓以虛爵降賓坐取觚奠於篚下盥洗卒盥揖升酌以酢主人於西階上主人北面拜受又曰遂卒爵是主人獻賓賓酢主人也又曰主人盥洗升媵觚於賓酌散西階上坐奠爵拜賓賓降筵北面荅拜主人坐祭遂飲又曰主人酌膳賓遂西階上拜受爵於筵前反位主人拜送爵賓升席坐祭酒遂奠於薦東是主人又飲而酌賓曰醻也其鄉飲酒亦然彼注醻勸酒與此厚勸一也瓠葉傳曰醻導飲主人又飲以導賓而醻之此傳訓醻爲報是傳意醻之不施於飲酒明矣故王肅云醻報功也

彤弓三章章六句

菁菁者莪樂育材也君子能長育人材則天下喜樂之矣樂育材者歌樂人君教學國人秀士選士俊士造士進士養之以漸至於官之。菁者莪上子丁反下五何反長張丈反下注並同樂音洛下並注同選雪戀反。

【疏】菁菁者莪四章章四句至樂之矣。正義曰作菁菁者莪詩者樂育材也言君子之爲人君能教學而長育其國人使有材而成秀進之士至於官爵之君能如此則爲天下喜樂矣故作詩以美之經四章言長養成就賜之官爵皆是育材之事也南有嘉魚言樂與賢也南山有臺云樂得賢者彼謂在位及人君於時樂求賢者本在上之心非下人所樂此則下人所樂君之能育材與彼別又經言喜樂者謂被人君所育者以被育有材得官爵而喜又序言喜樂之者他人見之如是而喜樂之非獨被育者也作者述天下之情而作歌耳。箋樂育至官之。正義曰箋解樂育材者樂養之以至於材故言教學之漸至於官爵也王制云與立小學大學乃言若有循教者鄉人子弟卿大夫餘子皆入學九年大成名曰秀士又曰命鄉論秀士升之司徒曰選官司徒論選士之秀者升之於大學曰俊士升於司徒者不征於鄉升於大學者不征於司徒曰造士又曰大樂正論造士之秀者以告於王而升諸司馬曰進士注云進士可進受爵祿又曰司馬辨論官材論進士之賢者以告於王而定其論論定然後官之任官然後爵之如是從鄉人中教之爲秀士是教學之從秀士漸至於進士是養之以漸也進士論材任官而又爵之是至於官爵之也其養成爲此五士是長育人材也進士是材之大成故官爵以進士爲主但人材有限官有尊卑其進士以下學已大成超踰倫輩亦可隨材任之不必要至進士始官之也卒章箋云文亦用武亦用於人之材無所廢是秀士以上皆可爲官也定本無進士二字誤也

菁菁者莪在彼中阿興也菁菁盛貌莪蘿蒿也中阿阿中也大陵曰阿君子能長育人材如阿之長莪菁菁然箋云長育之者旣教學之又不征役也○**旣見君子樂且有儀**箋云旣見君子者官爵之而得見也見則心旣喜樂又以禮儀見接○

【疏】菁菁至有儀○正義曰言菁菁然茂盛者蘿蒿也此蘿蒿也此蘿蒿所以得茂盛者由生在阿中得阿之長養故茂盛以興德盛者是學士也此學士所以致德盛者由升在彼學中得君之長育故使德盛人君旣能長育人材

教學之又能官而用之故此學士既見君子則心喜樂且又有禮儀見接也又君子能養材與官又接之以禮故下所以歌之也言此養我者以沚則有水之潤阿陵有所居之勢草得於中而長遂故言長也○傳莪蘿蒿○正義曰釋草云莪蘿蒿也舍人曰莪一名蘿郭璞曰今莪蒿也陸機疏云莪蒿也一名蘿蒿也生澤田漸洳之處葉似邪蒿而細科生三月中莖可生食又可蒸香美味頗似蔞蒿是也○箋官爵至見接○正義曰以下云賜我百朋得祿之事故此樂者爲得官而樂也既樂爲官爵之又云且有儀且兼事之辭故爲君子以禮儀接己也○

菁菁者莪在彼中沚。中沚沚中也○沚音止○**既見君子我心則喜**。喜樂也

菁菁者莪在彼中陵。中陵陵中也○**既見君子錫我百朋**。箋云古者貨貝五貝爲朋賜我百朋得祿多言得意也

[疏]箋古者至得意○正義曰言賜我是入己之辭故爲得祿也言古者貨貝言古者寶此貝爲貨也五貝者漢書食貨志以爲大貝壯貝幺貝小貝不成貝爲五也言爲朋者爲小貝以上四種各二貝爲一朋而不成者不爲朋鄭因經廣解之言有五種之貝貝中以相與爲朋非揔五貝爲一朋也故志曰大

貝四寸八分以上直錢二百一十文二貝爲朋壯貝三寸六分以上直錢五十文二貝爲朋么貝二寸四分以上直錢三十文二貝爲朋小貝一寸二分以上直錢一十文二貝爲朋不成貝寸二分漏度不得爲朋率枚直錢三文是也以志所言王莽時事王莽多舉古事而行五貝故知古者貨貝焉

汎汎楊舟載沈載浮楊木爲舟載沈亦沈載浮亦浮箋云舟者沈物亦載浮物亦載喻人君用士文亦用武亦用於人之材無所廢。汎汎方劒反

旣見君子我心則休。箋云休者休休然休虛虬反美也【疏】汎汎至則休。正義曰言汎汎然楊木之舟則載其沈物則載其浮物俱浮水上以興當時君子用其文者又用其武者俱致在朝言君子於人唯才是用故旣見君子而得官爵我心則休休然而美載飛載止及載震載育之類箋傳皆以載爲則然則此載亦爲則言則載沈物則載浮物也傳言載沈亦浮箋云沈物亦載則以載解義非經中之載也

菁菁者莪四章章四句

附釋音毛詩注疏卷第十（十之一）

奉新余成教校

南昌府學重栞宋本毛詩注疏附校勘記

黃中模栞

毛詩注疏挍勘記（十之二）　　阮元撰盧宣旬摘錄

○南有嘉魚

大平君子　閩本明監本毛本同唐石經小字本相臺本平下有之字考文古本同案有者是也下正義云梟鷖與此序皆云大平之君子可證

欲置之於朝　閩本明監本毛本置作致案所改是也

又云塵然猶言久然爲如也　閩本明監本毛本同案久下當脫如塵爲久凡四字以久字複出而誤也

上見求魚之多　閩本明監本毛本上作止案所改是也

彼注云君子謂成王　閩本明監本毛本同案浦鏜云斥誤謂是也正義下云則毛亦不斥成王明矣是本引此作斥也

升家臣以公　閩本明監本毛本以作於案所改非也正義所引自如此

李巡曰汕以薄魚也　閩本明監本毛本魚也作汕魚案爾雅疏引作汕以薄汕魚也此當汕也並有各脫其一

鄉飲酒曰賓以我安　小字本相臺本同案正義云則此文當在燕禮矣言鄉飲酒者誤也定本亦誤以南陔與由庚之箋皆鄉飲酒燕禮連言之故學者加鄉飲酒於上後人知其不合爾引故略去燕禮焉今本猶有言燕禮者此正義據當時或本猶有鄉飲酒燕禮連言者而定其誤如此也今無其本矣

案鄉飲酒燕飲而安之　閩本明監本毛本同案浦鏜云下五字當衍文是也此寫者涉上文而誤

有尊壹之意我君子　閩本明監本毛本同案我上當有於字

夫擇木之鳥慤謹　閩本明監本毛本同案此當作雛夫不之鳥慤謹用四牡傳箋之文也

○南山有臺

保艾爾後唐石經小字本相臺本同案段玉裁云依傳艾養保安也似經文當作艾保今考釋文以保艾作音是釋文本與唐石經以下正同正義本未有明文今無可考

○由庚崇丘由儀

各得其宜也唐石經小字本相臺本同案九經古義云宜束皙補亡詩引作儀李善注云毛萇詩傳儀宜也此當作儀非也此序以宜說儀與由庚序以道說庚崇丘序以高說崇以大說丘為例正同束皙改作儀失序意矣不當反據之也凡他書援引之異不可信者覩諸此毛不注序無此傳明甚李善取烝民我義圖之之傳破而引之耳

無以知其篇第之處小字本相臺本同案正義云篇第所在皆當言處云之意者以無意義可推尋而知故云意也各本作處者皆誤段玉裁云正義作意是也

故鄭於譜言閩本明監本毛本同案譜當作此

〇蓼蕭

外薄四海　小字本相臺本同案釋文云外薄音博諸本作外敷注音芳夫反正義云檢鄭所注尚書經作外薄今定本作外敷恐非也

書傳稱越常氏之譯曰　閩本明監本毛本常作裳案所改非也周頌譜及臣工二正義引皆作當依說文常是裳之正字

雒師謀我應注　閩本明監本毛本雒誤維案文王正義引皆作雒

州有十二師　閩本明監本毛本同案有十當作十有正義下云既言州十有二師可證下引注云州立十二人又云故州有十二師者皆非經成文也山井鼎云宋板作十有誤舉下行耳

舒其情意　小字本相臺本同考文古本同閩本明監本毛本舒誤輸

彼四夷之君此四夷之君所以得所者　閩本明監本毛本同案之至四

十行本剜添者一字

我心則舒寫盡兮　閩本明監本毛本舒作輸案所改非也此用箋

言爲天子所保　閩本明監本毛本同案浦鏜云子疑下字誤是也

雖香而是物之微者　閩本明監本毛本同案而至微十行本剜添者一字

豈樂弟易也　小字本相臺本同案釋文以樂也作音當是其本較今各本皆每多也字考文古本有采釋文

鞗革忡忡　相臺本同唐石經小字本作沖沖閩本明監本毛本同案沖沖是也十行本正義中字仍作沖沖釋文同皆可證

鞗轡也革轡首也　小字本相臺本同案段玉裁云傳鞗轡首飾也革轡首也此謂革即勒字古文省攸革古金石文字皆作攸勒或作鋚勒說文鋚轡首銅也然則鋚以飾轡首傳云垂飾貌正謂鋚也韓奕鞗以爲

靷淺以爲辭鋚以飾勒金以飾軛四事一例載見云攸革有鶬鶬謂金飾采芑箋云攸革轡首垂也皆可證各本作轡也係淺人刪首飾二字攸作鞗亦淺人爲之又詳詩經小學今考正義云鞗皮以爲轡標起止云傳鞗轡也釋文鞗下云轡也五經文字革部云鞗轡也見詩是唐時本已與今各本同

立當前侯　閩本明監本毛本同案此不誤浦鏜云疾誤侯非也周禮本是侯字唐石經以下皆譌爲疾唯此及論語鄉黨疏所引不誤詳見禮說九經古義周禮漢讀考

○湛露

蓼蕭序云天子　閩本明監本毛本同案序下浦鏜云脫不字是也

其義有似醉之貌　閩本明監本毛本同小字本相臺本義作儀案儀字是也正義云其威儀有似醉之貌也可證

夜飲私燕也　小字本相臺本同案正義云故言燕私也引楚茨尚書大傳燕私以說之是此誤倒常棣

正義引此亦誤

猶諸侯之儀也　小字本相臺本同案儀當作義即正義所云族人之義也下箋此天子於諸侯之儀亦當作義即正義所謂宗子之義也皆無取於威儀又正義屢云天子於諸侯之義亦可證

燕私者何而與族人飲　閩本明監本毛本同案而上當有己字常棣正義引有

於是乃止　小字本相臺本同案正義云於是止是其本無乃字

以此變言在其實　閩本明監本毛本同案言在二字盧文弨云當乙是也

○彤弓

自諸侯敵王所愾　毛本愾誤餼閩本明監本不誤○按餼或鎎之誤說文引左傳作鎎

後說享　閩本明監本毛本享作饗案所改是也下同

正以有功者受彤弓彤弓之賜　閩本明監本毛本正誤王案下彤字當作旅

安得賜旅弓多彤弓少閩本明監本毛本同案安得當作案傳形近之譌

坐絕祭齊之也閩本明監本毛本同案浦鏜云𪗋誤齊是

是言之可以明主之獻賓閩本明監本毛本同案浦鏜云言當有字誤是也

○菁菁者莪

升之司徒曰選官閩本明監本毛本同案山井鼎云官當作士是也物觀補遺云宋板官作士當是剜也

蘿蒿也此蘿蒿也此蘿蒿閩本明監本毛本不重也此蘿蒿四字案所改是也此複衍

菜似邪蒿而細閩本明監本毛本似誤以毛本菜作葉案葉字是也

不成貝寸二分閩本明監本毛本同案貝下當依漢志補不盈二字

載沈亦沈小字本相臺本同案下沈字當作浮正義云則載沈載其沈物則載其浮物俱浮水上又云傳言載沈亦浮皆可證也考文古本作浮采正義

附釋音毛詩注疏卷第十（十之二）

毛詩小雅　鄭氏箋　孔穎達疏

六月宣王北伐也從此至無羊十四篇。是宣王之變小雅。鹿鳴廢則和樂缺矣樂音洛篇末注同缺苦悅反四牡廢則君臣缺矣皇皇者華廢則忠信缺矣常棣廢則兄弟缺矣伐木廢則朋友缺矣天保廢則福祿缺矣采薇廢則征伐缺矣出車廢則功力缺矣杕杜廢則師衆缺矣魚麗廢則法度缺矣南陔廢則孝友缺矣白華廢則廉恥缺矣華黍廢則蓄積缺矣蓄勑六反由庚廢則陰陽失其道理矣南有嘉魚廢則賢者不安下不得其所矣崇丘廢則萬物不遂矣南山有臺廢則爲國之基隊矣隊直類反由儀廢則萬物失其道理矣蓼蕭廢則恩澤乖矣湛露廢則萬國離矣彤弓廢則諸夏衰矣夏戶雅反菁菁者莪廢則無禮儀矣小雅盡廢則四夷交侵中國微矣六月言周室微而復興美宣王之北伐也

疏六月六章章八句盡中國微矣○正義曰此經六章皆在北伐之事序又廣之言宣王所以北伐者由於前厲王小雅盡廢致令四夷交侵以故汎敘所廢之事焉鹿鳴言和樂且耽故廢則和樂缺矣以下廢缺其義易明不復須釋由庚以下不言缺者敘者因文起義明與上詩別主見缺者爲剛君父之義不言缺者爲柔臣子之義以文武道同故俱言缺周公成王則臣子也故變文焉由儀言萬物之生各得其宜故廢則萬物失其道理矣此與由庚全同由庚言陰陽此言萬物者由庚言由陰陽得理萬物得其道由儀則指

其萬物生得其宜本之於陰陽所以異也此二十二篇小雅之正經王者行之所以養中國而威四夷今盡廢事不行則王政衰壞中國不守四方夷狄來侵之中夏之國微弱矣言北狄所以來侵者爲廢小雅故也厲王廢之而微弱宣王能禦之而復興故博而詳之而因明小雅不可不崇以示法也此篇北伐下篇南征蠻狄之侵則有之矣其戎夷則小雅無其事厲王之末天下大壞明其四夷俱侵也江漢命召公平淮夷明是厲王之時淮夷亦侵也雖無戎侵之事蓋作者所以不言耳假使無戎侵亦得言四夷矣定本此序注云言周室微而復興美宣王之北伐也案集本及諸本並無此注首章傳曰日月爲常周禮王建太常二章傳曰出征以佐其爲天子是自於己之辭觀此則毛意此篇王自征也卒章傳曰使文武之臣征伐與孝友之臣處內言與俱共留不去之辭者王肅云宣王親伐玁狁出鎬京而還使吉甫追伐追逐乃至於太原如肅意宣王先歸於京師吉甫還時王已處內故言與孝友之臣處內也肅以鎬爲鎬京未必是毛之意其言宣王先歸或得傳旨不然不得載常簡閱遣將獨行也則毛意上四章說王自親行下二章說王還之後遣吉甫行也故二章再言薄伐上謂王伐之下謂吉甫伐之也鄭以爲獨遣吉甫王不自行王基駁鄭之徒也云六月使吉甫采芑命方

叔江漢命召公雖常武宣王親自征耳孔晁云王親自征耳孔晁王肅之徒也言六月王親行常武王不親行故常武曰王命卿士南仲太祖太師皇父非王親征也又曰王奮厥武王旅嘽嘽皆統於王師也又王曰還歸將士稱王命而歸耳非親征也案出車文王不親而經專美南仲此篇亦專美吉甫若將師之從王而行則君統臣功安得言不及王而專歸美於下若王自親征飲至大賞則從軍之士莫不在焉何由吉甫一人獨多受祉故鄭以此篇爲王不親行也常武言王旅容可統之於王經云赫赫業業有嚴天子說天子之容復何統乎又遣將誓師可稱王意經言王曰還歸事在旣克之後事平理自當還在軍將所專制何當假稱王命始還師也以此知常武親征爲得其實孫毓亦以此篇王不自行鄭說爲長

六月棲棲戎車既飭四牡騤騤載是常服棲棲簡閱貌飭正也日月爲常服戎服也箋云記六月者盛夏出兵明其急也戎車革輅之等也其等有五戎車之常服韋弁服也○棲音西飭音勑依字從力脩飾之字從巾不同也今人食邊作力以爲脩飾之字借作勑音非騤求龜反閱音悅

玁狁孔熾我是用急。熾盛也箋云此序吉甫之意也北狄來侵甚熾故王以是急遣我○熾尺志反

王于出征以匡王國箋云于曰匡正也王曰今女出征玁狁以正王國之封畿

【疏】六月至王國毛以爲正當盛夏六月之時王以北狄侵急乃自征而禦之簡選閱擇其中車馬士衆棲棲然其所簡練戎車既皆飭正矣戎車所駕之四牡又騤騤然强盛王乃載是日月之常建之於車及兵戎之服以此而伐玁狁也王所以六月簡閱出兵者由玁狁之寇來侵甚熾我王是用之故須急行也王於是出行征伐以匡正王之國也鄭以爲吉甫受命六月北征即閱士衆棲棲然所簡戎車既齊正矣所乘四馬皆强壯騤騤然乃載是常從戎韋弁之服以出征也吉甫意云所以六月行者以北狄來侵甚盛我王是用遣我之急也王曰今女出征玁狁以正王國之封畿我故盛夏而行也〇傳棲棲至戎服〇正義曰以棲棲非六月之狀故爲簡閱貌也日月爲常春官司常文謂之王旌畫日月也服戎服也即以韋弁服也但分爲二事故與鄭異〇箋六月至服〇正義曰以征伐之詩多矣未有顯言月者此獨言之故云記六月者盛夏出兵明其急也春官巾車掌王之五路革路以即戎故知戎車革路之等也春官車僕掌戎路之倅廣車之倅闕車之倅屏車之倅輕車之倅注云此五者皆兵車所設五戎也戎路王在軍所乘廣車橫陣之車闕車所用補闕之車

也屏車所用對敵自蔽隱之車也輕車所用馳敵致師之車也是其等有五也吉甫用所乘兵車亦革路在軍所乘與王同但不知備五戎以否鄭因事解之不必備五也言戎車之常服韋弁服者以上言戎車既飭郎載是常服是則戎車載之故云戎車之常服也言載之者以戎服當戰陳之時乃服之在道未服之司服云凡兵事韋弁服注云韋弁以韎韋爲弁又以爲衣春秋晉郤至衣韎韋之跗注是也周礼云韋弁皮弁服皆素裳白舄又雜問志云韎韋之不注不讀如幅注屬也幅有屬者以淺赤韋爲弁又以爲衣而素裳白舄也知淺赤者以詩言韎韐有奭以韎韐茅蒐染之而奭爲赤貌若不淺則絳故知淺赤也聘礼君使卿韋弁歸饔餼注云韋弁韎韐之弁其服蓋韎布以爲衣而素裳不韎皮爲衣者以卿之歸饔餼當用皮弁以權事之宜而用韋弁故彼注云兵服也而服之者皮韋同類也取相近耳以皮弁衣故彼韋弁衣用赤布也以皮韋同類故孝經注曰田獵戰伐冠皮弁援神契云皮弁素積軍旅也皆以皮弁統韋言之若分別言之戰伐用韋不用皮也此所載者據將帥服耳其餘軍士之服下章言既成我服是也通皆韋皮故坊記注云唯在軍同服耳知者僖五年左傳曰均服振振取號之旂是同也礼在朝及齊祭君臣有同服多矣鄭獨言在軍者爲僕右無也以君各

以時服僕右恒朝服至在軍則同故言雖耳不謂通於他事○箋于曰至封畿○正義曰鄭以王不自親征吉甫述王之辭故言其曰毛氏於詩言于者多爲於爲往所以爲王自征耳言王國者以率土之濱莫非王臣要服之內是王國之封畿也

比物四驪閑之維則物毛物也則法也言先教戰然後用師○比毗志反齊同也○

維此六月既成我服我服既成于三十里師行三十里箋云王既成我戎服將遣之戎之曰日行三十里可以舍息

王于出征以佐天子出征以佐其爲天子也箋云王曰令女出征伐以佐助我天子之事禦北狄也

【疏】比物至天子○毛以爲宣王之征所簡車馬者乃比同力之物四驪之馬此四驪之馬先以閑習之維有法則矣所以令用之維此六月之時既成我軍士之戎服我軍士戎服既成於是師行日三十里耳王於是出行征伐玁狁成已爲天子之大功也○鄭唯以吉甫獨行王于爲曰爲異餘同○傳物毛至用師○正義曰夏官校人云凡大事祭祀朝覲會同毛馬而頒之凡軍事物馬而頒之注云毛馬齊其色物馬齊其力是毛物之文也傳以直言物則難解故連言毛物以曉人也然則比物者比同力之物戎車齊力尚

强不取同色而言四驪者雖以齊力爲主亦不厭其同色也故曰駟驖彭彭又曰乘其四騏四駱齊足而曰四黃旣駕是皆同色也無同色者乃取異毛耳騏駵是中騧驪是驂是也以言閑之是以先閑習故知先教戰而後用師也書傳曰征伐必因蒐狩以閑之閑之者何貫之貫之何習之是也○傳師行三十里○正義曰此述宣王之征是師行之事美事明得禮故諸軍法皆以三十里爲限漢書律歷志計武王之行亦準此也

四牡脩廣其大有顒脩長廣大也顒大貌○顒玉容反說文云大頭也**薄伐玁狁以奏膚公**奏爲膚大公功也**有嚴有翼共武之服**嚴威嚴也翼敬也箋云服事也言今師之羣帥有威嚴者有恭敬者而共典是兵事言文武之人備○嚴如字共鄭如字注下同王徐音恭帥所類反下將帥同後篇放此**共武之服以定王國**箋云定安也

【疏】四牡至王國○毛以爲王所將戎車所駕之四牡形容脩長而又廣大其大之貌則有顒然以此之強薄伐玁狁之國以爲天子之大功也非直車馬之強又有威嚴之將恭敬之臣而共典掌是兵武之事其嚴者威敵厲衆敬者撫和上下旣有此文武之臣共掌兵事以此而往

故當克勝而安定王國**玁狁匪茹整居焦穫侵鎬及**也鄭稚據吉甫爲異**方至于涇陽**焦穫周地接于玁狁者箋云匪非茹度也鎬也方也皆北方地名言玁狁之來侵非其所當度爲也乃自整齊而處周之焦穫來侵至涇水之北言其大恣也○茹如豫反徐音如穫音護爾雅十藪周有焦護鎬胡老反王云京師度徒洛反下同**織文鳥章白旆央央**鳥章錯革鳥爲章也白旆繼旐者也央央鮮明貌箋云織徽織也鳥章鳥隼之文章將帥以下衣皆著焉○織音志又尺志反注同白茷本又作旆蒲貝反繼旐曰茷左傳云蒨茷是也一曰旆與茷古今字殊央音英或於良反下篇同徽音輝將子亮反下大將同後篇將帥放此著知略反**元戎十乘以先啓行**元大也夏后氏曰鉤車先正也殷曰寅車先疾也周曰元戎先良也箋云鉤鞶行曲直有正也寅進也二者及元戎皆可以先前啓突敵陳之前行其制之同異未聞○乘繩證反行戸郎反注前行同夏戸雅反鉤古侯反股音古今經注作鞶無股字以先蘇薦反陳直覲反

【疏】玁狁至啓行○毛以爲王師已行數狁之罪故陳其放恣言玁狁之所侵者非其意所當度乃整齊而處我周之焦穫之地又

侵鎬及北方之地至於涇水之北侵及近地石○為大甚故以
當合征之而將帥以下皆有徽織之豫其文有鳥隼之章以
帛為行旆央央然鮮明皆有致死之備以行也又有戎車十
乘以在軍先欲以啓突敵陳之前行由玁狁之恣而用伐之
鄭唯據吉甫為異○傳焦至玁狁○正義曰釋地云周有焦
穫郭璞曰今扶風池陽縣瓠中是也其澤藪在瓠中而藪外
猶焦穫所以接于玁狁也孫炎曰周岐周也以焦穫繼岐周
言之則於鎬京為西北矣以北狄言之故為北方耳○箋匪
非至大恣○正義曰以北狄所侵故知鎬也方也皆北方地
名也整齊而處之者言其居周之地無所畏懼也鎬方雖在
焦穫之下不必先焦穫乃侵鎬方據在北方在焦穫之東北
若在焦穫之內不得為長遠也水北曰陽故言涇水之北涇
去京師為近故言大恣毛不解鎬方之文而出車傳曰朔方
近玁狁之國鎬方文連則傳意鎬亦北方地也王肅以為鎬
京故王基駮曰據下章云來歸自鎬我行永久言吉甫自鎬
來歸猶春秋公至自晉公至自楚亦從晉楚歸來也故知○鄉○
日○于里之鎬猶以為遠鎬去京師千里長安洛陽代為帝都
而濟陰有長安鄉漢有○洛陽○縣此皆與京師同名者也孫毓
亦以箋義為長○傳鳥章至旟者○正義曰釋天云錯革鳥
曰旟孫炎曰錯置也革急也畫急疾之鳥於繆也鄭志荅張

逸亦云畫急疾之鳥隼是也故箋云鳥隼之文章正知隼者以司常云鳥隼爲旟釋天云繼旐曰旆故云白茷繼旐者也以其茷與旆古今字也故定四年左傳曰蒨茷旃旌亦旆也以其繼旐垂之因以爲狀故曰胡不旆旆此旟而言旐者散則通名○箋織徽至著焉○正義曰言徽織者以其在軍爲徽號之織史記漢書謂之旗幟幟與織字雖異音實同也傳云革鳥爲解不明故云鳥隼之文章將帥以下衣皆著焉謂此織文鳥章白茷央央也以絳爲縿畫爲鳥隼又絳爲旐書名於末以爲徽織知者司常掌九旗之物名各有屬注云物名者所畫異物則異名也屬謂徽織也大傳謂之徽號今城門僕射所被及亭長著絳衣皆其舊象也又曰皆畫其象焉官府各象其事州里各象其名家各象其號注云事名號織所以題別衆官樹之於位朝者各就焉覲禮曰公侯伯子男皆就其旂而立此其類也或謂之事或謂之名或謂之號異外內也三者旌旗之細士喪禮曰爲銘各以其物亡則以緇長半幅䞓末長終幅廣三寸書名於末此蓋其制也徽織之書則云某某之事某某之名某某之號今大閱禮象而爲之兵凶事若有死事者亦當以相別也由此言之則徽織者其制亦如所建旌旗而畫之其象但小耳故鄭云旌旗之細以皆著於衣理不宜長以無長短之制故引士喪長半幅以證之士

喪注云半。幅一尺絳。幅二尺除去絳。直是銘長三尺也故士
喪禮竹杠長三尺置于宇西階上鄭云此蓋其制以死之銘
旌即生之徽織鄭引士喪禮以證自王以下旌旐雖有等差
其徽織疑同長三尺以同著於衣不宜差降則此徽織亦絳
長一尺畫鳥隼旐長二尺書名於末九旗之物皆用絳則此
亦絳也言白旆者謂絳帛猶通帛爲旃亦是絳也言各畫其
象者以其徽雖短之令小皆本之建旗故司常云大喪共銘
旌注云王則太常也又引士喪禮爲銘各以其物是自王以
下徽織皆畫其所當建也此獨言鳥章者周禮軍行百官建
旟舉百官者所以統其餘也言將帥以下者大司馬曰仲夏
教茇舍辨號名之用帥以門名注云號名者徽織所以相別
也在國以表朝位在軍又象其制而爲之被之以備死事帥
謂軍將至五。長是將帥以下自五。長以上不見士卒其有無
不明蓋亦各有之矣司常云官府各象其事謂百官以職從
王者象其所建旌旂畫之謂之爲事州里各象其名者謂州
長至比長象其所建之旌旂謂之爲名家各象其號者謂卿
大夫菜。地之臣象其所建之旌旂謂之爲號此唯有三宗大
司馬仲夏辨號名之用帥以門名縣鄙各以其名家以號名
卿以州名野以邑名百官各象其事雖有六與司常事名號
三者不殊但司馬細別言之耳帥以門名者帥謂六軍之將

皆命鄉營所治國門以○在門所建之旟旐爲徽織之此帥從
伍長以上但以鄉統名焉事則司常官府各象其事是也縣
鄙各以其名者謂六遂縣正以下至鄰長鄉以州名者謂州
長至比長野以邑名者謂六遂以外公邑大夫此三者卽司
常所云州里各象其名也家以號名者卽司常云家象其號
也百官各象其事者卽司常云官府各象其事也○傳夏后
至先良○正義曰夏后氏曰鉤車殷曰寅車周曰元戎司馬
法文也先疾先良傳因名以解之○箋鉤鉤鞶至未聞○正
義曰箋以毛因而增解遂解其名以明義春官巾車職曰金
路鉤樊纓注云鉤讀如婁頷之鉤樊讀如鞶帶之鞶謂今馬
大帶是也鉤鞶之文○定本鉤鞶作鉤般此實在馬膺乃設之
巾車以爲車飾故得車取名焉鄭兼言鞶者并舉其類以曉
人猶上傳云物毛物也周禮革路無鉤此特設鉤故以名車
也此車備設鉤鞶其行曲直有正故云先正也或卽鄭云曲
直有正蓋謂此車行鉤曲般旋曲直有正不必爲馬飾也寅
進也此車能進取遠道故云先疾也其元戎者傳已訓元爲
大故鄭不復解之言大車之善者故云先良也無文論其形故云同異未聞

戎車既安如輊如軒四牡既佶既佶且閑

輊摯佶正也箋云戎車之安從後視之如摯從前視之如軒然

後適調也佶壯健之貌。輕竹二反佶其乙反又其吉反摯音至

薄伐玁狁至于大原

吉甫尹吉甫也有文有武憲法也箋

言逐出之而已。大音泰

文武吉甫萬邦爲憲

云吉甫此時大將也

【疏】戎車至爲憲。毛以爲王征玁狁既出鎬方玁狁退王身還反而使吉甫逐之故此章更敘車馬之盛言兵戎之車既安正矣從後視之如軒從前視之如軒是適調矣其所駕四牡之馬既正大矣且須復閑習吉甫以此薄伐玁狁敵不敢當遂追奔逐北至于大原之地王師所以得勝者以有文德武功之臣尹吉甫其才略可爲萬國之法受命逐狄王委任焉故北狄遠去也。鄭以爲元來吉甫獨行以佶爲壯健爲異餘同。傳言逐出之而已。正義曰不言與戰經云至于大原是宣王德盛兵強玁狁奔走不敢與戰吉甫直逐出之而已采芑出車皆言執訊獲醜此無其事明其不戰也莊三十年齊人伐山戎公羊傳曰此蓋戰也何以不言戰春秋敵者言戰桓公之與戎狄驅之耳何休曰時齊桓公力但可驅逐之而已義與此同

吉甫燕喜既多受祉

祉福也箋云吉甫既伐玁狁而歸天子以燕礼樂之則歡喜矣又多受賞賜也

來歸自鎬我行永久

飲御諸友炰鱉膾鯉御進也箋云御侍也王以吉甫遠從鎬地來又日月長久今飲之酒使其諸友恩舊者侍之又加其珍美之饌所以極歡也○飲於鴆反注同鱉畀滅反膾古外反鯉音里侯誰在矣張仲孝友侯維也張仲賢臣也善父母爲孝善兄弟爲友使文武之臣征伐與孝友之臣處內箋云張仲吉甫之友其性孝友

疏吉甫至孝友○毛以爲吉甫逐出玁狁遠出中國有功而歸王以燕禮樂之則歡喜既多受賞賜之福也王所以燕賜之者以其來歸自鎬其處迥遠我吉甫之行日月長久矣故今王飲之酒進其宿在家諸同志之友與俱飲以盡其歡又加之以炰鱉膾鯉珍美之饌燕賜厚矣其所進諸友之中維復誰在其中間矣有張仲其性孝友在焉言吉甫之賢有此善友因顯所任得人外則使文武之臣征伐內則與孝友之臣處內亦所以爲美也○鄭唯吉甫元帥專征又以御爲侍言飲酒則有侍者諸友舊恩之人以此爲異餘同○箋御侍至勸之○正義曰鄭以諸友侍之爲尊崇之意其義勝進故易傳也言加珍美之饌者以燕禮其牲狗天子之燕不過有牢牲魚鱉非常膳故云加之○箋張仲至孝友○正義曰箋以侯誰在矣是問吉甫諸友之辭故知張仲吉甫之友也爾雅李巡注云張姓

仲字其人孝故稱孝友

六月六章章八句

采芑宣王南征也芑音起徐又求己反〔疏〕采芑四章章十二句至南征○正義曰謂宣王命方叔南征蠻荆之國上言伐此云征便辭耳無義例也言伐者以彼有罪伐而討之猶執斧以伐木言征者已伐而正其罪故或并言征伐其義一也

薄言采芑于彼新田于此菑畝興也芑菜也田一歲曰菑二歲曰新田三歲曰畬宣王能新美天下之士然後用之箋云興者新美之喻和治其家養育其身也士軍士也○菑側其反郭云反草曰菑畬音餘

方叔涖止其車三千師干之試方叔卿士也受命而爲將也涖臨師衆干扞試用也箋云方叔臨視此戎車三千乘其士卒皆有佐師扞敵之用爾司馬法兵車一乘甲士三人步卒七十二人宣王承亂羡卒盡起○莅本又作涖音利又音類沈力二反扞胡旦反乘繩證反下一乘同卒子忽反下皆同羡延面反餘也又徐薦反

方叔率止乘其四

駟四騏翼翼箋云率者率此戎車士卒而行也翼翼壯健貌路車有奭簟茀魚服鉤膺鞗革奭赤貌鉤膺樊纓也箋云茀之言蔽也車之蔽飾象席文也魚服矢服也鞗革轡首垂也○奭許力反茀音弗鞗音條樊步干反馬大帶也

疏「言人須芑爲菜我薄言至鞗革」○正義采此芑於何處乎當於彼新田於此菑畝之中以新田菑畝謂已和耕其田生長其芑必肥美可食故於此采之也以與須人爲軍士我薄取人於何處乎當於彼蒙教於此被育之家以蒙教被育已和治其家養育其身士必勇武可用故於彼取之也既於新美被養處召得軍士而大將方叔臨視之其車衆之多中有三千乘矣其士皆有佐師扞敵之用是取之得人也大將方叔率之以行乃自乘其四騏之馬此四騏之馬翼翼然甚壯健矣又此所駕路車有奭然而赤其車以方文竹簟之席爲之蔽飾其上所載有魚皮爲矢服之器其馬婁頷有鉤在膺有樊纓之飾又以鞗皮爲轡首之革而垂之方叔既率士衆乘是車馬往征之○傳「采芑至用之」○正義曰陸機疏云采芑似苦菜也莖青白色摘其葉白汁出肥可生食亦可烝爲茹青州人謂之芑西河鴈門芑尤美胡人戀之不出塞是也一歲曰菑二歲曰新田三歲曰畬釋地文

菑者災也畬和柔之意故孫炎曰菑始災殺其草木也新田
新成柔田也畬和也田舒緩也郭璞曰今江東呼初耕地反
草爲菑是也臣工傳及易注皆與此同唯坊記注云二歲曰
畬三歲曰新田坊記引易之文其注理不異當是轉寫誤也
田耕二歲新成柔田采必於新田者新美其菜然後采之故
以騐宣王新美天下之士然後用之也箋解菜之新田耕其
田上所以得其新美者正謂和治其家救其飢乏之養育其身
不妄征役也二歲曰新田可言美菑始一歲亦言於此菑畝
者菑對未耕亦爲新也且菑殺草之名雖二歲之後耕而殺
草亦名爲菑也鄭謂熾菑南畝爲一耕田是柔田之耕亦爲菑
也于此菑畝文在新田之下未必一歲之田也○箋宣王至
盡起○正義曰天子六軍千乘今三千乘則十八軍矣所以
然者宣王承厲王之亂荆蠻內侵衆少則不足以敵之故羨
卒盡起而有此三千也地官小司徒職曰上地家七人可任
者家三人中地家六人可任者二家五人下地家五人可任
者家二人以其餘爲羨唯田與追寇竭作起軍之法家出一
人故鄉爲一軍唯田與追寇皆盡行耳今以敵強與追寇
無異故羨卒盡起羨餘也以一人爲正卒其餘爲羨卒也若
然彼三等之家通而率之家有二人半耳縱令盡起唯二千
五百乘所以得有三千者蓋出六遂以足之也且言家二人

三八者舉其大率言耳八有死生數有改易六鄉之內不必常有千乘況羨卒豈能正滿二千五百也當是於時出軍之數有三千耳或出於公邑不必皆鄉遂也○傳奭赤至樊纓正義曰瞻彼洛矣云韎韐有奭彼茅蒐染爲奭故知赤赤貌也言鉤膺樊纓者以此言鉤鉤是金路故引金路之事以說之在膺之飾唯有樊纓故云鉤樊纓也巾車注云鉤婁頷之鉤也金路無錫有鉤亦以金爲之是鉤用金在頷之飾也彼注又曰樊讀如鞶帶之鞶謂今馬大帶纓今馬鞅金路其樊及纓以五采罽飾之而九成是帶鞅在膺故言膺以表之也巾車金路同姓以封也今方叔所乘者或方叔爲同姓也又下云方叔元老則方叔五官之長是上公也上公雖非同姓或亦得乘金路矣不乘革路者以革路臨戰所乘此時受命率車未至戰時故不言戎車也

薄言采芑于彼新田于此中鄉鄉所也箋云中鄉美地名

方叔涖止其車三千旂旐央央箋云交龍爲旂龜蛇爲旐此言軍衆將帥之車皆備

方叔率止約軧錯衡八鸞瑲瑲軧長轂之軧也朱而約之錯衡文衡也瑲瑲聲也○軧祁支反廣雅云轂篆錯如字沈七故反瑲本亦作鎗七羊反徐七羮反

服其

命服朱芾斯皇有瑲葱珩朱芾黃朱芾也皇猶煌煌也瑲珩聲也葱蒼也

三命葱珩言周室之強車服之美也言其強美斯劣矣箋云命服者命爲將受王命之服也天子之服韋弁服朱衣裳也○芾本又作茀或作紱皆音弗下篇赤茀同鎗本又作瑲亦作鎗同皆七羊反珩音衡煌音皇又音晃朱衣裳本或作朱衣纁裳纁°衍也

疏方叔至葱珩○正義曰言方叔爲將既卒戎車將率而行乃乘金車以朱纏約其轂之軏錯置文王°於車之上衡車行動其四馬八鸞之聲瑲瑲然其身則服其受王命之服黃朱之芾於此煌煌然鮮美又有瑲瑲然之聲所佩蒼玉之珩以此車服之美而往征伐也○傳軏長至文衡○正義曰說文云軏長轂也則轂謂之軏考工記說兵車乘車其轂長於田車是爲長轂也言朱而約之謂以朱色纏束車轂以爲飾輪人云容轂必直陳篆必正注云容者治轂爲之形容也篆轂約也蓋以皮纏之而上加以朱漆也知約以朱者以上言鉤膺是陳金路之事也金路以金爲飾轂色宜與金同且言路車有奭奭是赤貌故知約必用朱也知錯衡必爲文衡者錯者雜也雜物在衡是有文飾其飾之物注無云焉不知何所用也○傳朱芾至斯劣矣○正義曰以言斯皇故知黃朱也斯干傳曰天子純朱諸侯黃朱皆朱

芾據天子之服言之也於諸侯之服則謂之朱芾耳玉藻云一命縕韍黝珩再命赤韍黝珩三命赤韍葱珩是據諸侯而言也彼云又累一命至三命而止而云葱珩則三命以上皆葱珩也故云三命葱珩明至九命皆葱珩非謂方叔唯三命也此上三章皆云其車三千言周室之强路車朱芾言車服之美也必言其强美者斯劣弱矣老子曰國家昏亂有忠臣六親不和有孝慈明名生於不足詩人所以盛矜於强美者斯爲宣王承亂劣弱矣而言之也○箋命服至衣裳○正義曰鄭解服其命服之節言此命服者今方叔爲受王命之服也言受王命之時王以此服命之故方叔服之而受命也知者春官司服云凡兵事韋弁注云韋弁以韎韋爲弁又以爲衣裳○是朱之淺者故得以朱表之周禮志云韋韋弁素裳此連言朱裳者以經云朱芾芾從裳色故知裳亦朱也不用戎服素裳者以其命將非在軍不可純如之也亦變爲美故雜以祭服之飾焉此本或云天子之服韋弁服朱衣纁裳者誤定本亦無纁字

鴥彼飛隼其飛戾天亦集爰止戾至也箋云隼急疾之鳥也飛乃至天喻士卒勁勇能深攻入敵也爰於也亦集於其所止喻士卒須命乃行也○鴥隼必反

方叔涖止其車三千師干之

試箋云三稱此者重師也方叔率止鉦人伐鼓陳師鞠旅伐擊也鉦以靜之鼓以動之鞠告也箋云鉦也鼓也各有人焉言鉦人伐鼓互言爾二千五百人爲師五百人爲旅此言將戰之日陳列其師旅誓告之也陳師告旅亦互言之○鉦音征說文云鐃也又云鐲也鞠居六反將戰此如字徐並子匠反顯允方叔伐鼓淵淵振旅闐闐淵淵鼓聲也入曰振旅復長幼也箋云伐鼓淵淵謂戰時進士衆也至戰止將歸又振旅伐鼓闐闐然振猶止也旅衆也春秋傳曰出曰治兵入曰振旅其禮一也

【疏】鴥彼至闐闐○正義曰鴥然而疾者彼飛隼之鳥也其飛乃高至天雖能高飛亦集其所止之處不妄飛以興彼勇武之衆其勇能深入於敵雖則勇勁亦稟於將帥之命不妄動也以此勁勇之征伐故方叔臨視之行其車之衆有三千乘皆有佐師扞敵之用方叔既臨視乃率之以行也未戰之前則陳閱軍士則有鉦人擊鉦以靜之鼓人伐鼓以動之至於臨陳欲戰乃陳師陳旅誓而告之以賞罰使之用命明信之方叔既誓師衆當戰之時身自伐鼓率衆以作其氣淵淵然爲衆用力遂敗蠻荊及至戰止將歸又斂陳振旅伐鼓闐闐然由將能如此所以克勝也○箋隼急疾之鳥○正

義曰釋鳥云鷹隼醜其飛也翬舍人曰謂隼鷂之屬翬翬其飛疾羽聲也郭璞云鼓翅翬翬然疾是急疾之鳥也說文曰隼鷙鳥也陸機疏云隼鷂屬也齊人謂之擊征或謂之題肩或謂之雀鷹春化爲布穀者是也定本士卒勁勇作至勇○傳鉦以至動之○正義曰周禮有錞鐲鐃鐸無鉦也說文云鉦鐃也似鈴柄中上下通然則鉦即鐃也鼓人云以金鐃止鼓大司馬云鳴鐃且卻聞鉦而止是鉦以靜之大司馬又曰鼓人三鼓車徒皆作聞鼓而起是鼓以動之也說文又曰鐲鉦也鐃也則鐲鐃相類俱得以鉦名之故鼓人注云鐲鉦也形如小鐘是鐲亦名鉦也鐲似小鐘鐃似鈴是有大小之異耳俱得名鉦但鐲以節鼓非靜之義故知鉦以靜之指謂鐃也凡軍進退皆鼓動鉦止非臨陳獨然依文在陳師鞠旅之上是未戰時事也○箋春秋至禮一○正義曰古者春教振旅秋教治兵以戎是大事又三年一教隱五年左傳曰三年而治兵入而振旅是也征伐之時出軍至對陳用治兵禮戰止至還歸用振旅法名異而禮同也以此出當用之故以脩治兵事爲名入則休息故以整衆爲名其治兵振旅之名周禮左傳穀梁爾雅皆同惟公羊以治兵爲祠兵其禮治兵則幼賤在前振旅則尊老在前釋天云出爲治兵尚威武也入爲振旅反尊卑也孫炎曰出則幼賤在前貴勇力也入則尊老

任前復常法也故此傳云入曰振旅復長幼是反爲尊卑也此引春秋傳者莊八年公羊文也。公羊爲祠兵此言出曰治兵者諸文皆作治兵明彼爲誤故經改其文而引之必引此文者取其亂一也以淵淵闐闐俱是鼓聲淵淵謂戰時衆進闐闐謂戰止將歸而伐鼓之上不言治兵振旅之下不言伐鼓是二句自相互也所以得互相發見正由其亂一也故引此傳以證之長幼出入先後不同而云亂一者謂擊鼓動衆坐作進退如一也

蠢爾蠻荊。大邦爲讎。蠢動也蠻荊荊州之蠻也箋云大邦列國之大也○蠢尺允反爾雅不遜也

方叔元老。克壯其猶。元大也五官之長出於諸侯曰天子之老壯大猶道也箋云猶謀也謀兵謀也

方叔率止。執訊獲醜。箋云方叔率其士衆執將可言問所獲敵人之衆以還歸也○訊音信

戎車嘽嘽。嘽嘽焞焞。如霆如雷。嘽嘽衆也焞焞盛也箋云言戎車既衆盛其威又如雷霆言雖久在外無罷勞也○嘽吐丹反徐音他焞吐雷反又他屯反本又作啍同霆音廷徐音挺又音定罷音皮

顯允方叔。征伐玁狁。蠻荊來威。箋云方叔先與吉甫征伐玁狁

今特往伐蠻荆皆使來服於宣王之威美其功之多也 疏 蠢爾至來威○正義曰上章末言所伐之國故於此本之言我所伐者乃蠢蠢爾不遜之蠻荆不遜王命侵伐鄰國動爲冦害與大邦爲讎怨刻國之大尙到讎怨其傍小國使害多矣故我方叔天子之大老能光大其軍謀之道以討之既得克勝方叔乃率其士衆執其可言問所獲敵人之衆以還歸也方叔士衆所乘戎車嘽嘽然衆焞焞然盛如霆之發如雷之聲可畏言方叔善於用衆雖久不勞也如此明信之方叔其功大矣昔日共吉甫已征玁狁之國今又特往征伐蠻荆皆使之來服於宣王之威言其每有大功也毛爲猶道鄭以爲猶謀也軍之道亦謀也○傳蠢動○正義曰釋詁文也釋訓云蠢不遜也郭璞曰蠢動爲惡不謙遜也○傳五官至之老○正義曰曲禮下文也引之者以證其稱老之意然則是時方叔爲五官之伯故稱上傳云方叔卿士元老皆兼官也以軍將皆命卿故言卿士爲元帥故以上公兼之

采芑四章章十二句

附釋音毛詩注疏卷第十 十之二

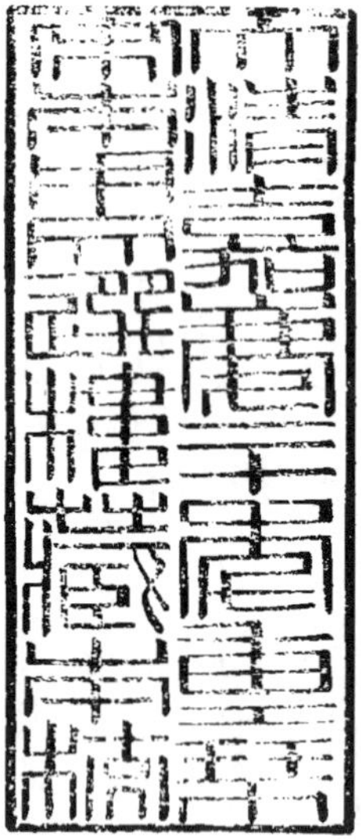

黃中模栞

毛詩注疏挍勘記十之二　阮元撰盧宣旬摘錄

○六月

宣王北伐也　閩本明監本毛本此下有注小字本相臺本無考文古本同案山井鼎云釋文混入注者是也

則爲國之基隊矣　小字本相臺本同閩本明監本毛本亦同唐石經隊作墜案釋文云隊直類反小字本以下之所出也考文古本作墜偶與唐石經合○按說文有隊無墜墜者隊之俗字也

六月言周室微而復興美宣王之北伐也　小字本相臺本同案此定本也正義本無又正義云案集注及諸本並無此注是當以正義本爲長各本皆沿定本之誤

隷中國微矣　閩本明監本盡誤至

毕在北伐之事　閩本明監本毛本在誤是

訓與上詩別王　補閩本明監本同案王當作主

此與由夷全同　閩本明監本毛本夷作儀案夷當作庚形近之譌

共將師之從王而行　閩本明監本毛本同案浦鏜云帥誤師是也

我是用急　唐石經小字本相臺本同案毛鄭詩考正云急字於韻不合段玉裁云鹽鐵論引急作戒謝靈運撰征賦用作棘皆協今作急者後人用其義改其字耳詳詩經小學

所設五戎也　閩本明監本毛本同案浦鏜云謂誤設以車僕注考之浦挍是也

又以爲衣　閩本明監本毛本同案此不誤衣下浦鏜云脫裳字非也兵事素裳下文引鄭志可證今周禮注衍裳字耳采芑正義引亦衍

周禮云韋弁皮弁服　閩本明監本毛本同案云當作志采芑正義引周禮志云韋韋弁素裳是其證又引見周禮屨人疏

注云韋弁韎韐之弁　閩本明監本毛本同案浦鏜云韋誤韐考聘禮注是也

爲僕右無也　閩本明監本毛本同案無當作服

于三十里　小字本相臺本同唐石經三十作卅案傳箋正義皆云三十詩經小學云唐石經卅維物終卅里皆同盖唐人仍讀爲三十是也凡唐石經章句中廿字卅字皆同此

織文鳥章　唐石經小字本相臺本同案釋文以徽織作音正義標起止云箋織徽下皆同詩經小學云毛無傳蓋讀與禹貢厥篚織文同鄭易爲徽識則當作識文今考此鄭以織爲識之假借仍用經字但於訓詁中顯之者也故亦不言讀爲例見前怨耦曰仇下周禮司常疏兩引作識所謂以破引之也

白旆央央　唐石經小字本相臺本同案此釋文又作本也釋文本作白茷正義本作帛茷周禮司常疏及出其東門正義引作白與釋文本同也公羊宣十二年疏載孫炎爾雅注引作帛則正義本之所同也詩經小學云作帛爲英又央央孫炎注及出其東門正義皆引作英英考正義云央央然鮮明釋文云央央音英當是字作央讀從英也

織徽織也　小字本相臺本同閩本同明監本毛本徽作徽案徽字是也釋文正義皆作徽考左傳揚徽禮

記徽號鄭司常注及此箋皆用徽字者假借也說文作徽者正字也明監本毛本所改非是正義中字同

箋云鉤鞶 閩本明監本毛本同小字本相臺本重鉤字考文古本同案重者是也正義標起止云箋鉤鉤鞶可證釋文本鞶作股云音古正義云定本鉤鞶作鉤般又云蓋謂此車行鉤曲般旋考箋云行曲直有正也乃取曲鉤直股爲義般與股形相近也爾雅釋文載李巡注鉤股云水曲如鉤折如人股孫炎郭璞本作般注云盤桓者誤當以釋文本爲長

石爲大甚 閩本明監本毛本石作實案所改非也石當作忩

以帛爲行旆 閩本明監本毛本同案經注作茷正義作旆旆易而說之也正義下文云古今字也例見前下同

故知鄉曰千里之鎬 閩本明監本毛本同案知鄉曰盧文弨云劉向曰是也此在漢書陳湯傳

漢有洛陽縣閩本明監本毛本同案惠棟云漢下當有中字陽字衍是也

半幅一尺終幅二尺閩本明監本毛本同案浦鏜云半誤牢終誤綘是也

除去綘直是銘長三尺也閩本同明監本毛本綘作降案皆誤也當作縿

帥謂軍將至五長下同補閩本明監本毛本同案五當作伍

此唯有王補閩本明監本毛本同案王當作三

但以卿統名焉事閩本明監本毛本同案焉當作爲形近之譌

篆鉤鉤聲至未聞閩本明監本毛本不重鉤字案此誤刪也

鉤讀如婁頷之鉤閩本明監本毛本同案浦鏜云讀如二字衍是也釆芑韓奕正義引無

是也鉤聲之文閩本明監本毛本同案當作是鉤聲之文也誤倒

故云同異未制聞閩本明監本毛本未制作制未案所改是也

所以極勸也閩本明監本毛本同小字本相臺本勸下有之字案有者是也

○釆芑

謂已和耕其用補毛本同閩本明監本用作田案田字是也

箋解菜之新田閩本明監本毛本同案浦鏜云釆誤菜是也

約軧錯衡閩本明監本毛本同唐石經小字本相臺本軧作軝案軝字是也釋文五經文字可證餘同此○按軝說文从車氏聲凡氏聲與氐聲古分別最嚴

有瑲蔥珩唐石經小字本相臺本同案釋文云有鶬本又作瑲亦作鎗同正義本是瑲字考文古本作鎗采釋文

錯置文王於車之上衡閩本明監本毛本文王誤其文案山井鼎云宋板王作彩當是剜也彩字是韓奕正義作釆

彼云又累一命閩本明監本毛本同案彼云又當作又彼文

又以爲衣裳閩本明監本毛本同案裳字衍也六月正義引無閩本監本以誤似

則陳閱軍士閩本明監本毛本則作而案所改是也

故經改其文而引之閩本明監本毛本同案經當作徑形近之譌

蠢爾蠻荊唐石經小字本相臺本同案段玉裁云漢書韋賢傳引荊蠻來威案毛云荊州之蠻也然則毛詩固作荊蠻傳寫倒之也晉語後漢書李膺傳文選王仲宣誄皆可證見詩經小學今考正義云宣王承厲王之亂荊蠻內侵是正義本作荊蠻下文皆作蠻荊後人依經注本倒之而有未盡也

執將可言問小字本相臺本同考文古本同閩本明監本毛本將作其案將字是也出車箋作其此不必與彼同正義亦作其乃自爲文不盡與注相應也

元老皆兼官也閩本明監本毛本同案皆當作者形近之譌

附釋音毛詩注疏卷第十　十之三

毛詩小雅　鄭氏箋　孔穎達疏

車攻宣王復古也宣王能內脩政事外攘夷狄復文武之境土脩車馬備器械復會諸侯於東都因田獵而選車徒焉東都王城也○攘如羊反除也却也竟音境械戶戒反三蒼云械揔名也說文云無所盛曰械復會扶又反選宣兗反數也沇思戀反下同

疏車攻八章章四句至車徒焉○正義曰以詩次有義故序者每乘上篇而詳之言內脩政事外攘夷狄者由內事脩治故能外平強寇即上二篇南征北伐是也不言蠻言夷者揔名也既攘去夷狄即是復竟土是爲復古也案王制注云以爲武王因殷之地中國三千海隅五千至周公成王斥大九州之界乃中國七千海隅萬里彼注者據文而言耳其實武王與成王之時土境不甚相遠也何則武王崩後王室流言四國皆叛不暇外討三監既定即爲大平制禮便云大界以此知其境土廣狹不得相懸

也王制據其初伐紂言耳武王之末境應稍大言復文武之
境土以文武周之先王舉以言之此當復成康之時也何則
文王未得天下其境與武王不同而配武言之明爲先王而
言也成初武末土境界同故舉文武而言大界王制之法據
禮爲正耳不然豈周公數年攝政能使三倍大於武王宣王
攘去夷狄仍小成王三倍且宣王中興明君美其復古比諸
成康纔四分之一則展也大成徒虛言耳若宣王復古始廣
三千則厲王之末當城壞壓境以文逆意理在不然故知復
古復成康之時以文武先生舉而言之耳言脩車馬卽首章
二章上二句是也言備器械攻戰之具三章建旐設旄之類
是也復會諸侯於東都四章是也言復者對上篇爲復猶卷
耳言又也因田獵卽六章七章是也而選車徒卽三章上二
句是也經先言選徒序先言田獵者選徒然後東行故經先
言之序以選徒本爲田獵故言因田獵選車徒也言因者以
會爲主因會而獵也王者能使諸侯朝會是事之美者故以
會諸侯爲主焉上三章先致其意首章致會同之意二章三
章致田獵之意故云駕言持獸皆致意之辭未實行也四章
言既至東都諸侯來會五章言田罷之後射餘獲之禽六章
七章言田獵之事卒章揔歎美之也班餘獲射在田獵之後
而先田言之者以射是諸侯羣臣之事因上章諸侯來會而

郎說之令臣事自相次也**我車既攻我馬既同**攻堅同齊也宗廟齊毫尚純也戎事齊力尚強也田獵齊足尚疾也○豪戶刀反依字作毫也**四牡龐龐駕言徂東**龐龐充實也東洛邑也○龐鹿同反徐扶公反

疏我車至徂東○正義曰宣王言我會同之戎車既堅緻矣我戎馬既齊力矣四牡之馬龐龐然充實矣當爲我駕我當乘之以往東都與諸侯行會同也○傳宗廟至尚疾○正義曰宗廟齊毫戎事齊力田獵齊足釋畜文也尚純尚強尚疾是毛以義增解之也齊其毫毛尚純色齊其馬力尚強壯齊其馬足尚迅疾也引之者證經既同爲齊力之義因連引宗廟田獵之全文李巡曰祭於宗廟當加謹敬取其同色也某氏曰戎事謂兵革戰伐之事當齊其力以載干戈之屬舍人曰田獵取牲於苑囿之中追飛逐走取其疾而已**田車既好**

四牡孔阜東有甫草駕言行狩甫大也田者大芟草以爲防或舍其中褐纏旃以爲門裘纏質以爲槸間容握驅而入擊則不得入左者。左右者之右然後焚而射焉天子發然後諸侯發諸侯發然後大夫士發天子發抗大綏諸侯發抗小綏獻禽於其下故戰不出頃田不出防不逐奔走古之道也箋云甫草者甫田之草也鄭有甫田○甫毛如字大也鄭音補謂圃田鄭藪也艾魚廢反褐音曷檝魚列反何魚子反門中闑聲音計劉兆注穀梁云繼也本又作擊音同或古歷反之左者之左一本無上之字下句亦然射食弋反抗苦浪反舉也綏本亦作綏而隹反下同頃苦穎反甫田舊音補十藪鄭有圃田下同毛依字甫大也

【疏】田車至行狩毛以爲宣王言我田獵之車既善好四牡之馬又甚盛大東都之界有廣大之草可以就而田獵焉當爲我駕此車馬我將乘之而往狩獵於彼言既會諸侯又與田也鄭唯以東有甫草爲圃田之草爲異耳○傳甫大至之道○正義曰以田法芟草爲防是廣大之處故訓甫爲大也謂寬大之地有草可芟故言甫草也因而廣言田獵之法次在大草之意田獵者必大芟殺野草以爲防限作田獵之場擬殺圍之處或復止舍其中謂未田之前誓士戒衆故教示戰法當在其間止舍也其防之廣狹無文既爲防院。當設周衛而立門焉乃以織毛褐布纏通帛旃之竿以爲門之兩傍其門蓋南開並爲二門用四旃四褐也又以裘纏椹質以爲門中之闑闑車軹之裏兩邊約車輪者其門之廣狹兩軸頭去旃竿之間各容一握握人四指爲四寸是門廣於軸八寸也入此門當馳走而入不得觸也以教戰試其能否故令驅焉若驅之其軸頭擊著門傍旃竿則不得入也所以罰不一也以天子六軍分爲左右雖同舍防内令三軍各在一方取左右相應其屬左者之左門屬右者之右門不得越離部位以此故有二門也此屬夏苗之田也周禮仲夏教茇舍鄭云茇舍草止也軍有草止之法此苗田即草止明茇草止其中爲或舍其中也以教戰即軍禮同故言軍有草止之法仲夏舉草舍之法田禮皆當然也故仲冬教大閱云前期羣吏戒衆庶脩戰法虞人萊所田之野爲表百步則一爲三表又五十步爲一表田之日司馬建旗于後表之中羣吏以旗物鼓鐸鐲鐃各帥其民而致質明弊旗誅後至者乃陳車徒如戰之陳注云萊芟除可陳之處表所以識正行列也四表積二百五十步左右之廣當容三軍步數未聞鄭云芟除可陳之處是芟草爲教戰之所傳言田者大芟草以爲防則芟草爲田獵之處明先獵以教戰合圍又在間焉二者同處也鄭以最南一表以北百步爲二表又北百步爲三表又北五十步爲四表謂之後表是四表二百五十步也以下有以旌爲左右和之門故言左右之廣當容三軍但步數未聞耳彼又曰以旌爲左右和之門羣吏各帥其車徒以敘和出左右注云軍門曰和今謂之壘門立兩旌以爲之敘和出用次第出和門也彼旌即此旃也彼言敘和出此言驅而入不同者此據質明時初入和門既入同在後表

之中將以教戰也既誓從後表前至第二表一弊其旗車徒皆坐又從第二表至前第三又然又從前第三至最前退卻教振旅至後表表禮畢當從是以出田故敘和出左右與此終始各舉其一故不同也計立旌爲門當在教戰之前周禮以旌爲左右和之門文在教戰下者以教戰之時直言建旌後表之中不說入門之事故不言立門教畢以敘和出因其將出而言立門故文在下其實戰之前門已先設也教戰既畢士卒出和乃分地爲屯既陳車驅車卒奔驅禽內之於防然後焚燒此防草在其中而射之天子先發然後諸侯發然後大夫士發發謂發矢射之也其天子發則先抗舉其大綏諸侯發則舉其小綏必舉此綏爲表天子諸侯殺之時因獻其禽於其下也故戰不出所期之頃田不出所芟之防不逐奔走謂出於頃防者不逐之古之道也抗綏謂既射舉之因置虞旗於其中受而致禽焉受禽獵止則弊之故王制曰天子殺則下大綏諸侯殺則下小綏注云下謂弊之是殺禽已訖田止而弊綏也各舉終始之一故與此不同也此等似有成文未知其事所出昭八年穀梁傳曰芟蘭以爲防以葛覆質爲槷與此不同鄭志荅張逸云戰有頃數不能盡其多少猶今戰場者不出其頃界田者不出其防也王制云昆蟲未蟄不以火田則用火田獵唯在冬耳此言焚而射之自焚所芟之

草非放火田獵四時皆焚之也故地官山虞澤虞皆云大田萊山田之野言大田則天子四時之田皆然矣既萊其地明悉焚之此時王仍未至本都非正田之時毛因大草廣言獵法不謂此時即然也○箋甫草至甫田○正義曰以下云搏獸于敖敖地名則甫草亦是地名不宜爲大故易之爲圃田之草且東都之地自有圃田故引爾雅以證之鄭有圃田釋地文也郭璞曰今滎陽中牟縣西圃田澤是也職方曰河南曰豫州其澤藪曰圃田宣王之時未有鄭國圃田在東都畿內故宣王得往田焉

之子于苗選徒囂囂之子有司也夏獵曰苗囂囂聲也維數車徒者爲有聲也箋云于曰也○囂五刀反或許驕反數所主反

建旐設旄搏獸于敖敖地名箋云獸田獵搏獸也敖鄭地今近滎陽○搏音博舊音付近附近之近

〔疏〕之子至于敖○毛言宣王欲嚮東都之時其是子羣吏之有司於是爲將夏田之苗選數車徒不爲讙嘩雖數者有聲囂囂然言時官人皆能其事也既選車徒王言當建立旐於車而設旄牛尾於旐之首與旄同建我當乘之往搏取禽獸於敖地也○鄭以于爲曰則之子斥宣王爲異耳○傳之子至有聲○正義曰大司馬仲夏教茇舍如振旅之陳羣吏選車徒謂數擇之也此時事與彼同則有司謂

羣吏有事者大司馬之屬矣傳以此子爲有司下文之子亦非王身當謂凡從王者非獨司馬官屬也夏獵曰苗則此時宣王爲夏田也上云駕言行狩者是獵之摠名但冬獵大於三時故狩爲冬獵名耳非宣王發意嚮東許歷冬夏也下云有聞無聲則在軍不得讙譁而云蕭蕭之聲故知雖數者爲有聲。箋于曰。正義曰傳之訓于爲於爲往無爲曰者箋以爲曰則與傳不同言之子曰曰則是命事之辭之子當斥宣王不得爲有司也下云之子于征亦謂宣王行也但不訓于字則于征當爲往征矣**駕彼四牡四牡奕奕**言諸侯來會也**赤芾金舃會同有繹**諸侯赤芾金舃舃達屨也時見曰會殷見曰同繹陳也箋云金舃黃朱色也。舃音昔繹音亦見賢遍反下同【疏】駕彼至有繹。正義曰言宣王之至東都四方諸侯駕彼四牡之馬而來其四牡之馬則奕奕然閑習既朝見於王而服赤芾金舃之飾與王行會同之禮者有陳于會同之位言各以爵之尊卑陳列於其位次者。傳諸侯至曰同。正義曰言諸侯赤芾對天子當朱芾也言金舃達屨者天官屨人注云舃有三等赤舃爲上冕服之舃下有白舃黑舃此云金舃者卽禮之赤舃也故箋云金舃黃朱色加金爲飾故謂之金舃白舃黑舃猶有在其上者爲尊未達其赤舄則所尊莫是過故云達屨言是屨之最上達者也此舄也而曰屨屨通名以舄是祭服尊卑異之耳故屨人兼掌屨舄是屨爲通名也時見曰會殷見曰同大宗伯文也定本云殷頫曰同誤也注云時見者無常期諸侯有不服者王將有征伐之事則既朝覲王爲壇於國外合諸侯而命事焉殷衆也十二歲王如不巡狩則六服盡朝朝禮既畢王爲壇合諸侯以命政焉如是則會同其禮各别不得並行之矣但此時王與諸侯會東都非十二年之事言同者以會同對文則别散則義通會者交會同者同聚理既是一故論語及此連言之

決拾既佽弓矢既調決鉤弦也拾遂也佽利也箋云佽謂手指相佽比也調謂弓強弱與矢輕重相得○夬本又作決或作抉同古穴反佽音次說文子利反云便利也比毗志反

射夫既同助我舉柴柴積也箋云既同已射同復將射之位也雖不中必助中者舉積禽也○柴子智反又才寄反說文作𦍑士賣反中丁仲反下中者同

〔疏〕決拾至舉柴○正義曰此章言諸侯從王田罷賜射餘獲之事也言時諸侯所有決之與拾既與手指相比次而和利矣弓之與矢既强弱相得而調適矣既田畢王以餘獲之禽賜之則以此射而取之此射夫皆已射一番若中得

禽者既同復將射之位欲更射以求禽也若以射之而不中者則又助我中者舉積禽此文承諸侯之下射夫卽諸侯也其大夫亦在獲射之中則此可以兼焉諸侯而謂之射夫者夫男子之揔名○箋佽謂至相得○正義曰鄭以佽爲利其義不明故申而成之決着於右手大指所以鉤弦開體遂著於左臂所以遂弦于指相比次而後射得和利故毛云佽利謂相次然後射利非訓佽爲利也言調謂弓強弱與矢輕重相得者弓體有強弱各其力之所便又弓矢之各有安危調之使相得○箋既同至積禽○正義曰田無射禮雖既田乃有班餘獲射在於澤宮言同復將射之位在澤宮之位也以言助我舉積是不得利者助他人也故射雖不中必助中者舉積禽矣鄉射禮云禮射不主皮不勝者降卽此是也此謂士大夫以上有禮射者庶人則以主皮當禮射故鄉大夫以五物詢眾三曰主皮是也

四黃既駕兩驂不猗言御者之良也○猗於寄反又於綺反不失其馳舍矢如破言習於射御法也箋云御者之良得舒疾之中射者之工矢發則中如椎破物也○舍音捨椎直追反

〔疏〕四黃至如破○正義曰王既會諸侯乃與之田言王乘四黃之馬既駕矣兩驂之馬不相依猗御者節御此馬令不失其馳驟

之法故令射者舍放其矢則如椎破物能中而駃也言御良射善所以美之○箋言御者之良○正義曰駟鐵云六轡在手箋云言馬之良此云御良者雖馬御相須而設文有意彼云在手主說馬良不用御者之力故言在手而已此云驂不相猗乃御者使之然故云御良各觀其文而爲說也**蕭蕭馬鳴悠悠旆旌**言不讙譁也○讙音歡又音暄譁音花**徒御不驚大庖不盈**徒輦也御御馬也不驚驚也不盈盈也一曰乾豆二曰賓客三曰充君之庖故自左膘而射之達于右腢爲上殺射右耳本次之射左髀達于右䯚爲下殺面傷不獻踐毛不獻不成禽不獻禽雖多擇取三十焉其餘以與大夫士以習射於澤宮田雖得禽射不中不得取禽田雖不得禽射中則得取禽古者以辭讓取不以勇力取箋云不驚驚也不盈盈也反其言美之也射右耳本射當爲達三十者每禽三十也○庖蒲茅反膘頻小反又扶了反三蒼云小腹兩邊肉也說文云脅後髀前肉也本亦作髀蒲禮反或又作䯚射食亦反下射左髀同腢本亦作髃音愚又五厚反謂肩前也說文同郭音偶謂肩前兩間骨何依注公羊自左膘射之達於右腢中心死疾鮮潔也又五回五公二反射右耳食亦反脾本又作髀方爾反又薄禮反謂股外䯚餘繞反又

胡了反謂水牑也字書無此字一本作骻音羊紹
反又羊招反呂忱于小反本或作膘䟦子淺反【疏】蕭蕭至不
盈○正義曰言王之田獵非直射艮御善又軍旅齊肅雅閑
蕭蕭然馬鳴之聲見悠悠然旆旌之狀無敢有讙譁者徒行
輓輦者與車上御馬者豈不警戒乎言以相警戒也君之大
庖所獲之禽不充滿乎言充滿也○傳徒輦至力取○正義
曰諸徒皆爲徒行此獨以爲輦者釋訓云徒御不驚輦者也
爾雅特釋此文故依而爲說地官鄉師云大軍旅會同治其
輦注云輦人輓行所以載任器也止以爲蕃營司馬法輦有
一斧一斤一鑿一梩周輦加二板二築夏后氏二十人而輦
殷十八人而輦周十五人而輦是會田獵人輓輦以徒行也
徒既爲輦者故御爲御馬者也以此美宣王之歌故知不驚
不盈聲而譽之故箋反其言美之此爲美之深者也鄭於此
申毛者反鄂不韡韡不從毛說以上未有此比故於是言之明
以後此類皆然矣傳又因經大庖不盈廣言殺獸充庖之事
一曰乾豆謂第一上殺者乾足以爲豆實供宗廟也二曰賓
客謂第二殺者別之以待賓客也三曰充君之庖謂第三下
殺者取之以充實君之庖廚也君尊宗廟敬賓客故先人而
後已取其下也又分別殺之三等故自左膘而射之達過於
右肩腢爲上殺以其貫心死疾肉最絜美故以爲乾豆也射於

右耳本箋云射當爲達亦自左射之達右耳本而死者爲次殺以其遠心死稍遲肉已微惡故以爲賓客也不言自左者蒙上文可知射左股髀而達過於右脅䯚爲下殺以其中脅死最遲肉又益惡充君之庖也凡射獸皆逐後從左廂而射之達於右䯚言射左髀則上殺達於右腢當自左脅也次殺右耳本當自左肩腢也不言自左舉下殺之射左髀可推而知也王制及公羊穀梁皆云充君之庖無厨字鄭云庖今之厨則傳本亦無厨字厨衍字也定本亦無厨字箋知射當爲達者以射必自左不得從右而射且與上下不類故知當爲達也面傷不獻者謂當面射之翦毛不獻謂在傍而逆射之二者皆爲逆射不獻者嫌誅降之義不成禽不獻者惡其害幼少此不能使獵者無之自君所不取以示教法耳禽雖多擇取三十焉鄭云三十者每禽三十以君之獵不宜諸種止取三十故以爲每禽焉則宗廟賓客君庖各十也其餘每禽三十之外以與卿大夫士習射澤宫所以班餘獲射也不言諸侯諸侯不常在卿大夫尚得與射諸侯在射可知也以大獸公之非復已物君賜使射故非中不取言嚮者田獵所取用勇力今射者祀樂所取用辭讓也此當有成文書傳穀梁傳與此畧同

之子于征有聞無聲有善聞而無諠譁之聲箋云晉人伐鄭陳成子

救之舍於柳舒之上去穀七里穀人不知可謂有聞無聲○聞音問注同本亦作問

允矣君子展也大成箋云允信展誠也大成謂致太平也【疏】之子至大成○毛以爲是從王往行羣臣有善聞而率其所部無諠譁之聲王能使所從若是信矣君子宜王誠實也其功大成言太平也○鄭以之子斥宣王爲異耳○箋晉人至無聲○正義曰事在哀二十七年左傳曰晉荀瑤伐鄭次于桐曰鄭駟弘請救于齊陳成子救鄭及留舒違穀七里穀人不知是其事也留柳不同蓋所據書異穀本齊邑而引之者證無聲也

車攻八章章四句

吉日美宣王田也能愼微接下無不自盡以奉其上焉【疏】吉日四章章六句至其上焉○正義曰作吉日詩者美宣王田獵也以宣王能愼於微事又以恩意接及羣下王之田獵能如是則羣下無不自盡誠心以奉事其君上焉由王如此故美之也愼微卽首章上二句是也接下卒章下二句是也四章皆論田獵言田足以揔之時述此愼微接下二事者以天子之務一日萬機尚留意

於馬祖之神爲之祈禱能謹愼於微細也人君遊田或意在適樂今王求禽獸唯以給賓是恩隆於羣下也二者人君之美事故時人言之也下無不自盡以奉其上述宣王接下之義於經無所當也

吉日維戊既伯既禱

維戊順類乘牡也伯馬祖也重物愼微將用馬力必先爲之禱其祖禱禱獲也箋云戊剛日也故乘牡爲順類也○禱丁老反馬祭也說文作禂爲之于僞反

田車既好四牡孔阜升彼大阜從其羣醜

箋云醜衆也田而升大阜從禽獸之羣衆也

〔疏〕吉日至羣醜　正義曰言王於先以吉善之日維戊也於馬祖之伯既祭之求禱矣以田獵當用馬力故爲之禱祖求其馬之強健也田獵之車既善好四牡之馬甚盛大王乃乘之升彼大陵阜之上從逐其羣衆之禽獸言車牢馬健故得歷險從禽是由禱之故也○傳維戊至禱獲○正義曰馬國之大用王者重之故夏官校人春祭馬祖夏祭先牧秋祭馬社冬祭馬步注云馬祖天駟先牧始養馬者馬社始乘馬者馬步神爲災害馬者既四時各有所爲祭之馬祖祭之在春其常也而將用馬力則又用彼禮以禱之祭必用戊者日有剛柔猶馬有牝牡將乘牡馬故禱用剛日故云維戊順其剛之類而乘牡馬知伯馬祖者釋

天云既伯既禱馬祭也爲馬而祭故知馬祖謂之伯伯者長也馬祖始是長也鄭云馬祖天駟釋天云天駟房也孫炎曰龍爲天馬故房四星謂之天駟鄭亦引孝經說曰房爲龍馬是也言重物愼微者重其馬之爲物愼其祭之微者將用馬力必先爲之禱其祖是謹愼其微細也言禱獲者爲田而禱馬祖求馬強健則能馳逐獸而獲之

吉日庚午既差我馬外事以剛日差擇也獸之所同麀鹿麌麌鹿牝曰麀麌麌衆多也箋云同猶聚也麕牝曰麌麌復麌言多也○麀音憂麌愚甫反說文作噳云麌麌鹿羣口相聚也麕本又作麇俱倫反復扶又反漆沮之從天子之所漆沮之水麀鹿所生也從漆沮驅禽而致天子之所○沮七徐反

【疏】吉日至之所○毛以爲王以吉善之日庚午日也既簡擇我田獵之馬擇取強者王乘以田也至於田所而又有禽獸其獸之所同聚者則麀之與鹿麌麌然衆多遂以驅逆之車驅之於漆沮之傍從彼以至天子之所以獵有期處故驅禽從之也上言乘車升大阜下言獸在中原此云驅之漆沮皆見獸之所在驅逐之事以相發明也鄭唯以麌爲獸名爲異耳○傳外事至差擇○正義曰外事以剛日曲禮文也言此者上章順剛之類故言維戊擇

馬不取順類亦用庚爲剛日故解之由擇馬是外事故也莊二十九年左傳曰凡馬日中而出日中而入則秋分以至春分馬在廐矣擇馬不必在廐得爲外事者馬雖在廐擇則調試善惡必在國外故也禮記注外事內事皆謂祭事此擇馬非祭而得引此文者彼雖主祭事其非祭事亦以內外而用剛柔故斷章引之也庚則用外必用午日者蓋於辰午爲馬故也差擇釋詁文○傳鹿牝至衆多○正義曰釋獸云鹿牝麀牝麀是鹿牝曰麀也麌麜衆多與韓奕同則傳本作麌字○箋麕牝至言多○正義曰釋獸云麕牡麌牝麜是麕牡曰麌也郭璞引詩曰麀鹿麌麌鄭康成解即謂此也但重言耳音義曰麕或作麏或作麇是爲麇牡曰麌也由麇之相類又永鹿牝之下本或作麇牝者誤也釋獸又云麇牡麔牝麌下箋云祁當作麎麎麋牝是也必易傳者以言獸之所同明獸類非一故知其所言者皆獸名下其祁孔有傳訓祁爲大直云其大甚有不言獸名不知大者何物且釋獸有麎之名故易傳而從爾雅也注爾雅者某氏亦引詩云瞻彼中原其麎孔有與鄭同下箋云祁當作麎此麌不破字則鄭本亦作麌也

瞻彼中原其祁孔有

祁大也箋云祁當作麎麎麋牝也中原之野甚有之○祁毛巨私反又止之反鄭改作麎音辰郭音脤何止尸反沈市尸

反麃亡悲反**儦儦俟俟，或羣或友。**趨則儦儦，行則俟俟。獸三曰羣，二曰友。○儦本作麃，又作爊，表嬌反。趨也。廣雅云：行也。俟音士，行也。徐音矣。**悉率左右，以燕天子。**驅禽之左右，以安待天子。箋云：率，循也。悉驅禽順其左右之宜，以安待王之射也。○射，食亦反。

〔疏〕瞻彼至天子。○毛以為視彼中原之野，其諸禽獸大而甚有，謂形大而多也。故儦儦然有趨者，俟俟然有行者，其趨行或三三為羣，或二二為友，是其甚有也。既而趨逆之，車驅而至於彼防，虞人乃悉驅之，循其左右之宜，以安待天子之射也。○鄭以為視彼中原之野，其麌牝之獸甚有之，言中原甚有麌。餘同。○傳「趨則」至「二曰友」。○正義曰：上言多有諸獸，此宜說其行容。獸行多疾，當先言其趨，故以趨則儦儦，行則俟俟。周語曰「獸三為羣」，故二曰友。友親於羣，其數宜少。易損卦六三云「一人行則得其友」，獸亦當然，故二曰友，三曰羣，謂自三以上皆稱羣，不必要三也。○傳「驅禽至天子」。○正義曰：此言安待天子，謂已入防中，乃虞人驅之，故騶虞傳曰「虞人翼五豝以待公之發」，駟鐵箋云「奉是時牡，謂虞人」，與此待同也。言驅禽之左右者，以禽必在左射之，或令左驅，令右皆使天子得其左廂之便，以其未明，故箋又申之云「循其左右之宜，以安待王之射」。既張我弓既挾我矢發彼小豝殪此大兕殪壹發而死言能中微而制大也箋云豕牡曰豝。挾子洽反又子協反又戶頰反豝音巴殪於計反兕徐履反本又作兕中張仲反以御賓客且以酌醴饗醴天子之飲酒也箋云御賓客者給賓客之御也賓客謂諸侯也酌醴酌而飲羣臣以爲俎實也

【疏】既張至酌醴。正義曰虞人既驅禽待天子故言既已張我天子所射之弓既挾我天子所射發之矢發而中彼小豝亦又殪此大兕也既殺得羣獸以給御諸侯之賓客且以酌醴與羣臣飲時爲俎實也。傳殪壹至制大。正義曰釋詁云殪死也發矢射之卽殪是壹發而死也又解小豝大兕俱是發矢殺之但小者射中必死苦於不能射中大者射則易中雖不能卽死小豝云發言發則中之大兕言殪言射者卽死異其文者言中微而制大。傳饗醴至飲酒。正義曰醴不可專飲天子之於羣臣不徒設醴而已此言酌醴。者左傳天子饗諸侯每云饗醴命之宥是饗有醴者天子飲酒。之。故舉醴言之也。箋御賓至俎實。正義曰御者給與充用之辭故知御賓客者給賓客之御也知賓客謂諸侯者天子之所賓客者雖諸侯耳故周禮六服之內其君爲大賓其臣爲大客是也彼對文則君爲

大賓故臣爲大客若散則賓亦客也故此賓客并言之此箋舉尊言耳其臣來及從君則王亦以此給之也言酌而醴羣臣以爲俎實者以言凡以酌醴是當時且用之辭則得禽卽與羣臣飲酒故知以爲俎實也若乾之爲脯漬之爲醢則在籩豆矣不得言俎實也

吉日四章章六句

南有嘉魚之什十篇四十六章二百七十二句

附釋音毛詩注疏卷第十（十之三）

黃中栻栞

毛詩注疏挍勘記十之三　阮元撰盧宣旬摘錄

○車攻

案王制注云閩本明監本毛本同案浦鏜云云當衍字是也

宗廟齊毫小字本相臺本同考文古本同閩本明監本毛本毫作豪案釋文云依字作毫也考說文無毫郎豪字之俗耳正義作毫乃易字而說之當以釋文本作豪爲長

東有甫草小字本相臺本同唐石經甫字上磨去案唐石經考異云甫先作莆後改是也考釋文正義皆作甫傳云甫大也此亦字體乖師法之一經義雜記以爲原刻作圃改從鄭箋者誤也又水經注王逸楚詞注引作圃乃韓詩後漢書注文選注皆云韓詩也

大芟草以爲防閩本明監本毛本同小字本相臺本芟作艾案釋文本作艾音魚廢反正義本作芟考正義引大司馬注芟除穀梁傳芟蘭而說之芟字是也今穀梁亦作艾者誤

擊則不得入　小字本相臺本同考文古本同閩本明監本毛本擊作繫案釋文云擊音計本又作繫音同或古歷反正義本與釋文又作本同當是讀爲古歷反也

左者左右者之右　小字本相臺本作左者之左閩本明監本毛本同案有之字是也釋文云之左者之左一本無上之字下句亦然正義云其屬左者之左門屬右者之右門與一本同

鄭有甫田　小字本相臺本同閩本同明監本毛本甫作圃案釋文云甫草毛如字大也鄭音補謂圃田鄭藪也又甫田舊音脯十藪鄭有圃田下同下同者卽此甫田字正義云爲甫田之草乃易字而說之耳不當改箋明監本毛本誤大徐本說文藪下豫州甫田今誤依小徐改爲圃田

旣爲防院　閩本明監本毛本院作限案所改是也

以爲門之兩傍其門　閩本明監本毛本同案十行本門至門剜添者一字

閱車軓之裏　閩本明監本毛本軓作軌案皆誤也當作軌謂兩輪閒也

又北百步爲一表　閩本明監本毛本同案一當作三

又從前第三至最前退卻　閩本明監本毛本同案十行本第至卻剜添者一字

旣陳車驅車卒奔　閩本明監本毛本同案浦鏜云驅下誤衍車字是也

非故火田獵〔補〕閩本明監本毛本同案故當作放形近之譌

箋甫草至甫田　閩本明監本毛本下甫字誤圃案箋作甫正義作圃者以甫圃爲古今字易而說之也例見前此標起止不當易山井鼎云宋板作莆因宋板磨滅而足之者誤加艸耳

河南曰豫州其澤藪曰圃田　閩本明監本毛本同案十行本豫至田剜添者一字

維數車徒　小字本相臺本同閩本明監本毛本同案釋文以唯數作音是其本維作唯

搏獸于敖　唐石經小字本相臺本同案九經古義云水經注引云薄狩于敖東京賦同段玉裁云薄狩後漢書安帝紀注及初學記所引皆可證薄辭也箋釋狩以搏獸者上文言苗毛謂夏獵則不當復舉冬獵之名且上章之行狩

疏謂是獵之揔名則此狩字當爲實事以別於上章亦見詩經小學

獸田獵搏獸也　小字本相臺本同案惠棟云上獸字亦當爲狩考文古本作狩因覺其不詞而改之耳

今近滎陽　小字本相臺本同閩本明監本毛本同案滎當作熒六經正誤云作熒誤其說非也後人多依之改熒爲滎詳見沿革例中

殷見曰同　小字本相臺本同案正義云定本云殷頫曰同誤也釋文時見下云賢遍反下同其本與正義本同也

赤舄爲上　閩本明監本毛本赤誤金

不相依猗　閩本明監本毛本猗誤倚下驂不相猗毛本不誤

蕭蕭馬鳴　唐石經小字本相臺本同案經義雜記以爲經本作肅云唐石經原刻作肅肅馬鳴後刪於肅肅上

改爲蕭蕭非也石經並非改刻其所云經本作蕭者全未有據誤之甚者也

徒御不驚　唐石經小字本相臺本同案段玉裁云經文作警傳箋正義皆甚明考文古本作警采正義○按李善文選注引

三曰充君之庖　小字本相臺本同案此定本也正義本庖下有廚字正義云衍字也是也

自左膘而射之　小字本相臺本同案釋文云本亦作髀又云或又作髃者皆誤

達于右腢　小字本相臺本同案段玉裁云五經文字作髃是也釋文正義皆作腢乃轉寫之譌釋文云一本作髃髃即是腢字耳又云本或作膘考髃腢二字皆文所不載釋文亦云字書無腢字此傳當以本或作膘者爲長何休公羊桓四年注乃用腢字其義本不與此傳同也

鄭於此申毛者反鄂不韡韡　閩本明監本毛本同案十行本者至不剜添者一字

翦毛不獻　閩本明監本毛本同案傳作踐釋文踐子淺反正義作翦踐翦古今字易而說之也例見

前

○吉日

時述此愼微接下二事者　閩本明監本毛本同案浦鏜云時當特字誤是也○補案下故時言之也時亦當作特

麕牝曰麌　小字本相臺本牝作牡閩本明監本毛本同案牡字是也釋文云麕牡下音茂正義云是麕牡曰麌也又云是爲麌牡曰麌也又云本或作麌牝者誤也皆可證經義雜記據玉篇廣韻麌下誤作牝而以爲鄭箋所用爾雅與郭不同其說非也又引羣經音辨亦誤字耳考文古本作牡采正義

而致天子之所　小字本同閩本明監本毛本同相臺本致作至案至字是也正義云從彼以致天子之所騶虞正義引亦作至皆可證

麌麌衆多　〔補〕毛本麌作麌案傳箋作麌誤也

箋麕牝至言多　閩本明監本毛本牝作牡案牡字是也

麕牡麌牝麜　毛本同閩本明監本麜作麋案麜字是也

郭璞引詩曰麀鹿麌麜　毛本同閩本明監本麜作麋案皆誤也浦鏜云麌字誤是也

又承麀牡之下　閩本明監本毛本同案牡當作牝

且釋獸有麌之名　閩本明監本毛本同案浦鏜云麌誤麌是也

既挾我矢　小字本相臺本同唐石經初刻又後改既案初刻誤也正義可證

天子飲酒之　閩本明監本毛本同案酒之二字當倒

二百七十二句　小字本相臺本同唐石經磨改其初刻不能知矣

附釋音毛詩注疏卷第十一 （十一之一） 卅六

鴻鴈之什詁訓傳第十八

毛詩小雅　鄭氏箋　孔穎達疏

鴻鴈美宣王也萬民離散不安其居而能勞來還定安集之至于矜寡無不得其所焉宣王承厲王衰亂之敝而起興復先王之道以安集衆民爲始也書曰天將有立父母民之有政有居宣王之爲是務○勞力報反來力代反矜本又作鰥同古頑反徐又棘冰反篇內矜寡同老無妻曰矜老無夫曰寡【疏】鴻鴈三章章六句至其所焉○正義曰作鴻鴈詩者美宣王也由厲王衰亂萬民分離逃散皆不安止其居處今宣王始立能遣侯伯卿士之使皆就而勞來今還歸本宅安止安慰而集聚之使復其居業爲築宮室又至於矜寡孤獨皆蒙賙贍無不得其所者由是故美之也勞來者來勤也義與勞同皆謂設辭以閔之言萬民離散不安其居卒章上二句是也而能勞來首章次二句是也止

於矜寡无不得其所者，首章下二句是也。其餘皆說安集之事，序揔言焉。經序參差者，敘述其次第當然。經主說安集，爲始先陳王殷勤於民，然後本其末集，各爲節文之勢，故不同也。○箋宣王至是務○正義曰：由宣王承厲王衰亂之弊，故民有離散，以承此亂而起，興復先王之道，以安集衆民爲始也。衣物破壞謂之弊。厲王壞亂天下，使萬民離散，猶衣之弊然。雲漢云承厲王之烈者，彼美宣王遇災而懼，災非厲王所致，故不言弊。此離散由厲王，故言弊也。烝民序曰周室中興，是興復先王之道。知以安集衆民爲始者，以宣王據亂而起，明其王先據散民，不得民未安居先行餘政，故知以安集爲始也。書曰天將有立父母，民之有政有居。今泰誓文。言天將有立聖德者爲天下父母，民之得有善政有安居。彼武王將欲伐紂，民喜其將有安居，是民之所欲，安居爲重也。宣王之爲是務，言宣王之所爲安集萬民，是以民之父母爲務，意同武王所以爲美。

鴻鴈于飛，肅肅其羽。興也。大曰鴻，小曰鴈。肅肅，羽聲也。箋云：鴻鴈知辟陰陽寒暑，興者，喻民知去無道就有道。○肅，所六反，本或作翽，同。

之子于征，劬勞于野。之子，侯伯卿士也。劬勞，病苦也。箋云：侯伯卿士，謂諸侯之伯與天子卿士也。是時民既離散，邦國有壞滅者，侯

伯久不述職王使廢於存省諸侯於是始復之故美焉○劬其俱反及注及下文同韓詩云數也使所吏反

爰及矜人哀此鰥寡矜憐也老無妻曰鰥偏喪曰寡箋云爰曰也王之意不徒使此此爲諸侯之事與安集萬民而已王曰當及此可憐之人謂貧窮者欲令賙餼之鰥寡則哀之其孤獨者收斂之使有所依附○矜棘冰反喪息浪反令力呈反賙音周救也餼許氣反

疏鴻鴈至鰥寡○正義曰言鴻鴈避所忌就所欲往往飛之時肅肅其羽爲聲也以興萬民去所惡就有道而歸往之時其心喜樂也此萬民所以有可就者以時王遣使是子侯伯卿士於是巡行其邦國勞來天下之民病苦於外野故萬民得歸之此侯伯卿士既安集萬民又稱王命已曰不但安民而已亦當及此可憐之人貧窮者令賙餼焉又哀此無妻之鰥夫偏喪之寡婦當收斂之使有所依附也王命已已當行焉○傳大曰鴻至寒暑○正義曰鴻鴈俱是水鳥故連言之其形鴻大而鴈小嫌其同鳥雌雄之異故傳辨之云大曰鴻小曰鴈也知避陰陽寒暑者春則避陽暑而北秋則避陰寒而南故並言之此以所避與民避惡既有所避自然歸善故箋云喻民知去無道就有道離散不得所是無道明君安集之是有道也言去無道之離散就有道之安集所與一事耳不謂以屬

王無道去之宣王有道就之何則民離散者豈能逃出中國遠避厲王也○箋侯伯至美焉○正義曰傳既以之子爲侯伯卿士故箋又解傳言侯伯卿士謂諸侯之伯與天子之卿士也毛知之子爲侯伯卿士者以此勞來之詩也王使勞來於天下唯侯伯與卿士耳故僖元年左傳曰凡侯伯救患分災討罪禮也是侯伯自於州内有罪者則征討之災患則分救之此安集萬民亦救患之義且州之内侯伯所主明王當遣焉故○知有侯伯○也又周禮王之所以撫邦國諸侯者歲徧○存三歲徧○覜五歲徧○省注云歲者巡守之明歲以爲始自五歲之後遂間歲徧省此天子於諸侯所命卿士也春秋之時天子每使卿聘魯故知有卿士也諸侯之伯伯者長也諸侯之長謂之侯伯卽州牧是也故左傳杜注云侯伯州長也列職於王卽曰牧於諸侯則謂之侯伯一官而有三名也傳以之子是王所使之人舉侯伯卿士而言耳其實王官之伯亦有時述職天子之大夫亦使於諸侯故下梟傳曰諸侯有事則二伯述職春秋之世每有大夫聘魯是皆得爲王使也是時民既離散邦國壞滅知者以百堵皆作非直民居邦國城邑亦築作之故言邦國壞滅也所以離散壞滅者侯伯久不述職王使廢於存省諸侯故合然也今宣王於是始遣侯伯述職卿士存省復先王之法故美之言述職者述修其所掌之

職事上下通名故譜曰武王巡狩述職昭五年左傳曰小有
述職謂諸侯於天子也又烝民曰仲山甫出祖傳曰言述職
也仲山甫卿士也亦言述職是其通矣卿士言王使者以在
王朝故以王使言之其實侯伯亦王所遣摠名皆王使但侯
省不使侯伯耳○箋可憐之人至有所依附○正義曰以下
則言鰥寡明此可憐之人是貧窮也以貧窮無財宜賙餼之
賙謂與之財餼謂賜之食也知可憐之人非孤獨者以孤獨
與鰥寡爲類同在哀此之中故言鰥寡則哀之其孤獨者收
歛之使有所依附也男鰥女寡皆身孤獨故言其孤獨以此
無父之孤無子之獨亦宜哀焉王制云四者天民之窮而無
告者也皆有常餼是四者同也言有常餼則鰥寡亦賙餼之
言收斂之者對貧窮自有親眷不須收斂鰥寡則既收斂之
又賙餼之但哀其無所告故箋別言之

鴻鴈于飛集于中澤中澤澤中也箋云鴻鴈之性安居澤中今飛又集于澤中猶民去其居而離散今見還定安集

之子于垣百堵皆作一丈爲版五版爲堵箋云侯伯卿士又於壞滅之國徵民起屋舍築牆壁百堵同時而起言趨事也春秋傳曰五版爲堵五堵爲雉雉長三丈則版六尺○垣音袁堵丁古反

雖則劬勞其究安宅究窮

也箋云此勸萬民之辭女今雖病勞終有安居○究居又反〔疏〕鴻鴈至安宅○正義曰言鴻鴈性好居澤今往飛而集於澤中得其志也以興萬民亦情樂處家今還歸而止於家中亦得其欲也萬民得以安處者其是侯伯卿士又於壞滅之國徵民起築垣牆令百堵俱起由是得還定也又言侯伯卿士勸已萬民曰築作興造雖則今劬勞其於久得安居欲使不憚勞也民喜王使之勸已故陳辭而美之○傳一丈至爲堵○正義曰板堵之數經無其事毛氏以義言耳五板爲堵自是公羊傳文公羊在毛氏之後非其所據五板爲堵謂累五板也板廣二尺故周禮說一堵之牆長一丈高一丈是板廣二尺也○箋春秋至六尺○正義曰傳以一丈爲板鄭欲易之故引傳文而證板之長短春秋傳曰五板爲堵五堵爲雉定十二年公羊傳文也公羊雖非正典其言傳諸先達故鄭據之以破毛也言五堵爲雉謂接五堵成一雉既引其文約出其義故云雉長三丈則板六尺也雉長三丈經亦無文古周禮說雉高一丈長三丈韓詩說八尺爲板五板爲堵五堵爲雉何休注云○公羊取韓詩傳云堵四十尺雉二百尺以板長八尺接五板而爲堵接五堵而爲雉也二說不同故鄭駮異義辨之云左氏傳說鄭莊公弟段居京城祭仲曰都城過百雉國之害也先王之制大都不過三國之一

中五之一小九之一今京不度非制也古之雉制書傳各不得其詳今以左氏說鄭伯之城方五里積千五百步也大都三國之一則五百步也五百步爲百雉則知雉五步五步於度長三丈則雉長三丈也雉之度量於是定可知矣是鄭計雉所據之文也王愆期注公羊云諸儒皆以爲雉長三丈堵長一丈疑五誤當爲三如是大通諸儒唯與鄭板六尺不合耳

鴻鴈于飛哀鳴嗸嗸未得所安集則嗸嗸然箋云此之子所未至者○嗸本又作嗷五刀反聲也**維此哲人謂我劬勞**箋云此哲人謂知王之意及之子之事者我之子自我也**維彼愚人謂我宣驕**宣示也箋云謂我役作衆民爲驕奢

鴻鴈三章章六句

庭燎美宣王也因以箴之諸侯將朝宣王以夜未央之時問夜早晚美者美其能自勤以政事因以箴者王有雞人之官凡國事爲期則告之以時王不正其官而問夜早晚○燎力照反徐又力燒反鄭云在地曰燎執之曰燭又云樹之門外曰大燭於內曰庭燎皆是照衆爲明箴之金反諫誨之辭朝直遙反下皆同

【疏】庭燎三章章五句至箴之○正義曰：因以箴之者，言王雖可美，猶有所失，此失須治，若病之須箴。三章皆美其勤於政事，譏其不正其官，是美而因箴之事也。宣王既在變詩，此言美而箴之，以下規誨爲衰失之漸，而首則六月、采芑，末則斯干、無羊，竝不言美者，欲以示法，見宣王中興，置斯干、無羊於末，見終善，以隱之詩承刺後，不可復言其美，故去美以示意。既末不言美，故首亦去美，令始終相準，且見宣王賢君，其詩可以次正，故終始不言美，其間則各從其實也。以此王勤政事而不正其官，美大過小，得中有失，故美而因箴之；汾沮洳則惡大善小，失中有得，故刺而因美焉，所以相反也。○傳「諸侯至早晚」○正義曰：王有雞人之官，凡國事爲期則告之以時，而朝之時節，有司當以告王，不須問。今王問其夜早晚，非度之宜，所以箴之也。「凡國事爲期則告之以時」，周禮雞人職文也。注云「象雞知時，告其有司主事者也」。鄭知一言之內兼有箴美者，以其篇更無箴刺之文。夜如何其，是問夜之辭。天子備官任使，而親問時節，非王者之法，故知此即箴也。卒章是朝之正時，知不得時而美、失時而箴者，三章同云「夜如何其」，是王之失得一也。不得以時而爲美矣，且依時而朝，未足爲美，明美者美其勤於親問，問之則非禮，故知此即爲箴也。

夜如何其

箋云：此宣王以諸侯將朝夜起，曰夜如何其，問早晚之辭。○其音基，辭也。

夜未央，庭燎之光。君子至止，鸞聲將將。

央，旦也。庭燎，大燭。君子，謂諸侯也。將將，鸞鑣聲也。箋云：夜未央，猶言夜未渠央也，而於庭設大燭，使諸侯早來朝，聞鸞聲將將然。○央，於良反。說文云：久也，已也。王逸注楚辭云：央，盡也。將，七羊反，本或作鏘，注同。且，七也反，又子徐反，又音旦，經本作且。鑣，表驕反，又必苗反。渠，其據反。

【疏】夜如至將將○正義曰：宣王以諸侯將朝，遂夜起，問左右曰：夜如何其？語辭。言夜今早晚如何乎？王問之時，夜猶未渠央矣，而已見庭燎之光，言於時即是庭設大燭，以待諸侯。其君子諸侯以庭燎已設，皆來至止，入聞其鸞聲將將然。王勤政事，誠可美矣，而不正其官，失人君之道，故箴之。○傳央旦至大燭○正義曰：未央者，前限未到之辭，故箋云夜未央猶言夜未渠央也。故漢有未央宮，詩有樂未央。傳言央旦者，旦是夜屆之限，言夜未央者，謂夜未至旦，非謂訓央為旦，故王肅云央旦未旦，夜半是也。二章夜未艾，艾，久也。毛意艾取名於耆艾者，是年之久，從幼至艾為年久，似從昏至旦為夜久，昏似幼，旦似艾，言夜未於久，久亦是未至於旦，未艾與未央其意同也。但下章言晨，則三章設文有漸，未央先於未艾也。此夜未旦若作者言王問夜之時節耳非對王之辭也若對王未央王應更寢何當設燭以迎賓以此知非對辭也庭燎者樹之於庭燎之爲明是燭之大者故云庭燎大燭也秋官司烜云邦之大事供蕡燭庭燎注云樹於門外曰大燭門內曰庭燎不同者以彼燭燎別文則設非一處庭燎以庭名之明在門內故以大燭爲門外以文對故異之耳其散則通也郊特牲曰庭燎之百由齊桓公始也注云僭天子也庭燎之差公蓋五十侯伯子男皆三十是天子庭燎用百古制未得而聞要以物百枚并而纏束之今則用松葦竹灌以脂膏也

夜如何其夜未艾庭燎晣晣君子至止鸞聲噦噦艾久也晣晣明也噦噦徐行有節也箋云芟末曰艾以言夜先雞鳴時。艾毛五蓋反鄭音刈晣本又作晢之世反噦呼會反徐又呼惠反芟所銜反先蘚薦反

〔疏〕箋芟末至雞鳴時。正義曰箋以傳云艾取老之義其理不安故易之何者以一夜始譬一世從昏至旦猶從生至死耳不得以老爲旦也若以夜未久則是初昏之辭時已雞鳴左右不得謂之未久也故易之以芟艾爲喻一物之全是猶一夜也以刀初芟猶初昏也芟竟猶旦也是艾者以昏初爲本以過爲末所以成艾之名言未成艾猶初未至於旦故言先雞鳴

時也朝禮羣臣別色始入在雞鳴之後此未至朝節故知先雞鳴時也未艾先於雞鳴則未央又在其前故王肅以爲夜半雖鄭亦當然矣　夜如何其夜鄉晨庭燎有煇君子至止言觀其旂煇光也箋云晨明也上二章聞鸞聲爾今夜鄉明我見其旂是朝之時也朝禮別色始入○鄉許亮反字又作嚮煇音暉別彼列反旂音祈

庭燎三章章五句

沔水規宣王也規者正圓之器也規主仁恩也以恩親正君曰規春秋傳曰近臣盡規○沔緜善反徐莫顯反

〔疏〕沔水三章二章章八句一章六句○正義曰作沔水詩者規宣王也圓者周匝之物以比人行周備物有不圓匝者規之使成圓人行有不周者規之使周備是匡諫之名刺者責其爲惡言宣王政教多善小有不備令欲規之使備故言規之不言刺也經云諸侯不朝天子妄相侵伐又讒言將起王不禁之欲王治諸侯察讒佞皆規王使爲善也○箋規者至盡規○正義曰正物之器不獨規也規以正圓矩以正方繩正曲直權正輕重皆可以比諫君獨

言規者以主仁恩以恩親正君曰規規之使圓則外無廉隅猶人之爲恩貌不嚴肅故五行規主東方是主仁恩也案援神契云春執規夏持衡秋執矩冬持權所引春秋傳者外傳周語文也言君之近臣當盡誠以規君亦取恩親之義

沔彼流水朝宗于海興也沔水流滿也水猶有所朝宗箋云興者水流而入海小就大也喻諸侯朝天子亦猶是也諸侯春見天子曰朝夏見曰宗○朝直遥反注皆同見賢遍反下文同

鴥彼飛隼載飛載止箋云載之言則也言隼欲飛則飛欲止則止喻諸侯之自驕恣欲朝不朝自由無所在心也○鴥惟必反隼息尹反

嗟我兄弟邦人諸友莫肯念亂誰無父母邦人諸友謂諸侯也兄弟同姓臣也京師者諸侯之父母也箋云我我王也莫無也我同姓異姓之諸侯女自恣聽不朝無肯念此於禮法爲亂者女誰無父母乎言皆生於父母也臣之道資於事父以事君

【疏】沔彼至父母○正義曰沔然而滿者彼流水也此水之流當朝宗而入於海小就大也以喻強盛者是彼諸侯也此諸侯亦當朝宗天子臣事君也何爲今更不然鴥然而疾者彼飛隼其意欲飛則飛欲止則止自由無所畏也以喻彼諸侯欲朝則朝欲

否則否自恣無所懼也故責之嗟乎我王兄弟同姓之國及爲邦君之人異姓諸侯此同姓異姓汝皆我王之諸友何爲自恣不朝無肯念此於禮法爲亂者若然則誰無父母乎何者人皆生於父母臣之道資於事父以事君故京師者諸侯之父母何爲不以事父母之道事京師也諸侯自恣如是王不能禁所以規王也○傳水猶有所朝宗○正義曰云猶者以水無情猶義有朝宗況人而可無朝宗乎朝宗者本諸侯於天子之禮故箋引大宗伯云春見天子曰朝夏見曰宗臣之朝君猶水之趨海故以水流入海爲朝宗也禹貢亦云江漢朝宗於海彼注云以著人臣之禮見江漢吳楚有道後服無道先強故以著義以水入海多矣獨於江漢言朝宗故云著義也大宗伯注云朝朝也欲其來之早宗尊也欲其尊○王皆以人事名之水無此情故云著義也○傳邦人至父母○正義曰尚書云我友邦冢君是天子謂諸侯爲友也邦人有國之辭故知諸友謂諸侯也此經嗟我下通兄弟邦人並責之諸友之文足以容同姓但以同姓爲親故先責兄弟兄弟是同姓則邦人諸友爲異姓故箋云我同姓異姓諸侯揔責之也言京師者諸侯之父母以責不朝於京師故以京師爲父母也箋申解名京師爲父母之意言皆生於父母臣之道資於事父以事君本其恩親以責之故名京師爲父母箋云

自恣不朝集注及定本恣下有聽字

沔彼流水，其流湯湯。言放縱無所入也箋云湯湯波流盛貌喻諸侯奢僭既不朝天子復不事侯伯○湯失羊反復扶又反

鴥彼飛集，載飛載揚。言無所定止也箋云則飛則揚喻諸侯出兵妄相侵伐

念彼不蹟，載起載行。心之憂矣，不可弭忘。不蹟不循道也弭止也箋云彼彼諸侯也諸侯不循法度妄興師出兵我念之憂不能忘也○蹟井亦反弭忘彌氏反下同

〔疏〕沔彼至弭忘○正義曰沔然而滿者彼流水也此水之流湯湯然波流漫溢無所入既不注於海復不入大川以與強盛者彼諸侯也此諸侯奢僭故恣無所事既不朝天子又不事侯伯鴥然而疾飛者彼飛隼則已飛而不息則又加之遊揚妄相擊害以與彼自恣之諸侯則已不朝天子則又加以出兵妄相侵伐故我念彼不循道之諸侯爲此則起則行妄出兵之事者心爲之憂矣不可止而忘之○傳言故縱無所入○正義曰言水放散縱長無所入猶諸侯奢泰放恣無所臣事也無所者是廣辭非徒不入於海又不注大川以喻諸侯亦然故箋中之云既不朝天子復不事侯伯以傳無所入之言知有侯伯之義故下箋亦云王與侯伯不當察之緣此

有侯伯故也定本云放衍無所入集注云放恣**鴥彼飛隼率彼中陵**箋云率循也隼之性待鳥雀而食飛循陵阜者是其常也喻諸侯之守職順法度者亦是其常也**民之訛言寧莫之懲**懲止也箋云訛僞也言時不令小人好詐僞爲交易之言使見怨咎安然無禁止○好呼報反**我友敬矣讒言其興**疾王不能察讒也箋云我我天子也友謂諸侯也言諸侯有敬其職順法度者讒人猶與其言以毁惡之王與侯伯不當察之○惡烏路反【疏】鴥彼至其興○正義曰鴥然彼自往之飛隼當循彼中陵是其常以興自恣之諸侯亦當守職愼法是其常言諸侯之不可起行妄伐猶飛隼之不可飛揚妄作也諸侯之不守法非直由其自恣然亦由當時不令之小人爲詐僞之言使人見怨咎者安然莫之肯禁止之者故致讒言我諸侯之友有恭敬其職事者矣讒人之言其又興起以毁惡之而王與諸侯何以不當察之乎以此令諸侯益不守法也此篇主責諸侯之自恣因疾王之不察讒者先責下而後刺上欲規王令禁察之○箋好詐至怨咎○正義曰詐僞交易之言者謂以善言爲惡以惡言爲善交而換易其辭鬭亂二家使相怨咎也

沔水三章二章章八句一章六句

鶴鳴誨宣王也 ○誨教也教宣王求賢人之未仕者【疏】鶴鳴二章章九句○正義曰上言規此言誨者規謂正其已失誨謂教所未知彼諸侯專恣是已然之事故謂之規此求賢者未是已失直以意教故謂之誨敘者觀經而異文

鶴鳴于九皋聲聞于野 興也皋澤也言身隱而名著也箋云皋澤中水溢出所爲坎自外數至九喻深遠也鶴在中鳴焉而野聞其鳴聲興者喻賢者雖隱居人咸知之○九皋音羔韓詩云九皋九折之澤聞音問下同數色主反

魚潛在淵或在于渚 良魚在淵小魚在渚箋云此言魚之性寒則逃於淵溫則見於渚喻賢者世亂則隱治平則出在時君也○見賢遍反治直吏反

樂彼之園爰有樹檀其下維蘀 何樂於彼園之觀乎蘀落也尚有樹檀而下其蘀箋云之往爰曰也言所以之彼園而觀者人曰有樹檀檀下有蘀此猶朝廷之尚賢者而下小人是以往也○樂音洛沈又五孝反注及下同爰音袁檀音壇蘀音託觀古亂反下同朝直遙反

它

山之石可以爲錯錯石也可以琢玉舉賢用滯則可以治國箋云它山喻異國○錯七落反說文作厝云厲石也字林同千故反琢涉角反

【疏】鶴鳴至爲錯○毛以爲言鶴鳴於九皋之中其聲聞於外方之野鶴處九皋人皆聞之以興賢者隱於幽遠之處其名聞於朝之間賢者雖隱人咸知之王何以不求而置之於朝廷乎所以必求此隱者以魚有能潛在淵者或在於渚者小魚不能入淵而在渚良魚則能逃處於深淵以興人有能深隱者或出於世者小人不能自隱而處世君子則能逃遁而隱居逃遯之人多是賢者故令王求之王若置賢人於朝則人言云我何以樂彼之園而欲往觀之乎曰以上有善樹之檀而其下維有惡木之蘀我所以觀焉以與何以樂彼之朝而欲往觀之乎以上有德善之人而其下維有不賢之人我所以往也王得賢則爲人樂觀其朝如此何以不求之非但在朝爲人所親○又它山遠國之石取而得之可以爲錯物之用與異國沉滯之賢任而官之可以爲理國之政國家得賢臣輔以成治猶寶玉得石錯琢以成器故須求之也王者雖以天下爲家畿外亦得爲異國也○鄭唯次二句爲異餘同○箋皐澤至鳴聲○正義曰鄭以一鳥不鳴九澤而云九皋者然則明深九坎也澤者水之所鍾○故知澤中水溢出所爲坎自外

數至九於時澤有然者故作者舉之以喻深遠也鶴者善鳴之鳥故在澤焉而野聞其鳴聲陸機疏云鶴形狀大如鵝長脚青翼高三尺喙長四寸餘多純白或有蒼色者今人謂之赤頰當夜半鳴故淮南子云雞知將旦鶴知夜半其鳴高亮聞八九里雌者聲差下今吳人園囿中及士大夫家皆養之○傳良魚至在渚○正義曰毛以潛淵喻隱者不云大魚而云良魚者以其喻善人故變文稱良也○箋此言至則出○正義曰此文止有一魚復云或在是魚在二處以魚之出沒喻賢者之進退於理爲密且教王求賢止須言賢之來否不當橫陳小人故易傳也

鶴鳴于九皋聲聞于天箋云天高遠也魚在于渚或潛在淵箋云時寒則魚去渚逃於淵

樂彼之園爰有樹檀其下維穀穀惡木也○穀工木反說文云穀楮也從木㱿聲非從禾也以上章上檀下蘀類之取其上善下惡故知穀惡木也

疏傳穀惡木○正義曰以上檀蘀類之取其上善下惡故知穀惡木也陸機疏云幽州人爲之穀桑荆楊人謂之穀中州人謂之楮殷中宗時桑穀共生是也今江南人績其皮以爲布又擣以爲帋謂之穀皮帋絜白光澤其裏甚好其葉初生可以爲茹

它山

之石可以攻玉攻錯也

鶴鳴二章章九句

祈父刺宣王也刺其用祈父不得其人也官非其人則職廢祈父之職掌六軍之事有九伐之法祈圻畿同。祈勤衣反父音甫下同

［疏］祈父三章章四句。正義曰經二章皆勇力之士責祈父之辭舉此以刺王也。箋圻父至畿同。正義曰下傳以祈父爲司馬故言其所掌之事大司馬序云王六軍是掌六軍之事也其職曰掌九伐之法正邦國注云諸侯之於國如樹木之有根本是以言伐云憑弱犯寡則眚之猶人眚瘦四面削其地賊賢害民則伐之有鐘鼓曰伐暴內陵外則壇之壇讀如墠置之空墠出其君更立其次賢者野荒民散則削之田不治民不附削其地負固不服則侵之賊殺其親則正之。執而治其正。殺之放弒其君則殘之殘滅其爲惡犯令陵政則之。杜塞杜塞使不得與隣國交通內外亂鳥獸行則滅之悖人倫誅滅去之是有九伐之法也由其軍行征伐事有苦樂爲爪牙所怨故言其所掌也此職掌封畿兵甲當作畿字今作圻故解之古者祈圻畿同字得通用故此作祈尚書作圻

祈父

祈父司馬也職掌封圻之兵甲箋云此司馬也時人以其職號之故曰祈父書曰若疇圻父謂司馬司馬掌祿士故司士屬焉又有司右主勇力之士○疇此古疇字本或作壽按孔注尚書直留反馬鄭音受

予王之爪牙

胡轉予于恤靡所止居 恤憂也宣王之末司馬職廢羌戎爲敗箋云予我轉移也此勇力之士責司馬之辭也我乃王之爪牙爪牙之士當爲王閑守之衛女何移我於憂使我無所止居乎謂見使從軍與羌戎戰於千畝而敗之時也六軍之士出自六鄉法不取於王之爪牙之士○爲王于僞反下毋爲父同

【疏】祈父至止居○正義曰時爪牙之士呼司馬之官曰祈父我乃王之爪牙之士所職有常不應遷易汝何爲移我於所憂之地使我無所止居乎由宣王不明使人不稱故陳之以刺王○箋此司馬至之士○正義曰以傳未明更申其說此司馬職其掌封畿時人以其職號之故曰祈父書曰若疇圻父謂司馬也言古亦謂司馬爲圻父非獨詩也若疇圻父酒誥文也彼注云順壽萬民之圻父圻父謂司馬主封畿之事與此同意也定本作若疇與鄭義不合誤也又解祈父爲爪牙所責之意司馬掌祿士故司士之官屬焉是爵祿黜陟由司馬也其屬又有司右之官主勇力之士故爪牙屬司馬也司

馬主爪牙之士其職得爵人今轉爪牙之士於可憂之地故所以怨之也司士職曰以德詔爵以功詔祿注引王制曰司馬辨論官材論進士之賢者以告於王而定其論論定然後官之任官然後爵之位定然後祿之是司士所掌以告司馬司馬告於王而進退之處人憂樂皆司馬之所為故恨其轉予于恤也因言司馬所掌逆申下恨之意司右主勇力之士者司右職曰凡國之勇力之士能用五兵者屬焉注云勇力之士屬焉選右當於其中五兵者弓矢殳矛戈戟也此王之爪牙郎彼勇力之士故引之也○傳宣王至為敗○正義曰周語云宣王三十九年戰於千畝王師敗績於姜氏之戎史記周本紀云宣王即位四十六年而崩是末有姜戎為敗也毛知此當姜戎之敗者以宣王之征所往皆克此言轉予王恤有危敗之憂宣王之敗雖姜戎耳故言姜戎為敗以當之自為姜戎所敗而言司馬職廢者以征伐司馬所典故也常武美宣王命程伯休父為大司馬則休父賢者也言職廢者蓋休父卒後他人代之其人不賢故廢職也○箋我乃至之士○正義曰鳥用爪獸用牙以防衛已身此人自謂王之爪牙以鳥獸為喻也當為王閑守之衛者謂防閑守禦之衛也知者以其言爪牙是勇力者也言胡轉予于恤是不應轉而轉之也有勇力而不當轉於憂唯守衛者耳故知當為王閑

守之衛也司右止言勇力屬焉不言使之守衛夏官虎賁氏下大夫二人其屬者虎士八百人其職云虎賁氏掌先後王而趍以卒伍軍旅會同亦如之舍則守王閑王在國則守王宫國有大故則守王門注云舍王出所止宿處閑梐枑也然然則爲王閑守乃是虎賁之屬非司右勇力士也此言當爲王守衛者周禮司右虎賁連官耳虎賁掌虎士司右主勇士虎賁之徒既爲宿衛則司右之徒亦爲宿衛矣司士正朝儀之位虎士在路門之右大右在路門之左大右則司右也虎士言其徒不言其官大右言其官不言其屬明司右與虎賁氏俱率其屬以衛王互文以相明也不然豈空屬司右無任役乎以此知爪牙之士當爲王閑守之衛也此勇力之士選右當於中若車右出征則是其常職今恨移我於憂謂見使從軍則不爲車右蓋使之爲步卒故恨也傳言姜戎敗不言敗處故申之云戰於千畝而敗也杜預云西河介休縣南有地名千畝則王師與姜戎在晉地而戰也國語云宣王不籍千畝虢文公諫而不聽三十九年戰于千畝孔晁云宣王不耕籍田神怒民困爲戎所伐戰於近郊則晁意天子籍田千畝還在籍田而戰則千畝在王之近郊非是晉地義或然也又解此爪牙之士所以不應從征者以六軍之士出自六鄉法不取王之爪牙之士也小司徒職曰乃頒比法於六鄉之

大夫使各登其鄉之衆寡乃會萬民之卒伍而用之五人爲伍五伍爲兩四兩爲卒五卒爲旅五旅爲師五師爲軍以起軍旅又曰凡起徒役無過家一人是出自六鄉也**祈父予王之爪士**士事也**胡轉予于恤靡所厎止**厎至也。厎爪履反**祈父亶不聰**亶誠也。亶都旦反**胡轉予于恤有母之尸饔**尸陳也熟食曰饔箋云已從軍而母爲父陳饌飲食之具自傷不得供養也。供九用反養羊亮反

〔疏〕祈父至尸饔。正義曰上恨身無所居此恨不得供養責之曰祈父汝誠是不聰慧之人汝若聰慧何爲移我於憂危之地令我不得居家供養使我所有尊母令之陳熟食以奉父乎。傳熟食曰饔。正義曰對例則飪爲熟散則通此云尸是陳之辭明熟食故可陳也。箋已從至供養。正義曰千畝之戰王之郊內勝負不至多時而恨其不得代母爲父陳食者時王室既衰戰則恐敗恨其轉已故舉此以刺不得爲多歷時日而恨也許氏異義引此詩曰有母之尸饔謂陳饔以祭志養不及親彼爲論饔飧生死不爭此文故不駮之其義當如此箋非爲祭也

祈父三章章四句

白駒大夫刺宣王也刺其不能留賢也○白駒馬五尺以上曰駒皎皎白駒食我場苗縶之維之以永今朝宣王之末不能用賢賢者有乘白駒而去者縶絆維繫也箋云永久也願此去者乘其白駒而來使食我場中之苗我則絆之繫之以永今朝愛之欲留之○皎古了反絜白也場直良反縶陟立反徐丁立反絆音半繫足曰絆所謂伊人於焉逍遙箋云伊當作繄繄猶是也所謂是乘白駒而去之賢人今於何遊息乎思之甚也○焉於虔反又如字下同繄烏今反

疏白駒四章章四句皎皎至逍遙○正義曰宣王之末不能用賢有賢人乘皎皎然白駒而去者我願其乘此白駒而來食我場中之苗我則縶絆之維持之謂絆縶其馬留其人以久今日之朝既思而不來又述而言曰所謂是乘白駒而去之賢人今於何處逍遙遊息乎不知所適言思見之甚也以久今朝者得賢人與之言話則今日可長久猶山有樞云且以永日也○傳宣王至縶絆○正義曰以宣王之行初善後惡烝民序云任賢使能周室中興明是

初時事此刺不能留賢故知宣王之末也僖二十八年左傳曰繫靷鞅靽杜預云在後曰靽則縶之謂絆其足維之謂繫靷也○箋食我場中之苗○正義曰言食苗藿則夏時矣七月注云春夏爲圃秋冬爲場場人注云場築地爲墠季秋除圃中爲之此宜云圃而言場者以場圃同地耳對則四時異名散則繼○其本地雖夏亦名場也

皎皎白駒食我場藿縶之維之以永今夕藿猶苗也夕猶朝也○藿火郭反**所謂伊人於焉嘉客皎皎白駒賁然來思**賁飾也箋云願其來而得見之易卦曰山下有火賁賁黃白色也○賁彼義反徐音奔毛鄭全用易爲釋**爾公爾侯逸豫無期**爾公爾侯邪何爲逸樂無期以反也○樂音洛**愼爾優游勉爾遁思**○愼誠也箋云誠女優游使待時也勉女遁思度已終不得見自訣之辭○遯字又作遂徒遜反徐徒損反度待洛反下音紀訣音決

〔疏〕皎皎至遁思○正義曰言有賢人乘皎皎然白駒而去者其服賁然而有盛飾已願其來思而得見之也既願而來即責之公侯之尊可得逸豫若非公侯無逸豫之理爾豈是公也爾豈是侯也何爲亦逸豫無期以

反乎思而不來設言與之訣汝誠在外優遊之事勉力行汝遁思之志勿使不終也極而與之自訣之辭也此來思遁思二思皆語助不爲義也○傳賁飾箋易卦至白色○正義曰賁飾易序卦文山下有火賁易象文也賁卦離下艮上艮爲山離爲火故言山下有火以火照山之石故黃白色也其卦名曰賁者鄭云離爲日日天文也艮爲石地文也天文在下地文在上天地之文交相而成賁賁然是也此賁賁必爲賢者之貌箋傳不言貌此思賢者當以車服表之皎皎爲馬之貌賁不宜爲人之貌蓋謂其衣服之飾也

皎皎白駒在彼空谷空大谷也**生芻一束其人如玉**箋云此戒之也女行所舍主人之餼雖薄要就賢人其德如玉然○芻楚俱反**毋金玉爾音而有遐心**箋云毋愛女聲音而有遠我之心以恩責之也○毋音無本亦作無毋字與父母之字不同宜詳之他皆倣此

〔疏〕皎皎至遐心○正義曰言有乘皎皎然白駒而去之賢人今在彼大谷之中矣思而不見設言形之汝於彼所至主人禮餼待汝雖薄止有其生芻一束耳當得其人如玉者而就之不可以貪餼而棄賢也又言我思汝甚矣汝雖不來當傳書信毋得金玉汝之音聲於我謂自愛音聲貴如金玉不以遺問我而

有踈遠我之心已與之有恩恐遂踈已故以恩責之冀音信不絕○傳空大○正義曰以谷中容人隱焉其空必大故云空大非訓空爲大桑柔云有空大谷是空谷大也此云在彼空谷則知其所適上云於焉逍遙及於焉嘉客爲不知所適之辭者以思之不得故言不知所在此以賢者隱居必當潛處山谷故舉以爲言空谷非一猶未是知其所在也○箋毋愛女聲音○正義曰定本集注皆然

白駒四章章六句

黃鳥刺宣王也

刺其以陰禮教親而不至聯兄弟之不固○聯音連【疏】黃鳥三章章七句○箋刺其至不固○正義曰箋解婦人自爲夫所出而以刺王之由刺其以陰禮教男女之親而不至篤聯結其兄弟夫婦之道不能堅固令使夫婦相棄是王之失教故舉以刺之也大司徒十有二教其三曰以陰禮教親則民不怨又曰以本俗六安萬民其三曰聯兄弟是鄭所引之文也言不至不固鄭以義增之彼注云陰禮謂男女之禮昏姻以時男不曠女女不怨是也謂之陰者以男女夫婦寢席之上陰私之事故謂之陰禮秋官士師云凡男女之陰訟聽之於勝國之社

是謂男女之事爲陰也彼注又云聯猶合也兄弟謂昏姻嫁娶是謂夫婦爲兄弟也夫婦而謂之兄弟者列傳曰執禮而行兄弟之道何休亦云圖安危可否兄弟之義故比之也

黃鳥黃鳥無集于穀無啄我粟興也黃鳥宜集木啄粟者。喻天下室家不以其道而相去是失其性。○啄陟角反**此邦之人不我肯穀**穀善也箋云不肯以善道與我**言旋言歸復我邦族**宣王之末天下室家離散妃匹相去有不以禮者箋云言我復反也。○妃音配

【疏】黃鳥至邦族。○正義曰言人有禁語云黃鳥黃鳥無集於我之穀木無啄於我之粟然黃鳥宜集本啄粟今而禁之是失其性喻婦人述男子禁已云婦人婦人無居我之室無得啖我之食然婦人之在夫家宜居室啖食今夫禁已是失其夫婦之所宜也婦人見其如此知必棄已即與之訣別而去之曰此邦國之人已於我若此則不我肯以善相與是不肯以善道與我也故我今迴旋我今還歸復反我邦國宗族矣言此邦之人復我邦族者言夫與已不善居異所耳不必即他邦也

黃鳥黃鳥無集于桑無啄我粱此邦之人不可與明

不可與明夫婦之道。箋云明當爲盟，盟信也。

言旋言歸，復我諸兄。

婦人有歸宗之義。箋云宗謂宗子也。

疏不可至諸兄○毛以爲婦人既被夫棄，己言此邦國之人不可與明夫婦之道，今我迴旋我還歸復反我宗族之兄家也。○鄭唯不可與盟爲異。○傳不可至之道○正義曰：夫婦之道以義居者也，當同居共食。今而禁之，闇昧於三綱之道，苟欲出之，不知婦人非七出不得去，是不可與明夫婦之道也。○箋明當爲盟盟信○正義曰：易傳者，以下云不可與處，言其夫不可共處也。此云不可與明，亦當云其夫不可與其盟也。若是明夫婦之道，其明與否，夫獨爲之，非婦所當，其故知字誤，當作盟也。曲禮下曰：約信曰誓，涖牲曰盟。盟是信誓之事，故云盟信也。禮，諸侯有相背違者，盟以信之，而不信之人旣盟復背。此婦爲夫所薄，意欲盟而固之，以其無信，終必棄己，故云不可與盟也。○傳婦人有歸宗之義○正義曰：傳於此言歸宗者，以婦人之所尊者其兄也，因此諸兄之文，故言歸宗。喪服爲昆弟之爲父後者，傳曰：何以朞也？婦人雖在外，必有歸宗，曰小宗，故服朞也。此以諸兄爲宗之文也。彼所言歸宗，唯謂大夫以下其妻父母沒，有歸寧於宗，要被出還家亦爲歸宗，故準彼而言也。箋恐謂宗是大宗，故云謂宗子，亦謂宗兄也。

黄鳥無集于栩無啄我黍此邦之人不可與處處居也○栩況甫反言旋言歸復我諸父諸父猶諸兄也

黄鳥三章章七句

附釋音毛詩注疏卷第十一（十一之二）

黄中栻栞

毛詩注疏校勘記十一之一　阮元撰盧宣旬摘錄

〇鴻鴈

鴻鴈美宣王也　毛本鴈誤雁明監本以上不誤餘同此

今還歸本宅安止　閩本明監本毛本同案安當作定

明其王先撫散民　閩本明監本毛本其誤宣案王當作止形近之譌

箋云鴻鴈知避陰陽寒暑　小字本相臺本同案正義云故傳辨之云大曰鴻小曰鴈也知避陰陽寒暑者云云故箋云喻民知去無道就有道標起止云傳大曰鴻至寒暑是正義本鴻鴈知避陰陽寒暑八字在傳箋云二字在其下也

明君安集之　閩本明監本毛本同案十行本明君安剜添者一字

傳既以之子爲侯伯卿士　閩本明監本毛本同案十行本既至爲剜添者一字

何休注云公羊字　閩本明監本毛本同案浦鏜云誤衍云

〇庭燎

美宣王也因以箴之　小字本相臺本同唐石經初刻作美宣王因以箴也後改同今本案正義標起止云至箴之釋文以箴之作音初刻誤也

央旦也　小字本相臺本同案此正義本也標起止云傳央旦釋文云且七也反又子徐反又音旦段玉裁云且薦也凡物薦之則有二層未且猶言未漸進也與未艾向晨爲次第若作旦字與向晨不別矣釋文旦字或誤且今正詳後考證

供賁燭庭燎　閩本明監本賁誤墳毛本不誤

以一夜始譬一世　閩本明監本毛本始誤如

〇沔水

規主仁恩也　小字本相臺本同考文古本同閩本明監本毛本主誤王

無所在心也　小字本相臺本同考文古本在字亦同閩本明監本毛本在作懼案在字是也正義云無所懼也乃正義自爲文不當依以改箋

女自恣聽不朝　小字本相臺本同案正義云箋云自恣不朝集注及定本恣下有聽字此正義本是也有者衍

言放縱無所入也　小字本相臺本同案正義云定本云放衍無所入集注云放恣標起止云傳言放縱無所入考文古本縱作恣采正義

此篇主責諸侯之自恣　毛本主誤王閩本明監本不誤

二章章八句　小字本相臺本同唐石經二章字磨改其初刻不可知也

○鶴鳴

尚有樹檀而下其擇 小字本同閩本明監本毛本同相臺本有作其案有字是也此即經爰有之有也正義云曰以上有善樹之檀亦其證

它山之石 唐石經小字本相臺本同考文古本同閩本明監本毛本它誤他下章同案釋文云它古他字考此字與鄭柏舟漸漸之石經同餘經或作他用字不盡一之例也正義應易爲他十行本正義中作它乃以經字改之耳

其名聞於朝之閒 明監本毛本朝下有廷字閩本剜入案所補是也

以與人有能深隱者 閩本明監本毛本深下衍於字案十行本入至深剜添者一字是深字亦衍也

非但在朝爲人所親 閩本明監本毛本同案浦鏜云親當覲字誤是也

其下維穀 唐石經相臺本同小字本穀作穀閩本同明監本毛本穀誤穀餘同此

幽州人爲之穀桑 閩本明監本毛本爲作謂案所改是也

○祈父

正義曰經二章閩本明監本毛本同案浦鏜云三誤二是也

執而治其正殺之閩本明監本毛本其下有罪字案所補非也正當作罪

犯令陵政則之杜塞杜塞閩本明監本毛本作則杜之杜塞案十行本令至下塞字剜添者三字當是但有則杜之耳十行本塞杜塞三字衍杜之誤倒閩本以下亦衍杜塞二字

則滅之□□□誅滅去之閩本明監本毛本之下誤不空案依大司馬注考之空處當是悖人倫三字也○補今依挍補正

書曰若疇圻父小字本相臺本同案此定本也正義云酒誥文也彼注云順壽萬民之圻父又云定本作若疇與鄭義不合誤也釋文云若嚋此古疇字本又作壽按孔注尚書直留反馬鄭音受考此箋是鄭自用其讀而引之正義本爲長

羌戎爲敗　小字本相臺本同閩本明監本毛本亦同案正義引周語云王師敗績於姜氏之戎考韋注以爲西方之種四嶽後是羌字當作姜周本紀文同集解亦引韋注皆可證

若疇圻父　閩本明監本毛本同案疇當作壽下若疇圻父同

是末有姜戎之敗也　閩本明監本毛本末誤未

然然則爲王闕守　（補）案然然誤重宜衍一字

靡所厎止　唐石經小字本相臺本同閩本明監本毛本厎作底案釋文厎之履反至也

○白駒

大夫刺宣王也　小字本相臺本同唐石經初刻幽後改宣案初刻誤也

以永今朝　閩本明監本毛本同小字本相臺本永作久考文古本同案久字是也正義云以久今朝者可證

白駒四章章四句閩本明監本毛本同案浦鏜云六誤四是也

所謂是乘白駒而去之賢人今於何處閩本明監本毛本同案十行本人至何剜添者一字

散則繼其本地閩本明監本毛本同案繼當作繫

艮爲石地文也閩本明監本毛本誤重石字

此賁賁必爲賢者之貌閩本明監本毛本誤脫一賁字

毋愛女聲音小字本相臺本同案正義云定本集注皆然是當時本或不如此也但未有明文今無可考考文古本女下有之字以正義自爲文者添耳

〇黃鳥

猶未是知其所在也閩本明監本毛本脫是字

列傳曰執禮而行兄弟之道閩本明監本毛本同案列下浦鏜云脫女字是也在母儀魯師氏母傳中今本失此篇雞鳴正義亦引此傳是其證

喻天下室家不以其道而相去是失其性小字本相臺本同案此傳十六字是箋喻上當有箋云興者四字因者字複出而誤脫也章末傳云宣王之末室家離散妃匹相去有不以禮者不應上已有此傳又箋例言喻見螽斯正義各本皆誤今正之

附釋音毛詩注疏卷第十一

毛詩小雅　鄭氏箋　孔穎達疏

我行其野刺宣王也

刺其不正嫁取之數而有荒政多淫昏之俗

疏我行其野三章章六句○箋刺其至之俗○正義曰凡嫁娶之禮天子諸侯一娶不改其大夫以下其妻或死或出容得更娶非此亦不得更娶此爲嫁娶之數謂禮數也昭三年左傳子大叔謂梁丙張趯說朝聘之禮張趯曰善哉吾得聞此數是謂禮爲數也今宣王之末妻无犯七出之罪无故棄之更婚王不能禁是不能正其嫁娶之數大司徒曰以荒政十有二聚萬民十曰多昏注曰荒凶年也鄭司農云多昏不備禮而娶昏者多也彼謂國家凶荒民貧不能備禮乃寬之使不備禮物而民多得昏今宣王之時非是凶年亦不備禮多昏豐年而有此俗故刺王也經云求爾新特言其不以禮來不肯媵是當時不備禮而昏也詩所述者一人而已但作者總一國之事而爲辭故知此不以禮昏成風俗也

我行其野蔽芾其樗昏姻之故言就爾居樗惡木也箋云樗之蔽芾

始生謂仲春之時嫁取之月婦之父壻之父相謂昏姻言我也我乃以此二父之命故我就女居我豈其无禮來乎責之也○蔽必制反徐又方四反芾方味反樗勑書反**爾不我畜復我邦家**畜養也箋云宣王之末男女失道以求外昏棄其舊姻而相怨

疏我行至邦家○毛以爲有人言我行適於野采可食之菜唯得蔽芾然樗之惡木以興婦人言我嫁他族以求夫唯得无行不信之惡夫既得惡夫遇己不善乃責之言我以我父之昏爾父之之姻二父勑命之故我就爾而居處爲室家耳我豈无禮而來乎而惡我也爾既不我畜養今當復反我之邦家矣與之自訣之辭鄭唯上二句記時爲異餘同○傳樗惡木○正義曰七月云采荼薪樗唯取薪薪惡木也毛以秋冬爲昏不得有記時之事王肅云行遇惡木言己適人遇惡夫也○箋樗之至責之○正義曰樗是木也言蔽芾始生謂葉在枝條始生非木根始生於地也仲春草木可采故言仲春之時嫁娶之月矣婦之父壻之父相謂爲昏姻釋親文也此及二章並言昏姻故言二父之命卒章止有姻唯據壻之父耳故言汝不思汝老父之命

我行其野言采其蓫昏姻之故言就爾宿蓫惡菜也箋云蓫牛蘈也亦仲春時生可采也

○蓫勑六反本又作蓄蕢本又作蘈徒雷反爾不我畜言歸斯復復反也疏箋蓫牛蘈○正義曰此釋草無文陸機疏云今人謂之羊蹄定本作牛蘈我行其野言采其葍不思舊姻求爾新特葍惡菜也新特外昏也箋云葍蕌也亦仲春時生可采也壻之父曰姻我采葍之時以禮來嫁女女不思女老父之命而棄我而求女新外昏特來之女責之也不以禮嫁必無肯媵之○葍音福蕌音富女並音汝媵音孕又繩證反成不以富亦祇以異祇適也箋云女不以禮爲室家成事不足以得富也女亦適以此自異於人道言可惡也○祇音支惡烏路反疏不思至以異○正義曰取妻者受父之命故今引以責之言父本命汝以我爲妻汝何不思憶舊時老父之命反棄我而求汝新外昏特來之女也汝如是不以禮爲室家誠不以是而得富亦適可以此異於人耳人悉偕老汝獨相棄是異於人也○傳葍惡菜新特外昏○正義曰陸機疏云葍一名蕌幽州人謂之燕蕌其根正白可著熱灰中溫噉之飢荒之歲可蒸以禦飢昏姻對文則男婚女姻散則通故外來之婦爲外昏也○箋不以至媵之○正義曰此解新特之義特謂獨來夫家由不以

禮嫁必無人肯媵送之故獨來也禮大夫乃一妻二妾是有姪娣爲媵士庶人則不能備矣此詩所述下及庶人本自無媵而云無肯媵者釋言云媵送也妾送嫡而行故謂妾爲媵媵之名不專施妾凡送女適人者男女皆謂之媵僖五年左傳晉人滅虞執其大夫井伯以媵秦穆姬史傳稱伊尹有莘氏之媵氏之媵臣是送女者雖男亦名媵也此不以禮嫁其父母之家男子婦女皆無肯媵之故獨來耳非謂當有姪娣媵也

我行其野三章章六句

斯干宣王考室也考成也德行國富人民殷衆而皆佼好骨肉和親宣王於是築宮廟羣寢既成而釁之歌斯干之詩以落之此之謂成室宗廟成則又祭祀先祖○佼古卯反釁許靳反落如字始也或作樂非

【疏】斯干九章首章七句二章三章四章五章章五句六章七句七章五句八章卒章章七句○正義曰作斯干詩者宣王考室也考成也宣王既德行民富天下和親乃築廟寢成而與羣臣安燕而樂之此之謂成室也人之所居曰室宮寢稱室是其正也但君子將營宮室宗廟爲先故鄭以爲亦脩宗廟室是揔稱言室足以兼之毛傳不言廟王肅云宣

王脩先祖宮室儉而得禮孫毓云此宣王考室之詩無作宗廟之言孫王並云述毛則毛意此篇不言廟也築室必先脩廟但作者言不及耳經雖皆是考室之事正指其文則乃安斯寢是也故箋云寢既成乃鋪席與羣臣安燕爲歡以樂之是考室之事也宣王中興賢君其所以作者非欲崇飾奢侈妨害民務國富民豐乃造之耳故首章言天下親富二章乃作之三章言作之攻堅四章言得其形制五章言庭室寬明六章乃言考之也既考之後居而寢宿下至九章言其夢得吉祥生育男女貴爲王公慶流後裔因考室而得然故考室可以兼之也○箋考成至先祖○正義曰考成釋詁文德行者卽秩秩斯干是也國富者幽幽南山是也人民殷衆而皆佼好矢二句是也骨肉和親卽下三句是也宣王承亂離之後先務富民民富情親乃使之築宮廟羣寢築作既成其廟則神將休焉則而以祀釁塗之其寢則王將居焉設盛食燕羣臣歌斯干之詩以歡樂之此之謂成室也言成者非直築成而已通謂國富民和樂共作力以成其事廟則既爲釁祀使神得安焉室則既爲歡燕使人得處焉人神各有攸處然後謂之爲成故言此之謂成室以結之說文云釁血祭也賈逵云殺而以血塗鼓謂之釁鼓則釁者以血塗之名雜記下曰成廟則釁之其祀雍人拭羊舉羊升屋自中屋南面刲羊

血流於前乃降是釁廟禮也昭四年左傳叔孫爲孟丙作鐘饗大夫以落之服虔云釁以豭豚爲落則又一名落蓋謂以血澆之也雜記云路寢成則考之而不釁注云設盛食以落之即引檀弓晉獻文子成室諸大夫發焉是樂之事下箋亦云安燕爲歡以樂之是也據經乃安斯寢是考室之事而於經無釁廟之文鄭云而釁之者鄭以似續妣祖爲築宮廟廟成必當釁室尚燕樂明廟釁可知也雜記之文廟成則釁寢成則考此序言考室箋得兼云釁廟者此考之名取義甚廣乃國富民殷居室安樂皆是考義猶無羊云考牧非獨據一燕食而已故知考室之言可以通釁廟也言歌斯干之詩以樂之者歌謂作此詩也宣王成室之時與羣臣燕樂詩人述其事以作歌謂作此詩斯干所歌皆是當時樂事故云歌斯干之詩以樂之非謂當樂之時已有斯干可歌也本或作樂以釁又名落定本集注皆作落未知孰是云宗廟成則又祭先祖敘君子攸躋之言箋以躋謂升廟祭祀故又言此以敘之

秩秩斯干幽幽南山興也秩秩流行也干澗也幽幽深遠也箋云興者喻宣王之德如澗水之源秩秩流出無極已也國以饒富民取足焉如於深山○秩直乙反澗音諫

如竹苞矣如松茂矣苞本也箋云言時民殷衆如竹之本生矣

其俊好又如松柏之暢茂矣**兄及弟矣式相好矣無相猶矣**猶道也箋云猶當作瘉瘉病也言時人骨肉用是相愛好無相詬病也○好呼報反猶毛如字鄭改作瘉羊主反詬呼豆反

〔疏〕秩秩至猶矣○毛以爲秩秩然出無極已者此澗水之流也以興施無有窮者此宜王之德也言王德之無窮猶澗水流之不竭幽幽然深遠材物豐積者南山也以興貨殖盈足者王國也王貨物豐殖民用饒足亦似深山之有材也民既豐富得以生長故其民衆多如竹之叢生根本之衆矣其長大又俊好如松木之葉常冬夏暢茂無衰落矣其兄與弟矣用能相好樂矣無相責以道矣○鄭唯無相詬病爲異餘同○傳干澗○正義曰釋山云夾水曰澗不訓干爲澗正以秩秩宜爲流貌斯干共秩秩連文與南山相對故知干爲澗也漸卦鄭注云干謂大水之傍故停水處者彼以鴻之所居故爲舊停水處與此異也○箋國以至深山○正義曰言宣王國富民又饒足取則有之如於山之取材故以喻焉言國富者國以民爲體正謂民間饒足非聚財於官民取官材也○箋言時民至茂矣○正義曰以竹言苞而松言茂明各取一喻以竹筍叢生而本穊松葉隆冬而不彫故以爲喻其實竹葉亦冬青禮器曰如竹箭之有筠如松柏之有心故

貫四時而不改柯易葉是也○傳猶道○正義曰釋詁文○箋猶當至詬病○正義曰箋以相猶與相好對文言無相猶矣當謂無相惡之事若相責以道未是傷義賊恩雖無此事未足多善不當舉以爲詠也角弓曰不令兄弟交相爲瘉則相病是兄弟之惡事猶瘉聲相近故知字誤也言詬罵相病害也

似續妣祖似嗣也箋云似讀如巳午之巳巳續妣祖者謂巳成其宮廟也妣先妣姜嫄也祖先祖也○似毛如字妣必履反嫄本或作原音同**築室百堵西南其戶**西鄉戶南鄉戶也箋云此築室者謂築燕寢也百堵百堵一時起也天子之寢有左右房西其戶者異於一房者之室戶也又云南其戶者宗廟及路寢制如明堂每室四戶是室一南戶爾○鄉本又作嚮同許亮反下同**爰居爰處爰笑爰語**箋云爰於也於是居於是處於是笑於是語言諸寢之中皆可安樂○樂音洛

【疏】似續至爰語○毛以爲言王既能使國富和親則又嗣續先祖先妣之功故築其居室百堵皆起或西其戶或南其戶言路寢羣室皆作之也作之既成乃於是居於是處於是笑於是語焉先妣後祖者取會韻也又以下有男女安寢之事故兼云先妣○鄭以爲宣王既以於國門之左在巳之地繼續立先妣姜嫄先祖

后稷以下之廟然後乃宮內築燕寢之室百堵同時起之比一房之室爲西其戶比宗廟路寢是室爲南其戶於是燕寢之中居處笑語焉燕寢言築及百堵之戶則宗廟與明堂路寢亦築而同時有戶制可知宗廟言所立之地則燕寢亦有其處各舉義韻以言耳○箋似讀至先祖○正義曰箋以似續同義不須重文故似讀爲巳午之巳巳與午比辰故連言之直讀爲巳不云字誤則古者似巳字同於穆不巳師徒異讀是字同之驗也周禮左宗廟在雉門外之左門當午地則廟當巳地也謂既在巳地而續立其妣祖之廟然後營宮室故云謂巳成其宮廟也君子將營宮室宗廟爲先故知巳成其宮廟乃築室也知妣是先妣姜嫄者以特牲少牢祭祀之祀皆以其妃配夫而食無特立妣之廟者春官大司樂職舞大護以享先妣舞大武以享先祖妣先於祖用樂則祭則周之先妣有不繫於夫而特立廟矣閟宮生民說姜嫄生后稷以配天爲周之王業則周之先妣特立廟者唯姜嫄耳此妣文亦在祖上故知是姜嫄也祖先祖不斥號謚則后稷文武兼親廟亦在其中司樂七廟同用樂言先祖以摠之明先祖之文兼通諸廟也○傳西至鄉戶正義曰傳不言此爲路寢之制則此據天子之宮其室非一在北者南戶在東者西戶耳推此有東鄉戶北鄉戶故孫毓云猶南東其畝○箋此至戶

正義曰以上爲立廟故此爲居室然似續妣祖之言文中不容路寢則築室百堵路寢亦宜在焉獨言此築室謂築燕寢者路寢作與燕寢同時而制與宗廟相類此西南其戶非路寢之制故特言燕寢其路寢文雖不載亦作之可知言天子之寢有左右房者以天子之燕寢卽諸侯之路寢禮諸侯之制也○有夾室又士喪禮小斂婦人髽於室而喪大記諸侯之禮云小斂婦人髽帶麻於房中以士喪男子括髮在房婦人髽於室无西房故也士喪禮婦人髽於室在男子之西則諸侯之禮婦人髽於房亦在男子之西是有西房矣有西房自然有東房是諸侯路寢有左右房也天子路寢既制如明堂自然有燕寢之制當如諸侯路寢故知天子之燕寢有左右房也既有左右則室當在中故西其戶者異於一房之室戶也大夫以下無西房唯有一東房故室戶偏東與房相近此戶正中比之爲西其戶矣知大夫以下止一房者以鄉飲酒義云尊於房戶之間賓主共之由無西房故以房與室戶之間爲中也但大夫禮直言房不言東西明是房無所對故也若然特牲云豆籩鉶在東房者鄭注云謂房中之東當夾北非對西戶也鄉飲酒記云薦出自左房鄉射記云出自東房者以記人以房居東在左因言之記非經無義例也又解南其戶者宗廟及路寢制如明堂每室四戶是燕寢之室獨一南

戶耳故言兩。其戶也知宗廟及路寢制如明堂者明堂位曰
太廟天子明堂又月令說明堂而季夏云天子居明堂太廟
以明堂制與廟同故以太廟同名其中室是宗廟制如明堂
也又宗廟象生時之居室是似路寢矣故路寢亦制如明堂
也又匠人云夏后氏世室殷人重屋周人明堂注云世室宗
廟也重屋者王宫正室若大寢也明堂者明政教之堂也此
三者不同而三代各舉其一是欲互以相通故鄭云此三者
或舉宗廟或舉王寢或舉明堂互言之以明其同制是宗廟
及路寢制如明堂也彼三者並陳此言如明堂者以周制舉
明堂爲文故以宗廟及路寢制如之也彼文說世室曰五室
四傍兩夾窻注云窻助戶爲明也每室四戶八窻以言四傍
是四方傍開又云兩夾窻是一戶兩窻夾之以此知每室四
戶也宣王都在鎬京此考室當是西都宮室顧命說成王崩
陳器物於路寢云胤之舞衣大貝鼖鼓在西房兌之戈和之
弓垂之竹矢在東房若路寢制如明堂則五室皆在四角與
中央而得左右房者鄭志荅趙商云成王崩之時在西都文
王遷豐作靈臺辟廱而已其餘猶諸侯制度故喪禮設衣物
之處寢有夾室與東西房也周公攝政致太平制禮作樂乃
立明堂於王城如鄭此言則西都宗廟路寢依先王制不似
明堂此言如明堂者鄭志荅張逸云周公制禮土中洛誥王

入太室祼是也顧命成王崩於鎬京承先王宮室耳宣王承亂未必如周公之制以此二荅言之則鄭意以文王未作明堂其廟寢如諸侯制度乃周公制禮建國土中以洛邑爲正都其明堂廟寢天子制度皆在王城爲之其鎬京則別都耳先王之宮室尚新周公不復改作故成王之崩有二房之位由承先王之室故耳及厲王之亂宮室毁壞先王作者無復可因宣王別更脩造自然依天子之法不復作諸侯之制故知宣王雖在西都其宗廟路寢皆制如明堂不復如諸侯也若然明堂周公所制武王時未有也樂記說武王祀乎明堂者彼注云文王之廟爲明堂制知者以武王旣伐紂爲天子文王又已稱王武王不得以諸侯之制爲父廟故知爲明堂制也○箋於是至安樂○正義曰居處義同以寢非一散言之耳此文雖承燕寢之下理亦兼有路寢周禮注云王路寢一小寢五下及后六宮此文亦可兼之故云諸寢之中皆可安樂

約之閣閣椓之橐橐約束也閣閣猶歷歷也橐橐用力也箋云約謂縮板也椓謂擣土也○閣音各椓陟角反橐音託本或作柝柝縮所六反擣吕忱丈牛反沈吕菊反說文音物周反引也從手留聲○

風雨攸除鳥鼠攸去君子攸芋芋大也箋云芋當作幠幠覆也寢廟

既成其牆屋弘殺則風雨之所除也其堅致則鳥鼠之所去也其堂室相稱則君子之所覆蓋○除直慮反去也芋毛香于反鄭火吳反或作吁殺所界反○約之至攸芋○毛以致直置反本亦作緻同稱尺證反

【疏】爲王本作羣寢之時以繩約縮之繩在板上歷歷然均謂繩均板直則牆端正也既投土於板以杵椓築之皆橐橐然用力勤力而築則牆牢固也至若王寢既成其牆屋弘殺則風雨之所除其築作堅緻則鳥鼠之所去君子於是居中所以自光大也○鄭以爲揔宮廟羣寢下句君子之所覆蓋爲異○箋約謂至土○正義曰緜云縮板以載是鄭所據也縮約皆謂以繩繩束之若今之牆裙也此椓之橐橐猶緜云築之登登故傳皆以爲用力如椓杙之椓正謂以杵築之也言椓謂摺土者取壤土投之板中摺使平均然後椓之也摺者以手平物之名故字從手○傳芋大○正義曰孫毓云宮室既成君子處之所以爲自光大○箋芋當至覆蓋○正義曰芋當作幠讀如亂如此幠以聲相近故誤耳幠覆也鄭以義言之爾雅無此訓也以下攸躋爲君子所升攸寧爲君子所安則知此爲君子所覆故云其堂堂相稱則君子之所覆蓋故反以類上去鳥鼠除風雨文勢同也

如跂斯翼如人之跂竦翼爾○跂音企竦粟勇反如矢斯棘如鳥

斯革 棘稜廉也革翼也箋云棘戟也如人挾弓矢戟其肘如鳥夏暑希革張其翼時○棘紀力反韓詩作朸朸隅也旅郎反革如字韓詩作䩐云翅也稜力登反挾子沓反又子協反又音協肘張九反 **如翬斯飛君子攸躋** 躋升也箋云伊洛而南素質五色皆備成章曰翬此章四如者皆謂廉隅之正形貌之顯也翬者鳥之奇異者也故以成之焉此章主於宗廟君子所升祭祀之時○翬音輝雉名說文云大飛也躋子西反【疏】如跂至攸躋○毛以爲言宮室之制如人跂足竦此臂翼然如矢之鏃有此稜廉然如鳥之舒此革翼然如翬之此奮飛然宮室如此之美君子所以升處也矢鳥翬指形言之如跂不言人者義取於跂言跂則人可知也又人手似鳥翼以爲韻言跂翼則如人弭手直立以喻屋壁之上下正直也言如矢稜廉以喻四隅廉正也其斯革斯飛言簷阿之勢似鳥飛也翼言其體飛象其勢各取喻也○鄭以此章論宗廟如矢斯棘如人挾弓矢戟其肘亦喻之稜廉君子攸躋言升祭爲異耳○傳棘稜廉○正義曰言稜廉則指矢鏃之角爲棘焉蓋古有此名○箋棘戟至翼時○正義曰古語謂棘爲戟故明堂位曰越棘大弓隱十一年左傳曰子都拔棘皆戟也言如人挾弓矢戟其肘者謂射者左手弸弓而右手彎之則戟其肘

謂右手之肘亦踰室之外廉隅也如鳥夏暑希布革張其翼者堯典曰仲夏鳥獸希革注云夏時鳥獸毛疏皮見則言革者謂夏暑毛希皮革露見於此之時必舒其羽翼故不言翼而言革解其言革之本意○傳躋升○正義曰釋詁文孫毓云君子之所升處○箋伊洛至之時○正義曰伊洛而南素質五色皆備成章曰翬釋鳥文李巡曰素質五采備具文章鮮明雉白質五色爲文鳥如此色者希故云鳥之奇異者故以成之解比象既多最後言翬意也下云君子攸寧是寢息其中此言攸躋則是君子升下登上之辭王所尊者唯宗廟耳故知此章主宗廟言祭祀之時下章主寢室言燕息之時

殖殖其庭有覺其楹殖殖言平正也有覺言高大也箋云覺直也○殖市力反**噲噲其正噦噦其冥**正長也冥幼也箋云噲噲猶快快也正晝也噦噦猶煟煟也冥夜也言居之晝日則快快然夜則煟煟然皆寬明之貌○噲音快正音政噦呼會反冥毛莫形反鄭莫定反長王丁丈反崔直良反幼王如字本或作窈崔音杳煟音謂呂忱云火光貌**君子攸寧**箋云此章主於寢君子所安燕息之時○

【疏】殖殖至攸寧○毛以爲殖殖然平正者其宮寢之前庭也有覺然高大者其宮寢之楹柱也言宮寢庭既平正

楹又高大宣王之所與翔列聚集於此者皆是讓德有禮之士噲噲然寬博其羣臣之長者噦噦然閑習其羣臣之幼者長幼有禮君子所以安也○鄭以爲言寢室殖殖然其庭平正有調直者其楹柱庭平柱直處所寬明快快快然其晝日居之也熠熠然其夜冥居之也院寬室明晝夜俱快君子之所安息也○傳有覺言高大○箋覺直○正義曰覺之爲訓爲大爲直故禮記注云覺大也直也傳以屋之爲美在於高大箋以柱之爲善貴於調直故異訓也○傳正長冥幼○正義曰正長釋詁文冥幼釋言文王肅云宣王之臣長者寬博噲噲然少者閑習噦噦然夫其所與翔於平正之庭列於高大之楹皆少長讓德有禮之士所以安也傳意或然而本或作冥幼者爾雅亦或作窈孫炎曰冥深闇之窈也某氏曰詩云噦噦其冥爲冥窈於義實安但於正長之義不允故據王注爲毛說冥所以得爲幼者郭璞曰幼穉者冥昧也○箋噲噲至之貌○正義曰箋以此說宮室之形狀庭楹之平直不得有長幼之義故以正爲晝冥爲夜快快熠熠爲室宮寬明之貌

下莞上簟乃安斯寢箋云莞小蒲之席也竹葦曰簟寢既成乃鋪席與羣臣安燕爲歡以落之○莞音官徐又九完反草叢生水中莖圓江南以爲席形似小蒲而實非也鋪普吳反又音敷樂音洛本

亦作落○乃寢乃興乃占我夢言善之應人也箋云興夙興也有善夢則占之○應應對之應

吉夢維何維熊維羆維虺維蛇箋云熊羆之獸虺蛇之蟲此四者夢之吉祥也○熊回弓反羆彼宜反虺許鬼反蛇市奢反○

【疏】下莞至維蛇○正義曰宣王命人下鋪莞蒲上施簟席乃與羣臣安燕爲歡樂於此寢室之中歡樂已訖乃於其中寢寐焉至晨乃興起焉於寐時有夢乃占我所夢之事其吉夢維何事乎維夢見熊羆與虺蛇耳言乃占我夢者王自言己夢命人占之下云大人占之乃是他人爲王占夢也言吉夢者當時未有吉凶據後占之爲吉故探言焉此乃安斯寢之下無傳毛氏爲燕以否未可明也○箋莞小蒲至落之○正義曰釋草云莞苻蘺某氏曰本草云白蒲一名苻蘺楚謂之莞蒲郭璞曰今西方人呼蒲爲莞蒲今江東謂之苻蘺西方亦名蒲用爲席言小蒲者以莞蒲一草之名而司几筵有莞筵蒲筵則有大小爲席精麤故得爲兩種席也知莞用小蒲者以司几筵設席皆麤者在下美者在上其職云諸侯祭祀之席蒲筵繢純加莞席紛純以莞加蒲明莞細而用小蒲故知莞小蒲之席也竹葦曰簟者以常鋪在上宜用堅物故知竹簟也且詩每云簟茀用爲車蔽是竹簟可知以

此考室之詩室之初成當有燕樂故爲寢室既成鋪席與羣臣安燕爲歡以樂之也定本作落此下莞上簟雖是與羣臣燕樂之席其室內寢臥衽席亦當然也士喪禮者士禮也云下莞上簟衽如初則平常皆莞簟也其寢臥之席自天子以下宜莞簟同○傳言善之應人○正義曰夢者應人之物善惡皆然此據下文言吉夢故云善之應人也故占夢云獻吉夢於王又曰乃舍萌于四方以贈惡夢是夢有善惡也○箋熊羆至吉祥○正義曰以熊羆四足而毛謂之獸虺蛇無足之物故謂之蟲也生男女之徵故四者夢之吉祥釋獸云羆如熊黃白文舍人曰羆如熊色黃白也郭璞曰似熊而長頭高脚猛憨多力能拔樹木關西呼曰豭羆釋魚云蝮虺博三寸首大如擘舍人曰蝮一名虺江淮以南曰蝮江淮以北曰虺孫炎曰江淮以南謂虺爲蝮廣三寸頭如拇指有牙最毒郭璞曰此自一種蛇人自名爲蝮虺今蛇細頸大頭色如艾綬文文間有毛似猪鬣鼻上有鍼大者長七八尺一名反鼻如虺類足以明此自一種蛇如郭意此蛇人自名蝮虺非南北之異蛇實是蟲以有鱗故在釋魚且魚亦蟲之屬也○大人占之維熊維羆男子之祥維虺維蛇女子之祥箋云大人占之謂以聖人占夢之法占之也熊

羆在山陽之祥也故爲生男虺蛇穴處陰之祥也故爲生女。大音泰後大人同。〔疏〕箋大人至生女。正義曰以占夢之官中士耳而言大人占之明其法天人所爲故云聖人占夢之法占之聖人有法解則占之故左傳文公之夢子犯占之簡子之夢問諸史墨不必要占夢之官乃得占也此及無羊皆云大人占之則占夢者聖人之法正月云召彼故老訊之占夢譏之者以王不尙道德專信徵祥侮慢故老故刺之不謂夢不當占也熊羆大較是山獸亦居澤在穴故韓奕云川澤訏訏有熊有羆秋官穴氏注云熊羆之屬冬藏者也燒其所食之物於穴外以誘出之是也

乃生男子載寢之牀載衣之裳載弄之璋半珪曰璋裳下之飾也璋臣之職也箋云男子生而臥於牀尊之也裳晝日衣也衣以裳者明當主於外事也玩以璋者欲其比德焉正以璋者明成之有漸。衣於既反注衣以裳下衣之裼同璋音章。

其泣喤喤朱芾斯皇室家君王箋云皇猶煌煌也芾者天子純朱諸侯黃朱室家一家之內宜王將生之子或且爲諸侯或且爲天子皆將佩朱芾煌煌然。喤音横華彭反沈又呼彭反聲也芾音弗煌音皇。〔疏〕乃生至君王。毛以

爲王前夢熊羆果有効驗乃生男子矣生訖則寢臥之於牀尊之又則衣著之以裳玩弄之以璋也裳明習爲卑下璋見効奉臣職時已其泣聲大煌煌然至其長大皆佩朱芾於此煌煌然由王家室之內或爲諸侯之君或爲天子之王故皆佩朱芾也○鄭唯裳爲主外事璋比德之有漸餘同○王傳半圭至之職○正義曰知璋半圭者典瑞云四圭有邸以祀天兩圭有邸以祀地圭璧以祀日月璋邸射以祀山川從上而下遞減其半故知半圭曰璋裳下之飾易文言文也裳爲下飾以璋配裳故知見臣之職也宜王子孫當爲君而言臣下者王肅云言无生而貴之也明欲爲君父當先知爲臣子也璋而得爲臣職者王肅云羣臣之從王行祀者奉璋又棫樸曰奉璋峨峨髦士攸宜是也○箋男子至有漸○正義曰箋以下章與此相對以下女子寢之地明男子生而臥之床尊之也以下載衣之裼裼是夜臥之衣故云裳晝日衣也一晝一夜明取內外爲義故知男子衣以裳明當主外事女子衣以裼明當主內事也女子弄之瓦瓦紡塼也以女子之所有事明玩以璋者亦男子之所有事君子於玉比德焉故知以璋欲其比德也玉不用圭而以璋者明成人之有漸璋是圭之半故言漸也下句乃言其泣喤喤則此所陳皆在孩幼祀記鄭注云人始生在地男子已寢之牀又非所始生也蓋聖人

因事記義子之初生暫行此禮不知生經幾日而爲之也何則女子不可恒寢於地竟無裳男子亦不容無褓且甫言其泣則未能自弄璋明暫時示男女之别耳○箋芾者至黄朱○正義曰箋以經言室家君王則有諸侯與天子而同言朱芾故云天子純朱諸侯黄朱也芾從裳色祭時服纁裳故芾用朱赤但芾所以明尊卑雖同色而有差降乾鑿度以爲天子之朝朱芾諸侯之朝赤芾朱深於赤故困封注云朱深云赤是矣此論諸侯則王子或封畿内或以功德外封皆爲諸侯也而文同朱芾明對文則朱赤深淺有異散之則皆謂之朱故天子純朱明其深也諸侯黄朱明其淺也舉其大色皆得爲朱芾也○

乃生女子載寢之地載衣之裼載弄之瓦裼褓也瓦紡塼也箋云臥於地卑之也褓夜衣也明當主於内事紡塼習其一有所事也○裼他計反韓詩作禘音同褓音保齊人名小兒被爲禘紡芳罔反塼音專本又作專○

無非無儀唯酒食是議無父母詒罹婦人質無威儀也罹憂也箋云儀善也婦人無所專於家事有非非婦人也有善亦非婦人也婦人之事惟議酒食爾無遺父母之憂○詒本又作貽以之反遺也罹本又作離力馳反遺唯季反

〔疏〕

乃生女至詒罹○毛以爲前夢虺蛇今乃生女子矣生訖則寢臥之於地以卑之則又衣著之以裼衣則玩弄之以紡塼習其所有事也此女子至其長大爲行謹慎無所非法質少文飾又無威儀唯酒事於是乃謀議之無於父母而遺之以憂也若婦禮不謹爲夫所出是遺父母以憂言能恭謹不遺父母憂也○鄭唯以儀爲善善爲異餘同○傳裼褓也瓦紡塼○正義曰書傳說成王之幼云在襁褓褓縛兒被也故箋以爲夜衣以璋是全器則瓦非瓦礫而已故云瓦紡塼婦人所用瓦唯紡塼而已故知也毛以裳爲下飾則褓不必主內事侯芭云示之方也明褓制方令女子方正事人之義○傳婦人質無威儀○正義曰以婦人少所交接故云質無威儀謂無如丈夫折旋揖讓棣棣之多其婦容之儀則有之矣故東山曰九十其儀言多儀也○箋儀善至非婦人○正義曰儀善釋詁文也言有非有善皆非婦人之事者婦人從人者也家事統於尊善惡非婦人之所有耳不謂婦人之行無善惡也

斯干九章四章章七句五章章五句

無羊宣王考牧也厲王之時牧人之職廢宣王始興而復之至此而成謂復先王牛羊之數

疏

無羊四章章八句○正義曰作無羊詩者言宣王考牧也謂宣王之時牧人稱職牛羊復先王之數牧事有成故言考牧也經四章言牛羊得所牧人善牧又以吉夢獻王國家將有休慶皆考牧之事也○箋厲王至之數○正義曰此美其新成則往前嘗廢故本厲王之時今宣王始興而復之選牧官得人牛羊蕃息至此而牧事成功故謂之考牧又解成者正謂復先王牛羊之數也言至此而成者初立牧官數未卽復至此作詩之時而成也王者牛羊之數經典無文亦應有其大數今言考牧故知復之也周禮有牧人下士六人府一人史二人徒六十人又有牛人羊人犬人雞人唯無豕人鄭以爲豕屬司空冬官亡故不見夏官又有牧師圉人養馬此宜王所考則應六畜皆備此獨言牧人者牧人注云牧人養牲於野田者其職曰掌牧六牲而阜蕃其物則六畜皆牧人主養其餘牛人羊人之徒各掌其事以供官之所須則取於牧人非放牧者也羊人職曰若牧人無牲則受布於司馬買牲而供之是取於牧人之事也唯馬是國之大用特立牧師圉人使別掌之則蓋擬駕用者屬牧師令生息者屬牧人故牧人有六牲鄭云六牲謂牛馬羊豕犬雞是牧人亦養馬也此詩主美放牧之事經有牧人乃夢故唯言牧人也牧人六畜皆牧此詩唯言牛羊者經稱爾牲則具主以祭祀爲

垂馬則祭之所用者少豕犬雞則比牛羊爲卑故特舉牛羊以爲美也○**誰謂爾無羊三百維羣誰謂爾無牛九十其犉**黃牛黑脣曰犉箋云爾女也女宜王也宜王復古之牧法汲汲於其數故歌此詩以解之也誰謂女無羊今乃三百頭爲一羣誰謂女無牛今乃犉者九十頭言其多矣足如古也○犉本又作犉而純反○**爾羊來思其角濈濈**聚其角而息濈濈然箋云言此者美畜產得其所○濈本又作濈亦作戢莊立反畜許又反○**爾牛來思其耳濕濕**呞而動其耳濕濕然○濕始立反又尸立反又處立反呞本又作齝亦作齝丑之反一音初之反郭注爾雅云食已復出嚼之也今江東呼齝爲齥音漏洩也

〔疏〕傳黃牛黑脣曰犉○正義曰釋畜云黑脣曰犉傳言黃牛者以言黑脣明不與深色同而牛之黃者衆故知是黃牛也某氏亦曰黃牛黑脣曰犉○箋女宜至如古○正義曰以誰謂是發問之辭三百維羣九十其犉是報荅之語故知宜王汲汲於其數詩人歌此以解之也羊三百頭爲羣故一羣有三百不知其羣之有多少也犉者九十頭直知犉者有九十亦不知其犉者之數也以一羣三百直犉者九十則羊多牛衆故云足

如古之法也○或降于阿或飲于池或寢或訛訛動也箋云言此者美其無所驚畏也○訛五戈反又五何反韓詩作譌譌覺也○爾牧來思何蓑何笠或負其餱何揭也蓑所以備雨笠所以禦暑箋云言此者美牧人寒暑飲食有備○何何可反又音河下及注同蓑素戈反草衣也笠音立餱音侯揭音竭又其謁反○三十維物爾牲則具黑毛色者三十也箋云牛羊之色異者三十則女之祭祀索則有之○索色白反○【疏】傳蓑所以至禦暑○正義曰蓑唯備雨雨之物笠則元以禦暑兼可禦雨故良耜傳曰笠所以禦暑雨也旣夕禮亦有蓑笠注俱以爲禦雨不以笠禦暑者以彼蓑笠同槀車所載槀車潦車也爲雨而設故不同也○傳異毛色者三十○正義曰經言三十維物則每色之物皆有三十謂青赤黃白黑毛色別異者各三十也祭祀之牲當用五方之色故箋云汝之祭祀索則有之○爾牧來思以薪以蒸以雌以雄箋云此言牧人有餘力則取薪蒸搏禽獸以來歸也麤曰薪細曰蒸○蒸之烝反搏音博下同亦作捕音步○爾羊來思矜矜兢

兢不騫不崩矜矜兢兢以言堅彊也騫虧也崩羣疾也○兢其冰反騫起虔反○麾之
以肱畢來既升肱臂也升升入牢也箋云此言擾馴從人意也○麾毁皮反肱古弘反馴音巡
又常遵反〔疏〕傳騫虧○正義曰定本亦然集注虧作曜牧人乃夢衆維魚矣
旐維旟矣箋云牧人乃夢見人衆相與捕魚又夢見旐與旟占夢之官得而獻之於宣王將以占國事也
○旐音兆旟音餘○大人占之衆維魚矣實維豐年陰陽和則魚衆
多矣箋云魚者庶人之所以養也今人衆相與捕魚則是歲熟相供養之祥也易中孚卦曰豚魚吉○養羊亮反下同供
九用反○旐維旟矣室家溱溱溱溱衆也旐旟所以聚衆也箋云溱溱子孫衆多也
○溱側巾反○〔疏〕牧人至溱溱○正義曰牧人所牧既服乃復爲王興夢夢見衆人維相與捕魚矣又夢見旐維
旟矣牧人既爲此夢以告占夢之官占夢之官又獻之於王王乃令以大夫占夢之法占之夢見衆維魚矣者實維豐年
是歲熟相供養之祥夢見旐維旟矣者室家溱溱是男女衆多之象歲熟民滋是國之休慶也○箋牧人至國事○正義

曰知者以下云大人占之是王使占之明有所由得達於王夢事夢官所掌明本牧人既作此夢不知吉凶以問占夢之官占夢知其爲國之祥故獻之也占夢職曰歲終獻吉夢於王王拜受之彼所獻者謂天下臣民有爲國夢者其官得而獻之非占夢之官身自夢也故知此以占夢之官得而獻之所夢是年豐歲熟民衆之祥故知以占國事○傳陰陽至衆夢○正義曰以魚麗之義言之太平而萬物盛多故知陰陽和經言衆維魚矣乃謂捕魚者多傳云魚多者吉由魚多故捕者衆解人共捕之意○箋魚者至豚魚吉○正義曰魚者庶民之所以養者以庶民不得殺犬豕維捕魚以食之是所以養也歲穀不熟則無以相養會衆人相與捕魚則是歲熟相供養之祥引易中孚卦曰豚魚吉者孟子曰七十者可以食雞豚豚魚俱是養老之物故引之以證魚可供養也彼注云三辰在亥亥爲豕爻失正故變而從小名言豚耳四辰在丑丑爲鱉蟹鱉蟹魚之微者爻得正故變而從大名言魚耳三體兌兌爲澤四上值天淵二五皆坎爻坎爲水二使澤則豚利五亦以水灌淵則魚利豚魚以喻小民也而爲明君賢臣恩意所供養故吉如彼注意以豚魚喻小民與此乖者以彖云豚魚吉信及豚魚喻則澤及民觀彖爲說此則斷章取義故不同也○

無羊四章章八句

鴻鴈之什十篇三十二章二百三十句

附釋音毛詩注疏卷第十一

十一之二

黃中模栞

毛詩注疏挍勘記十一之二　阮元撰盧宣旬摘錄

○我行其野

以荒政十有二娶萬民閩本明監本毛本同案浦鏜云聚誤娶是也

言采其蓫唐石經小字本相臺本同案釋文云蓫本又作蓄正義本是蓫字

蓫牛蘈也小字本相臺本同案正義標起止云蓫牛頹又云定本作牛蘈釋文云藬本又作蘈考今爾雅云藬牛蘈故正義云此釋草無文其實藬蘈一字耳頹蘈爲古今字亦一也鄭所據爾雅當是蓫牛頹今爾雅有誤

我采葍之時小字本相臺本同閩本明監本毛本葍誤蕌

成不以富唐石經小字本相臺本同閩本明監本毛本亦同考文古本成作誠案誠字非也乃依論語改之耳山井鼎云宋板同者誤

亦祇以異小字本相臺本同閩本明監本毛本同唐石經祇作祇案六經正誤云作祇誤段玉裁云祇適也凡

此訓唐人皆從衣从氏作衹見五經文字唐石經廣韻集韻宋以後俗本多作祇非古也至各體从氏則尤繆極矣

誠不以是而得富 閩本明監本毛本同案誠當作成事二字正義即用箋文也

可著熱灰中温敢之 補毛本敢作噉案噉字是也

有莘氏之媵氏之媵臣 閩本明監本毛本無下氏之媵三字案所刪是也

〇斯干

歌斯干之詩以落之 小字本相臺本同案釋文云落之如字始也或作樂非正義云歌斯干之詩以歡樂之又云本或作落以釁又名落定本集注皆作落未知孰是下箋爲歡以落之釋文云以樂音洛本又作落正義云定本作落考正義本皆作樂皆釋爲歡樂定本皆作落則皆釋爲釁也釋文本上作落下作樂是以此落爲始下樂仍爲歡樂也

則又祭祀先祖 閩本明監本毛本同小字本相臺本無祀字考文古本同案無者是也正義可證

則而以禮釁塗之也　閩本明監本毛本無而字案所刪是

而於經無釁廟之云　補案云當作文

本或作樂　閩本明監本毛本同案樂當作落

似讀如巳午之巳　小字本相臺本同案正義云故讀爲巳午之巳又云直讀爲巳是正義本如字作爲

比宗廟路寢是室爲南其戶　補毛本是作之案上文比一房之室爲西其戶上云之室則此是字誤也

傳西至鄉戶○正義曰　閩本明監本毛本同案十行本西至曰剜添者二字當是至及○也

箋此至戶正義曰　閩本同毛本此下有築字戶下有爾字及○明監本所剜入也

禮諸侯之制也有夾室 閩本明監本毛本同案也當作聘

故言西其戶也 閩本明監本毛本同案浦鏜云西當南字誤是也

寢者夾室與東西房也 閩本明監本毛本同案浦鏜云者當有字誤是也

周公制禮土中 閩本明監本同毛本禮下衍入建國二字案所補非也

下又后六宮 閩本明監本毛本同案又當作云

其堅致 閩本明監本毛本同小字本相臺本致作緻案正義本作緻定本作致見鴇羽又釋文云致本亦作緻同考文古本作緻采正義釋文

所以自光天也 〔補〕案天當作大下正義云所以爲自光大可證毛本正作大

鄭以爲揔宮廟羣寢 毛本脫揔字宮下衍宗字閩本明監本不誤

箋約謂播土 〔補〕毛本謂下有至字案所補是也

故云其堂堂相稱 閩本明監本毛本不重堂字案下堂字乃室字之誤輒刪者非也

如鳥夏暑又布革張其翼者 閩本明監本毛本布作希案所改非也又布當作希誤分爲二字耳

韓詩作鞠 補 釋文挍勘通志堂本鞠作勒盧本作鞠案鞠字是也小字本所附正作鞠段玉裁云王氏詩考作鞠廣雅鞠翼也本此

冥幼也 小字本相臺本同案釋文云幼王如字本或作窈崔音杳正義云冥幼釋言文又云而本或作冥窈者爾雅亦或作窈又云爲冥窈於義實安但於正義之義不允考上傳云正長也正義云釋詁文釋文云王丁丈反崔直良反是依崔讀卽無不允當以或作本爲長

處所寬明快快快然 閩本明監本毛本無一快字案上快字乃矣字之誤輒刪者非也

而本或作冥幼者 閩本明監本毛本同案浦鏜云幼當窈字誤是也

爲室宮寬明之貌（補）毛本室宮作宮室案所易是也

與羣臣安燕爲歡以落之　小字本相臺本同閩本明監本同考文古本亦同毛本落作樂案毛本依釋文改也

徐又九完反（補）釋文挍勘通志堂本盧本完作還案小字本所附亦是完字盧文弨云還似宋人避桓嫌名改是也

毛氏爲燕以否　閩本明監本毛本以誤與

箋莞小蒲至落之　閩本明監本毛本同案落當作樂下文云定本作落可證此合併以後依經注本所改耳

如莞蓆紛純　閩本明監本毛本同案浦鏜云加誤如是也

色如文綬文文閒有毛　閩本明監本毛本誤不重文字案綬上文字當作艾爾雅疏印

取此皆不誤

鼻上有鈄（補）毛本鈄作針

明其法天人所爲　閩本明監本毛本同案浦鏜云大誤天是也

正以璋者（補）毛本同案正當作玉下正義玉不用珪而以璋可證

時已其泣聲太煌煌然（補）毛本太煌煌作大喤喤案所改是也

故困封注云　閩本明監本毛本困誤內案山井鼎云封恐卦誤是也

朱深云赤是矣　閩本明監本毛本同段玉裁云云當作于形近之譌王伯厚鄭易考所引不誤

載衣之裼　毛本裼誤禓明監本以上皆不誤

瓦紡塼也　相臺本同小字本塼作摶案正義標起止云瓦紡塼也紡塼釋文云塼本又作專考說文土部無塼字當以又作本爲長小字本作摶乃形近之譌古專摶雖通用但非此之證

習其一有所事也　小字本同閩本明監本毛本同相臺本作習其所有事也考文古本同案正義云習其所有事也相臺本考文古本皆依之改耳段玉裁云當作一所有事一同壹一所有事謂壹於所有事也以壹訓專此詁訓之法

無父母詒罹　唐石經小字本相臺本同案釋文云詒本又作貽罹本又作離正義標起止云至詒罹考文古本作貽采釋文離罹古今字也

○無羊

今乃犉者九十頭　毛本十誤千明監本以上皆不誤

明不與深色同　閩本明監本毛本同案深當作身良耜正義作身是其證

黑毛色者三十也　閩本明監本毛本同小字本相臺本黑作異考文古本案異字是也

索則有之　小字本相臺本同閩本同考文古本同明監本毛本索誤素

搏禽獸以來歸也小字本相臺本同案釋文云搏禽音博下同亦作捕音步下箋相與捕魚正義云維相與捕魚矣是正義本此亦當作捕釋文本下箋亦作搏今各本此依釋文下依正義非是考文古本作捕采正義及釋文亦作本也

鶩虧也小字本相臺本同案正義云定本亦然集注虧作躍段玉裁云躍考工記作燿讀爲哨頃小也毛釋此別於天保言山

牧人所牧既服閩本明監本毛本服誤服

王乃令以大夫占夢之法占之（補）毛本夫作人案人字是也

故知此以占夢之官得而獻之閩本明監本毛本無以字案十行本此以占剜添者一字是以字衍也

附釋音毛詩注疏卷第十二（十二之一）

節南山之什詁訓傳第十九　陸曰從此至何草不黃凡四十四篇前儒申毛皆以爲幽王之變小雅鄭以十月之交以下四篇是厲王之變小雅漢興之初師移其篇次毛爲詁訓因改其第焉

毛詩小雅　鄭氏箋　孔穎達疏

節南山家父刺幽王也　家父字周大夫也。節在切反又如字又音截下及注同高峻貌韓詩云視也父音甫注及下同

〔疏〕節南山十章上六章章八句下四章章四句至幽王。○正義曰家父吉甫詩辭自有名字其餘有名者他書傳記有之左傳引桑柔謂之周芮良夫之詩是也故敘得據之而言其不言者皆不知也或云大夫者止知是大夫所作不得姓名故不言也頌及風頌正經唯公劉等三篇言召康公以外皆不言作者姓名外傳謂棠棣爲周文公之詩思文爲周文公之頌則二篇周公作也外傳尚得言之敘者不容不知蓋以正詩天下同心歌詠故例不言耳公劉三篇言戒成王戒須有主不得天下共戒故特見召康公耳又諸言姓名爵謚者皆是王朝公卿大

夫緜蠻謂士爲微臣不言姓名蓋以士位卑微名不足錄也推此則太子之傳及寺人譚大夫不言姓名亦爲微也又變風唯七月鴟鴞言周公所作其餘皆無作者姓名亦以諸侯之大夫位比天子之士官位亦微故皆無見姓名者也唯曾人作頌非常特詳其事言行父請周史克作頌耳不然豈變風十有二國其詩百有餘篇作者不知一人也○箋家父字周大夫○正義曰卒章傳巳云家父周大夫但不言家父是字此辨其字因言其官所以國傳重也知字是大夫者以春秋之例天子大夫則稱字桓七年天王使家父來求車以字見經文與此同故知此稱字亦是大夫也桓十五年上距幽王之卒七十五歲此詩不知作之早晚若幽王之初則八十五年矣韋昭以爲平王時作此言不廢作在平桓之世而上刺幽王但古人以父爲字或累世同之宋大夫有孔父者其父正考父其子木金父爲此家氏或父子同字父未必是一人也雲漢序云仍叔箋引桓五年仍叔之子來聘春秋時趙氏世稱孟智氏世稱伯仍氏或亦世字叔也自桓五年上距宣王之卒七十六歲若當初年則百二十年矣引之以證仍叔是周大夫耳未必是一人也瞻仰箋亦引隱七年天王使凡伯來聘自隱七年上距幽王之卒五十六歲凡國伯爵爲佁皆然亦不知其人之同異也但知板與瞻仰俱是凡伯所作二

者必是別人何則板已言老夫灌灌匪我言耄則不得下及幽王時矣瞻卬之箋引春秋亦證凡伯爲天子大夫耳此三文皆年月長遠並應別人故箋不言是也其意不以爲一人矣故板不引春秋至瞻卬而引之及此不引春秋皆注有詳畧無義例也

節彼南山維石巖巖興也節高峻貌巖巖積石貌箋云興者喻三公之位人所尊嚴○巖如字本或作嚴音同**赫赫師尹民具爾瞻憂心如惔不敢戲談**赫赫顯盛貌師大師周之三公也尹尹氏爲大師具俱瞻視惔燔也箋云此言尹氏女居三公之位天下之民俱視女之所爲皆憂心如火灼爛之矣又畏女之威不敢相戲而言○語疾其貪暴脅下以刑辟也○赫許百反惔徒藍反又音炎韓詩作炎字書作焱說文作烎字才廉反小熱也大音泰下皆同燔音煩脅許業反本又作脇

國既卒斬何用不監卒盡斬斷監視也箋云天下之諸侯曰相侵伐其國已盡絕滅女何用爲職不監察之○卒子律反監古銜反注同韓詩云領也斷都緩反

【疏】節彼至不監○正義曰節然高峻者彼南山也山既高峻維石巖巖然故四方皆遠望而見之以興赫赫然顯盛者彼太師之尹氏也尹氏爲太師既顯盛處

位尊貴故下民俱仰汝而瞻之汝旣爲天下所瞻宜當行德以副之今天下見汝之所爲皆憂心如被火之爊灼然畏汝之威不敢相戲而談語是失於具瞻矣又天下諸侯之國曰相侵伐其國已盡絕滅矣汝何用爲職而不監察之國見絕滅罪汝之由也然節與巖巖一也言節先舉形之高大乃言維石巖巖見其視之貌狀言民具爾瞻雖與維石巖巖相對而巖巖無視汝之文具瞻少曾巖之狀互相發見故箋云喻三公之位人所尊嚴則巖巖然有瞻之狀因赫赫巳有尊之義而具瞻爲下視所以便而互集注及定本皆作高巖○傳師太師○正義曰尚書周官云太師太傅太保兹惟三公故知太師周之三公也下云尹氏太師是尹氏爲太師也孝經注以爲冢宰之屬者以此刺其專恣是三公用事者明兼冢宰以統羣職○箋此言至刑辟○正義曰此民具爾瞻一句上與維石巖巖相對爲興又與憂心如惔爲發端由瞻見其惡所以憂心故知視汝之所爲皆憂心也如惔之字說文作炎訓爲小熱也灼炙燒也爛火熟也皆火燒之事故云如火灼爛之矣不敢者畏辭旣憂復畏故言又畏汝之威不敢相戲而談語也疾其貪暴脅下以刑辟者言其有二事也疾其貪暴所以憂心脅下以刑辟故不敢戲談所以不敢者畏其威耳故知不敢明是脅下以刑辟之罪也不敢戲爲刑罪明

所憂者刑罰之成。貪暴可知。箋天下至察之。正義曰國者諸侯之辭卒斬盡滅之稱故云天下諸侯日相侵伐其國已盡絕滅矣汝何用爲職者責之言汝爲三公更何所主唯諸侯耳何以不監察之而令相伐也如是則尹氏又爲王官之伯分主東西得專征專殺故言何用爲職也雨無正云斬伐四國箋云天下諸侯於是更相侵伐謂厲王時也沔水箋云諸侯出兵妄相侵伐謂宣王時也則諸侯征伐久矣而論語注以爲平王東遷諸侯始專征伐者幽厲雖殘虐無道尚能治諸侯但明不燭下致使擅相伐滅故詩人舉以爲刺至於平王微弱不能禁制諸侯專行征伐無所顧忌故論語之注以征伐自諸侯出從平王爲始也言卒斬者甚言之耳若實盡滅則誰滅之乎

節彼南山有實其猗 實滿猗長也箋云猗倚也言南山既能高峻又以草木平滿其旁倚之畎谷使之齊均也。猗於宜反倚於綺反下同畎本亦作甽古犬反

赫赫師尹不平謂何 箋云責三公之不均平不如山之爲也謂何猶云何也

天方薦瘥喪亂弘多 薦重瘥病弘大也箋云天氣方今又重以疫病長幼相亂而死喪甚大多也。薦徂殿反注及下篇注同瘥才何反重直用反下同疫音役本又作疢勑

覲反長張丈反民言無嘉憯莫懲嗟憯曾也箋云懲止也天下之民皆以災害相弔
唁無一嘉慶之言曾無以恩德止之者嗟乎柰何
○憯本或作憯士感反唁音彦服虔云弔生曰唁【疏】節彼事。懲
嗟。毛以爲節然而高峻者彼南山也既高峻矣而又滿之
使平均者以其草木之長茂也以興赫赫然而盛者彼太師
之官也太師既尊盛矣而有益之使平均者以用衆士之智
能也刺尹氏專己不肯用人以至於不平故又責師尹汝居
位爲政不平欲云何乎以汝不平天應以災下民非直畏汝
刑辟天氣方今又重下以疫病使民之死喪禍亂甚大多也
由此喪凶下民之言無一嘉慶者皆是相弔之辭汝尹氏及
時在位曾無以恩德止此喪亂者嗟乎可柰何既無止之禍
災未歇故嗟而閔之赫赫師尹一句上與節彼南山相對爲
興又與下不平謂何爲發端言山之能均平反刺尹氏之不
平。○鄭唯有實其猗爲異言山既高峻有以草木平滿其傍
倚之畎谷使之齊均以興尹氏既爲尊顯亦當以政教養育
其天下民庶使之齊均當如山之所爲爲異餘同。○傳猗長
○正義曰以蒹竹猗猗是草木長茂之貌故爲長也王肅云
南山高峻而有實之使平均者以其草木之長茂也師尹尊
顯而有益之使平均者以用衆士之智能刺今專已不肯用

人以至於不平也傳意或然。箋猗倚至齊均。正義曰箋以言有實其猗是猗爲山之所實之處故以爲倚言山傍而倚近山者也山傍近山唯甽谷耳能實甽。唯草木也故知以草木平滿其傍之甽谷使之齊均也山高以比三公甽谷以比下民言山能以草木實甽谷反喻三公不能以政教均下民也草木之生而云山者山出雲雨能生草木故也言平滿者謂山俱以雨露潤之均平而生皆徧滿其中故言齊均也匠人注云壟中曰甽說文云甽小流也言水小不能自通須人甽引之則甽是壟中小水之名因此而山谷通水之處亦名爲甽禹貢曰羽甽夏翟鄭注云羽山之谷是也定本云又以草土平滿其傍倚之山以木爲土恐非。傳薦重瘥病。正義曰薦與荐文異義同釋言云荐再也荐是重之義也瘥病釋詁文。箋天氣至大多。正義曰此喪亂連文喪者死亡之名云亂則爲未死是疫病也故云天氣方今又重以疫病長幼相亂言長之與幼皆得疫病相交亂不少因此以致死故云死喪甚大多也喪與亂相將由亂以致喪故鄭分解之言重者尹氏既脅下以刑辟上天又加之災禍是重也。箋天下至奈何。正義曰文承死喪之下而云無嘉故知以災害相弔唁無一嘉慶之言弔謂弔死唁謂唁生故服虔云弔生曰唁皆是相痛傷之名也死而相弔自是其常而以刺

尹氏者以災害死喪皆政教所致焉以政失而致則政善亦
消但在位之臣無行善者故責之○曾無恩德止之者曾無者
廣辭言在位皆然非獨尹氏也嗟乎者歎辭民
皆死亡非徒嗟歎故爲作者嗟之無可柰何
尹氏大師維周之氐秉國之均四方是維天子是毗俾民不迷
氐本均平毗厚也箋云氐當作桎鎋之桎毗輔也言
尹氏作大師之官爲周之桎鎋持國政之平維制四
方上輔天子下教化天下使民無迷惑之憂言任至重○氐
丁禮反徐云鄭音都履反毗婢尸反王作埤埤厚也卑本又
作裨同必爾反後皆放此桎之實反又丁履反礙
也本有作手旁至者誤也鎋字又作轄胡瞎反
不弔昊天不宜空我師
弔至空窮也箋云至猶善也不善乎昊
天愬之也不宜使此人居尊官困窮我
之衆民也○弔如字又丁歷反下同昊胡老
反空苦貢反注同愬蘇路反本亦作訴下同
【疏】尹氏至我
師○毛以
爲見天災及民故歸咎執政責之云尹氏汝今爲太師之官
維是周之根本之臣秉持國之正平居權衡之任四方之事
是汝之所維制天子之身是汝之所崇厚言汝職維持四方
尊崇天子其尊重如此施行教化當使下民無迷惑之憂何

爲專行虛。政以脅下也尹氏政既不善訴之於天言尹氏爲政實不善乎昊天不宜使此人居位以窮困我天下之衆民○鄭唯氏爲桎鎋毗爲輔爲異餘同○傳氏本至毗厚○正義曰毛讀從邸若四圭爲。邸故爲本言是根本之臣也以毗爲毗益故爲厚亦由輔弼使之厚義與鄭同但言輔天子於辭爲便故易之○箋氐當至之桎○正義曰孝經鉤命決云孝道者萬世之桎鎋說。文。云桎車鎋也則桎是鎋之別名耳以鎋能制車輸大臣能制國故以大師之官爲周之桎鎋也易傳者以天子爲周之本謂臣爲本則於義不允故易之

弗躬弗親庶民弗信弗問弗仕勿罔君子

庶民之言不可信勿罔上而行也箋云仕察也勿當作末。此言王之政不躬而親之則恩澤不信於衆民矣不問而察之則下民末罔其上矣○勿毛如字鄭音末

式夷式已無小人殆

式用夷平也用平則已無以小人之言至於危殆也箋云殆近也爲政當用平正之人用能紀理其事也。無小人近○已毛音以鄭音紀近附近之近又如字下同

瑣瑣姻亞則無膴仕

瑣瑣小貌兩壻相謂曰亞膴厚也箋云壻之父曰姻瑣瑣昏姻妻黨之小人無厚任用之置之大位重其祿也○瑣素火反本

或作瑱非也瑱音早亞於嫁反膴音武

【疏】弗躬至膴仕○毛以爲尹氏不可任欲令王親爲政故責王言王爲政由不躬爲之不親行之故天下庶民之言不可信也又責下民言王爲政雖不監問之不察理之必天下之民勿得欺罔其上之君子也又教王息此民之欺罔言王但用平正之人爲官則下民欺罔之心用自消止矣王必須用賢人無用小人之言以至於危殆言小人不可任用也又戒之云非但疏外小人不可用雖瑣瑣然昏姻親亞之小人則當無得厚任以事置之大位重其祿食言親而不賢亦不可任也疾時親黨亂政故戒之躬與親一也問與察一也但累文以丁寧之言躬親明有施爲言問察明亦躬親直以彼不可信由於不親雖不察問不得欺罔各隨事而爲文耳○鄭以爲尹氏既不可委任王若政教不躬不親行之則庶民不信於王之恩澤以尹氏之虐謂王所爲故不信也若民俗不問不察觀之則民皆未罔其上之君子王非直親須問察又當用平正之人用己身親理政事之人無得用小人而親問之餘同○正傳庶民至而行○正義曰君民之所以相信者由君親行政民親受教故得相信也今王不親爲政委任小人施政於民不以實告故庶民之言亦不可信也勿者禁人之辭既言民不可信因責民之欺罔故云勿得罔上而行上即經之君子

也○箋勿當至上矣○正義曰箋以此篇主刺仕上非責民之辭故知勿當爲末也知躬親爲恩澤者以王身所爲而行於衆民唯恩澤耳且上章疾尹氏貪暴以致災故知躬親爲恩澤也易傳者以疾尹氏使王親之明欲令王施政教以及下不宜言其不可信也且言庶民不信於王其文自明不當橫加不可故易之言末罔其上者謂若不問察則明不燭下下之善惡上所不知下民知上不知則末畧欺罔其上而不畏之言躬親施其恩澤問察亦須躬親互相明也○箋殆近至人近○正義曰易傳者以上文欲王躬親爲政則宜爲己身之已不宜爲巳止也下文戒王勿厚任親戚欲令用賢去惡宜爲勿近小人不當遠言小人之行終至危殆故易之也無小人之近猶言無近小人○傳瑣瑣至曰亞○正義曰釋訓云瑣瑣小也舍人曰瑣瑣計謀褊淺之貌是小貌也兩壻相謂爲亞釋親文劉熙釋名云兩壻相謂曰亞者言每一人取姊一人取妹相亞次也又並來女氏則姊夫在前妹夫在後亦相亞也○箋壻之至其祿○正義曰女子子之夫爲壻壻之父爲姻釋親文幽王前取申后而黜之未必用其親戚褒姒褒人所獻未必爲親戚可任幽王耽淫女色寵之者蓋多女寵必私多謁請小人則婦言是用姻亞者或其餘嬪妾之家不必專是二后之親也但據夫而言妻爲正稱故鄭揔

言妻黨之小人其中亦容妾黨也言無厚任之即置之大位重其祿是也如此則幽王厚於昏姻矣而角弓云兄弟昏姻無胥遠矣者以王者志不及遠唯同類相愛昏姻諂佞者進用故此戒之賢德者疏遠故彼刺之詩者志也各有以發

昊天不傭降此鞠訩昊天不惠降此大戾傭均鞠盈訩訟也箋云盈猶多也戾乖也昊天乎師氏爲政不均乃下此多訟之俗又爲不和順之行乃下此乖爭之化病時民傚爲之愬之於天。傭勑龍反韓詩作庸庸易也鞠九六反訩音凶戾音麗行下孟反爭爭鬭之爭下皆同傚下教反

君子如屆俾民心闋君子如夷惡怒是違屆極闋息夷易違去也箋云屆至也君子斥在位者如行至誠之道則民鞠訩之心息如行平易之政則民乖爭之情去言民之失由於上可反復也。屆音戒闋苦穴反易以豉反下同復音服本又作覆芳服反

【疏】昊天至是違。正義曰此又本尹氏之惡訴之云昊天乎卽由尹氏爲政不均乃下此多訟之俗昊天乎尹氏之行又不和順乃下此乖爭之化無民之所不爲皆化於上也民旣化上上爲惡亦當效上爲惡亦當化上爲善汝在位君子如行至誠之道使民多訟之心息汝在

位君子如行平易之政使民惡怒之情去言易可反復何不行化以反之。傳傭均鞫盈箋盈猶至於天。正義曰傭均訩訟釋言文鞫盈釋詁文盈者必多故箋轉之云盈猶多也在由不惠而降戾乖故知非疾也在上不均故下亦不均至於多獄訟也在上不順故下亦不和至於乖爭也此皆民効爲之自上而下故言降也獄訟至於公乖爭出於私二者亦相類訟則貴無訟偏惡其多爭則小猶可恕雖恨其大故經言鞫訩大戾。箋屆至至反覆。正義曰釋詁云屆極至也俱得爲至故箋併訓之不言極猶至也此詩雖主疾尹氏爲惡而在位亦然既言尹氏傷化敗俗明其欲令在位者反之故知君子斥在位者知鞫訩心息者以文承上經事相充配下云惡怒是乖爭故知心息是鞫訩也言民心不言鞫訩言惡怒不言民心互相明也爲惡乖則已成可息而去之是可反復也

不弔昊天亂靡有定式月斯生俾民不寧憂心如酲誰秉國成病酒曰酲成平也箋云弔至也至猶善也定止式用也不善乎昊天天下之亂無肯止之者用月此生言月月益甚也使民不得安我今憂之如病酒之酲矣觀此君臣誰能持國之平乎言無有也。酲音呈

不自爲政卒勞

百姓箋云卒終也昊天不自出政教則終窮苦百姓欲使昊天出圖書有所授命民乃得安

【疏】不弔至百姓。正義曰此章箋具而下二句毛氏無傳則不必如鄭欲天出圖書授命也蓋言王身不自爲政教終勞苦我百姓王肅云言政不由王出也。傳病酒曰酲。正義曰說文云酲病酒也醉而覺言既醉得覺而以酒爲病故云病酒也。箋昊天至得安。正義曰知責昊天而不自出政教者四章五章以君臣之惡訴之天也又曰亂靡有定言君臣不能定亂也又曰誰秉國成言君臣不能持國平也君臣巳言並不能乃云不自爲政是今昊天之辭且此章發首云不弔昊天未言不自爲政明是欲使天自下爲政也故云欲使昊天出圖書有所授命也以王者將興天必命之若湯武也圖書者卽中候說堯舜及周公所授河圖洛書是也彼所授者非既受乃王皆先王乃受之與此不同者此所受若湯得黑鳥文王得丹書之類皆先有名籙故舉圖書以言之王肅以爲礼人臣不顯諫諫猶不顯況欲使天更授命詩皆獻之於君以爲箴規包藏禍心臣子大罪況公言之乎王基理之曰臣子不顯諫者謂君父失德尚微先將順風諭若乃暴亂將至危殆當披露下情伏死而諫焉待風議而巳哉是以西伯戡黎祖伊奔告於王曰天巳訖我殷命古之賢者切諫如此幽王無道將滅京周百姓怨王欲天有授命此文陳下民疾怨之言曲以感寤此正與祖伊諫皆同義忠臣殷勤之何謂非人臣宜言哉肅不譏尚書祖伊之言而怪家父邪

駕彼四牡四牡項領　項大也箋云四牡者人君所乘駕今但養大其領不肯爲用喻大臣自恣王不能使也○爲于僞反又如字

我瞻四方蹙蹙靡所騁　騁極也箋云蹙蹙縮小之貌我視四方土地日見侵削於夷狄蹙蹙然雖欲馳騁無所之也○蹙子六反王七歷反騁勑領反日而乙反縮所六反

疏駕彼至所騁○正義曰言當所乘駕者彼四牡也今四牡但養大其領不肯爲用以與王所任使者彼大臣也今大臣專己自恣不爲王使也臣既自恣莫肯憂國故夷狄侵削日更益甚云我視四方土地蹙蹙然至使令我無所馳騁之地以臣不任職致土地侵削故責之也○傳項大箋養大至能使○正義曰以領巳是項文不宜重故以項爲大箋以爲養大其領申傳說也馬雖大項由人駕馭言不肯爲用者以馬當用之今養而不駕是爲自恣也○傳騁極箋馳騁無所之○正義曰箋言馳騁無所極至是與傳同但傳文畧耳

方茂爾惡相爾矛矣　茂勉也箋云相視也方爭訟自勉於惡之時則視女

矛矣言欲戰鬬相殺傷矣○相
息亮反注同矛亡侯反戈矛也
既夷既懌如相醻矣
懌服也箋云夷説也言大臣之乖爭本無大讎其已相和順
而説懌則如賓主飲酒相醻酢也○懌音亦酬市由反又作
醻説音悦下同
巳音以酢音非
疏
方茂至醻矣○正義曰此説大臣無常
言大臣方爭訟勉力成汝相與爲惡之
時則各自視汝之戈矛欲用此矛矣以相殺傷也既已和悦
既以懌服則如賓主之飲酒者相酬酢矣言相惡既深和解
又疾皆是無常小人故使政教亂也箋本
無大讎集本云大辨。是爭義亦得通也
昊天不平我
王不寧不懲其心覆怨其正
正長也箋云昊天乎師
尹爲政不平使我王不
得安寧女不懲止女之邪心而反怨憎其
正也○覆芳服反長張丈反邪似嗟反
疏
昊天至其正
毛以爲尹氏
爲惡訴之於天言昊天乎師尹爲政不平致使我王不得安
寧汝師尹不懲止其心乃反邪僻妄行故下民皆怨其君長
由師尹行惡而致民怨也○鄭唯下句爲異餘同○傳正長
○正義曰釋詁文此傳甚略王肅述之曰覆猶背也師尹不
定其心邪僻妄行故下民
皆怨其長今據爲毛説
家父作誦以究王訩
家父
大夫

也箋云究窮也大夫家父作此詩而爲王誦也以窮極王之政所以致多訟之本意。爲于僞反父音甫式訛爾心以畜萬邦箋云訛化畜養也。訛五戈反畜許六反〔疏〕家父至萬邦。正義曰作詩刺王而自稱字者詩人之情其道不一或微加諷諭或指斥愆咎或隱匿姓名或自顯官字期於申寫下情冀上改悔而已此家父盡忠竭誠不憚誅罰故自載字焉寺人孟子亦此類也

節南山十章六章章八句四章章四句

正月大夫刺幽王也。正音政正月繁霜我心憂傷正月夏之四月繁多也箋云夏之四月建巳之月純陽用事而霜多急恆寒若之異傷害萬物故心爲之憂傷。繁扶袁反夏胡雅反下同巳音似爲于僞反民之訛言亦孔之將將大也箋云訛僞也人以僞言相陷入使王行酷暴之刑致此災異故言亦甚大也。酷苦毒反念我獨兮憂心京京哀我小心癙憂以痒京京憂不去也癙痒皆病也箋云念我獨兮者言我獨憂

此政也。○癙音鼠，字林癙音恕，痒音羊。

【疏】正月十三章，上八章章八句，下五章章六句。○正月至以痒。○正義曰：時大夫賢者，觀天災以傷政教，故言正陽之月而有繁多之霜，是由王急酷之異以致傷害萬物，故我心爲之憂傷也。有霜由於王急，王急由於訛言，則此民之訛言爲害亦甚大矣。害既如此，念我獨憂此政，令憂在於心，京京然不能去。哀憐我之小心，所遇癙憂此事，以至於身病也。憂之者，以王信訛言，百姓遭害，故所以憂也。○傳正月夏之四月。○正義曰：以大夫所憂，則非常霜之月。若建寅正月，則固有霜矣，不足憂也。昭十七年夏七月甲戌朔，日有食之。左傳曰：祝史請所用幣。平子禦之，曰：止也。唯正月朔，慝未作，日有食之，於是乎有伐鼓用幣，其餘則否。太史曰：在此月也。經書六月，傳言正月，太史謂之在此月，是周之六月爲正月也。周六月是夏之四月，故知正月夏之四月也。謂之正月者，以乾用事，正純陽之月。傳稱慝未作，謂未有陰氣，故此箋云純陽用事也。若然，易稽覽圖云：正陽者，從二月至四月，陽氣用事時也。獨以爲四月者，彼以卦之六爻至二月大壯用事，陽爻過半，故謂之正陽，與此異也。○箋憂之至憂傷。○正義曰：急恒寒若，洪範咎徵文也。彼注云：急，促也。若，順也。五事不得，則咎氣而順之。言由君急促太酷，致常寒之氣來順之，故多霜也。反常謂之異。

時不當有霜而有霜是異也四月之時草木已大故言傷害萬物也鄭駁異義與洪範五行傳皆云非常曰異害物曰災則此傷害萬物宜爲災而云異者災異對則別散則通故莊二十五年左傳曰凡天災有幣無牲彼爲日食之異而言災也此以非時而降謂之異據其害物又謂之災下箋云致此災異是義通故言之異。箋人以至甚大。正義曰此承繁霜之下故知甚大謂以訛言致霜爲大也小人以訛言相陷王不能察其眞僞因發大怒而行此酷暴之刑由此急酷故天順以寒氣而使盛夏多霜是霜由訛言所致也

父母生我胡俾我瘉不自我先不自我後

父母謂文武也我我天下瘉病也箋云自從也天使父母生我何故不長遂我而使我遭此暴虐之政而病此何不出我之前居我之後窮苦之情苟欲免身。瘉音庾長張丈反下正長伯長長者皆同

好言自口莠言自口

莠醜也箋云自從也此疾訛言之人善言從女口出惡言亦從女口出女口一爾。善也惡也同出其中謂其可賤。莠餘九反

憂心愈愈是以有侮

愈愈憂懼也箋云我心憂政如是是與訛言者殊塗故用是見侵侮也

〔疏〕父母至有侮。毛以爲文武爲民之

父母而令天生我天下之民今何爲不令天長育我而使我遭此暴虐之政以致病也又此病我之先不從我之後而今適當我身乎訴之文武也此暴虐之政由訛言所致故疾此訛言之人云有美好之言從汝口出有醜惡之言亦從汝口出汝口一耳而善惡同出其口甚可憎賤也大夫既見王政酷暴憂心愈愈然與此訛言者殊塗爲訛言者所疾是以有此見侵侮於己也○鄭唯以爲訴天使父母生我我謂大夫作詩者爲異餘同○傳父母至天下○正義曰以文武受命爲明王作萬民父母故尚書曰天將有立民父母謂天子作民父母民窮則宜告之又以父母爲文武也文武爲天天下父母故我我天下作者舉天下之心爲之怨刺不專爲己故謂天下爲我也○箋天使至免身○正義曰上言念我獨兮因此而告天是先訴己身未及論天下也文王雖受命之王年世已久遇今時之虐政訴上世之哲民非人情也故知訴天使父母生我也上章言王急酷故此病遭暴之政而病也以所願不宜願免之而已乃云不自我先不自我後忠恕者己所不欲勿施於人況以虐政推於先後非父祖則子孫是窮苦之情苟欲免身

憂心惸惸念我無祿惸惸憂意也箋云無祿者言不得天祿自傷值今生也○惸本又作煢其營反一云獨也篇末同**民**

之無辜并其臣僕古者有罪不入於刑則役之圜土以為臣僕箋云辜罪也人之尊卑有十等僕第九臺第十言王既刑殺無罪并及其家之賤者不止於所罪而已書曰越茲麗刑并制○并必正反注并制同圜土音圓圜土獄也哀我人斯于何從祿箋云斯此于於也哀乎今我民人見遇如此當於何從得天祿免於是難○難乃旦反下之難同瞻烏爰止于誰之屋富人之屋烏所集也箋云視烏集於富人之室以言今民亦當求明君而歸之

〔疏〕憂心至之屋○毛以為詩人言我憂在於心慘慘然我所以憂者念我天下之人無天祿謂不得明君遭此虐政也又言無祿之事民之無罪辜者亦并罪之以其身為臣僕言動掛網羅民不聊生也哀乎可哀憐者今我民人見遇如此於何所從而得天祿乎是無祿世此視烏於所止當止於誰之屋乎以興視我民人所歸亦當歸於誰之君乎烏集於富人之屋以求食喻民當歸於明德之君以求天祿也言民無所歸以見惡之甚也○鄭以為作者言憂心慘慘然念我身之無天祿自傷值今生也又言無祿之事民之無辜罪者身既得罪并其家之臣僕亦罪之哀乎今我天下之民見遇於此於何從而得天祿乎餘同上章毛以我為天

下則皆爲天下怨辭也鄭以我爲已身念我無祿自念無祿也於何從祿乃言天下皆無祿耳祿名本出於居官食稟得祿者是福慶之事故謂福祐爲祿雖民無福亦謂之無祿也○傳古者至臣僕○正義曰此解名罪人爲臣僕之意也古者據時而道前代之言正謂作詩時也古有肉刑而罪有等級重者入於肉刑輕者役於圜土謂晝則役之夜是○入圜土以圜土表罪之輕者也非在圜土而役當役之時爲臣僕之事故號之爲臣僕以表其罪名非謂恆名臣僕也此有罪者當然今無罪亦令與有罪同役故言并也王肅云今之王者好陷入人罪無辜下至於臣僕言用刑趣重傳意當然也役之圜土周禮有其事大司寇戰○曰以圜土聚教罷民凡害人者寘之圜土而施職事爲以明刑恥之其能改者反於中國不齒三年司圜職曰凡害人者弗受○冠飾而加明刑焉任之以事而收教之能改者上罪三年而舍中罪二年而舍下罪一年而舍其不能改而出圜土者殺雖出三年不齒是不入於刑役圜土之事也雖不入於刑而罪有輕重周禮分爲二等其巳害人者則如此未害人者則役諸司空重罪唯一暮而巳其坐作之數具在司寇此圜土罪人罪未定之時縛於外朝而與公卿議之議定乃從其罪故易坎卦上六係用繳纆寘于叢棘三歲不得凶鄭云上乘陽有邪惡之罪故縛以

嶶纆置於叢棘而使公卿以下議之是也。箋人之至并制
。正義曰箋以言并其臣僕是身既得罪復罪及臣僕故云并也言人之尊卑有十等者昭七年左傳曰人有十等故王臣公公臣大夫大夫臣士士臣皁皁臣輿輿臣隸隸臣僚僚臣僕僕臣臺是十等僕第九臺等十連言臺者以顯僕爲賤也臣亦賤稱僖十七年左傳晉惠公卜男爲人臣女爲人妾孝經曰不敢失於臣妾妾是賤者之定名臣則事人之稱無定名也故十等以相次臣謂得役使者爲臣也并其臣僕謂其私家之臣故云王既刑殺無罪乃并及其家之賤者不止於所罪而已無罪知彼刑殺者尚及其家之賤者明以重罪加之故知刑殺也引書曰呂刑文也彼注云越於也兹此也麗施也於此施刑并制其無罪者則彼苗民淫虐殺戮無辜不但刑有罪亦并制無罪與此并義同故引之以爲證也易傳者以臣僕非罪人之名經言并其臣僕不言以爲臣僕其幽王暴虐乃殺戮無辜豈但不至於罪以爲臣僕而已故易之

瞻彼中林侯薪侯蒸

中林林中也薪薪蒸言似而非箋云侯維也林中大木之處而維有薪蒸爾喻朝廷宜有賢者而但聚小人。蒸之丞反處昌慮反下之處同朝直遥反下皆同

民今方殆視天夢夢

王者爲亂夢夢然箋云方且也

民今且危亡視王者所爲反夢夢然而亂無統理安人之意。夢莫紅反亂也沈莫滕反韓詩云惡貌也**既克有定靡人弗勝**勝乘也箋云王既能有所定尚復事之小者爾無人而不勝言凡人所定皆勝王也。勝毛音升鄭尸證反復扶又反篇末同**有皇上帝伊誰云憎**皇君也箋云伊讀當爲緊緊猶是也有君上帝者以情告天也使王暴虐如是是憎惡誰乎欲天指害其所憎而已。緊烏兮反惡烏路反

【疏】瞻彼至云憎。毛以爲視彼林中謂其當有大木而維有薪維有蒸在林則似大木而非大木也以興視彼朝上謂其當有賢者而唯有小人此小人之在朝則似賢人而非賢也由朝聚小人而無善政令方且危亡矣民將危亡王當安撫之今視王之所爲反夢夢然而昏亂無統理安民之意也王非徒昏亂又志在殘虐既謂能有所定者無事於人而不欲乘陵之言所定者皆是陵人之事爲殘虐也王暴如此以情訴天云有君上帝使王暴虐如此維誰憎惡乎王欲天指害之。鄭以上二句小別具說在箋又以靡人不勝謂人皆勝王又以伊爲是爲異餘同。傳薪蒸言似而非。正義曰無羊云爾牧來思以薪以蒸則薪蒸柴樵之名言視林中生長之木而言侯薪侯蒸者言於中有爲薪蒸之木見

其小也林者大木所處今小木在焉似大木而非喻小人在朝似賢人而非故云言似而非也○傳王者至蔓然○正義曰釋訓云蔓蔓亂也上天無昏亂之事故知天斥王也○傳勝乘○正義曰此傳甚略王述之云王既有所定皆乘陵人之事言殘虐也今據爲毛說孫毓云小人好爲小善矜能自臧以爲大功其所成就細碎小事凡人所勝而過者反以驕人是詩所刺幽王也若乘陵殘虐之事動則有惡豈得名之爲克有定乎箋義爲長

謂山蓋卑爲岡爲陵 在位非君子乃小人也箋云此喻爲君子賢者之道人尚謂之卑況爲凡庸小人之行○卑本又作痺同音婢又必支反行下孟反 **民之訛言寧莫之懲** 箋云小人在位曾無欲止衆民之爲僞言相陷害也 **召彼故老訊之占夢** 故老召之訊問也箋云君臣在朝侮慢元老召之不問政事但問占夢不尚道德而信徵祥之甚○訊本又作訊音信 **具曰予聖誰知烏之雌雄** 君臣俱自謂聖也箋云時君臣賢愚適同如烏雌雄相似誰能別異之乎○別彼列反

【疏】謂山至雌雄○正義曰謂之爲山者人意盡猶以爲卑況爲岡爲陵乎今所見非高山乃岡陵也以興行君子之道者人

意尚謂之爲淺況爲小人之行乎今在位非君子乃小人也王既任小人今民之訛僞之言相陷害者在位之臣曾無欲以德止之者既不能施德以止訛言而愛好鄙碎而共信徵祥召彼無老宿舊有德者但問之占夢之事言其不尚道德侮慢長老也又君臣並不自知俱曰我身大聖唯各自矜而賢愚無別譬之於烏誰能知其雌雄者

謂天蓋高不敢不局謂地蓋厚不敢不蹐維號斯言有倫有脊局曲也蹐累足也倫道脊理也箋云局蹐者天高而有雷霆地厚而有陷淪也此民疾苦王政上下皆可畏怖之言也維民號呼而發此言皆有道理所以至然者非徒苟妄爲誣辭○局本又作跼其欲反脊井亦反徐音積說文小步也維號音豪注同霆音庭又音挺淪音倫又倫峻反怖普故反號呼好路反誣音無

哀今之人胡爲虺蜴蜴螈也箋云虺蜴之性見人則走哀哉今之人何爲如是傷時政也○虺暉鬼反蜴星歷反字又作蜥螈音元

【疏】謂天至虺蜴○正義曰時人疾苦王政歎詠其事作者以其有理故取而善之時有人言謂此上天蓋實高矣而有雷霆擊人不敢不曲其脊以敬之以喻已恐觸王之忌諱也謂此下地蓋實厚矣而有陷溺殺

人不敢不累其足以畏之以踰巳恐陷在位之羅網也言上
下可畏如天地然此人心疾王政不敢指斥假天地以比之
作者善其言故云維我號呼而發此言實有道理言王政實
可畏此辭非虛也既上下可畏民皆避之故言哀哉今之人
可故而爲虺蜴也虺蜴之性見人則走民聞王政莫不逃避
故言爲虺蜴也○傳局曲蹐累足○正義曰天在上身戴天而
曲者曲身也足所以履地故知蹐累足說文云蹐小步也王
述之曰言天高巳不敢不曲身危行恐上觸忌諱也地厚巳
不敢不累足懼陷於在位之羅網也○箋局蹐至陷淪○正
義曰箋以不敢者畏辭明有可畏故言天高而有雷霆地厚
而有陷淪也淪没也謂地震則有陷没者○傳蜴螈○正義
曰釋魚云蠑螈蜥蜴蜥蜴蝘蜓蝘蜓守宮也李巡曰蠑螈一
名蜥蜴蜥蜴名蝘蜓蝘蜓名守宮孫炎曰別四名也陸機疏
云虺蜴一名蠑螈蜴也或謂之蛇醫如蜥蜴青綠色大如指
形狀可惡如陸意蜥蜴與
螈形狀相類水陸異名耳
瞻彼阪田有菀其特
言朝
廷曾
無桀臣箋云阪田崎嶇墝埆之處而有菀然茂特之苗喻賢
者在閒辟隱居之時○阪音反又扶版反菀音鬱徐又於阮
反崎起宜反嶇丘俱反墝苦交反埆戶角
反又苦角反又音角閒音閑辟婢亦反
天之扤我如不

我克抏動也箋云我我特苗也天以風雨動搖我如將不勝我謂其迅疾也○抏五忽反徐又音月迅音峻○彼求我則如不我得箋云彼彼王也王之始徵求我如恐不得我言其禮命之繁多執我仇仇亦不我力仇仇猶謷謷也箋云王既得我執留我其禮待我謷謷然亦不問我在位之功力言其有貪賢之名無用賢之實○謷本又作嫯五報反沈五刀反【疏】聽彼至我力○正義曰王政所以為民疾苦由不能用賢視彼阪田墝埆之地有菀然其茂特之苗以興視彼空谷仄陋之處有傑然其秀異之賢然天之以風雨動搖我特苗如將不我特苗之能勝言風雨之迅疾也以喻被王之以禮命以徵召我賢者如恐不我賢者之能得言禮命之繁多也及其得我則空執留我其禮待我謷謷然亦不問我在位之功力言小人貴名賤實不能用賢故政教所以亂也○傳言朝至桀臣○正義曰毛以詩意取菀苗此賢者不舉原隰之苗而言阪田者反明朝廷曾無英傑之臣○傳仇仇猶謷謷○正義曰以釋訓云仇仇敖敖傲也義同故猶之郭璞曰皆傲慢賢者定本無猶字心之憂矣如或結之今茲之正胡然厲矣厲惡也箋云茲此正長也

心憂如有結之者憂今此之君臣何一然爲惡如是

燎之方揚寧或滅之

滅之以水也箋云火田爲燎燎之方盛之時炎熾熛怒寧有能滅息之者言無有也以無有踰有之者爲甚也○燎力召反徐力燒反熾尺志反熛必遙反

赫赫宗周褒姒威之

宗周鎬京也褒國也姒姓也威滅也有褒國之女幽王惑焉而以爲后詩人知其必滅周也○褒補毛反姒音似鄭云字也威呼說反齊人語也字林武劣反說文云從火戌聲火死於戌陽氣至戌而盡本或作滅鎬胡老反

【疏】心之至威之○正義曰詩人見朝無賢者言我心之憂矣如有結之者言憂不離心如物之纏結也所以憂者今此之君臣爲人之長何一然爲惡如是矣言君臣俱惡無所差別也君臣惡極國將滅亡言燎火方盛揚之時炎熾熛怒寧有能滅息之者以踰宗周方隆盛之時王業深固寧有能滅亡之者言此二者皆盛不可滅亡也然此燎雖熾盛而水能滅之則水爲甚矣以興周國雖盛終將褒姒滅之則褒姒惡甚矣此二文互相發明見難之而能所以爲甚也故傳曰滅之者以水以反之於時宗周未滅詩人明得失之迹見微知著以褒姒淫妬知其必滅周也

終其永懷又窘陰雨

窘困也箋云窘仍也

終王之所行其長可憂傷矣又將仍憂於陰雨陰雨喻君有泥陷之難○窘求殞反字林巨畏反泥乃計反○

其車既載乃棄爾輔大車重載又棄其輔箋云以車之載物喻王之任國事也棄輔喻遠賢也○遠于萬反

載輸爾載將伯助予將請伯長也箋云輸墮也棄女車輔則墮女之載乃請長者見助以言國危而求賢者已晚矣○爾載才再反注及下同將七羊反注皆同墮許規反本又作墮待果反

【疏】終其永至助予○毛以爲此及下章皆以商人之載大車展轉爲喻言王之爲惡無心變改若終王之所行其長可哀傷矣王行既可哀傷又將至於傾危猶商人涉路既有疲勞又將困於陰雨商人之遇陰雨則有泥陷之難王行之至傾危必有滅亡之憂故以譬之商人慮有陰雨宜用輔以佐車今其車既載重矣乃棄爾之車輔反令車載溺也以喻王政慮有傾危宜用賢以治國今其既有大政矣乃棄汝之賢人反令國政亂也車既棄輔又遇陰雨則隳敗汝之車載既隳敗然後請長者助我則晚矣以喻國既棄賢又遇傾危則滅亡汝之國國家既滅矣然後求賢人佐已則亦晚矣王何不及其未敗用賢自輔乎○鄭唯以窘爲仍憂於陰雨爲異餘同○傳大車至其輔○正義曰考工記車人爲

車有大車鄭以爲平地載任之車駕牛車也尚書云肇牽車牛遠服賈用是大車駕牛車也此以商事爲喻而云既載故知是大車也又爲車不言作輔此云乃棄爾輔則輔是可解脱之物蓋如今人縛杖於輻以防輔事也○箋輸墮○正義曰隱六年鄭人來輸平公羊傳曰輸平猶隳成何言隳成敗其成昭四年左傳曰寡君將隳幣焉服虔云隳輸也是訓輸爲隳壞之義子路將隳三都是也定本隳作墮

無棄爾輔員于爾輻員益也○員音云輻方六反

屢顧爾僕不輸爾載箋云屢數也僕將車者也顧猶視也念也○屢力注反又作屢數音朔下同

終踰絕險曾是不意箋云女不棄車之輔數顧女僕終是用踰度陷絕之險女不曾以是爲意乎以商事喻治國也

【疏】無棄至不意○正義曰此連上章以商事爲喻但反之教王求賢耳言此商人載大車當無棄爾之車輔益於爾之輸轉以喻王之治天下當無棄爾之賢佐益於爾之國事也商人既不棄輔又數顧念爾將車之僕汝能若是則輔車輻僕能勤御則得不隳敗爾之車載以喻王既不棄賢又善禮遇爾執政之相王能如此用賢益於國家相能幹職則得不傾覆爾之王業商人留輔顧僕之故終用踰度陷絕

之險汝商人何得曾不以是輔僕爲意乎喻王用賢禮相之故終用是得濟免禍害之難汝何得曾不以是賢相爲意乎教王之用賢敬臣也箋雖不言以僕喻相但輔益輻以賢益國則僕將車自然似相執政也終踰絶險報上又窘陰雨以陰雨爲終久及難之事故鄭以窘爲仍之

魚在于沼亦匪克樂潛雖伏矣亦孔之炤沼池也箋云池魚之所樂而非能樂其潛伏於淵又不足以逃甚炤炤易見以喻時賢者在朝廷道不行無所樂退而窮處又無所止也○沼之紹反樂音洛注同炤音灼之君反易見夷豉反下如字又賢遍反

憂心慘慘念國之爲虐慘慘猶戚戚也○慘七感反戚千歷反

〔疏〕魚在至爲虐○正義曰上章教王求賢而王不能用故此章言賢者不得其所魚在於沼池之中爲人所驚駭不得逸遊亦非能有樂退而潛處雖伏於深淵之下亦甚於炤炤然易見不足以避網罟之害莫知所逃也以興賢者在於朝廷之上爲時所陷害不得行道意非能有樂退而隱居雖遁於山林之中又其姓名聞徹不足以遇苛虐之政莫知所於巳爲之憂而心中慘慘然念國之爲虐也言王政暴虐賢人困厄巳所以憂也

彼有旨酒又有嘉殽

言禮物備也箋云彼彼尹氏大師也○肴本又作殽戶交反○洽比其鄰昏姻孔云洽合鄰近云旋也是言王者不能親親以及遠箋云云猶友也言尹氏富與兄弟相親友為朋黨也○比毗志反云本又作員音同念我獨兮憂心慇慇慇慇然痛也箋云此賢者孤特自傷也○慇音殷又於謹反○

[疏]彼有至慇慇○毛以為言幽王彼有旨酒矣又有嘉善之殽矣禮物甚備足矣唯知以此禮物協和親比其鄰近之左右與妻黨之昏姻甚相與周旋而已不能及遠人也王既不能及遠人國家將有危亡故念我獨憂王此政兮憂心慇慇然痛也○鄭以為時權臣昏富親戚相黨故言彼尹氏有旨酒又有嘉殽會比其鄰近兄弟及昏姻甚相與親友為朋黨也彼小人如此念我無祿而孤獨兮憂心慇慇然孤特自傷耳○箋彼彼尹氏大師○正義曰此與上篇非一人所作而以彼為尹氏者以尹氏官為太師上篇刺其專政則幽王之臣昏富朋黨者唯尹氏耳故知彼彼尹氏也○傳言王至及遠○正義曰傳解昏姻相親乃是美事而以為刺者言幽王雖知親比鄰近昏姻而已不能以此親親之情而及於遠人故王肅云言王但以和比其鄰近左右與昏姻其親友而已不能親親以及遠佌佌彼有

屋蔌蔌方有穀佌佌小也蔌蔌陋也箋云穀祿也此言小人富而窶陋將貴也○佌音此說文作佌音徙蔌音速方穀本或作方有穀非也窶其矩反一音屢民今之無祿天夭是椓君夭之在位椓之箋云民於今而無祿者天以薦瘥夭殺之是王者之政又復椓破之言遇害甚也○夭於兆反又於遙反災也椓陟角反○哿矣富人哀此惸獨哿可獨單也箋云此言王政如是富人已可惸獨將困也○哿哥我反○

【疏】佌佌至惸獨○毛以爲佌佌然之小人彼已有室屋之富矣其蔌蔌窶陋者方有爵祿之貴矣王者厚斂重賦寵貴小人故使得如此也哀此下民今日之無天祿而王夭害之在位又椓譖之是其困之甚也王政如此雖天下普遭其害可矣富人猶有財貨以供之哀哉此單獨之民窮而無告爲上夭椓將致困病故甚可哀也○鄭唯天夭是椓爲異餘同○傳君夭之在位椓之○正義曰毛以夭夭斥王王者故爲君夭之夭既爲君故椓爲在位也○箋民以至害甚○正義曰箋以夭夭是蒙殺之辭宜天之所爲故云天以薦瘥夭殺之夭既爲天則椓爲王者故云王者又椓破之謂農時而役厚斂其財人以財盡猶椓使破壞然椓如椓杙之椓謂打之也○

正月十三章八章章八句五章章六句

附釋音毛詩注疏卷第十二（十二之一）

黃中栻栞

毛詩注疏挍勘記十二之一

阮元撰盧宣旬摘錄

○節南山

頌及風頌正經　閩本明監本毛本同案下頌字浦鏜云當雅誤是也

爲周文公之頌則二篇　閩本明監本毛本同案十行本公至篇剜添者一字

所以國傳重也　閩本明監本毛本同案當作箋

桓七年天王使家父來求車　閩本明監本毛本同案浦鏜云十五誤七是也正義下文可證

此言不廢作在平桓之世　閩本明監本毛本同案言當作詩

維石巖巖　唐石經小字本相臺本同案釋文云巖巖如字本或作嚴音同正義本是巖字考巖字是也傳云巖巖積石貌箋云喻三公之位人所尊嚴箋以嚴說巖者詁訓之法也經義雜記以爲經本作嚴不得箋意又以爲正義本

釋文本皆作巖尤失其實又引羣經音辨不知賈昌朝所載卽釋文或作本耳

憂心如惔 唐石經小字本相臺本同案正義云如惔之字說字書作焱說文作炎釋文云惔徒藍反又音炎燔也韓詩作炎云字書作焱故轉寫而爲惔詩經小學云毛詩本作如炎或同韓詩作如炎不知何人始作如惔惔憂也豈憂心如憂乎又於說文惔下妄加詩曰憂心如惔今考說文惔下當是引詩曰憂心如炎以解惔字從炎之意不知者誤改爲惔耳

不敢相戲而言語 小字本相臺本同閩本明監本毛本亦同案正義云不敢相戲而談語又云故言又畏汝之威不敢相戲而談語也是言當作談考文古本作談采諸正義也

斬斷監視也 小字本相臺本同案釋文以斷也作音是其本斷下有也字考文古本有

小熱也 〔補〕釋文挍勘記通志堂本同盧本熱作爇云爇舊作熱據說文改案所改是也

具瞻少酋嚴之狀 〔補〕毛本酋作尊案尊字是也

訓爲小熟也　閩本明監本毛本同案浦鏜云熟誤孰是也

明所憂者刑罰之成　閩本明監本毛本同案浦鏜云成疑威字譌是也

又以草木平滿其旁倚之畎谷　小字本相臺本同案此正義本也正義云有以草木平滿其傍倚之甽谷又云故知以草木平滿其傍之甽谷正義中餘甽字同甽畎一字也釋文云山畎本亦作甽是甽谷釋文本作山畎也正義又云定本云又以草土平滿其傍倚之山以木爲土恐非考定本山下當是亦有畎字與釋文本同正義不備引耳

蔦重遲病　小字本相臺本同案釋文以重也作音是其本重下有也字考文古本有

節彼事懲嗟　〔補〕毛本事作至案所改是也

能實甽唯草木也　閩本明監本毛本同案浦堂云甽下當脫谷字是也

故責之會無恩德止之者　閩本明監本毛本同案責下之字當作云

俾民不迷 唐石經小字本相臺本同案釋文云卑本又作俾同後皆放此正義本今無可考

氏當作秪錯之秪 小字本相臺本同案釋文云秪之實反又丁履反凝也本或手旁至者誤也段玉裁云當是抵字誤秪是也別體字抵作扺與秪字形近

秉持國之正平 閩本明監本毛本之正誤政之

若四圭爲邸 閩本明監本毛本同案浦鏜云有誤爲是也

說文云秪車錯也 閩本明監本毛本同案浦鏜云今說文無是也考正義所引說文如第⿰舟周摻滄等字皆與說文不合當是正義自誤以他書爲說文耳非字有譌也

勿當作末 小字本相臺本同考文古本同閩本明監本毛本本末作未下及正義中同案末字是也此箋末罔卽漢書谷永傳之末殺正義云末略欺罔也

式夷式已 唐石經小字本相臺本同案釋文云式已毛音以鄭音紀正義云易傳者以上文欲王躬親爲政則

宜爲已身之已不宜爲已止也段玉裁云傳云用平則已無以小人之言至於危殆也作一句讀未必毛音以也

用能紀理其事也閩本明監本毛本同小字本相臺本也作者考文古本同案者字是也考此箋以紀說已乃詁訓之法考文古本改紀爲已者不得箋意盧文弨從之非也

瑣瑣姻亞唐石經小字本相臺本同案釋文云瑣瑣素火反小也本或作璅非也璅音早考文古本作璅采釋文而誤也旄丘釋文云璅今依字作瑣亦其證

必天下之民〔補〕閩本明監本毛本同案必當作汝形近之譌

夷易違去也小字本相臺本同案釋文以易也作音是其本易下有也字考文古本有

無民之所不爲皆化於上也閩本明監本毛本無字在之下案皆誤也當云民之所爲無不皆化於上也

民既化上上爲惡亦當效上爲惡亦當化上爲善閩本明監

本毛本下亦字上有上爲善三字案所補非也此當云民既化上爲惡亦當化上爲善複衍上爲惡亦當效上七字寫者之誤也

是今昊天之辭也　閩本明監本同毛本今作令案所改是

此正與祖伊諫皆同義忠臣殷勤之　閩本明監本毛本作此正與祖伊諫皆同忠臣殷勤之義案皆同當作同皆

慼慼然至俠　閩本明監本毛本俠作狹案所改是也

集本云大辯是爭　閩本明監本毛本同案浦鏜云大辯下疑脫辯字是也本當作注見前

冀上改悞而已　閩本明監本毛本悞作悟案所改是也

○正月

是由王急酷之異　閩本明監本毛本異誤刑

則非常霜之月　閩本明監本毛本常誤當

夏七月甲戌朔　閩本明監本毛本同案浦鏜云六誤七是也

正純陽之月傳稱慝未作　閩本明監本毛本同案十行本之至稱剜添者一字

致常寒之氣來順之　閩本明監本毛本常誤恆

女口一爾　小字本相臺本同閩本明監本毛本亦同案爾當作耳正義云女口一耳是其證

憂心愈愈　毛本心誤憂明監本以上皆不誤

又此病我之先　閩本明監本毛本病下有不從二字案所補是也

文王雖受命之王　閩本明監本毛本同案文下王字當作武與下互換

訴上世之哲氏　閩本明監本毛本氏作民案皆誤也氏當作王與上武字互換而又有譌也

故此病遭暴之政而病也　閩本明監本毛本暴下有虐字案所補是也上病字衍

則役之圜土小字本相臺本同閩本明監本毛本亦同案六經正誤云作圓誤興國建本皆作圜周禮作圜是也釋文云圜音圓

視烏集於富人之室閩本明監本毛本同小字本相臺本室作屋考文古本同案室字誤也

是無祿世閩本明監本毛本世作由案所改非也世當作也形近之譌

輕者役於圜土閩本明監本毛本圜作圓下同案所改非也注作圜正義作圓圜圓古今字易而說之也例見前

弗受冠飾閩本明監本毛本同案浦鏜云使誤受以周禮注考之浦挍是也

無罪知彼刑殺者閩本明監本毛本同案浦鏜云彼疑被字譌是也

伊讀當爲緊小字本相臺本同案釋文以作緊作音是其本爲字作作也正義本今無可考

王迷之云王既有所定閩本明監本毛本脫王字迷之作述之案述字是也

故老召之　閩本明監本毛本同小字本相臺本召之作元老考文古本同案召之誤也

人意盍猶以爲卑　補　毛本盍作蓋

召彼無老宿舊有德者　閩本明監本毛本無作故案皆誤也無當作元因别體字無作无而譌也

不敢不局　唐石經小字本相臺本同案釋文云局本又作跼正義標起止云傳局曲又云箋局蹐是其本作局考文古本作跼采釋文

胡爲虺蜴　唐石經小字本相臺本同案釋文云蜴星歷反字又作蜥段玉裁云說文無蜴字蓋蜴即蜴之或體也詳詩經小學

故言今之人可故而爲虺蜴也　補　毛本可作何案何字是也

一名蠑螈蜴也　閩本明監本毛本同案盧文弨於蜴上補水字是也下文云水陸異名耳可證

以喻被王之以禮命　補毛本被作彼

毛以詩意取菀苗此賢者　閩本明監本毛本同案浦鏜云比誤此是也

褎姒烕之　唐石經小字本相臺本同案釋文云烕本或作滅考傳云烕滅也說文烕下同引此詩是字本作烕或作本非也他書多引作滅非毛氏詩正字

終是用踰度陷絕之險　小字本同閩本明監本毛本同相臺本是用作用是考文古本同案相臺本是也此誤倒

女不曾以是爲意乎　閩本明監本毛本同小字本相臺本不曾作曾不案曾不是也

汝能若是則輔車輻　閩本明監本毛本同案車當作益

但輔益輻以賢益國　閩本明監本毛本同案以當作似

莫知所於　閩本明監本毛本於作逃案於字是也此承上於朝廷於山林而言

言尹氏富與兄弟相親友閩本明監本毛本同小字本相臺本與上有獨字考文引古本亦同案有者是也

會比其鄰近兄弟及昏姻毛本同閩本明監本會誤合

蔌蔌方有穀唐石經小字本相臺本同案釋文云方穀本或作方有穀非也正義云方有爵祿之貴矣是其本與或作同戴震毛鄭詩考正云當從釋文爲正

天夭是椓唐石經小字本相臺本同案後漢書蔡邕傳天夭作夭夭是譌字蜀石經亦誤夭爲天見詩經小學中

富人已可小字本相臺本同考文古本同閩本明監本毛本已誤猶

箋民以至害甚閩本明監本毛本以作於案所改是也